ADIEU BERLIN

ROMAN

de

JEAN-CLAUDE IRVING LONGIN

Éditions Edipade.com

www.edipade.com

Éditions EDIPADE.COM

1145 Croissant Chantovent,

Ste Adèle (Québec), Canada, J8B 2Y6

Directeur de la publication 2012 Robert DUPUY

ADIEU BERLIN ©

Roman
de Jean-Claude Irving LONGIN

ISBN 978-2-9813045-7-5

Dépôt légal Bibliothèque du Québec, 2012

Dépôt légal Bibliothèque du Canada, 2012

Diffusion numérique sur internet www.edipade.com

Les noms, les lieux, les situations ont été volontairement changés ou utilisés à des fins romanesques. Toute ressemblance avec la réalité de personnages, de marques, de pays ou de sociétés connues existantes ne serait qu'une pure coïncidence ou le fruit du hasard.

«Dans la chevelure grise et clairsemée des vieilles femmes, des feuilles sèches sont restées accrochées, c'est ainsi que la mort des pauvres couronne ses victimes»

Joseph Roth BERLIN 1923

New York, 3 Avril 1950,

Le film défilait sur la table de montage et Léa fixait intensément l'écran dans la pénombre. Bien que la pièce située au dix- huitième étage soit si petite qu'elle ne pouvait contenir qu'elle et la journaliste, plusieurs femmes et un homme regardaient aussi ces images vieilles d'une soixantaine d'années, filmées à Berlin au temps du muet dans les années 1905. Derrière elle il y avait là Zocha sa mère, Beth sa grand-mère, Hans son mari décédé, et bien d'autres encore... Bien évidemment, tous étaient dans la mémoire de Léa Palmer, mais si obéissants qu'ils arrivaient lorsqu'elle les appelait. Cela se passait toujours ainsi depuis qu'elle était petite fille. Tout au long de sa vie, elle avait vécu avec eux, après qu'ils soient disparus. Contrairement à ce que beaucoup de gens s'imaginent, ils ne l'avaient jamais abandonnée. Il lui suffisait simplement d'un peu de concentration et de foi en l'esprit, pour les voir et les entendre. Ils l'accompagnaient et la guidaient à chaque pas de son existence depuis soixante-dix ans. Et même si cela n'existait pas vraiment, Léa Palmer pensait qu'il s'agissait d'une invention indispensable qui pouvait aisément remplacer Dieu, auquel elle ne croyait plus, et qui pouvait la sauver dans les moments les plus désespérés. C'est en tout cas ce qu'elle avait toujours cru et elle aurait pu jurer sur la tête de son meilleur coiffeur, qu'elle n'était restée en vie que grâce à ces précieux contacts...

Dans l'obscurité, ses lèvres tremblantes cherchaient les paroles oubliées d'une vieille chanson allemande. Des paroles que cette timide jeune fille au teint pâle, affublée d'un «ridicule chou à la crème» branlant au-dessus d'une cascade de cheveux peroxygénés, mimait en se trémoussant maladroitement devant la caméra. C'était elle, hélas, sur la pellicule qui s'agitait outrageusement un demi-siècle plus tôt, dans ce pathétique bout d'essai.

Aussi ce matin-là, avant d'accepter l'ultime rendez-vous indispensable à la rétrospective de sa carrière, Léa Palmer n'aurait jamais cru se souvenir encore de ces images muettes qu'elle avait osé tourner, alors qu'elle débutait au *Volkstheather*, aux côtés de Veit Harlan. Et même si la musique ne jouait que dans sa tête — loin du crépitement du film sur la Moviola - la même émotion juvénile l'étreignait, semblable au fox-trot déchaîné d'un crabe au creux de l'estomac.

Léa se souvenait précisément de la date: «*17 octobre 1905*». Elle était arrivée très tôt devant les immenses verrières des studios quelque part dans la banlieue de Tempelhof. Et les souvenirs revenaient aussi, comme ses illusions d'avoir cru alors le cœur battant, qu'en franchissant ces grilles elle ouvrirait les portes du rêve.

— Désolant! murmura-t-elle à Kate en se regardant minauder devant la caméra. Je me souviens, j'étais si timide à l'époque que je n'avais pas osé aller aux toilettes avant le tournage... C'est certainement pour cette raison, que je dansais aussi frénétiquement!

Derrière elle, Kate Wahlberg, son amie de toujours, l'observait, inquiète. Elle comprenait soudain pourquoi Léa Palmer, plus troublée qu'elle n'y paraissait, cherchait machinalement ses cigarettes. «Elle fumait trop, bien sûr... » Kate lui fit gentiment signe : il était interdit de fumer dans les salles de montage, les vieux films nitrate étaient trop inflammables.

Depuis le début de la matinée, Kate scrutait les traits fatigués de Léa. Elle la connaissait depuis leur rencontre à Berlin en 1933 et savait qu'elle ne consentait à ce visionnage que par pure amitié, malgré sa fatigue extrême. Car Léa jouait chaque soir au théâtre et Kate savait quelle lassitude dissimulait son éternel sourire. Même si, avec une volonté et un courage exceptionnel, Léa Palmer rayonnait d'une grâce et d'une beauté qui animent seulement les personnalités hors du commun. À 67 ans passés, elle conservait encore une silhouette incroyablement élégante et juvénile. Et une douceur naturelle qui séduisait tous ceux qui l'approchaient.

La porte s'ouvrit. Un jeune homme pressé reconnut Léa Palmer et s'excusa aussitôt, chuchotant dans la pénombre quelques mots à l'oreille de Kate :

— *On vient juste de l'apprendre... Une crise cardiaque. Il n'avait que 50 ans.*

Kate s'était retournée vers Léa : ce n'était vraiment pas le moment de lui annoncer pareille nouvelle. Et comme toujours, Léa intriguée, parut immédiatement percevoir ce qu'elle allait entendre :

— Un problème Kate?
— ... Monsieur Kurt Weill vient de mourir, fit

Kate désolée. Crise cardiaque.

Dans le taxi qui la ramenait à son appartement, les yeux embués de larmes malgré le soleil printanier qui réchauffait New York, Léa songea à cet instant magique où elle avait rencontré Kurt en exil. C'était en novembre à Paris, lors de ce pénible concert de 1933 à la salle Pleyel où le compositeur Florent Schmitt, après la «*ballade de César »* avait eu le culot de se lever et de s'écrier «Vive Hitler!» Léa qui arrivait d'Allemagne, venait de vivre les pires moments de sa vie. Elle avait alors osé aborder Kurt dans sa loge et tenter de minimiser l'ahurissante indifférence du public français :

—... Comment ces Parisiens peuvent-ils encore ignorer ce qui se passe à Berlin? Tous les livres qu'on brûle là-bas, sur les places publiques?

Et puis les jours suivants, il y avait eu cette campagne déchaînée de l'Action française contre le «virus judéo-allemand». Mais avec Kurt, leur rapide amitié s'était vite développée dans ce petit café de la rue des Archives, où ils s'étaient retrouvés, démoralisés, désemparés, sans plus savoir ce qu'ils pouvaient faire et où ils pouvaient fuir. Ils s'étaient vite liés d'amitié, eux les timides émigrés allemands, perdus dans cette brillante capitale, étonnamment insouciante et joyeuse.

Pendant que la radio du taxi new-yorkais jouait les derniers airs de *Lost in the Stars* — que Léa chantait chaque soir sur scène – elle ne put réprimer d'autres sanglots sous le regard inquiet du chauffeur qui ne l'avait pas encore reconnue. «Oui, le passé s'en allait. Oui, un flot de souvenirs la submergeait de nouveau. Ces images des jours atroces à Berlin, ce matin de février 33 où elle avait laissé son fils à la gare, ou malgré toutes ses supplications pour qu'ils quittent l'Allemagne avec sa jeune femme Lizzi, Stefan avait hésité; puis finalement promis de la rejoindre après ses diplômes. Ceux qui avaient vingt ans à cette époque refusaient d'imaginer alors l'enfer qu'ils allaient vivre : «Comment un peuple si moderne, une nation aussi évoluée, pouvait-il basculer en seulement dix hivers et dix étés, dans une folie aussi absurde? »

Lorsque le taxi s'arrêta devant chez elle sur Central Park, Léa réalisa soudain qu'elle devrait jouer et chanter ce soir-là, comme depuis sept mois déjà, et prononcer quelques mots sur Kurt. À cette idée, elle céda de nouveau aux larmes et le chauffeur la voyant si mal, lui demanda s'il pouvait l'aider.

— Madame, ça ne va pas?

Fouillant précipitamment dans son sac, elle tendit confuse un billet, mais refusa la monnaie. Elle était impatiente de sortir de ce taxi où elle étouffait, paniquée, comme si le malheur la rattrapait encore une fois.

En refermant la portière, elle suffoqua littéralement, secouée d'un irrépressible tremblement, sans doute parce que l'air somptueux de *September song* jouait maintenant dans le taxi. Un air qui la ramenait soudain dix-sept ans en arrière. Un air qu'elle avait entendu pour la première fois en descendant du train, à l'automne 1932.

C'était à la gare de Berlin. Elle revenait d'Afrique...

«*Voilà, la boucle était bouclée*» songea-t- elle en retenant par politesse ses larmes devant Wilfried, son aimable portier et vieux confident.

Remarquant sa fébrilité et le tremblement inhabituel de ses mains sur le briquet, ce dernier se précipita aussitôt pour lui allumer sa cigarette :

— Bonjour Madame Palmer. Bonne journée? demanda-t-il inquiet.

I

Berlin, 17 octobre 1932,

Dans le train de nuit qui la ramenait d'Afrique, deux mondes se mêlaient dans sa tête : le chant des centaines d'enfants qui l'avait accompagnée là-bas à la gare de Dar Es Salam, et l'obsession de revoir enfin son fils, «d'oser revoir Stefan », d'oser lui dire tout ce qui s'était réellement passé. Avait-elle eu raison cependant de revenir, après ces quinze années terribles? Elle se le demandait. Une question obsédante qui l'avait tant de fois tourmentée, même par ces nuits magnifiques, sous les ciels étoilés près du fleuve. «Comment retrouverait-elle Stefan, maintenant qu'il allait avoir vingt ans? Après toutes ces années de silence? Toutes ces lettres auxquelles il n'avait jamais répondu? »

Mais au fond d'elle-même, elle savait bien que le temps était venu, qu'il lui fallait affronter sa peur, sa culpabilité, lui révéler qu'elle ne l'avait jamais abandonné. Bien sûr, Hilde et Herbert devaient plus que jamais régner sur la Villa Sturm, et continuer à mentir. De l'accuser. Mais la dernière lettre de Loulou, «l'amie de toujours », l'avait persuadée qu'au seuil de sa vie d'homme, à la veille du mariage de son fils, elle devait rétablir la vérité. Peut-être même qu'elle allait se perdre définitivement aux yeux de Stefan, son fils chéri, mais au moins, sa conscience serait-elle enfin en paix.

D'autant que *«la Loulou des belles années, Loulou la fleuriste »*, celle qui décorait chaque semaine avec talent l'Hôtel particulier de la Villa Sturm, avait d'autres confidences plus importantes à lui faire, mais... qu'elle ne pouvait lui écrire!

Pendant toutes ses longues années dans la brousse à soigner la misère humaine, Léa avait eu le temps d'y réfléchir, d'affronter la vraie douleur. Pas celle qu'elle avait jouée et chanté sur les scènes des théâtres berlinois - même dans les pièces les plus subtiles et les plus engagées –, mais une souffrance bien pire que le dénuement total et la famine, plus désespérante que le carnage de la Grande Guerre, cette apocalypse qu'elle avait pourtant courageusement traversée.

Sa pensée vagabondait ainsi par errements successifs, sans but ni objet, puis revenait sans cesse à la réalité du compartiment. Depuis son départ de Naples, une femme assise devant elle lisait depuis des heures un journal d'artistes avec en couverture le visage d'une comédienne allemande dont Léa avait entendu parler à l'hôpital, mais dont elle ne se rappelait plus vraiment le prénom. «Peut-être Marlène?... Oui, Marlène Dietrich, sans doute.»

Le front brûlant collé contre la vitre froide, Léa plongeait alors de nouveau dans la nuit pour s'évader, cherchant en vain à discerner un paysage qu'elle reconnaîtrait. Celui des belles années où elle partait avec Hans visiter l'Europe, avant que la guerre ne lui enlève son bonheur. Qu'ils étaient loin ces étés brûlants où elle emmenait pour la première fois Stefan à la mer, Stefan ce jeune fils tant attendu qui venait juste d'avoir un an. Il était déjà si calme, si émerveillé par le Monde! Léa avait insisté pour louer juste une cabane de pêcheur sur la Baltique, au milieu des dunes. Elle aimait tellement le vent du nord cinglant et porteur de sel. Mais un matin, alors qu'ils couraient tous les trois sur le sable sous une pluie fine et tiède, une femme bouleversée était accourue du village pour leur annoncer la nouvelle d'un assassinat.

À Sarajevo.

Trois mois plus tard, Hans partait à la guerre établir un hôpital au front, puis Hilde et Herbert ses beaux-parents acceptaient de garder le petit Stefan pour Noël tandis qu'elle reprenait ses cours d'infirmière. Ensuite, elle avait quitté les scènes de théâtres et rejoint Hans. Aujourd'hui, il ne restait de ce sinistre mois de décembre que le souvenir d'un grand sapin dressé dans le hall par Loulou, leurs dernières heures de bonheur avec Hans révolté par la politique stupide de Guillaume II, et leur dernier serment de rester toujours ensemble, quoi qu'il arrivât.

À quelques heures de Berlin, la fatigue et la peur déferlaient en elle sans répit, en vagues obsédantes, accompagnant le roulement régulier du train et battant contre ses tempes au rythme des centaines de tam-tam qui demeuraient pour toujours dans son cœur. Ces tam-tams qui l'avaient jadis accueillie, réconfortée, après les mois de prison.

Comme elle songeait encore au nuage de poussière rouge qui s'élevait là-bas, derrière le dernier wagon, effaçant quinze années d'exil forcé, la porte du compartiment s'ouvrit et le contrôleur entra, accompagné de deux feldgendarmes. Chaque voyageur tendit son billet et son passeport, mais lorsque ce fut au tour de la femme assise à ses côtés, toujours plongée dans sa lecture, celle-ci animée d'un tremblement violent demeura prostrée, incapable de répondre. Lorsque le contrôleur lui promit de revenir avant l'arrivée, elle se mit à sangloter comme une enfant, sans pouvoir s'arrêter.

Sans vraiment comprendre les raisons secrètes qui secouaient la malheureuse, Léa tenta de la faire parler, mais en vain.

De quoi avait-elle peur?

Le train ralentissait et les lumières perçaient de temps à autre l'obscurité de ce début novembre. L'odeur du chariot de café l'arracha à ses pensées. Léa s'aperçut qu'elle avait faim depuis des jours. Elle dut cependant renoncer encore à l'offre du serveur, car toutes ses économies africaines avaient été englouties par l'achat des billets de bateau et de train. Il lui fallait encore acheter un cadeau de mariage pour Stefan, prendre le tramway et rejoindre la banlieue de Loulou, qui lui avait proposé de la loger si gentiment. D'un geste inquiet et machinal, elle palpa ses derniers billets coincés dans sa jarretière devant les passagers du compartiment surpris par ce geste indécent. «Certes le public bourgeois n'avait pas changé!» songea-t-elle. Tous avaient détourné leur regard, loin de se douter que cette femme au visage brûlé de soleil et d'épuisement, ne faisait que répéter sans

malice un gag jadis adoré du public de l'*Apollo* :
quant à la fin de sa chanson fétiche, Léa tirait de
sa guêpière une liasse de billets de banque et
racontait la célèbre blague sur l'inflation
allemande. «...*C'est une pauvre femme qui oublie
devant chez elle son panier, avec toute sa fortune,
et qui le lendemain matin, s'écroule de chagrin et
ne retrouve que... ses billets de banque.* »

— Berlin, Berlin, annonça le contrôleur en
agitant sa cloche.

2

À la forme des chapeaux, Léa comprit rapidement que Berlin avait considérablement changé. Fini les capelines et les nids d'oiseaux! Toutes les femmes coiffées court portaient des chapeaux cloches enfoncés jusqu'aux yeux. Au petit matin, juste avant d'arriver à la Gare de Lehrter Bahnof, elle les découvrait, pressées dans les rues au milieu du vacarme des automobiles, des klaxons impatients, des cloches des tramways et du roulement lourd des voitures à chevaux. Comme le train ralentissait encore pour longer le Quartier des Granges où elle avait passé son enfance, la publicité des cigarettes *Manoli* lui rappela son adolescence misérable. C'était le Sheunenviertel, le quartier juif à une centaine de mètres des métros souterrains et aériens de l'Alexanderplazt : Ramasseurs de mégots, vendeurs de lacets, russo-polonais de la bourse de la rue des Bergers s'y pressaient toujours, au milieu de cette odeur entêtante de saucisses, de choucroute, d'oignon, de croissants chauds aux pavots, de crasse et de schnaps. Léa avait vécu là, jusqu'à la mort de sa mère en 1901. Juste avant de rencontrer Hans, l'amour de sa vie. Elle allait avoir 19 ans et venait juste de réussir son diplôme d'infirmière, tout en rêvant inutilement et sans espoir, de théâtre et de music-hall.

Mais en revenant en ce matin de novembre 1932, Léa contemplait avec une sorte de sécurité retrouvée, ces rues outrageusement lépreuses, ces enfants qui jouaient toujours aux billes, ces vieux immigrants en lambeaux, fragiles et brisés, chassés par les pogromes d'Ukraine et de Galicie, cheminant comme d'habitude au son d'une vieille chanson hongroise dont les paroles disaient : «*Le vent et moi sommes de bons amis, il n'est cour ni maison, ni être humain qui nous pleurent* ». Allaient-ils déjà à cette heure matinale, s'abriter vers l'asile pour vagabonds de la Wiesenstrasse?

Le train entra en gare et Léa ne sut pourquoi le ciel rayé des fils noirs des tramways lui parut un sombre avertissement.

Elle savait pourtant au fond d'elle-même qu'elle pourrait désormais «tenir quelques jours », avant de repartir. Car même si la plupart de ses amis étaient morts pendant la guerre, disparus, ou l'avaient abandonnée après son procès, la fidèle Loulou allait l'accueillir chaleureusement. Et puis elle avait accumulé tant de détermination durant ces milliers de nuits sans sommeil dans la brousse, loin d'un bonheur qu'on lui avait injustement confisqué.

Durant toutes ces années passées, elle avait résisté. Comme elle avait résisté aux blessures de Hans, à sa lente agonie, puis à la honte de sa propre condamnation, à la désertion de ses proches, à la trahison de ses amis, aux mois de prison qui s'en suivirent. Après son départ forcé vers les colonies africaines, en échange du renoncement à son fils et à son héritage, elle avait survécu. De son enfance de pauvre immigrante, elle avait gardé cette résistance à la faim, au froid et aux humiliations. Zocha sa mère lui répétait sans cesse *«Avec de l'humour, beaucoup de tendresse et d'aveuglement... Tu peux survivre à la méchanceté du Monde!* » Léa avait donc fait le plein de bonheur pendant ces quelques années, avec la naissance de Stefan, son mariage avec Hans, et quand enfin, elle avait pu jouer et chanter sur scène. Grâce à la générosité et à la confiance de son mari, l'amour de sa vie. Elle savait donc aujourd'hui, au plus profond d'elle-même, que tout cela demeurait «une réserve de merveilleux instants, capables de la sauver, même dans les conditions les plus pénibles.

Et ce jour-là, en descendant du train et respirant les parfums oubliés de Berlin, sa prémonition lui chuchota qu'elle affronterait encore bien d'autres épreuves.

Son tramway descendit la trépidante Friedrichstasse, puis s'engagea dans la Postdamerstrasse. Bien que rien en apparence, ni sur les trottoirs ni dans les vitrines des magasins n'indiqua vraiment la crise et le chômage féroce dont parlait Loulou dans chacune de ses lettres, la ville semblait aux yeux de Léa, tombée dans une souffrance discrète. La misère qui sévissait maintenant depuis la crise de 29 avait passablement anéanti l'énergie qui animait jadis les Berlinois, avec leur démarche rapide, élégante, autrefois si déterminée. Même lorsqu'en pleine guerre, Léa était partie pour les colonies, le Berlin de 1916 restait une fourmilière animée, laborieuse et colorée. C'était seulement grâce à son amie Martha Tröller la célèbre cantatrice proche de l'empereur, et à Franz Völz son dernier médecin-chef qu'elle avait pu être libérée de prison et admise à «un exil sanitaire », dû à son exceptionnel dévouement sur le front. Le front où l'on ne dormait jamais, où l'on mangeait la viande rance, où l'odeur du sang et des chairs putréfiées vous montait à la tête, mêlée au vertige incessant de l'éther et des plaintes insoutenables. Hans y avait été blessé à la fin de la première année du conflit et son martyre avait duré les deux années suivantes. Léa était revenue aussitôt pour se consacrer tout à lui, devenant son corps, sa vue, sa force, et quelquefois même sa mémoire. De l'homme brillant, sportif et généreux dont elle était tombée éperdument amoureuse à l'âge de 19 ans, il ne restait qu'un corps inerte, meurtri, désarticulé; comme un second enfant pourtant toujours lucide, mais dépendant entièrement d'elle. Les douleurs atroces avaient empiré au fil des mois pour devenir insupportables, même avec la morphine. Lui si actif, si *amoureux de la vie »*, implorait chaque nuit Léa de l'achever... «Mourir, mourir enfin!» Rien n'avait été plus dur que d'affronter ce mur de médecins muets, indécents d'espoir devant sa souffrance, ces médecins si prudents, si religieux, si lâches... Herbert et Hilde , les parents de Hans, avaient au tout début contacté les plus grands spécialistes grâce à leur fortune et à leurs relations. Hilde s'était davantage rapprochée de la religion et communiait chaque matin, tentant d'introduire sans succès auprès de son fils l'assistance de l'église... Ou du moins celle d'un prêtre. Mais Hans, l'universitaire, le psychologue révolté qu'il était, repoussait sans cesse ce qu'il appelait avec humour «la secte de l'encens »

Hilde était donc devenue de plus en plus menaçante vis-à-vis de Léa, inconsciemment jalouse des liens secrets qui se tissaient un peu plus chaque jour entre les jeunes époux. Et Léa, entièrement dévouée à calmer les souffrances de Hans, constatait impuissante que ses beaux-parents augmentaient pendant ce temps leur emprise sur son enfant.

Hilde s'appropriait peu à peu le petit Stefan, le jeune fils de celui qu'un destin sans issue lui enlevait trop tôt.

Bien qu'au début, Herbert son mari, d'un caractère plutôt diplomate, essayât de tempérer la situation, les remarques acrimonieuses de Hilde se firent de plus en plus pressantes, surtout à propos de l'éducation du petit Stefan. «Même provocantes. » Jusqu'à la manière de diriger le personnel et les infirmières dans la maison. Leur opposition au mariage de leur fils avec Léa, «cette jeune immigrante pauvre venue de l'Est », réapparut de plus en plus forte... Il faut dire que Hilde n'avait jamais accepté que son fils épousât un jour une jeune infirmière entichée de théâtre. Et juive de surcroît!

Vint le jour où Hans à bout de force, squelettique et exsangue supplia Léa de mourir enfin. Pendant plusieurs semaines ce fut une torture insupportable pour elle. Léa essaya de se mentir, incapable de s'imaginer capable d'un tel geste. «Comment pouvait-on supprimer l'être qu'on aimait le plus? Celui qui vous avait fait confiance? Le père de votre enfant?» Le merveilleux complice qui avait cru en son talent et qui aimait tellement la vie, la musique, le théâtre, le Monde et les arts. Léa terrifiée redoutait alors les terribles conséquences pour son fils, sachant comment ses beaux-parents et la société berlinoise «bien-pensante» réagiraient forcément... si on l'apprenait.

Bien sûr, au front, elle s'était habituée à la mort, forcée dans ses entrailles d'admettre que la vie n'est plus une nécessité. Lorsque la souffrance ne laisse plus même quelques secondes de répit au corps et à l'esprit . *«Mais pourquoi rien ne*

pouvait-il arriver encore pour guérir Hans?
Pourquoi une telle injustice? Pourquoi n'admettre
aucun espoir possible? »

Ce n'était pas dans la nature de Léa. Elle que
Zocha avait toujours habitué à aimer la vie, à
lutter au milieu de leur pauvreté, à ne jamais
détester l'autre, même dans l'hostilité.

Aussi, lorsqu'elle tenait la main de Hans aux
plus basses heures du matin, lorsque le jour ne
perçait pas encore et que la fatigue ravageait ses
dernières résistances ouvrant toutes grandes les
portes à la douleur, combien de fois avait-elle fui
son regard suppliant? Devant l'insupportable
lueur d'espoir qu'elle céda enfin.

En descendant du tramway, impatiente de revoir
enfin Loulou, elle fit les derniers mètres à pied.
Au coin de la rue, un piano mécanique jouait un
air entraînant. Et à mesure qu'elle se
rapprochait du magasin de fleurs, ses yeux
avides guettaient les lumières familières de la
vitrine, les immenses bouquets de roses dans les
seaux en cuivre qui accueillaient toujours les

clients avec leur merveilleux parfum sur le trottoir. Mais un curieux sentiment, celui qu'elle connaissait bien depuis son jeune âge, la submergea en arrivant devant la femme qui jetait par la porte des brassées d'iris séchées dans le caniveau. Leurs regards se croisèrent et la mine soucieuse de Léa interpella si bizarrement la vendeuse que cette dernière intriguée l'apostropha : «Êtes-vous Léa Palmer? ... je vous attendais. Loulou ne souhaitait pas que vous trouviez son magasin désert. Elle a déménagé il y a trois jours pour rejoindre sa fille. Son pauvre mari a eu un accident, à Munich...»

Léa avait saisi l'embarras de la femme qui - Dieu seul savait pourquoi -prononçait le mot «accident», avec un voile dans la voix. Celle-ci dut s'en apercevoir, car elle fit signe hâtivement de la suivre à l'intérieur. Tout y était en désordre. Un jeune peintre achevait une pancarte indiquant que le magasin ouvrirait la semaine suivante avec de nouveaux propriétaires. «Malheureusement, elle ne pourra vous héberger, car la boutique a été relouée ainsi que l'appartement au- dessus... Et les nouveaux locataires viennent d'arriver.»

Elle désignait d'un mouvement de tête le plafond puis passa derrière la caisse et en tira un somptueux panier aux armoiries dorées de Loulou, recouvert d'une fine soie rose. «Attention, c'est fragile!» fit la femme avec un sourire convenu. «Vous connaissez Loulou, elle était catastrophée de vous imaginer arriver seule ici, surtout que Berlin a bien changé...»

Devant le visage désappointé de Léa, la vendeuse ajouta gênée qu'il y avait une lettre dedans, avec toutes les explications et souleva la soie pour la lui montrer. Léa aperçut une bouteille de vin du Rhin et devina une coupe de cristal soigneusement enveloppée, avec une enveloppe marquée «Pour ma chère amie Léa ».

Avec la fatigue, la faim et la déception, Léa sentit sa tête tourner, mais s'obligea par politesse, à ne pas s'évanouir devant cette pauvre femme et lui causer d'autres tracas. Elle la remercia en s'appuyant du mieux qu'elle le pouvait et le plus discrètement possible au comptoir, tout en louant sa gentillesse.

La poignée de sa petite valise dans la main droite et le panier kitch un peu ridicule dans l'autre, elle se persuada avec l'air humide de la rue, qu'elle pourrait atteindre l'arrêt du tramway, *«sans s'écrouler tout de suite...»*

Deux policiers qui la croisèrent virent une femme souriante, encombrée de bagages hétéroclites, avec une démarche presque théâtrale. C'est en effet ce que Léa s'était mis dans la tête pour ne pas éclater en sanglots, tant une tristesse désespérée l'étreignait : «Avancer la tête haute, ignorer la douleur comme *l'Antigone* qu'elle avait joué autrefois pas très loin d'ici, chez Max Reinhardt. Ne plus penser que la désertion de Loulou était déjà un mauvais présage...

Après tout, elle n'était qu'affamée, seule et sans un sou à Berlin, juste avec sa vieille valise, une bouteille de vin, un verre de cristal et la lettre d'une amie de toujours...

3

Au bout de quelques minutes, elle songea qu'elle n'aurait qu'une mauvaise nuit à passer, quelque part dans une gare, une station de métro ou même sur le banc d'un square... Elle se sentit donc capable de tenir encore une nuit sans manger, tant l'espoir de revoir son fils et le désir de rétablir enfin la vérité l'habitaient. Ces quinze dernières années passées seule en Afrique, loin de tout ce qui avait fait son bonheur, lui donnaient aujourd'hui la force de revenir, d'affronter ce dont elle avait été incapable au lendemain de la mort de Hans. À l'époque, comment aurait-elle eu la force d'expliquer l'inexplicable? À tous ceux qui refusaient toute réflexion? À tous ceux qui n'avaient jamais aimé? À tous ceux que le destin avait préservés de déchirures sans issues. »

En fait, Herbert et Hilde l'avaient accusée d'avoir perdu leur fils, eux qui avaient pourtant acclamé la politique impérialiste de Bismarck et du

Kaiser... Deux millions de morts allemands plus tard, et autant de tragédies - comme leur propre malheur! - Herbert et Hilde cherchaient encore les coupables...

Dans le tramway qui la ramenait vers le quartier du Tiergarten, où se trouvait la Villa Sturm - l'Hôtel particulier de Herbert et Hilde Haenkel -, elle se demandait comment ils la recevraient. Évidemment, ils n'avaient jamais répondu à ses lettres d'Afrique qui demandaient sans cesse des nouvelles de Stefan. D'ailleurs, Léa ne les avait pas avertis de sa prochaine visite. Loulou la fleuriste l'avait prévenue du projet de mariage de Stefan. Elle avait l'appris par la presse, car il semblait qu'Herbert, toujours à la tête de sa célèbre maison d'édition et malgré ses soixante-quinze ans passés, restait très actif.

Et au fur et à mesure que le tramway filait vers le Centre, le passé ressurgissait devant Léa. La vie d'avant revenait avec ses façades connues, ses coins de rue familiers, ses magasins et ses cafés d'artistes où elle avait passé tant d'heures à discuter théâtre, musique et Art Nouveau.

Grâce à Hans, elle avait pu entrer dans ce monde merveilleux, celui que sa pauvreté d'immigrante et son manque de culture lui avaient toujours interdit.

À travers la vitre mouillée par la pluie fine, les images liées à ces bonheurs, ces rencontres, ces rendez-vous où ces attentes affluaient. C'était un flot de visages, d'amis, d'idées, et d'émotions oubliées; et puis l'odeur électrique si caractéristique des tramways, la graisse des roues et le rythme des rails métalliques sur les pavés. Tout la ramenait à travers ce Berlin enfui des années vingt, lui montrait aussi ce que cette effroyable guerre lui avait enlevé depuis quinze ans.

L'élégante Villa *Von der Heydt* avec sa façade intacte de marbre blanc réveilla le souvenir fabuleux d'une soirée, d'un bal masqué où, «encore timide et tremblante de ne pas être à la hauteur », Hans en riant l'avait courageusement présentée à des amis fortunés de ses parents. Léa terrorisée ce soir-là avait refusé de chanter, car de célèbres artistes d'Opéra l'avaient précédée. Ce fut à cet instant qu'elle rencontra Martha Tröller devenue par la suite son amie.

«Chère Martha, aussitôt décédée de la grippe espagnole après le conflit, comme tant d'autres.» À cette époque, Léa était alors consciente des origines misérables qui lui collaient à la peau. Comme un vieux déguisement qu'elle n'assumait pas encore, comprenant alors ce que lui avait toujours répété sa mère : «*La pauvreté était un handicap qui nécessitait beaucoup d'efforts, de temps et de talent, pour la dissimuler aux autres... et à soi-même.*» Aussi, elle en admirait d'autant plus Hans qui, par son amour et son intelligence, l'aidait sans jamais se décourager à s'épanouir dans ce Nouveau Monde brillant. Même si ceux qui l'animaient, étaient souvent cyniques, cruels, mais si passionnants!

Qui aurait pu prédire alors que l'insignifiante petite infirmière juive qui rêvait seulement à l'époque de chanter sur une scène de cabaret, séduirait plus tard ce grand monde inconnu, à force de travail acharné et d'une volonté inébranlable?

Lorsqu'enfin, elle aperçut l'AltonaerStrasse, son cœur se mit à battre bien plus fort qu'elle ne s'y attendait. Au coin de l'Avenue, les arbres aux feuillages roux perdaient leurs dernières feuilles, étoilant l'asphalte d'une poussière dorée; les pâles reflets du soleil d'automne embrasaient les fenêtres de la Villa *Sturm und Drang*, tel un décor d'opéra s'ouvrant sur le prologue.

À cet instant, immobile devant la façade du splendide Hôtel Particulier où elle avait vécu une dizaine d'années heureuses, la gorge nouée par l'émotion, Léa sut qu'elle arrivait au seuil de son destin. «Voilà, songea-t-elle sans que les véritables mots pussent traduire véritablement sa pensée. Je suis revenue!»

4

Son regard avait reconnu les colonnades de l'entrée, les deux imposantes lanternes vénitiennes de la taille d'un homme et le tapis rouge couvrant les marches du perron. Et puis à travers les grilles qui fermaient encore l'accès, Léa distingua la vie à l'intérieur : les lustres du grand salon, celui de la bibliothèque du premier étage et le soupirail éclairé des cuisines, derrière le massif de rhododendrons. Elle crut même entendre depuis le trottoir des éclats de rire habituels, ceux de Lily sa vieille cuisinière. «Lily» qui lui montrait les recettes compliquées de la cuisine française et qui, la première, lorsque Léa était arrivée dans cette maison, l'avait mise à l'aise et lui avait discrètement «soufflé » le protocole à table...

Un klaxon derrière elle la fit sursauter. Elle courut avec sa valise et le panier kitch de Loulou pour s'écarter, évitant une Daimler noire qui s'arrêtait devant les grilles. Un jardinier qu'elle ne reconnut pas accourut pour ouvrir et Léa tapie dans la pénombre, aperçut son ancien chauffeur Roger qui ne pouvait la distinguer. Lui seul était venu une fois, en cachette la visiter en prison, après le drame.

Léa resta ainsi quelques instants dans l'obscurité du soir sans bouger, puis recula lentement. La réalité était là, à quelques pas d'elle. Elle pouvait presque lire l'élégante plaque de cuivre «Villa Sturm und Drang» (Tempête et sentiments) nommé ainsi d'après *Les souffrances du jeune Werther,* l'œuvre de Goethe éditée par le premier fondateur de la famille d'Herbert Haenkel...

Les rêves étaient définitivement clos, les décisions prises en Afrique durant les nuits sans sommeil étaient loin, les grilles massives qui se refermaient en grinçant la forçaient à réaliser tout à coup qu'il lui faudrait demain beaucoup de courage et de culot pour entrer et forcer le barrage des domestiques, affronter Hilde et Herbert certainement stupéfaits, découvrir le visage inconnu d'un fils qu'elle n'avait pas vu depuis quinze ans.

Les réverbères s'allumèrent, éclairant de simples ronds jaunes les dalles brillantes du large trottoir tandis que toutes ses résolutions s'écroulaient. Les fenêtres de l'Hôtel particulier s'embrasèrent d'une lumière chaude et joyeuse à l'intérieur, comme la vie qui renaissait toujours à cette heure-là.

Elle pensa dormir pour oublier, mais se souvint qu'elle n'avait plus aucun endroit pour le faire, ni plus aucun ami dans cette ville pour l'accueillir, ni d'argent pour aller à l'hôtel ou dans une pension, même la plus miteuse.

Un long moment, elle resta là, prostrée, silencieuse, debout devant les grilles, ses mains cisaillées par les poignées de la valise et celle du grand panier, frissonnant dans son mince imperméable qui lui avait coûté une partie de ses économies. Ici il n'y aurait pas de charitable Pasteur Junker pour lui offrir -avec son clin d'œil malicieux! - ce petit verre de cognac si réconfortant, ni ces pauvres cases toujours ouvertes pour bavarder de tout... et survivre au spleen du soir.

Là-bas, à cette heure, le soleil africain se couchait sur le fleuve avec ses lourdes odeurs de vase et mille et un bruits subtils s'élevant de la brousse, naissant de la nuit.

Elle traversa la rue et pénétra machinalement par la faille d'un buisson dans le Parc juste en face où il y avait un banc et un clochard qui le quittait en titubant.

Il regarda Léa d'un air hostile.

Une drôle de photo du petit Stefan à l'âge de deux ans, avec Hans - à quatre pattes à cet endroit – lui revint en mémoire et la fit sourire. «Oui, c'était ici même. Son mari en uniforme repartait le lendemain pour le front. Ils avaient fait tous les trois une longue promenade et revenaient joyeux à la maison, le père et l'enfant souriaient devant l'appareil». Le petit Stefan adorait ce saule pleureur et y jouait régulièrement à se cacher derrière les branches.

Quelquefois même, lorsque Dolfie sa nurse le promenait, Léa les surveillait depuis la fenêtre de sa chambre, juste au-dessus de l'Avenue, pour voir si aucun clochard éméché ne les importunait.

Mais soudain, dans l'humidité froide de la nuit qui lui collait au visage, Léa réalisa cette fois, que c'était elle qui était de l'autre côté de la rue...

5

L'apitoiement ne servirait à rien! Assise, le regard vague, Léa décida de réagir et de faire face à ses tremblements stupides. Elle n'arrêtait plus de frissonner. «Maman, chuchota-t-elle comme à son habitude... Chère Zocha, je sais que tu es là? Alors je t'en prie, ne prends pas froid à m'espionner. » Et elle gloussa d'un petit rire lucide sur sa croyance ridicule d'un au-delà assez pratique et constamment disponible pour la réconforter dans les pires moments.

Et tout en fredonnant un air de Zarah Leander qu'elle écoutait là-bas à l'hôpital sur le gramophone du Pasteur Junker, elle ouvrit le panier de Loulou et la lettre à l'intérieur. Il lui restait juste quelques minutes de clarté avant que la lumière du réverbère de l'Avenue ne devienne insuffisante.

«Ma très chère Léa,

lorsque tu liras ces lignes je serais hélas bien loin de toi et de ton cher fils. J'ai hurlé de rage lorsque j'ai dû partir en catastrophe et fermer ma chère boutique, car je savais dans quelle détresse tu serais en arrivant ici, terriblement seule, sans moi pour te réconforter. Malheureusement, le mari de ma fille vient de nous quitter, victime d'un accident dans la rue, la laissant seule, sans le sou avec deux petits bébés charmants. Connaissant la situation actuelle – dont j'en suis certaine tu n'as pas encore compris toute la gravité – tu sauras que j'ai dû malgré moi voler à son secours à Munich. J'espère même que les choses ici soient plus calmes. Je te laisse mon adresse. Tu boiras en arrivant cette merveilleuse bouteille à notre santé, bien que je sois triste de ne pas la partager avec tes rires et ton humour, comme autrefois. Te souviens-tu de cette merveilleuse première au Wintergarten face au tout Berlin? J'ai hâte de te revoir un jour et, sachant l'épreuve qui t'attend, je te souhaite bonne chance. Ton amie de toujours. Éternellement. Ta Loulou-des-roses. »

Loulou avait même pensé au tire-bouchon soigneusement enveloppé avec la coupe de cristal. Léa ouvrit la bouteille malgré ses mains encore engourdies par la valise, remplit la coupe et la leva vers la façade illuminée, consciente de son geste absurde. Elle murmura pour s'encourager : «À à toi, mon fils!» Après l'avoir bu d'un trait, elle répéta d'une voix tremblante : «Stefan, Maman est revenue. Ta maman...» Une chaleur bienfaisante inondait sa gorge et son ventre tandis qu'un camion de traiteur s'arrêtait devant le portail et klaxonnait pour qu'on ouvrît. Lily apparut sur le perron et le jardinier de tout à l'heure accourut de nouveau vers les grilles. Ce devait être les préparatifs du lendemain. Par les portes ouvertes, Léa entendit les notes d'un piano. Son piano... Comme Herbert et Hilde avaient horreur de la musique classique, elle devina un instant que celui qui jouait ne pouvait être que Stefan. Elle aurait tant voulu l'écouter encore, mais Lily referma aussitôt derrière le livreur. Ainsi, c'était Stefan qui jouait. Ainsi pouvait-elle imaginer ce qui se passait là-bas, de l'autre côté de la rue, dans le grand salon dont elle se rappelait chaque détail, chaque meuble qu'ils avaient choisi avec Hans après leur mariage. «Enfin juste pendant les premiers mois où Hilde avait fait semblant que la maison était à eux...»

La nuit allait être plus douce. Maintenant qu'elle pouvait imaginer son fils, qu'elle pouvait rêver à ce grand garçon blond aux yeux clairs, certainement comme Hans, qu'elle avait quitté quinze ans plus tôt. Loulou lui avait décrit une fois son allure d'écolier sérieux et la douceur de son visage lorsqu'il avait dix ans, avec la même mèche rebelle que son père.

Elle se versa un autre verre et après l'effet calmant du vin sur sa faim et sa fatigue, les bruits s'apaisèrent, devinrent naturellement plus doux, tout s'effaça lentement devant ses yeux avec l'impression de plonger dans un monde aquatique. «Seule, crut-elle avant de s'assoupir, sa mère sur les flots lui lançait une bouée...»

Elle ne put dire depuis combien de temps elle s'était endormie, lorsqu'une voix au- dessus d'elle, accompagnée d'une odeur fétide, la réveilla brutalement. À la faible lueur du réverbère, deux yeux blancs la fixaient, tout près. Une tête hirsute secouée d'un affreux hoquet et coiffée d'un chapeau défoncé, avalait la dernière gorgée d'une bouteille et lui souffla : *«Eh la p'tite dame, si tu veux pas finir dans le poulailler, tu f'rais bien de déguerpir vite fait!* »

Le vieil homme essuya sa manche sale sur sa barbe broussailleuse, songeant certainement que cette bourgeoise assise droite sur son banc était de la *«haute.»* Elle devait s'être égarée d'une quelconque soirée, ou d'un club endiablé...

— Ma valise! Ma valise? se plaignit Léa en cherchant à tâtons son bagage sous le banc.

—... Madame souhaite-t-elle qu'on appelle le portier? Persifla Hector, imitant un ton snob coupé de nouveau par un hoquet suivi d'un rôt exceptionnellement musical.

Léa s'était levée et tournait autour du banc.

«Je vous en supplie, s'écria-t-elle en se retournant vers lui, c'est tout ce qui me reste, demain je dois porter ma robe de... C'est si important pour moi!» Elle ne termina pas sa phrase, comprit soudain le ridicule de la situation.

— Est-ce vous qui me l'avez volée? implora- t-elle.

Celui qu'on appelait «Hector la Tendresse » roula encore des yeux, leva ses deux mains ouvertes en l'air en signe d'innocence et tourna les talons avec un *«Désolé Princesse, j'aurais bien voulu, mais je suis arrivé trop tard...»*

Comme la cloche de la voiture de police retentissait, Léa vit la silhouette du clochard sauter dans un buisson et disparaître. Des bruits furtifs agitèrent les branches, trahissant probablement d'autres présences.

La lanterne aveuglante d'un gendarme éclaira la bouteille vide à terre puis remonta des pieds jusqu'au visage de Léa. La voix tonna derrière le faisceau de lumière : «On ne l'a encore jamais vu ici celle-là? Allez, circulez! Va cuver ton vin ailleurs sale pocharde! Et la prochaine fois, on t'embarque!»

Après lui avoir notifié qu'ils allaient probablement repasser dans une heure, les gendarmes disparurent. Au même instant, Léa s'aperçut qu'un rideau se refermait au second étage de la façade de l'autre côté de l'Avenue, désormais plongée dans la nuit. C'était «sa fenêtre», l'ancienne fenêtre de sa chambre... Elle pria pour que le réverbère ne s'éteignît pas tout de suite, mais au moment où sa pensée formulait ce vœu, il se coupa sans espoir. Machinalement sa main chercha encore sa valise pour en tirer l'album de photos qu'elle rapportait précieusement. «L'album qu'elle voulait montrer à Stefan pour prouver combien Hans et elle avaient été heureux... Fous de joie aussi lorsqu'il était né!»

Une lumière se ralluma dans un fourré.

Elle sentit monter la peur et sa seule certitude à cet instant, fut qu'elle devait s'enfuir de là.

Devant elle, des plumes s'ébrouèrent sur une tête fardée jaillissant d'un autre taillis, suivi du chapeau défoncé de tout à l'heure, puis brandissant une lumière vacillante, un jeune homme en canadienne de cuir lacéré... sortit de nulle part.

— Vous avez sonné Princesse?

— Nous pensions ma belle que tu repartirais en carrosse avec «les lutins casqués?» fit la grosse femme, reluquant les chaussures presque neuves de Léa.

— «La Prussienne » à raison, ajouta Max. Si tu restes là, ils t'embarqueront au prochain tour!

— Oui, au palais des morpions! ricana Nini.

C'est ainsi que Léa Palmer fit la connaissance d'Hector la Tendresse, Nini la Prussienne et Max de Babelberg qui l'entourèrent, sans présentation.

Léa avait quelquefois croisé des clochards lorsqu'elle se promenait dans le parc, mais elle n'en avait même plus souvenir tant ces rencontres étaient brèves et qu'en fait, elle n'y prêtait aucune attention. Elle prit alors conscience qu'elle les regardait autrefois sans les voir. Elle se souvint même qu'enfant, ces êtres barbus et puants lui faisaient horriblement peur. D'autant qu'elle et Zocha, malgré leur dénuement, n'avaient jamais failli à leur toilette, ni au lavage de leur pauvre garde-robe, même l'hiver dans l'eau glacée des caniveaux de Cracovie. Finalement pensa-t-elle en dévisageant ces faces brûlées par le froid et l'alcool, elle n'avait vu ce monde pitoyable que depuis sa fenêtre, «une loge de théâtre si loin de la réalité. »

— Que fais-tu ici? Reprit le vieil homme intrigué.

— C'est pourtant pas un lieu pour faire le tapin, si c'est cela que tu cherches? Trancha Nini.

— Mâdâme avait des bâgâges... et elle accuse le personnel de fouiller dans ses effets intimes, plaisanta Hector en sortant une autre bouteille de son pantalon. Mais Mâdâme a amené sa vaisselle personnelle, pas vrai?

Il montrait avec sa lanterne la coupe de cristal encore sur le banc. Nini la Prussienne s'approcha, fixa Léa avec un mauvais regard et s'empara brutalement de la coupe qu'elle tendit vivement vers la bouteille d'Hector. «À la mienne! Vas-y mon vieux, verse! »

Léa s'excusa.

— Je suis désolé de vous avoir accusé. J'ai dû m'évanouir; vous m'avez fait peur et...

— Tu vois, j'te l'dis! «T'effraies », railla Nini La Prussienne en se tournant vers la face barbue au chapeau cabossé. C'est pour cela qu'ils t'ont viré, même avant que tu violes tes élèves...

— Tais-toi Nini, le vin c'est mauvais pour ta prostate!

— Attention! Les poulets reviennent, fit le jeune Max. Foutez le camp!

Paniquée Léa hésita à les suivre vers les taillis obscurs, cherchant quelques secondes la lumière qui disparaissait derrière Hector, puis se retrouva face au même gendarme grimaçant. Celui-ci approcha sa lanterne et lui demanda ses papiers. Léa, le cœur battant, fouilla dans son corsage et en tira sa carte d'identité.

—... Haenkel Léa? fit-il en levant machinalement les yeux vers l'Hôtel particulier de l'autre côté de l'Avenue. Un instant pensif, il répéta :

«... Haenkel? Haenkel?» Vous n'êtes sûrement pas parents avec les Haenkel d'en face? Ceux de la villa Sturm?

Léa entendit la voix de sa mère lui conseiller fermement de ne pas répondre. Son hésitation agaça le gendarme qui la suspecta aussitôt de dissimuler quelque sale coup.

—... Non, pas du tout, murmura Léa. Pas du tout.

— Alors, que faites-vous là? ... vous n'avez pas l'air d'une mendiante pour vous cacher avec cette racaille?

Il hésita, lui redonna sa carte d'identité et d'une voix ferme lui ordonna de déguerpir. «La prochaine fois, vous n'y couperez pas! »

Il marmonna qu'elle irait rejoindre ces milliers de vas-nus-pieds, travestis, prostituées et chômeurs qui pourrissaient Berlin et lui rendaient la vie infernale. »

«Où aller? » Il commençait à pleuvoir, une de ces petites pluies fines de la fin octobre qui vous transperce le corps. Elle entendit la cloche retentir plus loin, signe que la patrouille s'était sans doute arrêtée pour faire la même besogne à l'autre bout du parc. Comme les phares d'une voiture arrivaient à sa hauteur, le chauffeur la tête hors de la portière lui lança un «Vieille pute! » puis accéléra en trombe, emportant à l'intérieur les rires joyeux de femmes éméchées.

Léa pensa alors rejoindre une station de métro pour y dormir, bien qu'elle se souvînt d'un soir où, revenant du théâtre, elle avait assisté à une scène terrible: Des employés avaient jeté à terre une pauvre vieille clocharde endormie qui s'était fracassé le crâne sur le quai dans un cri atroce.

Une autre voiture fonça de nouveau vers Léa, mais passa sans ralentir, l'éclaboussant simplement d'une gerbe d'eau sale.

— Foutu salaud! hurla-t-elle à bout de force.

Il lui semblait que ses genoux dégoulinaient, que ses mains étaient sales, que son visage même était souillé par l'odeur d'asphalte boueuse. Elle s'essuya tant bien que mal, avec sa manche, s'appuya un moment sur le banc puis comme sa tête tournait, décida d'empoigner le panier dérisoire de Loulou. «La seule chose qu'il lui restait. » Elle se prit à imaginer le ridicule de la situation, et la façon dont elle l'aurait interprétée vingt ans plus tôt, sur la scène de *la Scala*... Murmurant les paroles d'un air qui lui revenait malgré elle à la mémoire. «Oui, il y avait maintenant vingt ans qu'elle n'était plus une artiste, juste une infirmière bénévole dévouée à la misère coloniale... Cette misère, cette pauvreté insupportable dans laquelle elle-même venait de retomber à l'instant.

«Qui sifflait encore derrière elle? »
La lanterne réapparut, ainsi que la silhouette d'Hector, au chapeau défoncé.

— Allez viens par ici, grommela-t-il, il y a un banc où ils ne te retrouveront pas. Juste pour cette nuit...

Bien consciente qu'ils lui avaient déjà volé sa valise, Léa hésita à les suivre, mais sentit qu'elle ne pourrait tenir encore bien longtemps seule dans l'obscurité. Elle pénétra dans le trou sombre du buisson, serrant la main poisseuse d'Hector qui l'attira à travers les branchages, Dieu sait où...

Puis la dureté d'un banc froid, la pluie fine sur ses mollets, des voix inconnues et son désir désespéré de ne plus penser, d'être enfin assommée par le sommeil, l'emportèrent malgré elle.

«Dormir, dormir. Rien que dormir, n'importe où... Mais dormir. »

6

La lumière du jour réveilla Léa. Sans doute aussi les premiers bruits de l'Avenue, derrière les arbres. Il faisait frais, mais la pluie avait cessé, laissant une lumière de soie sur les arbres. Elle se redressa, encore endolorie, et réalisa qu'elle était seule sur un banc au milieu d'une petite clairière isolée. Elle distingua à terre le panier de Loulou avec la lettre ouverte et devina ce qui s'était passé la veille. La vue de ses paumes sales et de sa robe tachée de boue l'horrifia. Dans son esprit, la fontaine du parc était plus loin, derrière le petit pont des amoureux. Ce parc était l'un des plus beaux de Berlin, avec l'immense Tiergarten. Elle se leva péniblement, puis se dirigea vers le bassin où Stefan faisait voguer jadis son petit bateau à voiles. Le gardien n'était pas encore arrivé dans sa guérite, et elle aperçut le pont de bois, tel qu'il était encore dans sa mémoire, avec ses lianes romantiques déjà alanguies par l'automne. Une sensation de chaleur d'été, mêlée au parfum des acacias remonta en elle, avec l'impression de s'accouder un moment sur la balustrade chaude et douce en fin d'après-midi, en juillet, lorsque Hans au loin venait la rejoindre là, après sa journée d'hôpital.

Elle n'osa pas traverser le pont, tant il était encore lié à ces merveilleux souvenirs. Il y a des lieux du passé où il est préférable de ne jamais plus retourner. Plus loin elle aperçut la pagode des toilettes, près du théâtre de marionnettes. Elle pressa le pas, impatiente d'atteindre enfin la fontaine. Elle savait qu'elle ne possédait maintenant que cette pauvre robe pour paraître devant son fils et tenter de le convaincre d'écouter la vérité. Au son du piano qu'elle avait entendu la veille, elle souhaita qu'il ait hérité du talent de Hans, et qu'il soit capable – quel qu'eût été l'endoctrinement de Hilde et d'Herbert pendant ces longues années – de comprendre son geste d'amour...

Rien que d'évoquer ce moment horrible de sa vie, elle sentit la présence de Hans et eut les larmes aux yeux. *«Il est si difficile de connaître le bonheur au début de sa vie»* répétait sa mère, qui se souvenait des jours heureux, avant les pogromes.

Avec son unique mouchoir, Léa tenta de nettoyer les taches, «sous l'œil invisible de Zocha » qui lui chantait doucement, tendrement... de frotter plus fort, et mieux! Comme elle le lui avait vraiment appris!

— Frotte! Frotte! chantait Zocha avec toutes les voisines de la rue des Bergers, attroupées dans la tête de Léa, comme une berceuse dont le violon aurait été le vent.

... Depuis son enfance *Léa-la-timide* imaginait qu'il y avait toujours des voix autour d'elle, des voix qui lui parlaient... quand elle acceptait de les écouter. Hilde cinglante l'avait un jour qualifiée de «tempérament exagérément mélancolique » lorsqu'au cours d'un dîner, Léa avait osé évoquer ces curieuses perceptions...

7

Le parc était encore désert. Comme sa montre avait aussi disparu pendant la nuit, elle n'aurait su dire l'heure lorsqu'elle reconnut le klaxon du laitier. Chaque matin, il accomplissait sa tournée et prévenait Lily la cuisinière de son arrivée. Léa pressa le pas pour atteindre la rue et tenter de parler à Lily, mais elle se retrouva dans la Grande Allée qui menait aux imposantes grilles encore fermées à cette heure matinale. Elle devait passer par les taillis où les clochards l'avaient faîte entrer. Lorsqu'elle y arriva enfin, le souffle court, elle constata trop tard que Lily redescendait déjà l'escalier de l'office avec les bouteilles.

La cloche de la police retentit au loin et Léa se plaqua derrière un arbre, presque surprise de son réflexe désormais prudent. Puis elle revint au banc où elle était arrivée la veille, face à la Villa Sturm, bien décidée à guetter le moment où elle pourrait s'y introduire, étudiant les mouvements des livreurs dans l'Avenue. Deux camionnettes de traiteurs entrèrent, puis celle d'un pépiniériste qui installa aussitôt arrivé, des orangers en caisse ornés de tulle blanc et de somptueux nœuds de satin bleu. Puis quelques minutes plus tard, Hilde sortit sur le perron, suivie de Dolfie la femme de chambre, de Roger le chauffeur, de deux nouveaux domestiques qui devaient être des extras, et d'un nouvel homme à tout faire récemment engagé. Léa entendit son nom : Karl. Il avait l'air d'un lutteur de foire. Hilde entraîna aussitôt tout son personnel derrière elle au pas de course en bas du perron, puis vérifia méthodiquement un à un les orangers alignés depuis la grille d'entrée jusqu'à l'escalier monumental, et leur indiqua longuement le protocole des cérémonies et le plan des décorations. Léa devina que Hilde avait vieilli, gesticulant dans son éternel manteau de loden vert, coiffée de son petit chapeau de chasse piqué d'une plume de faisan invariablement vissé sur son chignon platine, qui lui tirait les rides. Elle acheva de distribuer les tâches avec des gestes secs et précis, puis rentra rapidement. Léa constata encore l'attitude désormais royale de Dolfie. Celle-ci avec son arrivisme inné, avait semble-t-il réussi à dominer tous les autres domestiques. Dolfie avait toujours été du côté du pouvoir, soutenant inconditionnellement Hilde. Elle avait détesté Léa dès le début de son mariage et ne lui avait pas rendu la vie facile. D'autant qu'elle avait toujours été secrètement amoureuse de Hans, le jeune fils brillant de la maison.

Lorsque ce dernier était parti sur le front et que Léa s'était engagée dès la première année du conflit comme infirmière volontaire, Dolfie, capable de l'hypocrisie la plus torve, avait subtilement joué le jeu de Hilde et d'Herbert, insistant pour qu'ils veillent à l'éducation «du pauvre petit Stefan... abandonné.» Quand Hans était revenu paralysé dès le mois d'août 1915, après avoir été gazé, Dolfie avait encore soutenu davantage les conseils de Hilde, «plus appropriés...» Son regard noir et buté sous son front bombé ne craignait jamais personne, croisait souvent celui de Léa avec une calme arrogance. Une jalousie profonde guidait tout son corps. Et plus le temps passait, plus elle osait la contredire ouvertement. Il existait d'ailleurs une photo prise le jour de Pâques 1916 par Hilde, où l'imposante Dolfie trônait devant un massif de camélias, sous une pluie battante, avec Stefan fiévreux dans ses bras, bravant l'interdiction de Léa absorbée au chevet de Hans.

C'est le massif de camélias qui tira Léa du passé, lorsqu'elle comprit que Karl regardait maintenant dans sa direction. Mais il se détourna heureusement sans la voir. Bien abritée par la haie du parc, Léa pouvait donc tout observer de cet endroit, sans se faire remarquer. Elle y échafauda donc son plan de la journée : tout d'abord, elle devrait attendre l'ouverture de la guérite des toilettes pour se laver et avoir l'air présentable. Puis elle guetterait depuis ce poste d'observation le moment opportun et s'introduirait dans la Villa avec les invités. Ensuite, le destin déciderait.

Elle ferait face à Stefan et là...

Le camion du pâtissier entra et deux marmitons sortirent trois énormes pièces montées, aussitôt accueillies par Lily et deux soubrettes enthousiasmées qui poussèrent de petits cris d'admiration. Une autre voiture débarqua en trombe avec les musiciens et leurs instruments. Karl remonta de l'office pour faire le service d'ordre devant le perron maintenant bloqué. Hilde était ressortie en coup de vent et découvrit atterrée ce chaos. Le cœur de Léa battit plus fort à cet instant : elle s'attendait à voir apparaître Stefan. En fait, elle le désirait tellement. Mais à aucun moment, il ne se manifesta. «Où était donc sa fiancée? Allait-elle arriver à la dernière minute?» Loulou ne lui avait rien écrit à son sujet. Herbert devait avoir manigancé un mariage au temple protestant, afin de préserver comme d'habitude, son réseau d'amitiés financières et politiques, celui de sa famille Suisse. Et Léa s'interrogea encore pour deviner d'où partirait le cortège.

Mais à force de guetter, Léa en avait oublié le temps. Elle réalisa soudain qu'il lui fallait courir jusqu'à la guérite des toilettes et se leva d'un bond. La tête lui tourna : elle n'avait toujours pas mangé. «Ne pas tomber, je ne dois ni tomber ni m'évanouir» se répéta-t-elle en se cramponnant au dossier de bois, jusqu'à ce que sa volonté la fît tenir debout. Puis elle marcha et l'air frais lui fit du bien. Encore une fois, son corps obéissait et elle l'en remercia.

— Merci pour tout, soupira-t-elle reconnaissante en regardant le ciel.

La guérite des toilettes était une pagode de style Art nouveau, avec des nervures de bronze qui l'enlaçaient, les mêmes lianes métalliques et souples qui suspendaient le pont des amoureux au-dessus de l'étang. L'entrée donnait sur un immense bac à sable soigneusement ratissé chaque matin par Diogène le gardien, afin que les enfants puissent y jouer sans crainte. Les nurses et les mamans pouvaient ainsi confier quelques instants la garde visuelle de leur progéniture à Madame Magda, «la dame-pipi » qui siégeait telle une vestale à l'entrée de la guérite. Cette icône de l'hygiène berlinoise était un pittoresque cerbère puisqu'elle avait été l'une des célèbres girls de *la Bonbonnière*, un cabaret où la nudité au-dessus de la ceinture faisait fureur à Berlin en 1900. Apercevant Diogène qui ratissait déjà le sable, Léa se demanda s'il allait la reconnaître. Imperturbable, Diogène dévisagea Léa sans sourciller, puis continua sa tâche.

Léa comprit alors qu'elle avait horriblement vieilli.

Derrière sa petite table toujours couverte d'une nappe rouge et or à pompons – les restes d'une revue! – Magda comptait sa caisse puis leva aussitôt les yeux à l'entrée de Léa. En apercevant le bol de café fumant et la brioche dorée sur sa table, Léa sentit son corps se rebeller. «Hélas, ce n'était pas le moment de défaillir!» Elle fouilla dans sa poche et en tira sa dernière pièce de monnaie qu'elle jeta élégamment dans la sébile, certaine que le bruit allait illuminer comme d'habitude le visage de la vieille girl, toujours maquillée comme pour la scène.

— Il doit y avoir longtemps chère Madame, que vous n'êtes pas venue? Grogna Magda en replongeant le nez vers sa boîte. Les tarifs ont considérablement changé.

Irritée, «l'icône» se détacha de sa tâche et dévisagea Léa, hésita, mais parut incapable de la reconnaître. Léa fit semblant de chercher une autre pièce et d'une voix douce affirma qu'elle avait oublié toute sa monnaie... «Qu'elle n'avait malheureusement que de gros billets...» Magda sans sourciller évalua le prix de la robe vieillotte encore fripée par la nuit sur le banc, estima à la baisse le chapeau démodé et consentit un généreux rabais; avec l'arrière-pensée qu'elle retrouverait certainement plus tard, *«à quel souvenir appartenait ce drôle de fantôme. »*

— Allez, je suis bonne fille... Et n'oubliez pas de rendre le rouleau de papier à la sortie!

Léa la remercia, prenant soin de ne pas trop exposer son visage, ce qui intrigua encore davantage Magda.

Enfermée dans les toilettes – la cabine de douche étant trop chère - Léa parvint avec beaucoup d'acrobatie à faire ses ablutions. Ce qui ne la changeait finalement pas des expéditions de vaccinations au bord du Fleuve où dans les villages qui ne possédaient qu'une mare fétide. *Qu'il était loin le temps où Lily* venait lui frotter le dos dans sa baignoire, en ajoutant juste une goutte exquise d'un parfum de Paris?

Léa reparut et fit face à Magda qui lui barrait maintenant le passage :

—... Madame Palmer! Léa Palmer! Quel culot! s'écria l'icône. On m'y reprendra d'être généreuse? Hors d'ici salope! hurla-t-elle. Me faire baisser mes tarifs! Avec toute la fortune de son pauvre mari malade qu'elle a lâchement assassiné...

Léa honteuse s'était mise à courir, poursuivie par les jurons. Derrière elle, Magda prenait à témoin Diogène, puis s'en prenait enragée à deux nurses matinales. Léa comprit que les ravages de la presse - à l'époque de son procès -

étaient encore dans toutes les mémoires et paniqua à l'idée de se rendre au mariage de Stefan, parmi tous ceux et celles qui la détestaient certainement encore, et qui la croyaient évidemment coupable.

Mais elle se sentait enfin propre.

8

Les invités arrivaient, certains déposés en taxi, d'autres par leurs chauffeurs. Quelques- uns venaient à pied des Hôtels particuliers avoisinants. Léa derrière sa haie vit passer avec un pincement au cœur la Daimler noire de Roger ornée de rubans et d'œillets blancs. En quelques minutes, la cour et les abords de l'Avenue étaient pleins de monde; les hommes en haut de formes et smoking, les femmes enveloppées d'élégantes fourrures et coiffées d'immenses capelines. Le temps était frais. Un bas soleil d'automne allumait d'une lumière fanée cette foule piaffante qui n'avait d'autres soucis que les présentations protocolaires. De l'intérieur, jaillissaient périodiquement par les portes d'entrée des bouffées de musique classique : Bach ou Mozart. Herbert avait dû pour l'occasion se plier aux exigences de Hilde, car autant sa culture littéraire était délicate et riche, autant ses penchants musicaux allaient vers les cloches à vaches. Il avait malheureusement une mélancolie enfantine pour les typiques flonflons alpestres; une nostalgie pour ces fêtes paysannes où il pouvait enfin se libérer du protocole paternel et prussien...

Une autre limousine décapotable drapée de tulle rose et bleu apparut. Léa comprit trop tard que les silhouettes qui en descendaient à l'arrière et gravissaient les marches étaient les parents de la future femme de Stefan. Tandis que la foule les applaudissait en se massant vers l'escalier pour pénétrer à leur suite vers le perron, Léa décida de sortir de sa cachette. Un vin d'honneur devait certainement être donné à l'intérieur avant le départ pour la cérémonie.

Autant dire que jamais elle ne s'était sentie aussi ridicule et aussi vulnérable. Même lorsque, profondément fière et assurée de son geste d'amour, elle avait pénétré quinze années plus tôt, sous les huées et les pires injures, dans la grande salle du tribunal de Postdam.

Karl aboyait partout et dirigeait le service d'ordre effectué par huit laquais perruqués et costumés : Hilde visait toujours «grand, prétentieux, historique et allemand!» Comme la foule était maintenant si dense que la cour et le jardin ne pouvaient même plus laisser entrer une seule voiture, Léa se faufila par la petite porte de service où, désignant l'élégant panier de Loulou au jeune laquais, elle annonça qu'elle venait coiffer la mariée... Devant son air banal et son manteau fripé, le laquais hésita un instant à appeler Karl, mais Léa lui lança un «Vite, nous allons être en retard!» qui pouvait le condamner s'il se trompait. C'est ainsi que lorsqu'elle était encore une jeune figurante, elle avait plusieurs fois franchi les portes des théâtres avant de connaître Hans, pour obtenir un petit rôle.

Après son mariage, elle n'avait eu évidemment qu'à inviter les Directeurs, à souper... *«C'est fou ce qu'un Hôtel Particulier ouvre les esprits sur la Culture, persiflaient ses concurrentes jalouses!»*

Bloquée entre la baronne Tissen et l'héritière de la Banque Warburg, Léa s'avança lentement vers les marches du perron, prenant soin de ne pas rester plus d'une minute à côté d'un invité qui aurait pu vouloir lier la conversation et s'étonner de son allure lamentable. Plusieurs fois elle avait frôlé le drame lorsqu'un homme trop entreprenant s'en apercevait, puis stupéfait s'éloignait aussitôt. Peu à peu elle reconnaissait beaucoup des relations d'Herbert et Hilde : Le monde des affaires, de la politique, de l'édition et des journaux; une faune étriquée, ennuyeuse, qu'ils avaient résolument fui autrefois avec Hans. Ce qui n'avait pas manqué d'alimenter les reproches et la rancune d'Herbert et Hilde, alors furieux qu'elle isolât peu à peu leur fils d'un milieu si vital à Berlin, «pour lui... comme pour eux. »

«Où était-il maintenant? Où était son Stefan? » En franchissant les grandes portes du vestibule, étouffée par un maréchal couvert de décorations de la Grande Guerre et une journaliste du *Deutsche Zeitung* qui - à entendre les conversations – avait récemment fait un papier complaisant sur les Éditions Haenkel, Léa était parvenue à se glisser jusqu'au bas des marches

de l'escalier monumental qui dominait le hall.
L'orchestre jouait en haut tandis que des laquais
servaient les invités derrière une table en U qui
fermait toutes les entrées du rez-de-chaussée.
Devant tant d'affluence, les musiciens
changèrent de partitions pour jouer un air
délicieux de Zara Leander, à la plus grande joie
de tous. Herbert en queue de pie, accueillait ses
relations aux côtés de Hilde vêtue pour une fois
d'un élégant tailleur en velours gris perle... Tous
n'avaient d'yeux que pour le haut de l'escalier où
devait apparaître le couple. Léa attrapa au vol
une petite saucisse chaude que lui tendait un
majordome, «si délicieuse dans son estomac vide
qu'elle crut avaler une brûlante brique de
bonheur ».

Lorsque l'orchestre s'arrêta, Léa chercha Stefan
des yeux. Une pensée horrible la traversa:
«Serait-il encore capable de la reconnaître, après
ses quinze années d'Afrique? Il n'avait que
quatre ans lorsqu'elle l'avait quitté en larmes,
devant les gendarmes venus l'arrêter... »

Elle était désormais lucide, songeant qu'elle avait vieilli. Elle sentit une inexplicable lassitude l'envahir, une si lourde tristesse que sa gorge s'assécha. À côté d'elle quelqu'un commença à applaudir, puis toute l'assistance suivit lorsque la jeune mariée apparut tout en haut dans une robe magnifique, escortée d'un essaim de demoiselles d'honneur. Léa s'aperçut alors qu'on l'agrippait et se retourna vivement pour dégager son bras. Les yeux noirs de Dolfie étaient pointés sur elle, la transperçaient.

Malgré les exhortations de son ancienne femme de chambre qui alertait déjà d'autres domestiques, Léa se libéra et tous les regards se tournaient peu à peu vers elle. Herbert accourut, aussi stupéfait de la découvrir que si Mickey Mouse lui était apparu réellement. Sa vue défaillante n'avait sans doute pu la reconnaître immédiatement. Il y eut alors dans l'assistance une vague grandissante de brouhaha, puis le silence qu'une voix brisa du haut de l'escalier. Immédiatement, Léa reconnut la silhouette élancée de son fils en smoking sombre, le visage encore juvénile, une mèche rebelle soulignant son regard clair qui lui rappela immédiatement celui de Hans...

—... Stefan, lança-t-elle émue en s'adressant à lui, la gorge nouée.

Ce qu'il voyait en bas n'était qu'une femme mal habillée, au manteau fripé, presque hagarde, qui l'interpellait en cet heureux jour, au milieu des invités.

— Qu'on lui donne quelque chose, allez! ordonna-t-il généreusement à Dolfie, accompagné d'un signe bref à l'orchestre pour qu'il se remette à jouer. Amusez-vous! C'est le plus beau jour de ma vie! reprit-il joyeusement en enlaçant tendrement sa charmante fiancée amusée par cette clocharde culottée qui s'était introduite dans leur réception, on ne sait comment...

Herbert atterré interpellait Hilde d'un regard paniqué : *«Stefan pouvait-il reconnaître sa mère? »*

— Stefan, je t'en prie... Je... Murmura faiblement Léa honteuse.

L'orchestre recouvrit sa voix.

Brutalement maîtrisée par Karl et deux laquais, ils l'entraînèrent de force sous les regards déconcertés des invités. Pour qui se prenait cette indigente qui osait perturber une aussi brillante cérémonie? Hilde et Herbert précédèrent Karl, ouvrant le chemin en s'excusant, sans se retourner jamais vers celle dont ils ne souhaitaient surtout plus croiser le regard. «Comment était-elle arrivée jusqu'ici? Pourquoi leurs amis du Ministère ne les avaient-ils pas prévenus de son retour d'Afrique? » Léa se débattait, s'agrippait furieuse à tout ce qu'elle pouvait attraper, humiliée, enragée. Son unique occasion de se justifier s'enfuyait. À bout de nerfs, elle hurla : «Stefan, mon fils... Je t'en prie, je t'en supplie, écoute-moi? »

Malgré la musique, son cri ameuta de nouveau les convives, puis provoqua davantage de quolibets.

En haut de l'escalier, Stefan irrité, dévisageait cette fâcheuse trouble-fête qui continuait à gesticuler. Hésitant un instant dans sa tête à nommer secrètement ce qu'il voyait.

Hilde avait pâli. Son petit-fils s'avança vers la balustrade et l'interrogea du regard, comme pour lui demander «Qui est-ce?...»

Hilde savait qu'il finirait tôt ou tard par la reconnaître, et ce, malgré quinze années de silence et d'une irréprochable persévérance à «purifier » tous les albums de photographie. Elle avait toujours eu peur hélas que ce moment arrivât. Et il arrivait!

Elle guetta sa réaction, «certaine qu'avec l'intelligence aiguë qui était déjà celle de son père, son petit-fils Stefan franchirait un jour la barrière du doute... »

Elle bouscula vivement un laquais et referma la lourde porte derrière elle. Herbert maintenant à l'abri des rumeurs, insultait Léa entraînée sur le perron. Hors de lui, il la traitait «de vulgaire criminelle, d'horrible poissarde de bas étage qui venait gâcher le mariage de son fils... Un fils qui la reniait à jamais. À jamais! Ne l'avait-elle pas encore compris? »

— Je vous en prie, laissez-moi-le voir, lui parler? Juste quelques minutes! suppliait-elle encore, secouée par les sanglots de son échec.

Passé les portes, Hilde hystérique s'acharnait elle aussi, autant enragée par la surprise qu'avait provoquée cette irruption (qu'elle n'avait pas prévue!) que par la peur des rumeurs qui pouvaient atteindre l'honneur de leur future belle-famille et les discréditer à jamais dans Berlin.

— Comment osez-vous vous présenter en un pareil jour dans cet état lamentable? Dans cette maison où vous avez achevé Hans? Ne comprendrez-vous donc jamais rien? Jamais?

Durement maîtrisée par Karl qui lui maintenait les bras comme une voleuse, Léa les retrouvait comme elle les avait quittés après tant d'années. Sincères, intraitables, perverses.

—... Après tout ce que nous avons fait pour vous éviter la honte et la prison à vie? Souffla encore Hilde, venimeuse. Comment osez-vous persécuter un enfant que vous avez délibérément abandonné? Humilié? Pour vous approprier sa fortune!

Conscient que leur absence à l'intérieur risquait d'attirer l'attention, Herbert ordonna à Karl d'appeler la police, mais Hilde affolée d'une quelconque possibilité de scandale le persuada de rejeter simplement Léa à la rue:

«Désormais elle était sans danger, car tous les domestiques seraient sur leur garde. Et elle retournerait d'où elle était venue.»

Conduite sans ménagement sur le trottoir devant Lily interloquée et quelques invités en retard qui feignaient par bienséance de ne rien remarquer, Léa se retrouva seule, titubante, ses poignets et ses bras douloureusement endoloris, livrée aux blagues vulgaires des chauffeurs.

— Va cuver ailleurs, vieille soularde!

Elle avait échoué. Lamentablement échoué. Tous ces jours, ces heures et ces nuits à imaginer ce moment où elle leur ferait face pour dire sa vérité, preuves à l'appui, avaient été anéantis en quelques minutes.

Sans savoir où le trottoir la menait, elle marcha avec l'envie de vomir. Avec l'image obsédante de tous ces visages hostiles qui s'étaient moqués d'elle. Elle se détestait d'avoir tant changé sous le poids de la misère et de l'injustice, à tel point que plusieurs invités - des relations d'autrefois - ne l'avaient même pas reconnue. «Oui dans la foule, il y en avait qui l'avait croisé jadis dans ces interminables dîners mondains de Hilde et Herbert et qui avaient aussitôt détourné leurs regards. Avec dégoût. »

Devant elle, Zocha, au détour de l'Avenue lui murmura que le petit Stefan avait vraiment changé, qu'il était devenu aujourd'hui un homme svelte et séduisant, sûr et déterminé, que Léa devrait faire encore «quelques efforts » pour le reconquérir...

— Maman! souffla-t-elle révoltée. Alors, aide-moi? Si tu es autre chose qu'un vieux spectre dans un caniveau?

Elle s'accusait de stupidité, d'avoir manqué de jugement. Elle revoyait aussi cette haie d'invités qui la fêtaient trente et un ans plus tôt sur ce même trottoir, lorsqu'au bras de Hans, ils étaient sortis joyeux et fous d'amour de la maison, pour se marier. Quel gâchis! Quel échec!

Derrière elle, murmures et ricanements ne s'apaisèrent plus. On évoquait sous les lustres du Grand salon l'incursion odieuse et lamentable de «*la Palmer*! » Celle qui avait achevé le Dr Haenkel et abandonné son fils, cette petite juive arriviste et sans-le-sou qui voulait certainement faire main basse sur sa fortune. »

La fête commençait... La Fête pouvait commencer. L'orchestre joua un air léger tandis que les klaxons des limousines annonçaient la ruée vers la mairie et le Temple protestant.

En face, de l'autre côté de la rue, trois clochards assis derrière la haie, regardaient amusés cette femme en pleurs sur le trottoir, avec son gros panier ridicule enveloppé de soie rose...

9

Autour du Tiergarten, les Hôtels particuliers s'éveillaient dans la brume. À part quelques nouveaux tennis impeccablement ratissés, quelques jardins d'hiver récemment construits, peu de choses avaient changé. Elle avait marché toute la journée dans cette douceur silencieuse de l'automne. Sans cesse sur ses gardes pour ne pas rencontrer d'anciens voisins, elle s'était sentie plusieurs fois sale sous les regards d'enfants qu'elle croisait avec leurs nurses. Une fois, elle n'avait pu éviter une ancienne voisine qui l'avait longtemps scrutée. Celle-ci avait d'abord hésité à l'aborder puis au dernier instant s'était retournée, certaine de s'être trompée. «Non, cette femme négligée et sale ne pouvait être *la Palmer*, l'ancienne comédienne et chanteuse, meurtrière de Hans Haenkel... »

Léa avait ainsi découvert au fil des rues que le temps et la misère pouvaient l'aider à se dissimuler. À se protéger... Même son fils ne l'avait pas reconnue! Et qu'en avait pensé sa ravissante fiancée «Lizzi »? Parce qu'elle s'appelait ainsi : «... Lizzi. » Léa l'avait entendu lors des conversations. Les invités disaient qu'elle était charmante et musicienne... sans doute un peu provinciale. Stefan aimait tellement la musique! Lorsque son père où quelque ami se mettait jadis au piano ou lorsque des auteurs venaient à la maison faire répéter des airs à Léa pour le théâtre, le petit Stefan réclamait qu'elle lui chantât *Shamayim,* une célèbre berceuse yiddish qui parle du ciel. Que de doux moments son enfant lui avait donnés lorsqu'il s'endormait paisible dans ses bras. Comment pouvait-elle alors imaginer qu'elle devrait un jour l'abandonner si brutalement?

Cela faisait maintenant plusieurs heures qu'elle marchait sans but dans les rues, reprenant sans cesse son périple autour du quartier chic du Parc.

Les arbres, les haies, les entrées et les clôtures lui rappelaient tant de promenades, de conversations et d'espoirs. Des déceptions de théâtre, des rôles obtenus par chance, et des doutes artistiques aussi. Des passages de sa vie qu'elle ressassait seule alors, épuisant ses plus intenses hésitations dans ces marches solitaires. Léa n'avait jamais été sûre d'elle, jouant sa carrière à chaque rôle.

Lorsqu'elle avait rencontré Hans, il avait justement trouvé en elle cette peur, cette folie, cette démesure et cet imaginaire qu'il y avait de profondément refoulé en lui. «Mon éducation prussienne!» disait-il, avec ce sourire mélancolique. Un sourire que chaque femme romantique aurait souhaité consoler! Il y avait toujours au fond de ses yeux, cette légère tristesse propre aux enfances refoulées.

Léa quant à elle savait que Zocha, avec son caractère rebelle, s'était libérée très tôt du pouvoir écrasant de son père et des hommes. Lorsque celui-ci s'était enfui de Kichinev, elle avait élevé seule Léa dans une extrême liberté. Zocha était une femme profondément juste, intelligente, ce qui n'impliquait jamais aucun rapport de force tant sa conduite était un modèle et donnait naturellement envie de l'imiter. «Imiter sa douceur, imiter son simple bonheur de vivre dans l'instant! » Car, malgré son métier ingrat de couturière et son statut de pauvre immigrante à Berlin, Zocha avait toujours été d'humeur égale et gaie. «Le plaisir, disaient ses proches, c'était simplement de la rencontrer... »

Ce matin-là, le vertige pour Léa c'était le défilement des dalles sous ses pas, la vue de ce trottoir à n'en plus finir, sans trop savoir ce qui la poussait à marcher, marcher toujours. L'obsession de son fils, la silhouette froide d'un étranger en haut de l'escalier, la raideur propre aux éducations rigides dont son père Hans avait déjà tant souffert. Et quelle avait tant de fois essayer d'adoucir par son amour. Une souffrance secrète que le petit Stefan, lâchement abandonné, avait certainement dû apprivoiser au fil des années... Loin d'elle, de la vraie chaleur d'une mère.

Qui était son enfant, aujourd'hui?

À la fin de la journée, à bout de force elle avait erré, poussée au bord du vide. Elle avait échoué. Elle n'avait plus aucun espoir de revenir à la Villa Sturm. Tout était fini, tout ce qu'elle avait projeté pendant toutes ces années, ces centaines de nuits sans dormir, cet espoir de justice qui l'avait fait vivre, où plutôt survivre, cet instant tant de fois rêvé où elle aurait retrouvé son passé intact et son fils, comme autrefois. Pour lui dire...

Elle rodait donc tout autour du quartier comme une automate, épiant à chaque passage devant les grilles de son ancienne demeure, le cortège nuptial, le départ des limousines, les rires, les invités, les voitures de luxe ornées de magnifiques gerbes de lys odorants, la musique du grand dîner, le bal, les départs, leurs cris joyeux... Elle aurait voulu graver dans sa mémoire tous les visages, les prénoms des nouveaux amis de son fils. Comme si elle avait souhaité emporter ces images avant de mourir. Elle ne pensait plus, elle ne vivait plus, elle marchait dans la nuit. Comme tant de fois, elle repensait à la mort, à cette délivrance qu'un tout petit rien - juste un peu de courage - pouvait libérer en quelques secondes.

L'oreille collée aux barreaux de bronze froid du square, elle écouta chaque bribe des conversations venues de l'autre côté de l'Avenue. Elle avait entendu la voix de Roger, son ancien chauffeur et beaucoup de bonnes choses étaient revenues du passé. Elle avait pleuré, épongé ses larmes dans son unique mouchoir taché de boue. Mais maintenant, qu'importait!

Elle pleura encore lorsqu'elle entendit prononcer le prénom de Stefan, de sa femme... Lizzi. Un si joli prénom qu'elle aurait aimé prononcer comme une mère normale : «Lizzi, Lizzi et Stefan... »

Jusqu'à ce qu'une présence derrière elle, à côté du banc, et une odeur de schnaps, la fasse sursauter. Ce clochard hirsute et malodorant au regard d'aigle l'observait encore. Hector puait l'alcool. Il était comme la veille accompagné de

Nini et ses plumes mouillées, de Max à la canadienne de cuir neuf, sans doute volée, et de trois autres ombres qui sortaient tranquillement des taillis. À bout de force, dans l'obscurité menaçante, Léa était prête à s'évanouir. Non sans humour, elle les prévint résignée «qu'elle ne possédait plus rien!»

Ils l'entourèrent, méfiants. Une autre femme rougeaude tendit timidement quelque chose, dans un bout de papier journal huileux :

— ... On m'*appelle* «Grete, Grete la Bouchère». Tiens, prends cela... si tu ne veux pas finir comme cette pauvre vieille sardine. Les ouïes dans la sciure.

— Fraîchement pêchée dans une poubelle de la *PotsdamerStraße*! ricana Hector amusé par l'air épouvanté de Léa.

«Juste grignotée. Rien que de la bave de riches!» ajouta-t-il en montrant de son doigt sale des morsures dans le poisson.

— Mange! Mange ma belle! fit Max. Avec la crise on ne sait pas si demain les sardines auront encore des queues.

Hector la Tendresse poussa la main tendue de Grete vers Léa hésitante. Pouvait-elle encore refuser cette nourriture offerte généreusement? Qui plus est, sur la page des spectacles du *Die Berliner Zeitung*? ... Léa malgré la pénombre aperçut l'annonce du dernier film d'Anny Ondra et Veit Harlan, avec qui elle avait joué quelquefois. Mais Léa avait faim. Elle n'en pouvait plus d'avoir faim! La douleur lui dévorait le ventre.

Elle avala ce soir-là, ce que ses domestiques n'auraient jamais eu l'autorisation de donner au chien. Mais que pouvait-elle encore prétendre? «Elle n'était plus rien, ni personne. »

— T'as pas l'air d'une Berlinoise? D'où viens-tu?

— Laisse là sucer son poisson, fit Nini à Grete, en profitant pour lui reprendre la bouteille. On l'a vu ce matin essayer de voler les riches d'en face et se faire sortir comme une traînée par les sbires de la «Haute»...

Hector en rôtant tendit sa bouteille à Léa :

— Bois, tu oublieras ta chienne de vie!

— Merci, je suis trop fatiguée pour boire et...

D'un geste Grete lui arracha jalousement sa sardine sur le journal et goba goulûment la tête de poisson : «Laisses-en pour nous autres? J'peux pas nourrir toutes les morues comme toi qui échouent ici avec la marée...? »

À la lumière du réverbère d'en face qui venait de s'allumer, Max passa précautionneusement les restes du poisson décharné à une jeune clocharde hirsute apparue juste derrière lui. Elle s'appelait Dora. Bien qu'elle n'eût qu'une vingtaine d'années à peine, ses yeux atrocement cernés et sa maigreur, lui donnaient l'air d'une vieille femme. Elle devait être tuberculeuse. Dora tremblait de froid et enfourna maladroitement dans sa bouche les restes du festin.

— Regardez! Veit Harlan fricote maintenant avec les chemises brunes? » fit Max qui s'était emparé du journal.

— Arrête, Max! Ça suffit... Avec ceux-là tu finiras encore plus mal!

Dora détestait qu'on parlât politique. Cela lui faisait peur.

Max n'avait qu'une trentaine d'années. C'était un ancien machiniste viré des studios. Communiste virulent, il avait été mis sur la liste noire. Dans un tract syndicaliste, il avait ouvertement accusé Alfred Hugenberg, le magnat de la presse et de la UFA, de duplicité avec le parti National socialiste.

Max observa attentivement Léa assise sur son banc, les yeux rivés sur la façade illuminée de l'autre côté de l'Avenue.

De l'imposante Villa Sturm parvenaient maintenant des rumeurs de bal et des rires. De temps à autre, des voitures repartaient en trombe, klaxonnaient dans la nuit avec des cris de femme saoule, des fracas de bouteilles brisées lancées joyeusement sur les pavés.

— T'as pas répondu? Comment t'appelles- tu?

—... Je m'appelle Léa.

— D'où viens –tu?

— D'Afrique...

— D'Afrique? D'Afrique? Nom de Dieu! jura Nini la Prussienne qui ne s'en laissait pas conter. Y a pas d'hospice de fous qui s'appellent comme ça à Berlin?

Ils regardèrent Léa avec méfiance. Comment cette petite femme frêle pouvait-elle revenir de la brousse? De ces lointaines colonies allemandes confisquées après la défaite? Et que venait-elle faire ici, dans cet enfer de misère, de chômage et de violence qui s'aggravait chaque jour?

— Pourquoi es-tu revenue? demanda un fort accent hongrois.

Zach sorti de l'ombre tendait une moitié de pomme dont il sépara brutalement la pourriture d'un coup de couteau : «Ne mens pas? On t'a vue ce matin voler les riches? »

Son sourire édenté et ses yeux fixes effrayaient Léa. Il attendit sa réponse, elle hésita: «Pouvait-elle encore faire confiance à ces pauvres bougres qui semblaient l'accueillir après l'avoir dévalisée? Ou... était-ce plus prudent de dissimuler encore sa véritable identité? » D'autant qu'elle se souvenait d'une lettre de Loulou... relatant les viols de plus en plus nombreux dans les parcs.

Dora souffla quelques mots à l'oreille de Grete qui terminait de vider la bouteille et vacilla sur ses grosses jambes avant de s'affaler par terre, complètement ivre : «Toi ma belle t'es pas claire... » gloussa-t-elle en relevant la tête vers Léa, avec un hoquet digne d'Hector.

— Dora lit dans les âmes, affirma Nini ébrouant ses plumes en les tordant d'une main experte, comme des poireaux sortis d'une soupe.

— Croyez-moi, murmura Léa à bout de force. Je suis morte de fatigue et je vous promets de tout vous raconter demain...

— «Demain? Elle a de l'espoir la distinguée de mes deux!

— Si t'es encore vivante?» lança Grete méchamment. Il y en a ici qui ne passe même pas la première nuit!

— Laissez là, grogna Hector qui semblait avoir l'autorité d'un père sur eux tous. Nini, prête-lui ta fourrure pour la nuit.

Avec un mauvais regard, Nini plutôt contrariée tira d'une capote en toile de bâche, une peau de chat avec la tête et la jeta rageusement vers Léa. Nini qui avant d'être une modiste ruinée par la crise et ses amants, avait été prostituée «internationale», dans un port de la Baltique, détestait les menteuses.

— Je vous promets que je ne vous mens pas!... J'habitais cette maison et...

— Toi? Elle se fout de nous! éructa Nini. Hector va-tu nous laisser insulter par cette traînée qui sort des égouts?

— Voyons ma belle, y a pas de honte à vivre dans le caniveau? Fit gravement Hector. Nous étions tous honnêtes, jadis...

—...Juste avec de mauvais horoscopes, ricana Max.

—... Et Madame est sans doute la cousine du Kaiser pour habiter le château d'en face? Fit Nini jalouse de l'attention qu'Hector portait à la nouvelle.

Léa tenta de se défendre, mais les mots ne sortaient plus de sa gorge, la tête lui tournait, tous ces visages grimaçant au-dessus d'elle et cette odeur de schnaps et de crasse humide, l'étourdissait jusqu'au vertige.

«Peut-être l'écœurement dû à la fraîcheur du poisson? » murmura Zocha avec humour.

Ce furent les derniers mots que Léa distingua avant de tomber dans le noir et perdre connaissance. La voix ironique et douce de sa mère...

Max aida Zach à l'allonger sur le banc et lui tira son manteau sur les jambes. Ses lèvres bougeaient encore, mais aucun son ne sortait de ses lèvres. Pourtant au fond de cette nausée sans lumière, Léa souhaitait désespérément leur prouver qu'elle avait bien été la femme de Hans Haenkel, qu'elle était honnête, qu'elle avait été avant la guerre l'honnête maîtresse de maison de la Villa Sturm Und Drang, en face, de l'autre côté de l'Avenue... Qu'elle n'avait jamais fait de mal à quiconque!

Dans son cauchemar des valets en livrée noire la pourchassaient dans les rues avec une nuée de musiciens. Sans visages, ils tentaient de l'attraper avec leurs instruments de musique en forme de crochets. Et Zocha agitait à chaque coin de rue d'énormes arêtes de poissons qui résonnaient comme autant d'horribles clochettes agaçantes. «Heureusement, se disait Léa, si elle parvenait à leur échapper et grimper à temps le grand escalier – l'escalier sous le grand lustre – elle pourrait leur chanter l'une des chansons qui avaient fait sa gloire et ils l'applaudiraient. Et la croiraient! Mais elle n'arrivait pas à les convaincre, malgré son époustouflant numéro où elle dansait un charleston endiablé avec huit silhouettes en cartons découpées à son image, tenues par des élastiques, attachés à sa partenaire... Un numéro d'avant-guerre du cabaret *Tingel-Tangel*. Et elle reconnaissait soudain ces silhouettes en cartons: C'étaient Dolfie et Hilde multipliées par dix, reproduisant ses propres gestes! Elles jaillissaient de la fosse d'orchestre, essayaient de lui attraper les jambes et l'attiraient au bas d'un grand escalier! Léa avait beau gravir les marches de toutes ses forces, elle glissait sur des marches aplaties, sentait leurs mains attraper ses chevilles et l'entraîner de force dans la fosse d'orchestre en flammes. Et la poursuite recommençait, sans fin, sans cesse, avec un drôle de goût de poisson dans la gorge...

Léa se réveilla en sursaut.

Elle ne savait plus où elle était, tant la nuit était noire malgré les braises d'un feu près d'elle. Elle hurla paniquée.

La nuit s'annonçait froide et Hector avait prié Zach d'amener le vieux landau défoncé. De cette carriole dissimulée en permanence dans les taillis, le hongrois avait tiré des brindilles sèches et des vieux journaux, puis allumé rapidement un brasier. Grete ronflait déjà comme une bouilloire, Nini et Hector s'étaient collés et commençaient à chanter... Ils entendirent la cloche de la police passer au loin, mais ce soir-là, ils savaient qu'ils seraient tranquilles, car la fête d'en face dissuaderait les autorités de se retrouver nez à nez avec des riches et des personnalités en état d'ébriété.

Ils savaient aussi que cette foutue menteuse qui prétendait s'appeler Léa Haenkel et habiter jadis l'Hôtel particulier d'en face, se moquait d'eux. Ils savaient que les riches, même en temps de crise, se sauvent toujours et qu'elle ne pouvait être vraiment de «la haute ». Qui pourrait leur faire croire qu'elle n'avait plus un seul ami à Berlin? Demain ils sauraient donc la faire parler et lui faire avouer la vérité. «La caste des squares » comme ils se surnommaient, avait aussi ses règles. Et aussi bas qu'ils pouvaient tomber, la confrérie des caniveaux et des épluchures avait horreur qu'on les prenne pour des caves.

Tard dans la nuit, Grete affirma que c'était une espionne des Rouges, Nini pencha pour une demi-mondaine larguée sur le pavé par son gigolo, Zach une bonne sœur évadée et Max une taupe fasciste. Normal, depuis qu'il était sur la liste noire des capitalistes, il voyait des taupes fascistes partout.

Seule Dora hésita :

— ... C'est peut-être une personne simplement égarée?

10

Le lendemain matin avant le lever du jour, Léa fût réveillée par quelque chose qui la démangeait bizarrement dans les cheveux. Elle était certaine d'avoir attrapé des puces ou pire, des poux. À la lueur du réverbère perçant à peine l'épais brouillard, elle chercha à savoir si elle était seule. Elle appela d'abord faiblement, puis se redressa avec un fort mal de cœur et constata qu'ils avaient tous disparu. Seule une vieille peau de chat mitée sous sa tête prouvait qu'elle n'avait pas rêvé.

Le premier bruit de la rue fut un martèlement lointain de pas sur les pavés. Puis en se rapprochant, l'ampleur et la cadence lui firent penser à une petite troupe en manoeuvre. Lorsque Léa se releva pour distinguer l'Avenue au-dessus de la haie, une centaine de jeunes hommes en chemises brunes s'avançaient au pas militaire, déchirant la brume. Elle ne se souvenait plus d'avoir aperçu de jeunes recrues passer ici autrefois, ni reconnaître ces nouveaux uniformes... Seule une lettre de Loulou lui revint en mémoire, évoquant des bouleversements qui avaient lieu. «... Ici chère Léa, on ne parle chaque jour que de la crise, on embrigade tout le monde : les chômeurs pour curer les fossés, les jeunes pour chanter, les mères de famille pour faire de potagers, les vieux pour faire de la gymnastique suédoise... C'est une véritable maladie! »

La voiture du laitier passée, un silence d'hiver retomba. Il devait être à peine sept heures du matin et le froid pénétrant la fit frissonner. Elle avait toujours faim et contempla longuement la façade de l'Hôtel dont toutes les lumières étaient éteintes. «Stefan était maintenant marié, ils auraient un enfant ou deux, Hilde et Herbert s'en empareraient bien sûr, avec subtilité. Pourquoi penser qu'elle pouvait changer le cours du destin? »

Elle reconnut un grincement familier, celui de la grille d'entrée de la Villa. Prudemment, elle chercha à travers la haie à distinguer qui entrait ou sortait, mais ne vit rien. Puis tout redevint calme, hormis quelques voitures et cavaliers qui passaient de temps à autre. Les grandes maisons du quartier n'abritaient que peu de résidents, juste les domestiques et des employés ponctuels qui venaient jardiner où livrer. Plus loin, le parc du Tiergarten n'attirait les foules que les dimanches et les jours fériés, surtout l'été.

—... Madame?

Une voix surprit Léa. Lorsqu'elle se retourna, Lily était là. Son ancienne cuisinière souriait comme autrefois et lui tendit un petit panier.

— Lily! Comment m'avez-vous retrouvée?

— Je vous ai vu hier fuir ici. Oh, ma pauvre Madame, c'est atroce...

Lily s'était jetée dans ses bras et la serrait en sanglotant, répétant doucement «Je sais ce qu'ils vous ont fait... je sais combien Monsieur Hans vous aimait »!

Léa, gênée par sa malpropreté voulut la repousser et s'excusa. Mais la chaleur et l'amitié inattendues de cette femme âgée pourtant restée fidèle malgré les années, lui redonnèrent un souffle d'espoir. «Lily, mon Dieu, je suis tellement sale et honteuse d'être ainsi devant vous! Vous risquez votre place en venant ici? Je vous en prie repartez vite. »

Lily souriait, si heureuse de retrouver une patronne qu'elle avait aimée comme sa fille, qu'elle avait accueillie, timide et terrorisée lorsqu'elle était arrivée pour se marier avec le jeune Monsieur Hans. À l'époque, elle savait déjà combien Herbert et Hilde lui seraient hostiles et comment ils ne tarderaient pas à agir avec le temps. À force d'obéir, les domestiques finissent mieux que des parents, par connaître ceux qu'ils servent. Ils sont aussi les espions permanents et intimes de toutes les pièces de la maison, capables d'en relier les inextricables secrets et les non-dits les plus subtils.

— Oh ma pauvre Madame, j'aimerais tellement vous aider davantage? Mais je n'ai pas d'économie et je ne connais plus personne à Berlin pour vous héberger.

Un klaxon qu'elles reconnurent les fit sursauter. La Daimler conduite par Roger sortait par les grilles.

— Mangez vite ceci, vous devez être morte de faim. J'essaierai de vous en rapporter d'autres demain matin...

— Non, non, ne prenez pas ce risque Lily! Sauvez-vous et...

Lily, une simple pèlerine sur ses épaules avait disparu par l'allée qui menait à la grande entrée du parc et Léa se demanda comment elle avait pu s'y introduire si tôt, à une heure où les grilles d'entrée étaient fermées. Elle souleva le couvercle du panier et engloutit en quelques minutes tout ce qu'il y avait dedans : saucisses, bretzel et pain doré! Jamais Léa n'avait ressenti un bonheur aussi grand pour de si petites choses! Bien sûr Zocha lui répétait souvent comment sa grand-mère chaque soir remerciait humblement le ciel : «*Merci pour cette journée, où nous n'avons pas eu faim, ou nous n'avons pas eu froid...* »

Le soleil perçait les arbres et les dernières feuilles tombaient en planant sous une lumière pâle. Léa n'avait plus qu'un objectif : «Trouver où se laver ». Comme elle se levait, picochant méthodiquement les dernières miettes de son panier, un gardien émergea de la petite allée sur sa bicyclette, avec son képi et son uniforme. Elle se souvint immédiatement qu'on le surnommait Diogène, et qu'il était particulièrement efficace pour empêcher les enfants de pénétrer dans le grand bassin et d'approcher de l'étang. Plusieurs fois dans le passé, elle l'avait même remercié pour sa vigilance envers Stefan. En l'apercevant, il descendit de vélo et la toisa, scrutant à terre les traces du feu pourtant soigneusement recouvert et ratissé par Hector et sa tribu. Dans son regard perçant, Léa comprit qu'il la reconnaissait, mais sans parvenir à faire réellement un lien avec le passé.

— N'est-ce pas vous que Mademoiselle Magda à chassé des toilettes, hier? fit-il d'une voix sévère.

Léa craignait de répondre :

— Je m'étais assise quelques minutes sur ce banc... Je pars immédiatement.

— Il n'y pas de places pour les vagabonds ici, c'est un square honnête. La prochaine fois, je vous flanquerai une contravention. Allez, circulez...

Léa se sentit insultée, mais réalisa en découvrant ses bas filés, ses chaussures et sa robe tachée de boue que son allure devait vraiment ressembler à ce qu'il disait. Elle profita qu'il inspectait méthodiquement le gravier - cherchant encore les traces du feu - pour s'éloigner en courant à travers les allées.

Son souffle était anormalement court. Elle venait de se souvenir qu'il y avait derrière la guérite de Magda, une sorte de petite porte mal fermée empruntée par certains enfants rusés pour ne pas payer les toilettes. Elle s'y engouffra. Malheureusement, Magda venait d'ouvrir et rôdait déjà tout autour pour vérifier si personne ne s'y était introduit pendant la nuit. Elle fulminait ainsi chaque matin. «Il y avait maintenant ces centaines de milliers de saloperies de chômeurs et d'immigrants malpropres à Berlin qui ne pensaient qu'à profiter honteusement des impôts des honnêtes citoyens. Et de ses toilettes! Pourquoi aurait- elle nettoyé gratuitement les déjections de ses infects contemporains? »

Léa attendit prudemment et tenta plusieurs fois au cours de la journée de passer par la fente du mur. Mais à chaque fois, la vue de Diogène ou la présence d'une nurse avec des enfants l'empêchèrent d'y pénétrer. Et plus le temps passait, plus elle lisait dans les regards réprobateurs des promeneurs, un violent sentiment de répulsion quant à son allure négligée. L'un de ses plus urgents problèmes était évidemment l'absence de miroir dans le parc. Ne plus voir son image, ne plus contrôler son apparence devenait pour elle une torture. Avant de tomber si bas, elle n'aurait jamais imaginé combien la survie d'un être humain tenait à si peu de pauvres détails et qui nous paraissent insignifiants dans notre vie de tous les jours; bien qu'elle eut découvert en Afrique que la vie pouvait se résumer à une bassine de fer pour cuisiner, boire, se laver, nettoyer son linge et ramasser la nourriture... Cela elle l'avait même vécu autrefois quand elles étaient arrivées au Quartier des Granges : une natte pour dormir, la pèlerine que Zocha détricotait l'hiver pour la vêtir enfant...

Songeant à sa valise vide, elle constata soudain qu'elle n'avait plus de peigne, que ses chaussures prenaient l'eau, qu'elle n'aurait ce soir aucun endroit pour dormir, que la police viendrait de nouveau la chasser.

Et l'idée d'aller dans un refuge lui était définitivement impensable : «Qu'en aurait pensé son fils? Et Hilde? Herbert? ... Elle avec des vagabonds! Non, elle préférait mourir que de leur faire plaisir. Oh non! définitivement non! Elle devait tenir par orgueil et pour son honneur. » Elle ne se résoudrait jamais à se réfugier dans l'un de ces sordides asiles de nuit dont leurs voisines de la Münzstrasse leur avaient tant parlé.

Mais comment éviter cette honte? Et où laverait-elle son linge intime?

Léa avait d'abord pensé utiliser la fontaine près du pont des amoureux pour se laver la nuit. Mais sans lanterne et dans l'obscurité totale, cela lui semblait impossible; soirs et matins également, car l'implacable Diogène y faisait sa ronde. C'était donc un obstacle insurmontable à sa survie, à sa réussite — si elle voulait revenir dignement un jour, dans sa maison.

Alors, elle marcha, marcha, découragée, tandis que nurses et mamans rentraient vers leurs foyers.

La nuit tombait de nouveau et les enfants chantaient joyeusement.

11

Le soir était revenu. Léa assise sur son banc observait les lumières qui s'allumaient à l'intérieur de la Villa. Elle imaginait Stefan et sa femme Lizzi, Lily, le petit salon où Herbert allumait la radio devant Hilde pour écouter les cours de la bourse. Stefan rentrait du travail, mais que faisait-il donc? Lizzi paraissait aussi timide qu'elle l'avait été elle-même dans cette vaste demeure, le premier jour de son mariage. Hilde, partout présente, devait encore tout régir. Dolfie la mouche silencieuse espionnait et informait minutieusement le sous-sol des domestiques, du «monde d'en haut », tissant sa toile pour mieux régner; Lily dans sa cuisine mijotait un délicieux souper, endurant sans broncher l'humeur aigre de Hilde et ses obsessions d'ordre et d'hygiène maladives. Roger astiquait une dernière fois les voitures des maîtres dans le garage.

Léa attendit la nuit comme on attend la fin, puisqu'elle n'avait plus aucune solution, aucun véritable espoir. Elle oublia même son corps sale, ses vêtements souillés, sa faim tenace, le froid humide qui revenait comme pour la torturer davantage. Il lui semblait maintenant que tout se passait dans sa tête, que ce monde ne lui obéissait plus, qu'elle n'était qu'une épave ballottée par celui qui surgirait derrière elle et lui imposerait une nouvelle humiliation. Le viol, la mort peut-être. Elle avait échoué, lamentablement échoué. Un spectacle pitoyable, un rideau qui se baissait définitivement sous les quolibets cruels venus de toute part. «Au moins, souffla Zocha - qui venait de réapparaître avec sa propre mère – au théâtre un rideau te protégeait des jets hostiles, des fruits pourris et des insultes?»

— Merci, maman... Merci pour tes encouragements sincères et inutiles!

Et, curieusement vêtues pour la circonstance de robes du soir glamour, coiffées de vieux fichus dignes d'un misérable ghetto de Galicie, avec leurs longs gants de satins mauves, les deux vieilles femmes rechantèrent frénétiquement en chœur, cette phrase, sans fin : «... Un rideau de théâtre te protégeait... », avec des mouvements de hanche lascifs, dignes d'un cabaret de la Münzstrasse!

Jusqu'à l'obsession.

Léa dégoûtée par cette vision et ce manque de compassion, haussa les épaules et secoua la tête, écœurée par ces fantômes qui s'introduisaient odieusement dans ses pensées... Alors qu'elle était au bord des larmes.

La nuit tombante ressembla à celle de la veille. Léa était assise sur son banc glacé, la tête vide. Elle regardait la somptueuse demeure éclairée surgissant de la brume, par- delà la haie, de l'autre côté de l'Avenue, hors du temps.

Vers huit heures, les taillis derrière elle s'ouvrirent pour laisser passer Hector, puis Grete, suivis des plumes impétueuses de Nini la

Prussienne, de Max tirant par la main la fragile
Dora. Léa s'était retournée et deux autres
clochards lui faisaient face aussi, l'un très grand
et borgne, vêtu d'un vieux smoking en lambeaux
et l'autre d'une peau de mouton certainement
contemporaine de Bismarck. Hector avait
rapidement terminé les présentations,
annonçant Lèo, «un ancien danseur mondain» –
ce qui fit énormément glousser Nini – et Zach,
l'immigrant hongrois «en année sabbatique de la
police». Enfin pas exactement de la police, mais
plutôt «loin devant les poursuites de la police...»
Très vite, ils s'étaient installés en cercle, assis
sur une vieille bâche tirée de l'indispensable
landau caché dans les buissons, et Grete avait
sorti deux nouveaux harengs soigneusement
enroulés dans le *Berliner Zeitung* du jour. Léa
jugea secrètement qu'elle pourrait encore tenir
jusqu'au matin, et prit le risque de refuser
l'horrible poisson dégoulinant sous les regards
étonnés, mais gourmands du grand Rudi et de
Zach. Pendant qu'ils se passaient le hareng et
sortaient leurs bouteilles de schnaps, Max fit
comme d'habitude le compte-rendu de la page

spectacle qui annonçait pour janvier la sortie du prochain film de Mademoiselle Dietrich : «Blonde Vénus». Max avant d'entrer aux studios de Babelberg comme machiniste, avait été projectionniste au *Marmorhaus Palace* sur la *Kurfürsterdamm* et promit de les emmener tous un soir, pour voir le film.

—... Derrière l'écran.

Il avait toujours conservé une clef de la petite porte arrière des coulisses.

Rudi quant à lui évoqua immédiatement l'un de «ses souvenirs » de *l'Hôtel Adlon* où il avait dansé avec Zara Laender... Grete déjà bien «alcoolisée » ricana aussitôt en ajoutant qu'il n'était sûrement pas dans l'habitude des grandes actrices de se payer de vieux gigolos borgnes. Le ton de la soirée était lancé, et passé le récapitulatif du prétendu «passé » de Rudi qui englobait toute la période post- romantique depuis «Lou Andreas Salomé » qu'il prétendait avoir volé à Rainer Maria Rilke... les regards impatients de curiosité se tournèrent vers la nouvelle : «Léa. Léa l'étrangère d'Afrique ».

—Alors viens-tu toujours d'Afrique aujourd'hui? Commença Hector, en vieux professeur lançant le sujet piège du cours.

— Elle a déjà survécu à la première nuit! fit Nini. Bravo Léa, mort aux puces!

Grete avalant une gorgée s'étrangla, pressée de miauler qu'à la vitesse où allaient les dégâts, «Mâdâme Léââ»... n'atteindrait pas la fin de la semaine, avec son air de cadavre verdâtre repêché dans la Spree...

Nini, bonne fille, n'appréciait pas «Grete la bouchère ». Elle s'en méfiait et ne la tolérait – comme eux tous – que parce qu'elle fournissait les harengs. Nini après avoir été prostituée avait ouvert un magasin de modiste-chapelière grâce à la protection d'un vieux riche, et admirait avant tout «la classe et l'élégance ». Elle craignait par-dessus tout la rivalité de «cette grosse viande de Grete », rapport à son Hector sur qui elle fondait toujours quelque espoir amoureux. Nini était amoureuse d'Hector la Tendresse, non pas bien sûr pour son physique délabré, ni pour son âge avancé, mais pour «*sa Grandiôse Cûltûre.*» De son premier métier, Nini gardait une nostalgie secrète pour les clients qui parlaient pendant l'acte sexuel, ceux avec qui elle apprenait toujours des mots nouveaux, exotiques, poétiques, même des noms d'animaux inconnus...

Elle arracha la bouteille des mains de Grete qui hurla comme une truie enragée. La canne d'Hector que Léa n'avait pas encore remarquée s'abattit violemment sur l'ex-bouchère, et lui fendit la lèvre.

— Vas-tu ameuter les flics, sale truie puante?

Nini, radieuse aimait son homme quand il parlait ainsi. Un vrai Chef! Elle tendit le schnaps à Léa, non sans en avoir essuyé le goulot avec sa manche, comme «dans le monde » :

— Léa, ne ment pas, t'as pas l'accent de Berlin? Tu viendrais pas de Russie par hasard?

Curieusement, Léa se sentait soulagée avec eux, elle n'aurait plus à affronter l'obscurité terrifiante, seule dans la nuit du parc. Elle dévisageait avec moins de crainte ces trognes rougeaudes sorties de l'ombre, ces regards vides un peu effrayants posés sur elle comme si elle était nue. Elle comprit soudain qu'avec un peu de volonté et de courage, elle pourrait être la prochaine invitée de cette cour des miracles, qu'elle pourrait faire partie de leur troupe en apprenant leurs codes, en les respectant. «*Même si c'était cela le glissement vers le dénuement complet, l'oubli de soi et de toute propreté, de toute dignité, cette descente animale vers le simple instinct de survie qui vous met hors du temps, qui vous plonge le nez sur un hareng puant et vous inflige l'appétit d'un chien.*»

Rudi et Nini étaient suspendus à ses lèvres, toujours avides de belles histoires, Hector impatient d'entendre la vérité, sans doute en chef et juge suprême. Et par précaution. Il assumait la sécurité de sa tribu. Grete roulait des yeux de chouette aveuglée par le feu. Max d'instinct avait déjà flairé beaucoup de choses sur Léa et serra tendrement Dora, grelottante et pâle dans le froid de la nuit.

—... Ma mère venait de Moldavie et nous avons émigré à Berlin. Mon père nous avait abandonnées là-bas. Il était comédien; le Tsar venait d'interdire le théâtre yiddish.

— Une youpine! Une sale youpine! j'en étais sûre, s'écria Grete qui détestait les juifs depuis que son mari s'était entiché d'une grande Rachel... Ça affame le pauvre monde et ensuite ça vous bouffe vos harengs et...

La canne d'Hector s'abattit de nouveau, provoquant un hurlement bestial et enragé de la Bouchère : «Parle, Léa, n'aie pas peur de cette truie inculte. »

Léa soulagée par le mépris que Nini, Zach et Rudi affichaient pour Grete, reprit confiance et poursuivit : «... Nous sommes arrivées à Berlin dans le quartier des Granges où ma mère avait immigré seule, simplement accueillies par un vieil oncle qui était dévisseur d'ampoules électriques... »

— Dévisseur d'ampoules électriques? fit Max étonné.

—... Oui, pour survivre, il allait dans les quartiers riches et revendait les lampes à la sauvette... C'est là que j'ai grandi, au milieu d'immigrants chassés des quatre coins d'Europe et qui n'avaient en commun que la misère et la peur. À quatorze ans, je suis devenue serveuse à la *Cave d'Albert* dans la Weimmeisterstrasse, une boîte de nuit où les clients étaient si réguliers qu'ils s'y faisaient adresser leur courrier. Le matin, je suivais des cours d'infirmière, mais depuis toujours je n'avais qu'un rêve : chanter et danser. Je ne sais si je tenais cela de mon père que je n'ai connu qu'au travers des dires de ma mère, mais j'étais fasciné par les chants à la synagogue. Bien que ma mère – je n'ai jamais su pourquoi – m'en limitait la fréquentation. Je crois bien qu'elle se méfiait de tous les hommes et donc des rabbins. Et puis j'écoutais pendant des heures des rouleaux d'occasion dans une vieille boutique de la rue des Bergers. Le patron n'avait pas de fille et m'aimait bien. C'est là que j'ai entendu pour la première fois du jazz qui venait d'Amérique... et puis un jour, j'avais dix-neuf ans, j'ai rencontré Hans à l'hôpital où je servais comme fille de salle en attendant mon diplôme. Il n'avait pas encore terminé ses études et exerçait gratuitement son métier de jeune interne. Ça n'a pas été facile à l'époque, car j'étais pauvre et ses parents avaient d'énormes ambitions pour lui. C'est Hans qui a voulu se marier, au grand désespoir de sa famille. Nous n'avons eu qu'un mariage civil, il disait comme ma mère que nous n'avions pas besoin d'un temple pour parler au ciel. Bien sûr, il m'a imposé à sa famille qui me haïssait sans me connaître. C'est là que j'ai découvert un monde inimaginable pour moi, celui des riches et du pouvoir. Il n'y avait qu'à sonner et l'on obtenait le monde entier! Je suis donc devenu la jeune maîtresse de maison de

l'Hôtel particulier, la Villa Sturm Und Drang...
en face. »

— Quelle menteuse!

—...Ton Jules te bat et veut te trouer la peau?
Avoue-le? Tu fuis un Mac brutal et dangereux?

— Je vous l'avais bien dit, fit Grete ricanant. Elle
nous roule avec ses airs de prétentieuse!

Les yeux fixés sur elle, Nini, Hector, Max, Dora
et les autres se mirent à ricaner. Leurs regards
moqueurs allaient de la façade élégante brillant
dans la nuit à Léa sale et affamée, le visage
brûlé, qui se tenait droite et provocante devant
eux.

— «Mâdâme Léââ », continue fit Nini avec
insolence, pour voir jusqu'où cette pétasse
mythomane pourrait mentir...

Hector en vieux prof de lycée perplexe, expert en
filouterie potache, cherchait secrètement la
faille.

— Mais dis-nous ma belle, qu'as-tu fait de la fortune de ton mari, si tu étais si riche?

Était-ce une folle, une malade? Ou juste une garce rusée qui les espionnait. Ou pire, profitant de leurs combines pour survivre? Elle pouvait aussi les dénoncer aux voyous, qui débarqueraient une nuit comme au square du Zoo, et les assassineraient sauvagement en urinant dessus.

— Hé! As-tu vraiment été mariée «autrement qu'à la colle! » ricana Grete.

— Où est ton beau mari? Insista Nini qui essayait de la coincer en dodelinant de la plume.

Rudi partit d'un énorme éclat de rire, lui qui était passé maître-menteur au marché noir, aux jeux de hasard et dans tous les lieux borgnes de Berlin. Détectant tout de suite la fraude il hurla menaçant en se levant vers elle : «Avoue-le, tu n'as inventé cette histoire que pour bouffer nos harengs? »

— Nini, je te défends de lui prêter nos fourrures, éructa Grete. D'abord si c'était vrai, quand elle était de l'autre côté de la rue, elle nous aurait jeté les siennes?

Léa sentait monter la haine. C'était vrai, lorsqu'elle était de l'autre côté de l'Avenue, elle n'avait jamais songé à donner sans qu'on lui réclame... C'était Lily qui allait porter les surplus à l'hospice ou à Saül, le fripier de la rue des Granges qui bravait l'interdiction pour les juifs de vendre les vêtements usagés. «Car elle n'imaginait même pas la détresse qui régnait ici.»

Max s'était levé, non sans avoir calé très doucement Dora contre Zach ronflant déjà, et attisa les braises. Il surveillait Léa du coin de l'œil et son attitude attira l'attention de Nini, toujours fine mouche: «Max, sais-tu quelque chose? Sur Mâdâme Léââ?»

Hector à l'abri de la bouteille dont il engloutissait les dernières gorgées, épiait également Léa de plus en plus mal à l'aise. Léa pensa qu'elle n'aurait jamais dû se livrer ainsi à leur jugement, ouvrir pleinement son cœur. Elle s'avouait coupable en effet devant tant de pauvreté.

—... Elle ne ment peut-être pas tout à fait, laissa tomber Max. Je l'ai aperçu hier avec l'une des domestiques d'en face... Elles se parlaient et l'autre lui apportait à manger.

— À bouffer? s'écria Grete enragée. Quelle salope!

— Quel culot! Et tu viens quémander ici! hurla Hector indigné qui s'était levé vacillant.

— Ah, je le savais bien! fit Grete en se redressant, avant de retomber par terre dans la boue. C'est une sale punaise qui va nous bouffer tous! Ils sont tous comme elle, ces sales juifs! Et...

La canne s'abattit encore sur la pauvre Grete qui, à moitié assommée, ouvrit la bouche avec une bave rageuse qui dégoulina de ses lèvres pour maudire encore Léa. Hector presque soulagé, alla en titubant tirer du landau une autre bouteille :

—... Tiens, bois? fit-il à Léa. Après tout si tu dis vrai, il faut fêter ton passage ici? C'est une dure épreuve...

Il dissimulait à peine l'idée qu'il avait derrière la tête :

—...Peut-être même ma jolie, as-tu encore une clef de ton château? On pourrait le visiter ensemble une nuit sans lune où tes anciens larbins sont sortis?

Zach réveillé avait sorti son bandonéon et commença à jouer quelques notes dans la nuit, puis s'arrêta net.

D'un seul coup, ils lorgnèrent tous l'immense et magnifique silhouette de la Villa

Sturm, brillant dans la nuit, avec la même pensée et Léa cette fois n'osa pas refuser. Elle approcha ses lèvres tremblantes du goulot, en avala une gorgée. Ils l'avaient piégée! Cela lui fit l'effet d'une vrille de plomb fondu atterrissant dans ses entrailles. Jamais elle n'avait bu quelque chose d'aussi âcre, d'aussi fort, d'aussi brûlant, et d'aussi... douloureux. Mais cela devait être assez efficace pour tout oublier. Surtout sa réalité de l'instant. Et puis, à ce stade, que risquait-elle de plus?

— À la tienne «Mâdâme Léââ», firent-ils en chœur, avant d'éclater tous d'un gros rire épais.

— Tu nous as bien eus!

Nini, Hector, le grand Rudi, Max et Dora se passèrent ensuite la bouteille au-dessus des ronflements porcins de Grete, enfin abattue, qui cuvait sa journée.

Léa chercha désespérément dans sa tête le réconfort de sa mère, qui ne croyait pas semblait-il... utile de l'aider à cet instant. Pourquoi donc n'apparaissait-elle plus? Elle eut peur et le sentiment qu'elle venait de tomber encore plus bas, de plonger désormais dans une antichambre lugubre et dangereuse, celle de la déchéance totale la terrifia. Elle avait compris à leurs allusions qu'ils ne croyaient pas son histoire, mais que dans le doute, ils s'achetaient peut être un *sésame* ouvrant la maison des riches d'en face. Il ne pouvait donc rien lui arriver de pire. Elle serait accusée de complicité de vol... devant son fils qui l'aurait vue ainsi, au milieu de la crasse, de l'alcool, et de la misère la plus sordide, de leurs regards troubles... Mieux valait ne plus y penser, se laisser porter dans ce premier brouillard d'alcool dont elle avait toujours eu si peur enfant, en fuyant les vagabonds.

Jamais elle n'avait bu autant.

Dans cette brume inconnue, les sons arrivèrent, distordus, lointains. Nini impatiente et excitée n'y tenait plus, la questionnant avec avidité et sans relâche : Elle insistait, frétillait de la plume, titillant Léa en pouffant de rire, l'invitant à poursuivre : «Alors raconte-nous comment c'est beau à l'intérieur? Dis-nous où était ta chambre et comment on te servait le matin ton petit- déjeuner? Dans de vrais plats d'argent? Comme une vraie dame de la haute? Avec des robinets en or sur la baignoire? »

Nini avait beau se persuader qu'une Haenkel ne pouvait être là parmi eux, sale, chancelante et saoule, elle imaginait quand même l'autre côté de l'Avenue en rêvant, ce qui se passait derrière l'imposante façade illuminée. Nini imaginait depuis toujours ce monde inaccessible des vedettes de cinéma et des riches, qu'elle ne connaîtrait sans doute jamais : celui des Krupp, des Tyssen... de Greta Garbo et d'Asta Nilsen

«Est-ce qu'il y fait toujours chaud?» furent les dernières paroles que Léa entendit faiblement murmurer de la bouche de Dora. Dora avec ses grands yeux immenses qui lui mangeaient le visage, des yeux d'une telle intensité qu'ils faisaient oublier la tristesse de son étroit visage long et résigné. Des paroles si rares qu'elles contenaient à la fois l'espoir fou et une bouffée ultime d'un bonheur qu'elle se donnait en

cadeau, juste le temps de prononcer le mot :
«chaleur. »

— Est-ce vrai? fit Hector méfiant. Une
domestique t'a-t-elle apporté à manger?

En patriarche élu, il était de son devoir de faire
la vérité et régner la justice, l'égalité parmi sa
tribu. C'étaient les valeurs indispensables à la
cohésion de sa misérable troupe en danger
permanent. À sa survie! Il savait trop, en vieux
prof renié par l'État, qu'avec ses six millions de
chômeurs l'appétit des riches, l'Allemagne
d'aujourd'hui, pouvaient à tout moment faire
dévorer sur le champ ses vagabonds, «ces poux
inutiles » d'une population ruinée, affamée, et
avide de vengeance envers tous les traîtres de la
défaite...

Léa avoua d'une voix molle, engourdie par
l'alcool :

—...Oui, ma chère Lily est venue m'apporter un
petit panier.

Hector toussa, cracha puis entama un sermon sur le partage obligatoire «des aumônes, ramassages divers, cueillettes de poubelles et fruits de menus larcins approuvés par lui-même. Puis, quelque chose d'inexplicable l'attira vers Léa dont il flairait le mystère et le poussa à trancher :

— On verra tout ça demain. Dort ma jolie.

Par la même, aux yeux étonnés de tous, il l'intronisait «au sein des clochards et clochardes du parc »... Avec son absolution empreinte d'arrières pensées.

Dora eut une quinte de toux épouvantable et cracha du sang. Léa alla s'asseoir aussitôt contre elle pour la réchauffer, aidée de Max.

Léa, malgré son mal de tête qui lui broyait les os du crâne, souhaitait terminer son histoire pour les convaincre de son honnêteté, lorsque la cloche de police retentit à nouveau. À sa grande surprise, ce fut un branle-bas de combat auquel elle n'avait pas encore assisté puisque la veille, elle s'était endormie.

Zach le Hongrois et Max se précipitèrent vers le feu, jetant du sable sur les braises tandis que Nini cachait le landau dans les taillis et que le Grand Rudi emportait Dora dans ses bras. Hector secoua Grete à coups de pieds et la menaça de sa canne, ordonnant à Léa de les suivre en ramassant les vieilles bâches et les bouteilles. Ainsi disparaissait en quelques secondes ce petit monde des ténèbres. Promptement allumés, deux fanaux à l'huile de friture empestèrent l'air glacé, et à la file indienne ils ouvrirent une brèche dans les buissons. Puis, par un sentier tortueux et obscur qui s'éloignait loin de l'Avenue en s'enfonçant dans le bois, ils atteignirent derrière le théâtre de marionnettes un trou dans la clôture qui menait très loin vers une voie de chemin de fer d'où l'on entendait des trains.

Léa encore étourdie par l'alcool, essoufflée comme dans ses expéditions de brousse où elle marchait pendant des jours pour atteindre les villages, sentit les branchages lui lacérer les mollets, les mains et le visage. Tout cela dans une noirceur presque absolue! Mais bizarrement, elle n'avait plus peur... bien qu'elle ne distinguât devant elle que le dos voûté d'Hector et n'entendît que les petits cris porcins de Grete, fouettée en sursaut par les branches de son prédécesseur.

Au bout d'une quarantaine de minutes de cette course effrénée, ils arrivèrent sous l'arche d'un pont et par une section de clôture ouverte à coup de hache par le jeune Max, ils pénétrèrent dans une sorte de niche creusée dans l'un des piliers. Léa comprit que c'était là leur repli en cas de danger, et malgré l'odeur fétide d'ordures et d'huiles industrielles, «sa mère, et sa grand-mère, lui soufflèrent qu'elle pouvait se sentir ici, enfin protégée... »

— Pourquoi avez-vous laissé entrer cette saloperie de menteuse? s'exclama Grete, apercevant la présence de la nouvelle en se retournant.

— Cuve ton vin et lâche-nous, Grete, où je te dénonce au juge, lança Nini, ôtant sa vieille capeline ruinée par cette course et réajustant avec vigueur ses plumes à coup de taloches.

La grosse Grete suait et reniflait. Elle grommela qu'on laissait entrer le vers dans le fruit... Mais elle n'osa pas devant la menace de la canne agitée préventivement par Hector, évoquer «son brave petit sauveur bavarois» qui allait bientôt faire le ménage dans ce tas d'ordures de l'Est, et...

Ils se serrèrent ensuite les uns les autres, sans allumer de feu, pour ne pas attirer la police. Max s'était occupé de Dora et l'avait allongée sur la plus belle bâche, bien à l'abri de la pluie fine et glaciale. Il invita Léa à se serrer contre elle, signe sans doute qu'on lui faisait déjà confiance. «La croyait-on enfin?» Rudi toujours méfiant suivit chacun de ses gestes. Dans son esprit, Léa lui rappelait quelque chose, quelqu'un; mais sa mémoire et l'âge le trahissaient de plus en plus. Zach avec sa peau de mouton, et Nini avec sa fourrure de chat-complet s'étaient stratégiquement recroquevillés pour la nuit, loin de Grete qui fouinait dans les ordures à la maigre lueur des étoiles, espérant trouver encore de quoi boire.

Un cri plaintif les avisa qu'elle avait plutôt mis le pied sur un rat...

12

Un bruit de tonnerre ébranla «leur ciel de lit » lorsqu'au petit matin, le premier train pour Dresde passa au-dessus d'eux.

En fait, dès l'aube, la petite tribu se dispersait. Chacun écumait ses endroits favoris dans la Ville. Léa apprit par Rudi qui était un lève-tard qu'Hector quêtait de préférence devant les grands magasins *Wertheim*, Nini fouillait les restes des cuisines du *Wintergarten* (sans nul doute par nostalgie pour la chambre 227 où elle avait «travaillé dur!), tandis que Max ramassait la ferraille autour de l'hospice des sœurs qui hébergeait Dora pour la soupe populaire. Une file de cinq cents mètres s'y formait chaque matin et il fallait s'y rendre dès l'aube pour avoir une chance d'avaler une tranche de pain trempé dans du bouillon clair vers midi. Grete ratissait les poubelles des ruelles autour de la Postdammerstrasse, mais personne ne connaissait son précieux secret, cette source intarissable et providentielle de harengs qu'elle rapportait chaque jour à la tribu. Personne ne savait non plus ce que faisait Zach. Et personne ne souhaitait vraiment le savoir depuis que dans le *8 Uhr Abendblatt* du soir on évoquait à Berlin «un étouffeur de vieille dame... »

Rudi, quant à lui, s'offrit de ramener Léa à son banc, en la guidant à travers les frondaisons givrées pour revenir vers la Grande Allée du parc.

Le jour pointait à peine et Léa grelottait dans son mince manteau. Ils croisèrent des silhouettes de pauvres gens qui ramassaient craintivement les feuilles mortes pour se chauffer.

Lorsqu'ils furent arrivés, Rudi d'un élégant mouvement de chapeau salua Léa et s'esquiva poliment vers la sortie, prétextant des affaires importantes. Léa se sentit encore plus sale que la veille, examina ses chaussures couvertes de boue, éraflées par leur fuite précipitée, ses bas lacérés par les branches, son manteau en affreux lambeaux. Elle resta un long moment à observer ses mains, noircies, crevassées...

Et pleura.

La voiture du laitier passait, il devait donc être sept heures.

— Madame? C'est moi...

La voix de Lily s'éleva derrière elle et son expression changea lorsqu'elle aperçut l'état de Léa, les larmes qui coulaient sur ses joues. Elle allait lui tendre le panier rempli de petits pains chauds beurrés, mais elle n'en eut pas le temps : Léa s'était précipitée dans ses bras et sanglotait. Elle s'était jetée dans les bras de Lily comme trente ans auparavant, le soir où Hilde l'avait humiliée devant tous leurs invités; le soir où Hans avait chassé son père et sa mère de la maison, devant tant de cruauté facile parce que sa jeune femme ne savait pas encore se servir convenablement des couverts... Léa avait alors cru qu'elle allait perdre Hans en allumant ce mépris «si distingué » chez ses beaux-parents.

Hilde supportait difficilement de perdre son fils au profit d'une autre femme, d'autant qu'elle ne l'avait pas choisie. Et qu'elle n'était pas d'accord.

Lily sortit de son tablier immaculé un délicat petit mouchoir propre et essuya affectueusement les larmes de Léa :

— Vous le reconnaissez? C'est l'un des souvenirs que je conserve toujours avec moi.

L'un de vos premiers cadeaux lorsque vous êtes arrivée... Vous étiez si jeune! Et si terrorisée?

Léa s'en souvenait. Elle n'avait jamais vu une aussi grande maison, avec des meubles magnifiques, des tableaux sur tous les murs, des draperies de velours et de soie, des plafonds à caissons de bois précieux et un sapin de Noël illuminé de centaines de petites bougies, des boules de cristal, une table dressée pour quarante convives servie par des domestiques en livrée...

—... Et le charmant petit orchestre qui jouait à l'entrée du perron pour accueillir les invités dans la nuit? Vous en souvenez-vous Lily? J'étais si effrayée! J'avais peur de perdre Hans par maladresse, de le décevoir...

— Oh, non Madame, il vous aimait tant!

— Ne m'approchez plus Lily, je vais vous salir, je suis dégoûtante et je m'en excuse, mais...

Lily ne la laissa pas finir sa phrase, elle compatissait tellement à l'injuste dénuement de sa pauvre patronne et connaissait toutes les humiliations qui lui avaient été faites. Elle lui remit le panier et promit de revenir le lendemain avec du linge et une robe propres.

Dans le panier Léa découvrit sous les petits pains et les saucisses tièdes, quelques pièces de monnaie et lorsqu'elle voulut remercier Lily qui traversait déjà l'Avenue en courant, elle s'arrêta brusquement, car la Daimler de Roger conduisant Stefan sortait du grand portail. Elle se cacha vivement, épiant son fils qui apostrophait Lily, sans doute étonné de la voir revenir ainsi... de nulle part.

Léa eut un mauvais pressentiment. Elle se sentait coupable de faire prendre de tels risques à sa fidèle Lily.

Elle dévora la moitié du panier, gardant soigneusement le reste pour la tribu, pensant honnêtement que c'était une nouvelle règle équitable. Puis avec les quelques pièces laissées par Lily, elle décida d'aller se laver chez Magda, à la Pagode des toilettes.

Au moins, cette fois, elle serait une honorable cliente.

13

Le soleil s'était levé et malgré un ciel blanc de décembre, il faisait meilleur. Léa croisa quelques nurses emmitouflées qui poussaient des landaus et veillaient sur de petits-enfants riants et courants autour du grand bassin gelé. Diogène ratissait une allée. Il s'arrêta quelques instants, puis la suivit du regard lorsqu'il comprit qu'elle se rendait à la pagode des toilettes. Le tricycle rouge d'Hermann le marionnettiste était stationné juste devant chez Magda. Cette dernière, balai-brosse à la main, était en grande conversation avec lui. Lorsque Léa entra, Mademoiselle Magda n'eut pas le temps d'ouvrir la bouche que les pièces de monnaie tombèrent dans la sébile. Leurs bruits délicieux étaient devenus la raison de vivre de Magda; ils apaisèrent aussitôt son visage hostile et Léa commanda une serviette et du savon, sur un ton calme et poli.

Magda la toisa de la tête aux pieds, avec une moue théâtrale qui gonfla ses lèvres écarlates comme une piqûre de méduse. Sans un mot, elle recompta méfiante les pièces une à une avant de ramener du placard une serviette et jeter un petit savon sur le comptoir.

— «Merci infiniment» insista Léa, avec un sourire reconnaissant.

—Porte numéro trois, au fond! laissa tomber la dame-pipi, d'une voix rauque et crispée.

— J'ai hâte de sentir l'eau bien chaude, fit simplement Léa, ce qui exaspéra encore plus l'ancienne vieille girl tombée dans l'infamant commerce des toilettes.

Hermann, le marionnettiste planté là, tentait de deviner l'origine du conflit bien qu'il connût le caractère particulièrement aigri de Magda. Avant de reprendre le vieux théâtre de pantins, il avait été lui aussi danseur à *la Bonbonnière*, une boîte berlinoise où depuis les années vingt, il était d'usage sur scène pour tous les artistes de ne rien porter au-dessus de la ceinture.

— Qui est cet épouvantail crasseux? demanda-t-il.

— Comment? Vous ne l'avez pas encore reconnue? C'est la veuve Haenkel... «*La Palmer*! » La femme de la Villa Sturm, là-bas sur l'Avenue, devant le parc... Allons, souvenez-vous? Le scandale... Le procès de cette garce!

Tandis que l'eau chaude coulait sur le corps encore engourdi de Léa, Hermann afficha une expression de surprise.

— Foutue hypocrite hein! ragea Magda. Et ça revient nous narguer en plus! Sale comme une roue de charrette!

—Voyons Magda, vous êtes injuste, son mari souffrait tellement que...

—... Qu'elle a poussé sur la seringue, oui! Et qu'elle s'est jetée de douleur sur la clef du coffre paraît-il!

— Je ne l'aurais jamais reconnue, quelle déchéance... Finir ainsi, clocharde! Elle était charmante. Depuis quand est-elle revenue?

La porte de la douche s'ouvrit, et bien que Léa porta les mêmes vêtements, son visage et ses cheveux libérés faisaient oublier l'aspect pitoyable de sa tenue. Hermann dévisagea celle qui accompagnait jadis régulièrement son enfant au théâtre et avec qui il avait eu de longues conversations passionnées sur le métier du spectacle.

Magda se crispa sur son balai, furieuse de voir Hermann sourire à cette ordure arrogante.

— Bonjour Madame Palmer... Ne me reconnaissez-vous pas? fit-il.

— Bonjour Monsieur Berger. Merci, souffla- t-elle à Magda avec un clin d'œil discret, cela a été un délicieux moment. L'eau était exquise...

14

Le vent soufflait sur le parc. La façade de l'hôtel particulier se dressait plus clairement derrière les arbres dénudés dont les dernières feuilles s'envolaient. Le ciel était d'un pur bleu hivernal et un rayon de soleil réchauffa les joues de Léa assise sur son banc. Lizzi était sorti avec sa voiture à la fin de la matinée, sans doute pour faire ses premières courses de Noël. Le bureau du premier étage était allumé, signe que Stefan ou Herbert y travaillait déjà. Roger devant le perron astiquait la Daimler, attendant certainement la bonne volonté de Hilde qui passait des heures au téléphone à entretenir son réseau d'amis avant d'aller prendre le thé comme chaque après-midi à *l'Adlon*. Rudi prétendait que depuis 1923, *l'Hôtel Adlon* avait été le premier à Berlin, à fournir des danseurs à la disposition des femmes.

Lorsque Hilde sortit enfin, accompagnée d'Herbert et Dolfie, elle portait son éternel tailleur gris, et son chapeau de chasse bavarois. Elle monta dans la voiture et lorsque

Dolfie eut refermé la portière sur Herbert, la Daimler noire démarra aussitôt. C'était le protocole de la maison Sturm, car Hilde avait décidé une fois pour toutes que la cérémonie du chauffeur ouvrant et refermant la portière prenait trop de temps, d'autant que sa femme de chambre «qui n'avait rien à faire pouvait très facilement exécuter cette tâche minime, excellente pour son hygiène physique. »

Léa en déduisit donc que Stefan restait seul avec les domestiques. Elle se sentait en bien meilleure forme que la veille, sans doute à cause du panier de Lily et de sa toilette chez Magda. Elle se leva sans but précis, puis marcha jusqu'à la Grande Allée et se retrouva sur le trottoir de l'Avenue. Il y avait davantage de circulation que d'habitude et il lui parut que la vie renaissait, sans doute à cause de son propre état d'esprit. Elle marcha longtemps autour du quartier, redécouvrant peu à peu les odeurs, des images et les impressions qu'elle avait oubliées. Les

Sachs avaient fait construire un nouveau tennis et le charmant petit pavillon de chasse de Claire Waldoff — célèbre chanteuse de cabaret qui incarnait la fille des rues, lesbienne, androgyne et la femme nouvelle — avait été malheureusement rasé. Une prétentieuse piscine affublée d'un gigantesque abri «Bauhaus » l'avait remplacée. Elle se souvenait d'y avoir emmené Stefan un jour d'été, pour jouer avec les deux petites filles de son amante Olga Von Roeder. Dolfie toujours fouineuse les avait fait passer par l'arrière du jardin...

Ce souvenir tourna dans l'esprit de Léa et tout à coup revint en obsession. «Oui, pourquoi ne passerait-elle pas par cette ouverture? Existait-elle encore? »

Léa s'embusqua pendant quelques minutes devant le petit bois mitoyen de l'Hôtel de Claire et ne voyant aucune présence, pas même celle du chien, s'engouffra jusqu'au fond de leur jardin. Les lianes et les jasmins y avaient poussé, mais sous les branches mortes le trou restait intact. Le cœur battant, Léa y pénétra. C'était l'heure où les domestiques prenaient leur repas au sous-sol, près de la cuisine. Elle savait qu'elle pouvait emprunter la petite porte du garage arrière qui communiquait par un étroit escalier avec le vestibule du grand Hall. La découverte de cette entrée — jamais close auparavant — avait été dramatiquement révélée par Roger, lorsqu'un vol de fourrures avait emprunté cet itinéraire, pendant une grande soirée de 1913 donnée en l'honneur d'Alfred Hugenberg, le Président de Krupp armement, et grand ami politique d'Herbert. Hilde et son mari y avaient perdu beaucoup de prestige.

Léa se faufila dans le garage puis poussa la petite porte ouverte en permanence. Léa savait que Roger la considérait comme «son passage» privilégié. Mais de caractère fidèle et intraitable, il n'était pas du genre à abdiquer devant les harcèlements de Hilde. D'autant que pendant les années de la guerre, Léa y passait souvent lorsqu'elle rentrait des nuits d'Hôpital pour ne pas déranger les domestiques. Les petites marches en colimaçon lui parurent plus raides qu'autrefois, mais arrivée dans le vestibule, la tête lui tourna. L'odeur d'autrefois, du cuir et du bois ciré dans la pénombre, remua tant de choses oubliées, qu'elle dû se tenir au mur quelques instants, la vue troublée. C'était comme un vertige, la porte d'entrée de sa mémoire. Un instant, elle crut que Hans allait apparaître pour mettre son manteau, comme il faisait chaque matin avant de l'embrasser.

Le cœur battant, elle ouvrit doucement les portes une à une, écoutant le moindre bruit. Dans la lingerie, elle déboucha dans le hall, face au grand escalier. Il y flottait un lourd parfum de résine alpestre, celui de l'immense sapin de Noël qui venait d'être dressé, en attente de décoration. Un brouhaha de rires étouffés et de voix lui parvenait du sous-sol, à l'office. Elle devait monter l'escalier, ouvrir la porte du bureau et faire face à Stefan... Bien sûr il serait surpris, mais elle se devait d'être forte, de prononcer exactement les paroles qu'elle avait tant répétées depuis quinze ans.

Peu de choses avaient changé dans la salle à manger qui s'étendait sur toute la façade gauche, avec ses quatre lustres d'opéra vénitiens, le grand salon à droite, et son élégante cheminée Tudor. Seuls les gros fauteuils lourds — tant affectionnés par Herbert – y étaient revenus, chassant les élégants canapés anglais choisis jadis par Hans et Léa.

Son souffle redevint court lorsqu'elle mit le pied sur la première marche et le sentiment qu'elle était enfin proche du but se dissipa soudain. La lumière s'allumait derrière elle. En se retournant, elle aperçut Roger. Surpris, il la dévisageait, puis ôta machinalement devant elle sa casquette de chauffeur :

—... Madame? Vous ici?

Léa dans ses yeux lut un trouble semblable au sien. Ils avaient été si proches pendant tant d'années. Roger l'avait accompagnée dans tous ses rendez-vous. Il avait gravi avec elle chaque marche qui menait au succès, depuis la plus petite scène des *Katacombes* dans

Bellevuestrasse où elle jouait avec le grand Werner Fink, jusqu'aux magnifiques revues du théâtre *Metropol*. Roger avait partagé ses déceptions, ses doutes, ses durs moments de désespoir et ses premiers triomphes dans les pièces avant-gardistes de Wedekind. Il avait souvent raisonné ses peines et des pleurs qu'elle n'osait confier qu'à lui. Il l'avait applaudie lors des terrifiants soirs de première et ne l'avait jamais ménagé dans ses critiques, toujours subtiles et justes. Comme Zocha, il était une honnête conscience, jamais complaisant, sincère et discret, un ami précieux. Évidemment, Léa avait toujours pressenti qu'il y avait quelque chose de plus entre eux, mais avait toujours fait en sorte de ne jamais le laisser paraître. Roger avait strictement respecté ce pacte, car il aimait avant tout dans Hans, l'humilité simple et ce dégoût du pouvoir pour le pouvoir, si présent chez ses grands-parents. Léa se souvenait aussi de ses attentions discrètes et chaleureuses durant le procès, son attitude courageuse face à l'acharnement de Hilde et Dolfie. Et Lily avait même rapporté qu'ils avaient pleuré ensemble à l'office lorsque Hilde avait triomphalement averti les domestiques du départ «de Madame » en prison, puis vers les colonies africaines...

Aujourd'hui, leurs regards se croisaient à nouveau et ils ne savaient que faire, malgré leur affection d'antan.

— Madame, je vous en prie, il faut partir, s'ils vous trouvaient ici?

Une porte claqua dans le vestibule avec la voix rude de Karl qui revenait. Un bruit en haut de l'escalier fit frémir Léa. Elle s'attendait à voir apparaître son fils et prononça encore son nom malgré elle : «Stefan? »

La tête de Dolfie apparut aussi dans l'escalier de service tandis que Karl se précipitait sur Léa. Roger s'était instinctivement avancé entre eux pour la protéger, mais les braillements de Dolfie ameutèrent toute la maison et l'empêchèrent d'en faire manifestement plus. Dolfie au téléphone appelait déjà la police. Lily et deux servantes affolées accouraient. Karl avait saisi les poignets de Léa et l'entraînait vers le Hall.

— Que se passe-t-il?

En haut de l'escalier, la silhouette de Stefan apparut, demandant qui était la femme qui se débattait en bas et prononçait son nom avec une telle fureur : «Stefan, Stefan! »

Son regard alerté reconnut enfin sa mère.

Dolfie invectivait Roger, l'invitant à les aider, enragée de constater que l'ancienne complicité avec «la meurtrière » n'avait pas disparu avec le temps.

— Laissez-moi lui parler, je veux parler à mon fils! De quel droit vous...

Ils tiraient tous Léa vers la porte et le dernier geste qu'elle put distinguer fût l'hésitation de son fils à retourner vers son bureau.

Dolfie continua d'insulter Léa : «Elle n'était qu'une sale criminelle, Monsieur ne voulait plus la voir jamais dans la maison, elle avait assassiné le Dr Haenkel, les domestiques devaient prévenir la police si on la voyait encore rôder ici! »

La cloche de la police se rapprocha. Karl serra davantage les poignets meurtris de Léa en lui hurlant de se taire. Dolfie la maintenait fermement par-derrière, Lily pleurait, Roger resta là derrière eux, pour éviter d'autres déchaînements de Karl.

Deux feldgendarmes gravirent rapidement le perron et firent monter Léa dans un fourgon tandis «qu'elle continuait à insinuer qu'elle avait été la propriétaire de cette maison... » Les policiers agacés par le récit et les divagations de cette clocharde hargneuse n'arrivèrent cependant pas à croire qu'elle avait été la maîtresse de cette somptueuse demeure.

Et le fourgon démarra aussitôt.

Au second étage, le rideau de la fenêtre du bureau s'était brusquement refermé, après une longue hésitation :

«Alors, cette femme hirsute et braillarde, avait vraiment été sa mère?»

15

Lorsqu'ils arrivèrent au commissariat, elle fut immédiatement passée au désinfectant, une odeur terrible qui prenait à la gorge et lui racla les poumons comme si elle avait avalé des clous. Dans l'infecte cage métallique où on les regroupa en attendant l'interrogatoire, il régnait un bruit assourdissant. Une cinquantaine de prostituées, voleurs, vagabonds aux hardes puantes de crasse, de tabac et d'alcool, s'entassaient sur les bancs avec la pègre. Des jeunes hommes en chemise brune, comme ceux qu'elle avait vu défiler au petit matin sur l'Avenue, portaient une curieuse croix noire sur leurs brassards. Une croix que Léa n'avait jamais vue avant-guerre. Son voisin d'infortune, un communiste arrêté la veille dans une manifestation syndicale contre la nomination à la chancellerie du militaire Von Schleicher, n'arrêtait pas de dénoncer les magouilles de Von Papen et du vieux Maréchal Hindenburg qui ne rêvaient qu'au retour «d'une Allemagne forte et pure », un retour à la monarchie : «*Juste en poussant* ce pantin, ce pauvre petit caporal bavarois et sa clique de voyous aux cerveaux reptiliens qui n'auraient aucune chance de durer et seraient balayés par eux dans moins de six mois! »

Juste avant d'être ramenée au bureau pour y être interrogée, une surprise de taille attendait Léa : les gendarmes amenèrent dans leur nouvelle rafle Zach, menotté entre deux soldats... Elle ne sut s'il l'avait également aperçue lorsqu'on la poussa brutalement devant un inspecteur avec de petits yeux vicieux et une barbiche. Léa dut expliquer qu'on lui avait volé tous ses papiers la première nuit de son arrivée à Berlin. «Où? »

— Au parc...

Là, commencèrent des questions plus humiliantes, sur un ton volontairement vulgaire et profondément méprisant : «Qui était-elle? Comment pouvait-elle le prouver? Qui à Berlin pouvait en témoigner? Que faisait-elle à l'intérieur de la Villa des Haenkel? »... *Pourquoi se croyait-elle permise de faire perdre son temps à un fonctionnaire de l'État, alors qu'il allait forcément la coincer, tout apprendre sur elle et l'envoyer dans un camp d'éducation, vu qu'elle avait cru bon de ne pas remplir le formulaire des sans domicile fixe, obligatoire à Berlin...*

Léa ne savait plus si elle devait raconter la vérité et risquer d'ouvrir un passé judiciaire trouble sur lequel ce fonctionnaire sadique n'hésiterait pas à se jeter, ou bien continuer à jouer les clochardes abruties, ce qui la rangeait dans le commun des prisonniers de la cage métallique. Mais déjà l'inspecteur avec sans doute une arrière-pensée décrochait son téléphone et demandait des renseignements au central. Pendant de longues minutes d'attente, alors que des cris hystériques et de peur traversaient régulièrement la cloison du bureau, Léa comprit bien vite qu'il avait flairé une proie fragile et qu'il n'en démordrait pas.

La réponse arriva plus rapidement que prévue : Ses yeux s'allumèrent et il se mit aussitôt à écrire, soupirant de temps à autre pour lui faire part d'une volupté extrême, d'une satisfaction personnelle qu'il éprouvait à entendre ce qu'il pressentait : *Léa était bien une condamnée pas comme les autres, la sale héroïne d'un procès qui avait défrayé la chronique de l'époque et dont il se souvenait maintenant fort bien; une foutue petite dépravée meurtrière qui prétendait avoir achevé son riche mari médecin – héros de la Grande Guerre — pour le soulager d'atroces souffrances...*

Il avait raccroché et la fixa en silence :

— Depuis le début, je ne pouvais croire, Madame Palmer, à la simple introduction d'une petite voleuse dans l'Hôtel particulier d'un quartier riche. Et je ne me trompais pas...

— Mais j'ai payé Monsieur, la justice a été rendue! Même s'il s'agissait d'une injustice?

Reconduite à la cage sans ménagement, elle dut attendre encore toute la nuit en compagnie d'un travesti déséquilibré qui chantait faux des airs d'Opéra. Au matin, elle avait vraiment attrapé des puces et des poux et on la désinfecta de nouveau, avant qu'elle ne comparaisse devant le juge.

Comme son dossier étant «en effet clos », elle fut relâchée, à la condition de s'engager à quitter Berlin le jour même. Était-ce là une idée soufflée par Herbert et ses amis en haut lieu? Elle eut beau se débattre et démontrer qu'elle n'avait plus un sou, plus de toit et qu'on lui avait dérobé ses papiers, la sentence fut inflexible.

À pied, depuis la Ringstrasse, elle retraversa Berlin jusqu'au parc. «Son parc! » Pour elle, le dernier lieu où elle pouvait maintenant se réfugier, sa nouvelle et dernière adresse.

Dans toutes les rues, elle croisa partout des dizaines de mendiants et de chômeurs qui traînaient, des vagabonds souvent encadrés par les gendarmes, des enfants maigres et sales aux regards noirs. Ils vendaient des pommes pourries à la sauvette. Des vieillards erraient sans but, des aveugles, des amputés de guerre posés là sans jambes ou sans bras qui se cramponnaient aux coins des rues dans le vent, assis sur leurs miteuses orgues de barbarie. L'un d'eux tournait avec peine la manivelle d'un pauvre instrument qui jouait par hasard la vieille chanson allemande que Léa avait chantée pour son premier bout d'essai cinématographique, trente ans plus tôt...

«Autant d'hivers, autant d'étés, le temps avait passé», disait la chanson.

Léa avait peur d'être de nouveau arrêtée, et apprit rapidement à éviter les gendarmes. Elle devait se faire oublier, éviter la provocation des regards, devenir invisible. Il n'était plus question pour elle de retourner dans ce sinistre endroit, d'autant que cette fois, la prison l'attendait.

Elle aurait tant aimé s'arrêter plus longtemps devant l'affiche du *Mozartsaal* qui présentait «*Grandeur et décadence de Mahagonnie*», l'œuvre musicale d'un jeune auteur — Kurt Weil — dont elle avait écouté les airs en Afrique. Elle se souvenait de son «*Opéra de quat'sous*», l'air magnifique chantait la misère des petites gens, prostituées, gangsters et chanteur des rues, la rivalité entre un homme d'affaires et le roi des mendiants de Londres. Dans cette œuvre d'avant-garde, les acteurs interpellaient le public avec des pancartes et des slogans : *«Qui est le plus grand criminel? Celui qui vole ou celui qui fonde une banque?»* Léa se souvenait avec admiration de *«la complainte de Mackie...»* qu'elle avait souvent fredonné en accompagnant le vieux gramophone du Pasteur Junker.

Mais elle n'eut que le temps d'apercevoir au bas de l'affiche l'arrêt récent des représentations...

«Pourquoi? Pourquoi? » se demanda-t-elle légèrement troublée.

Un policier qui la voyait hésiter s'avança vers elle.

Le soir tombait. Malgré un sentiment de peur et la petite neige fondante qui lui glaçait les os, elle retrouva bizarrement l'ivresse de marcher libre sur les trottoirs, de se gorger des lumières, des publicités colorées, de l'âcre odeur électrique des tramways, du spectacle révoltant des pauvres hommes sandwich, des bruits et des affiches pleines d'inventions graphiques – de ce souffle berlinois! - qui l'avait tenue éveillée durant ses centaines de nuits d'insomnie, lorsqu'elle rêvait avec nostalgie, loin là-bas, dans la brousse.

Elle s'approchait des villas cossues et des ambassades du Tiergarten.

Les rues étaient plus tranquilles. Les réverbères moins nombreux la protégeaient davantage des regards. Les dangers s'éloignaient. Comme elle n'avait pas mangé depuis le matin, juste un bol de soupe claire et infecte distribué aux détenus, une crampe lui tordit le ventre et l'étouffa, l'obligeant à s'appuyer contre un mur. Arrivée au coin de l'Avenue, elle n'entendit plus que ses pas résonner sur le pavé. L'obscurité allait encore l'engloutir, elle, son banc et son désespoir. Sans se l'avouer, elle espérait retrouver la tribu, les seuls êtres humains qui lui avaient tendu la main, même s'ils lui avaient volé sa valise, ses papiers et son précieux album de photographies. La seule preuve hélas qu'elle rapportait pour montrer à Stefan combien elle et Hans avaient été heureux et unis. Combien ils s'étaient aimés, comment il était impossible de croire qu'elle ait pu devenir une criminelle, par arrivisme ou par cruauté. Mais l'album avait disparu avec sa valise, il ne lui restait donc plus rien pour se défendre.

L'aile noire d'une voiture brilla à côté d'elle avant qu'elle n'entendîsse le bruit du moteur. Instinctivement elle recula dans l'ombre avant de discerner le visage de Roger, seul dans la Daimler. Il lui fit un signe et s'arrêta.

Il était devant elle, embarrassé et massif, avec son regard pourtant allumé d'une éternelle douceur. Il semblait porter la souffrance du devoir :

— Je suis désolé, Madame... Je dois vous reconduire à la gare de Lerther... C'est une décision du juge.

— Voulez-vous dire de Hilde et Herbert?

—... Mais je peux vous aider.

Léa comprit immédiatement. Comment avait-elle pu croire un moment — sans doute par lassitude? — qu'elle pourrait se fondre dans la nuit et que ces monstres l'oublieraient? Leur messager était bien là, devant elle, pour la traquer, la retrouver et l'éloigner à jamais. Il n'y aurait plus de retour possible jusqu'à sa mort. Ils la tiendraient éloignée par la force s'il le fallait. Avec toutes leurs relations.

— Madame?

Roger sortit maladroitement de sa poche une enveloppe.

— Ceci restera à jamais entre nous... en souvenir de la bonté et du respect que vous avez toujours eu pour moi et Lily.

Il lui tendit ce qui contenait certainement un peu d'argent, un cadeau précieux en ces temps difficiles. Léa ne savait plus que faire. Son destin et son rêve de justice semblaient s'arrêter là, à quelques mètres seulement de son but, de son fils. Elle pensa seulement devant le visage tourmenté de Roger «Ils ont gagné. »

— Merci Roger, vous ne savez pas à quel point votre geste généreux me touche... Mais si j'acceptais...

Elle souffrait encore plus de son regard sur sa déchéance et sentit combien elle faisait pitié. Et cela était vraiment l'affront le plus insupportable pour une femme comme elle.

— Roger, je souhaite rester ici...
— C'est impossible, Madame!
— S'il vous plaît... Oubliez-moi?
— Je ne peux pas. Ils me surveillent.

Une cloche de police éclata au loin. Plus vite que sa pensée, Léa sentit alors son corps l'emporter, elle courut à perdre haleine et traversa l'Avenue. Un klaxon hurla. Roger vit l'embardée de l'automobile qui freina et s'arrêta. Encore sous le choc, le conducteur en descendit, s'appuya contre le véhicule pour reprendre ses esprits.

«Heureusement, j'ai pu éviter cette foutue clocharde! Heureusement! » répétait-il hagard. »

Roger hésita, puis remonta dans sa voiture, également soulagé.

Léa avait disparu dans une haie du parc.

Secrètement apaisé, il baissa la tête sur le volant, soudain plus calme : «Il leur dirait qu'elle lui avait échappé. »

Mais savait-il alors que le sort de la pauvre Lily était déjà scellé?

Hilde avait appris sa trahison par Karl et l'avait congédiée dans la soirée, juste après le thé : «Coupable de désobéissance agravée, de vol de nourriture et de complicité avec la *meurtrière.* »

Il démarra, roula doucement le long de la grille du parc, n'aperçut plus Léa, puis alluma les phares pour prévenir Karl d'ouvrir le portail du jardin.

Hilde l'attendait... sur le perron.

«Est-elle enfin repartie? aboya-t-elle sèchement. »

16

Léa savait qu'il était trop dangereux pour le couple de le congédier. Roger écoutait toutes leurs conversations depuis quarante ans et, plus que Hilde pour Herbert, plus qu'Herbert pour Hilde qui oubliait depuis longtemps sa présence... il en conjuguait tous les secrets et les subtils mensonges.

En apercevant Dolfie les rejoindre et pointer Roger d'un doigt accusateur, Léa souhaita que l'adorable Lily n'eût pas trop d'ennui. Elle devait être revenue au parc ce matin-là, puis retournée bredouille vers la maison avec le linge.

«Qui avait alors reçu l'appel téléphonique du juge? Un autre domestique? Karl? Herbert? Hilde? Stefan?» Les rumeurs avaient dû faire le tour de la maison et alimenter les chuchotements à l'office. Et sans savoir pourquoi, Léa s'inquiéta à nouveau pour Lily qui lui avait sans doute apporté fidèlement sa robe au parc, la croyant de retour...

— Léa?

Une voix basse, mais gouailleuse, celle de Nini, toute heureuse de la retrouver, précéda sa sortie des buissons. Avec un «Alors? » impatient, elle s'assit à ses côtés, terriblement excitée de savoir ce qui lui était arrivé. Rudi leur avait tout raconté : son départ menotté en panier à salade! Et surtout, ils avaient hâte d'entendre la suite de son histoire! »

Désormais, Nini la Prussienne le confirmait par une accolade pleine de tendresse, «Léa était une soeur! »

Cette nuit-là, autour du feu crépitant à l'huile de vidange, Léa demanda des nouvelles de Zach qui n'était pas encore revenu. Hector esquissa un mouvement de menton qui n'aboutissait sur rien, reprit une longue rasade et Max baissa la tête. Seule Dora, devant Nini et Grete qui s'affairaient à déballer les harengs dans les journaux du jour, répondit par un geste éthéré :

— Pfttttt...!

Puis laissa retomber sa main, mimant une plume au vent.

Léa, hésitante à interpréter la signification du vide, songea qu'elle n'en saurait pas plus.

Mais lorsqu'elle vit l'accordéon de Zach dissimulé sous le frac de Rudi, elle eut un pressentiment affreux, leur expliquant qu'elle avait justement croisé Zach au commissariat, mais qu'ils n'avaient pas eu le temps de se parler...

Hector, Rudi, Nini, Max, et Dora s'enfoncèrent alors dans leur mutisme, ce qui n'augurait rien de bon, à moins que ce ne fût, songea soudain Léa, par une sorte de loi du silence «propre à la tribu ».

«Sa tribu maintenant », admit-elle.

Elle resta donc un long moment indécise, même quand Nini à propos de Zach esquissa un discret clin d'œil, qui augmenta encore le mystère...

Comme Grete distribuait «sa pêche du jour » toujours soigneusement livrée dans le *Berliner Zeitung* et qu'elle oubliait «distraitement» Léa, Hector eut un frémissement de canne. Frémissement suffisant pour que «la Bouchère sanglante » — comme l'avait si joliment surnommée le journal de son quartier lors de son arrestation — lançât rageusement un poisson gélatineux sur les genoux de Léa avec un «Je pensais que Sa Majesté-de-l'autre-côté-de-l'Avenue avait déjà soupé? »

— T'es sûr Grete que tu n'as pas plutôt mangé le panier que sa servante a déposé ce matin sur le banc, pendant qu'elle était chez les flics?

Rudi toisa Grete en terminant sa phrase. Mal à l'aise, celle-ci reprit ses tics nerveux. Hector répéta alors plusieurs fois: «Tu n'aurais pas fait ça Grete, hein? Sans le dire à Papa? »

— Léa est une sacrée menteuse! hurla Grete en se précipitant sur elle, la giflant violemment par deux fois. Menteuse! Sale menteuse... Je n'ai pas mangé tes foutus petits pains chauds et...!

Max s'était levé d'un bond et maîtrisa Grete déchaînée.

— Tu vois Grete, lança Nini, ça fait des années que je te dis de lâcher ton schnaps et boire de la qualité! Le delirium te guette...

— Ça va finir par te ronger les oreilles! fit Rudi en sortant le bandonéon et en attaquant un langoureux tango, pour accompagner l'empoignade entre Max et la Bouchère qui se débattait toujours... *«Grete, Grete la* sanglante, va bientôt voir de grosses araignées au plafond...! »* se mit-il à fredonner.

—... Elle a de la chance... Elle est bientôt devant l'autre porte, murmura Dora.

— L'autre porte? Fit Léa.

— Oui, celle qui s'ouvre loin du froid, des engelures, de la crasse et de la faim... et des harengs, souffla doucement Dora rêveuse.

— Avec tout ce qu'elle boit, elle devra faire attention de passer loin des cierges lorsqu'elle arrivera! Elle risque de s'enflammer...

Nini avait repris sa phrase en musique et avec Rudi firent une ballade à deux voix... sur ce thème.

Léa voulut remercier Max qui lâcha Grete. Aussitôt, celle-ci s'écrasa par terre la bave aux lèvres, le regard fixe. Haineuse.

Max effleura la joue endolorie de Léa.

—... Pourquoi Grete dit-elle que tu mens?

Un borborygme sortit encore de *la Bouchère* au sol. Elle gloussa, cracha, toussa, éructa d'un souffle presque incompréhensible : «... C'est pas une riche... C'est qu'une putain de chanteuse de bordel!... Magda le sait... En plus d'être une maudite tueuse! »

Rudi plaqua encore un accord qui attira toute l'attention :

— Qui ment ici?

Hector méfiant termina d'engloutir sa queue de hareng et frappa trois fois le sol avec sa canne : «Léa, tu connais maintenant notre loi? Alors, achève de jouer les mondaines!... Ou je serais forcé de te dénoncer aux flics, je sais qu'ils t'ont ordonné de quitter la Ville ce matin. Pas vrai? »

— Ah, Papa sait tout! ricana Rudi.

— Hector, t'es devenu un sale morpion de délateur? Fit Nini révoltée. Depuis quand «les vinasseries » de Grete font-elles loi ici? Cette traînée a pris vingt ans pour avoir découpé son Julot dans le saloir!

— C'est pas vrai... j'l'ai pas découpé... Il est tombé sous ma hache!

Reconnaissante d'être accueillie par le clan, Léa se sentit obligée par honnêteté d'avouer. Surtout que Magda avait du parler et que sa liberté à

Berlin ne tenait désormais plus qu'à un fil. Qu'à la généreuse protection de la Tribu...

D'un bond, Rudi s'était levé face à Léa :

— Ça y est! Je me souviens où je t'ai vu.

Il esquissa aussitôt quelques pas de tango avec une agilité de vieux danseur mondain arthritique : «Au *Mozartsaal!* Au *Mozartsaal!* Oui, c'est cela, avant la guerre? Tu jouais une revue! Tu y étais la capitaine glamour d'un navire au milieu d'une sacrée bande de girls sexy. »

Et il se souvint des paroles et se mit à les hurler à tue-tête, en s'accompagnant autour de Léa : *«Ohé, marins, matelots de la brume, rentrons, rentrons au port... au port des filles de la nuit. »* C'est cela, hein?

La fin de sa phrase avait tellement perturbé Dora qu'elle s'était mise à trembler. Nini la prit affectueusement dans ses bras. «Ça lui arrive quelques fois, quand elle voit le futur... »

— Le futur? Quel futur, frissonna Léa.

Puis devant leur insistance, elle termina la chanson à mi-voix avec Rudi. Et même si son timbre avait changé, plus rauque, plus bas avec les années, un silence admiratif salua sa prestation. Ils n'en revenaient pas :

— Léa t'es une sacrée vraie artiste!

Elle chantait d'une voix puissante, mêlée d'une fascinante fêlure étincelante et pure, vibrante, drôle et magnifique, «comme à l'Opéra. »

Puis tard dans la nuit, sous leurs regards ébahis, Léa acheva enfin son histoire, après son enfance à Berlin :

«Elle s'était mariée avec Hans à dix-neuf ans, il en avait trente. Jeune médecin très drôle et infiniment doué, il se passionnait pour une discipline peu connue à l'époque et dont personne ne voulait alors : la psychopathologie. Dès qu'elle lui avait avoué que son métier d'infirmière n'était pour elle qu'une façon de traverser la vie parce qu'elle était pauvre, il n'avait eu de cesse de lui faire avouer ce qu'il avait toujours pressenti : Léa

était fascinée par la musique et le théâtre! Bien qu'à l'époque, elle eut fort peu assisté à des représentations à cause de son enfance pauvre. Immédiatement, il l'avait forcé à suivre des cours. Au début, elle ne sut jamais si pour Hans il s'agissait d'éviter de voir sa mère trop souvent - qui s'invitait sans cesse à leur étage pour espionner leur couple — ou vraiment pour l'aider à s'épanouir... Mais chaque soir, quand il n'était pas de garde à l'hôpital, il l'emmenait voir les spectacles de Berlin, du plus intellectuel au plus farfelu! Très vite il lui avait acheté un piano et un jour qu'il rentrait tôt, épuisé, il l'avait découverte en train de chanter avec son professeur. Lui seul, bien sûr, croyait aussi fort en elle! Bien qu'elle demeurât d'une timidité maladive, Hans l'avait ensuite poussée sur scène et elle avait débuté, morte de tract...

—... C'était merveilleux! J'aurais joué gratuitement même dans une étable! D'ailleurs... c'est ce que j'ai fait pour mon premier cachet. L'un des patients de Hans pour le remercier, avait organisé une séance dans sa laiterie, loin en banlieue vers Wolsterdorf. Mais peu à peu je me suis fait des amis dans ce métier. Hans insista pour que je donne des dîners chaque semaine avec tous les artistes que je rencontrais. Je les trouvais tous si formidables! Peu à peu, j'ai approché les plus grands, comme Max Reinhardt au Deutsches Theater, des peintres devenus ensuite nos amis comme Georges Grosz, Hanna Höch ou Jeanne Mammen, des comédiens tels Murnau, Ernst Lubitsth avec qui j'ai joué; des auteurs aussi; et bien sûr ma chère Käthe Kollwitz qui présidait notre association de femmes artistes et cherchait pour nous en ce temps-là des aides financières. Hans a tenu bon face à l'hostilité de sa Hilde. Elle craignait trop que ses propres amies ne fassent un lien avec moi. Dès que nous avons eu Stefan, les choses ont été un peu plus difficiles. Mais Hans soutenait qu'une femme moderne devait partager sa vie de mère et son destin. Au contraire d'Herbert qui considérait l'émancipation de la femme comme un slogan inventé par les juifs! Hans était tellement en avance sur son temps! Il allait régulièrement à

Vienne, il y suivait passionnément les séminaires de psychanalyse. Et puis la guerre est arrivée en 14 et il est parti sur le front comme médecin- chef. Au bout de quelques semaines, je l'ai rejoint comme infirmière. Les blessés que je voyais revenir étaient tellement pitoyables, notre monde basculait. C'était épouvantable : la première fois qu'une guerre utilisait des mitrailleuses, des gaz, des bombes au phosphore, des grenades... Il y avait des soldats et des civils brûlés vifs partout... Bien sûr Stefan grandissait et ma belle-mère en profita pour s'installer définitivement chez nous, «la plus grande erreur de ma vie!» Il n'y eut plus d'étages réservés à la Villa Sturm. Avec Dolfie, elles formèrent un clan, bien déterminées à ne plus se départir de leurs nouveaux pouvoirs. En 1915, Hans à été touché, revenant d'opérer dans les tranchées. Je suis revenu pour le soigner. Il ne voulait plus voir Hilde, il ne voulait en aucun cas retomber sous sa coupe comme le petit garçon servile qu'il avait été.

... La guerre s'est donc aussi déclarée chez nous, au sein de notre propre maison. Et pendant plus d'une année, je suis restée nuit et jour auprès de lui. Il n'a jamais voulu croire que je continuais à l'aimer comme au premier jour. «Il ne voulait plus être un poids pour moi » disait-il. Il souffrait atrocement même avec la morphine et il considérait qu'il devait s'effacer, qu'il n'y avait plus de solution acceptable pour moi, aucune évolution possible pour lui. Il ne voulait pas m'entraîner dans ce qu'il considérait déjà comme «mon passé.» Il m'a demandé de plus en plus souvent de... de l'aider à mourir. Mais c'était impossible. Bien sûr, à force de persuasion et de charme – il en avait tellement! – je l'ai fait, car il ne tenait plus. Et là, grande erreur! J'ai fait confiance un soir à Dolfie qui a donné sa lettre d'adieux à Hilde. Une lettre qui confirmait ce qu'il m'avait demandé... Elle s'est empressée de la brûler puis a déclenché des accusations, puis la justice est arrivée... La mort de Hans qui me détruisait déjà n'était pour elle pas suffisante. Hilde m'a accusée, harcelée. Sans la lettre de Hans qui expliquait sa volonté et me déléguait cet acte ultime, il n'y avait plus de circonstances atténuantes possibles. Le témoignage odieux de Dolfie fit le reste. Elle obtenait contre sa trahison la délégation totale sur chaque domestique et la maison... Elle devenait le numéro deux après Hilde, son rêve de petite fille.

Quand Herbert et Hilde se sont aperçus que ma «sauvagerie supposée» allait leur porter tort auprès de la bonne société et de leurs relations d'affaires, il était trop tard pour reculer. Et ils n'ont pas eu de peine à jouer les parents riches abusés par la petite immigrante pauvre, artiste «et donc légère», forcément arriviste, profitant de la mort de leur fils, un héros. Une scandaleuse trahison en période de guerre. Ils n'ont eu de cesse, ensuite, de me chasser et de récupérer l'Hôtel particulier. Les journalistes évoquèrent ouvertement mes rôles sulfureux, amoraux, mon féminisme : *«Les hommes tremblaient à cette époque en imaginant les excès de ces femmes artistes, masculinisées – la Machtweib – nouvelle détentrice du pouvoir et qui pourrait bien en abuser...»* Ce n'est pas l'égalité entre les sexes qui leur faisait tant peur à l'époque que notre libération, la menace d'une supériorité! Mes amies femmes devenaient médecins, juges, peintres...institutrices en un temps où l'uniforme était roi. Ensuite j'ai été jugée et condamnée, traînée dans la boue par la presse, abandonnée par à peu près tous mes amis. Seuls quelques-uns, les plus combatifs, des artistes, m'ont soutenue. Mais notre milieu est facilement haï lorsqu'il contribue aux avancées contre les tabous. Et la religion veille à rappeler les conventions. La plupart m'ont condamnée. Ils ont ruiné ma vie, ils m'ont enlevé mon enfant. Peut-être dans leur douleur Hilde et Herbert avaient-ils fait inconsciemment de Stefan le substitut de Hans? Un fils chéri, mais trop rebelle à leur goût qui leur avait échappé dans la mort et dans sa révolte? Révolte dont ils m'accusaient bien sûr d'être l'instigatrice démoniaque. «Le grand complot juif international!»... Ma seule chance fut une commutation de peine au bout de deux ans de prison à la fin de la guerre, en mémoire de mes services sur le front et grâce à l'honnêteté d'un général ami de Hans, qui connaissait trop bien Hilde et Herbert...

Je suis alors partie pour le Tanganyka que les Anglais venaient d'enlever à l'Allemagne et j'y ai été acceptée dans une mission protestante, comme bénévole, durant ces quinze dernières années. »

Il n'y avait plus que la faible lueur des braises attisées par un vent glacial, et Léa Palmer s'était tue. Quelques flocons de neige fondaient sur leur peau. Hector, Max, Dora et Nini avaient mis leurs pieds contre la grosse Grete roulée à terre, pour se réchauffer. Rudi pianota encore quelques notes. Nini, les yeux mouillés, n'en revenait pas d'avoir devant elle, enroulée dans ce manteau minable, avec son turban fané, une artiste qui avait autrefois fait les beaux soirs de Berlin. D'un Berlin où Nini avait été si joyeuse, si heureuse, si insouciante!

— Tu peux chanter alors comme au vrai théâtre? Murmura la pauvre Dora qui n'avait jamais connu cette vie brillante, cette vie que sa condition d'ouvrière condamnait à la misère et à l'humiliation de masse.

Léa hésita: «Rudi, connais-tu cette merveilleuse chanson que l'on passait les soirs de bal, au *Wintergarten*, sous le ciel étoilé de la grande salle et qui parlait d'un monde où il fallait vite s'aimer? »

— «... où il faut vite s'aimer parce l'orage approche? » Oui, fit Rudi enthousiaste en plaquant les premières notes, faisant jaillir l'intro d'une curieuse mélodie, mi-gaie mi- triste, toute en rupture.

— Cette chanson s'appelait *«Dancing in Berlin...* » souffla-t-elle émue, comme si elle n'avait plus jamais espéré prononcer ces paroles. C'était l'air préféré de Hans, je l'avais chanté dans la dernière revue à *l'Admiralpalast...* Juste avant la déclaration des hostilités... Cela faisait... »

Et Léa la gorge serrée par l'émotion commença à chanter. D'abord à mi-voix, ne levant les yeux que juste après le premier couplet, lorsque le souffle magique du bandonéon soupira en une courte plainte étouffée; elle apercevait dans le noir — *dans le noir de sa mémoire bien sûr* — Zocha et sa grand-mère debout, derrière la tribu, et puis encore au-dessus d'elles dans le ciel sombre, des milliers d'étoiles électriques, celles de l'immense salle du *Wintergarten*. Avec son imposante rangée de lustres de cristal surplombant des centaines de tables, le public attentif au premier rang et, si séduisant, Hans en smoking, tout près, qui ne la quittait jamais des yeux... Elle devinait toujours son expression, son sourire impatient dans le contre-jour des projecteurs. L'orchestre attaquait alors le second couplet, tendrement, doucement. Trente violons jouaient comme une caresse, emportant la voix de Léa qui s'envolait au-dessus du public, vibrante et magique tandis que la musique s'amplifiait, submergeait la salle en une vague d'enthousiasme collective. La scène tremblait sous ses pieds et les cuivres éclataient, lumineux, le saxo nostalgique gémissait doucement, comme dans une éternité fatale et merveilleuse. À cet instant, là au milieu de la Tribu cernée des tas d'ordures, Léa revivait leurs centaines de visages heureux, défilant sous ses yeux. Toutes ces vies qui — comme disaient ces paroles prémonitoires — «attendaient le bonheur, sans savoir qu'un seul soir d'été engloutirait leur amour...» La guerre les avait tous sans doute fauchés depuis. Alors, le rideau se refermait lentement sur le final, les applaudissements, sur ce sentiment rare et éphémère que l'on vit au moment où l'orchestre au plus haut de ses cordes et de ses cuivres, résonne une dernière fois.

... Où il ne reste plus dans le noir qu'une seule petite note suspendue qui s'éteint.

Avant que le rideau ne retombe sur la réalité.

— *«... Une chanson peut arrêter le temps, soupirait Hans.»*

Lorsque le bandonéon eut expiré comme un être fourbu et comblé après l'amour, Léa réalisa que tous ces moments et ces cœurs ne battraient plus jamais devant elle, fauchés par les bombes, la bêtise, l'arrogance, et les gaz des tranchées. Elle revoyait les yeux arrachés, les membres putréfiés, les civières rougeoyantes, ces flaques noires écoeurantes sur le sol, ces monstrueux visages ou ce qu'il en restait, avec leurs regards démunis, l'odeur de pourriture, la révolte de ces jeunes hommes naïfs livrés à la plus grande boucherie inutile du XXème siècle... Peut-être était-ce tout cela à l'époque, qui rendait les paroles de cette chanson si effroyablement énigmatiques. Atrocement prémonitoires.

La tribu avait applaudi à tout rompre, si fort que Dora dont les yeux brillaient pour la première fois, s'étouffa avec une terrible quinte de toux. Nini, toute excitée, s'était levée pour embrasser Léa, répétant incrédule : «C'est impossible, c'est impossible comme c'est beau! Cette Léa a une voix comme à l'opéra! »

Hector totalement étonné tapa frénétiquement de sa canne sur le sol, encore sous le charme. Max avait serré Léa dans ses bras. Tous, saisis par une surprise aussi inattendue, découvraient son incroyable talent et sa gentillesse soigneusement cachée sous l'allure pitoyable de «Mâdâme Léââ ». Mâdâme Léââ qui leur ressemblait tant ici, dans ce lieu de pourriture totalement délabré.

Rudi esquissa encore autour des braises quelques pas d'un tango silencieux comme dans les fils muets avec Léa soudain ressuscitée, pendant qu'un train s'approchait du pont, dans un grondement de tonnerre, au- dessus d'eux.

Cette nuit-là, après que la fumée de la locomotive fut retombée dans l'obscurité, chassée en tourbillon de scories noires sur le sol gelé, Léa reçut son nouveau surnom de misère.

Ils avaient décidé à l'unanimité et dans l'euphorie du schnaps de l'appeler «Maman Mélodie. »

«Maman Mél'! » s'écria Hector, fier d'avoir une amie et chanteuse dans la «haute ». Lui, l'ancien professeur de latin-grec, l'esthète qui avait consacré toute sa vie à Platon et Socrate, à l'art et à l'enseignement... un peu trop sans doute à ses jeunes élèves. Il s'avérait donc considérablement abasourdi par la personnalité de sa nouvelle recrue.

Bien sûr, les plus âgés de la tribu comme lui, Rudi ou Nini la Prussienne se souvenaient maintenant vaguement des succès de Léa et de sa voix. Mais à l'époque, aucun d'eux n'avait encore de radio ou de gramophone, ni n'était assez riche ou assez «mondain » pour aller au théâtre voir ses revues célèbres ou ses pièces d'avant-garde. Comment dans ce trou sordide pouvait-il avoir eu la chance de recevoir un tel cadeau du ciel? Une véritable artiste! Et maudite avec ça par la société bourgeoise, tout comme eux! Ils n'en revenaient pas et ils leur parut tout à coup que les rasades de mauvais alcool qui détruisaient chaque jour un peu plus leur mémoire, avaient un goût vulgaire.

Sur un signe discret, Hector ordonna à Nini de sortir de dessous la bâche... la valise volée de Léa :

— À propos, fit Hector - le plus sérieusement du monde - nous avons retrouvé par hasard ta valise, celle qui t'a été volée... je suppose.

— Malheureusement, ajouta Rudi rapidement... «Il ne reste pas grand-chose. »

Léa se précipita pour l'ouvrir et quoiqu'elle fut presque vide, en sortit folle de joie son cher et vieil album de photographies. Sa seule richesse! Ce qui lui importait le plus au monde : «Sa preuve! »

— Un miracle! Merci. Merci à tous, soupira-t-elle en le serrant contre son cœur, de nouveau pleine d'espoir et sans rancune.

— Bien fit Nini, heureuse qu'elle le prenne ainsi... Passons donc aux choses sérieuses. Je vais te montrer ce soir comment t'envelopper dans les journaux, pour ne pas mourir de froid...

17

Le lendemain matin, lorsqu'ils se réveillèrent avant le passage du premier *Berlin- Hambourg* de six heures trente, des aboiements de chiens et des voix de gendarmes s'élevèrent tout autour de leur campement. En quelques secondes, et sous la direction quasi militaire d'Hector, Max après avoir mis le feu à tout ce qui pouvait s'enflammer, chargea Dora sur son dos tandis que Rudi ouvrit le chemin avec le bandonéon, suivi de Grete et son landau rempli à ras bord de mégots et de peaux de lapin volées. Nini guidait fermement de l'autre main Léa et sa précieuse valise.

Cette fois ils se retrouvèrent tous sur les rails de la gare de triage et sur l'ordre hautement médité d'Hector se séparèrent sur la Invadenstrasse. Certes, ils ne passèrent pas inaperçus lorsque Grete descendit le trottoir avec son landau et qu'un cadre glissa d'une peau de lapin vers le caniveau tandis qu'un passant choqué apercevait dans l'eau boueuse, le portrait d'Adolf... Grete, affolée, s'empressa de le ramasser et de l'essuyer «tendrement», sous les regards furibonds d'Hector et de Max.

— Sale cochonne! s'écria Max en découvrant ce quelle dissimulait depuis si longtemps.

— Ne reviens plus jamais avec tes saloperies! hurla Hector en brandissant sa canne.

Grete, poussant son butin, s'éloigna en gloussant, marmonnant tout bas à leur endroit des tas de mots désagréables.

Nini consciente que Léa était un peu perdue, et même désorientée par les regards hostiles des passants, lui proposa de rester avec elle jusqu'au soir.

— Viens, je vais te montrer comment gagner facilement de quoi bouffer quand on dort dans le caniveau! «Tout le monde ne peut pas chanter... »

Fière de guider une artiste qui était maintenant son amie, sa soeur, elle offrit comme programme une tournée des poubelles derrière l'opulente Wilhemstrasse, puis dans la soirée, un retour au pont de la Tribu, si tout s'arrangeait.

— Et si ça ne s'arrange pas? demanda naïvement Léa.

— Il nous reste l'Hôtel quatre étoiles ma belle. Tu vas adorer! Et si tu acceptes d'y chanter – bien sûr avant le couvre-feu! – nous aurons tout ce que nous voudrons... Chocolat, cigarettes, et capotes anglaises.

Elle ricanait! Léa comprit que «*L'Hôtel* » dont parlait Nini, c'était l'un de ces horribles asiles de nuit. Un endroit maudit par tous les pauvres de son enfance, un lieu cauchemardesque de vols, de viols et de meurtres étouffés dans la crasse, les poux, les cafards et... «plus. »

— Sois tranquille ma belle, si tu dors seule tu n'attraperas pas de morpions!

— Des morpions? Mon dieu...

— Oui, «Les visiteurs du soir »... Tu n'en as jamais eu?

— J'en ai vu. Au front, à l'hôpital.

La tournée des poubelles ne commença pas avant que Nini ait invité Léa dans un troquet sordide au plancher gras et glissant, là où ce qui ressemblait à une troupe d'habitués, parut bien la connaître. On y servait un jus de café clair, mais brûlant, avec liqueur, pour seulement trois millions de marks.

— Reste là, je n'en ai pas pour très longtemps.

Malgré la dévaluation galopante, Nini la Prussienne s'y maquillait «luxueusement » dans les toilettes chaque matin, avant sa grande tournée. Nini disparut vers le fond du café puis réapparut fringante, les lèvres écarlates, les joues enflammées de fards et les yeux de braise, agitant d'une démarche brûlante ses vieilles hardes et ses plumes ragaillardies.

— *Café-liqueur* pour ma princesse! clama-t- elle royale au serveur crasseux et sourdingue.

Léa n'avait pas compris immédiatement qu'il s'agissait du signal d'ouverture de «son commerce... »

Mais quand elles eurent devant elles leur café fumant, si réconfortant après l'infernale cavale de la gare de triage chiens aux trousses, Léa constata que les œillades roucoulantes de Nini aux épaves humaines affalées sur les tables alentour, n'étaient pas purement artistiques.

— Reste là bien au chaud, Princesse, je vais payer... les liqueurs.

Nini se leva, passa devant le bar sans faire attention au garçon qui s'arrachait les poils du nez devant un miroir brisé, puis grimpa l'escalier en colimaçon coincé dans la pénombre du fond de la salle. Presque tout de suite, alors que la grosse Nini soufflait comme un phoque pour gravir les petites marches enfumées, deux clients se levèrent péniblement et se dirigèrent à sa suite.

Léa n'osa pas trop regarder la mezzanine qu'elle n'avait d'ailleurs pas remarquée en entrant, mais y distingua quand même les deux hommes qui s'y attablèrent tranquillement...

Et «toutes plumes avaient disparu!»

Léa n'eut que quelques minutes pour terminer son café et en oublier la poignante douleur d'estomac consécutive. Aussi vit-elle redescendre assez rapidement une Nini plutôt empourprée, qui jetait royalement ses billets sur le comptoir et lançait victorieuse «Allez, fini le turbin, on se casse en plein air!»

Avant de sortir, Nini qui avait remarqué l'œil troublé de Léa, crut bon de l'inspirer :

— Si tu souhaites travailler ici ma belle sans trop te fatiguer... je peux te donner un fameux coup de pouce. On dirait que tous ces hommes en demandent toujours plus avec la crise. Plus les marks baissent, plus les queues montent!

«Le plein air» – comme l'apprit ensuite Léa – consistait à soulever méthodiquement chaque couvercle de poubelle et à fouiller dans les détritus pour y trouver leur prochain souper. Évidemment Nini avait une stratégie et son œil aguerri privilégiait les arrières cours de cabarets et de restaurants chic pour y trouver abondance et fraîcheur. Chaque mardi, avec les épluchures, elle faisait une soupe succulente. Et devant bon nombre de vagabonds qui leur faisaient concurrence, Léa, paralysée de honte et de peur sentit une bosse lui pousser dans le dos, tant elle se voûtait pour ne plus rien voir autour d'elle... Elle, «Léa Palmer », elle faisait les poubelles!

Enfin, vers midi, dans une ruelle sordide où galopait une brigade de rats, deux clochardes saoules les attaquèrent.

Nini la Prussienne entraîna alors Léa dans un affrontement ou les pires mots s'abattirent, ainsi que son vieux manche d'ombrelle sur les malheureuses affaiblies par l'alcool.

—...N'aie pas peur Léa, elles voient double et nous croient plus nombreuses! s'écria-t-elle excitée par la bagarre. Et Nini, heureuse de servir de mentor à son amie, enseigna immédiatement à Léa comment manier promptement une ombrelle. Et lui fit cadeau de la sienne :

— Tiens prend là, c'est une arme pour vraie demoiselle avec de la classe.

Gênée par une générosité qu'elle avait peu connu du temps de sa vie d'avant, Léa promit théâtralement qu'elle serait jusqu'à sa mort, *«digne de ce fabuleux présent »* et embrassât chaleureusement Nini.

«Quelqu'un l'aidait enfin! »

Bras dessus, bras dessous, elles continuèrent ainsi jusqu'au coin de la trépidante Kurfurstendamm. Un aveugle y actionnait un orgue de barbarie et y vendait les dernières chansons à la mode...

— Ça, c'est la vraie vie de Mâdâme! s'écria Nini qui adorait cette luxueuse artère grouillante de vie, de bruit et de circulation.

Avec les derniers marks des prestations de Nini au café borgne, elles s'achetèrent une partition et repartirent en chantant à tue-tête, comme deux sœurs. Un gentleman en pelisse et monocle s'arrêta pour les suivre des yeux, certainement troublé de reconnaître dans cet étrange duo de clochardes gouailleuses, une voix qui lui rappelait sans doute les beaux soirs du Wintergarten. Lorsque l'Allemagne impériale était encore pétillante et puissante.

L'avait-il reconnue? Il hésita puis s'en fut.

La vie avait ce jour-là bizarrement changé pour Léa, qui se sentait par instants inexplicablement plus forte, voir plus confiante.

Cependant, le soir venu, en revenant vers le Parc, après avoir couru maintes fois ventre à terre pour échapper de justesse aux patrouilles municipales, elles durent se rendre à l'évidence :

des soldats armés gardaient les entrées. Devant l'abattement de Léa, Nini réitéra gaiement son offre d'asile de nuit, en lui prédisant «Qu'elles allaient se faire des tas d'amis épatants! »

— Ne sois pas si triste Princesse! Demain ils nous auront oubliées, tout redeviendra comme avant. Je te promets que tu retrouveras ton fichu vieux banc glacé! C'est chaque semaine la même histoire! Il faut bien qu'ils rassurent la population?

Devant l'entrée de l'asile de nuit, une queue d'un demi-millier de vagabonds, clochards, clochardes et mendiants de tout bord, attendait. Une fois pénétré à l'intérieur, une odeur suffocante d'eau de javel et d'antimite leur sauta au visage. Plusieurs immenses salles d'une centaine de lits sur deux rangées s'étiraient devant elles. Chaque lit de fer disposait d'un sommier en toile métallique et d'une couverture en papier brun. Les admissions étaient de seize à vingt et une heures, avec deux bonnes heures d'attente en moyenne. Chacun avait droit à une assiette de soupe. «Attention chuchota Nini, en dévisageant d'un regard circulaire les femmes et les hommes attablés : Ne touche à rien, tous ont au minimum la vérole, ou des poux. »

Léa apprit ainsi qu'avant le coucher, elle succomberait encore au charme de la désinfection. Mais cette fois plus soutenue : «J'ai l'impression que le produit pulvérisé est si fort contre les insectes qu'il a troué ma robe par endroits! » leur confia une voisine de table édentée.

— De toute façon, nous ne ferons pas de vieux os ici, décida Nini. Nous déguerpirons avant l'aube, car la police arrive tôt pour ratisser l'endroit et vérifier les papiers.

Après la soupe qui les réconforta un peu, les hommes et les femmes furent séparés. Nini fit alors le tour de ses connaissances, se perdant en mondanités, retrouvant semblait-il des relations de tous les quartiers de la ville. Surtout d'anciennes modistes, des prostituées vérolées et des veuves affamées. Bientôt, et à la grande surprise de Léa, une cinquantaine de femmes hirsutes, mal embouchées ou rougeaudes insistèrent pour entendre... Léa. Nini avait vite vanté ses talents et même «vendu » un petit récital... Elle passait déjà le chapeau où chacun versait une obole : mégot, bouton, tabac et lacets divers. Au premier rang, Léa crut reconnaître Janine R, une ancienne pianiste du *Monokel*, un cabaret féminin rival du célèbre *Violetta,* sur la Friedrichstrasse. La grosse femme qui avait été engagée comme répétitrice pendant les répétitions de la *Lulu* de Wedekind dut aussitôt la reconnaître, car elle lui fit un large sourire en sortant de ses hardes une petite mandoline assez déglinguée. Certainement son outil de travail dans les rues. Léa paniquée appela mentalement au secours sa mère et sa grand-mère. Tous ces sourires impatients, ces rires et ces regards convergeaient soudain vers elle. Mais lorsque Zocha et Beth sa grand-mère apparurent, elles firent signe ironiquement... qu'elles attendaient elles aussi, «sa brillante et amusante performance. »

— C'est bien la dernière fois que je vous appelle! marmonna Léa furieuse contre ses fantômes.

— Tu parles toute seule Princesse? De quoi as-tu peur? Fit Nini qui croyait en Dieu, mais qui n'était pas près de comprendre.

Les femmes en choeur scandaient déjà son nom : «*Léa, Léa! Une chanson...* »

Léa s'adressa à la grosse musicienne et lui demanda ce qu'elle savait jouer? Janine R, les yeux légèrement vitrifiés par les années de crise et d'alcool, resta un moment la bouche ouverte, bavant comme si elle cherchait à se souvenir... Mais rien ne sortait de sa gorge. Elle dodelinait de la tête comme si elle n'avait pas compris. Avait-elle encore toute sa raison?

— Une chanson gaie et entraînante? Suggéra Nini frétillante, fais-nous comme dans tes palaces chic, un truc chouette qui rappelle la belle vie d'avant? Qu'on puisse *guincher!* Pas vrai les filles?

Une centaine de voix unanimes résonnèrent, excitées.

— «Bertha?» souffla la musicienne, enfin ravie de se souvenir d'un air fameux.

— Bertha? Oh, non... pas ça? Non!

Léa était soudain horrifiée par le thème scabreux revenu à sa mémoire : *Le luxe à Bertha* était une célèbre chanson de taverne lesbienne, crée au *Violetta* par Blandine Ebinger, immortalisée pour ses textes acides...

La mandoline résonnait déjà joyeusement - bien qu'assez fausse! - et des centaines de mains se mirent frénétiquement à battre approximativement la mesure.

Léa terrorisée fut contrainte d'attaquer :

«Caviar, vins fins, fourrure et diamants,

Champagne, foie gras, liqueurs, et amants

Ici tout est luxe et plaisirs de bon goût

Le péché nous titille, nous inspire, nous rend fous!

Bertha, Bertha, montre-nous tes jolis bas de soie

Bertha, Bertha, tes robes, tes chapeaux, et tes oies,

Bertha, Bertha... fais pas ça! Bertha, Bertha... N'abuse pas!!! »

Tous reprirent en chœur et Léa épouvantée par ce qu'elle allait chanter dans cet abîme enfumé aperçut de plus en plus de silhouettes massées et titubantes. Des ombres entraient toujours plus nombreuses pour se joindre à la foule qui lui faisait un triomphe. Nini maintenant juchée sur un lit, avait retroussé sa robe et l'accompagnait toutes gambettes dehors, comme au temps de sa splendeur! Au temps où les étrangers disaient émerveillés : «*Tout peut vous arriver à Berlin*! » Puis elle invita une femme au regard souffrant à la rejoindre, et valser avec elle :

— Allez, vas-y Léa! hurla-t-elle hystérique, emportée par la vague d'encouragement générale.

«*Quand au printemps ta soubrette nue avec toi folâtre*

Au grand vent, cravachant les chevaux de ton fiacre

Et demande ingénue pourquoi tes brebis sont si gaies

Toi tu frémis ma coquine, tu ronronnes tu te tais,

Car ces bêtes comme toi aimeraient... Lui brouter... Lui brouter son muguet!

Bertha, Bertha, montre-nous tes jolis bas de soie

Bertha, Bertha, tes robes, tes jarretelles, et tes oies,

Bertha, Bertha... fais pas ça! Bertha, Bertha... N'abuse pas!!! »

En vagues successives soulevant une lourde odeur de sueur et de tabac âcre et rance, les femmes battaient des mains en cadence. Ces épaves qui avaient été jadis mères, amantes, artisanes ou jeunes filles en fleur, tous ces espoirs d'une société écroulée, revivaient tout à coup.

Dans l'ombre, Zocha, au milieu du tumulte, voyant sa fille au bord des larmes chuchota pour l'encourager la seule phrase du Talmud qu'elle connaissait et que Léa enfant n'avait jusqu'ici jamais vraiment comprise : *«Qui sauve une vie, sauve le monde. »* Et ce soir-là, oubliant cette misère atroce et la mandoline affreusement fausse, Léa aurait voulu sauver toutes ces pauvres femmes!

«Et se sauver aussi! »

Le couvre-feu arrêta net la fête malgré les hurlements de protestations et un commencement de bagarre. Les ordres brutaux et les coups de matraque des gardiens ramenèrent l'ordre, interrompant les longs remerciements chuchotés dans le noir. Nini était fière de «sa Léa » et elle lui murmura avant de s'endormir tout en tuant les punaises :

— Tu sais, même si c'est des crasseux... tu les as fait rêver un peu... et c'est bon de rêver quand on a plus rien que le rêve.

18

Sorties avant l'aube, elles se retrouvèrent très vite dans le petit Café de Nini où Léa avait refusé pour la première fois une véritable offre de travail. Aussi, pendant que Nini était à son labeur, Léa reprit-elle un peu de temps pour réfléchir, de même que lorsqu'elle était arrivée en Afrique, après deux années de bouleversements intenses où elle avait éprouvé le besoin d'aller chercher dans les livres, au- delà du réconfort, des réponses aux situations qui l'avaient anéantie.

Au contact de Hans, elle avait appris à lire, à découvrir, à véritablement errer dans les pensées des autres. Elle, la petite immigrante pauvre de l'Alexanderplazt, avait découvert les philosophes, l'Antiquité, les mouvements de l'art, l'histoire des peuples.

Et là, auprès de ce vieux poêle chancelant qui faisait un affreux bruit de soupière en rut et ne demandait qu'à exploser, frigorifiée elle savourait songeuse son café amer à petite gorgée. Elle repensait horrifiée à son incroyable performance de la soirée. «Comment avait-elle pu descendre aussi bas? Elle qui dans les derniers temps de sa carrière avait enfin approché les grands auteurs comme Kleist et Wedekind, et interprété notamment sa *«Franziska»* en 1910?

Sous les regards libidineux des clients à la face rougeaude, enfiévrés d'alcool et de désir désespéré, elle se revoyait pousser l'horrible refrain de *«Bertha, Bertha...»* comme dans un cauchemar. Non pas qu'elle en ait eu honte, non, loin delà, mais parce qu'elle s'était sentie soudain appartenir corps et âme, à cette foule de vaincus. Oui, elle en était arrivée là, au dernier stade de la défaite humaine contre l'injustice.

Aussi, une idée effroyable la traversa tout à coup : «Et si Stefan y avait assisté? » Elle éclata en sanglots, pleine de rage et de désespoir. Rien n'y faisait, elle s'enfonçait chaque jour davantage dans l'échec, auprès d'une Nini pourtant généreuse et sincère qui voulait la sauver, mais l'entraînait involontairement vers le fond.

Un vieux monsieur se leva, et avec un sourire taquin, lui proposa de la consoler... Il bégayait!

Heureusement, Nini avait terminé ses clients, et redescendait dans un nuage âcre et rose de poudre de riz.

— Arrête de penser Princesse, c'est mauvais pour le teint!

Un brin réconfortées par le goût de la chicorée parfumée «d'eau chaude », elles revinrent ensuite vers le parc pour savoir ce qu'il advenait de leur cher repaire. Au passage, Léa maintenant aguerrie soulevait d'instinct les couvercles des poubelles avec un flair qui surprenait peu à peu Nini. Léa n'avait-elle pas été jadis aussi pauvre qu'elle dans son enfance? En quelques heures, elles ramenèrent deux demi-poulets à vermifuger minutieusement, et deux beaux morceaux d'une grosse pomme de terre à peine pourrie.

«Un vrai chien de chasse ma Léa! s'exclamait Nini admirative.

Quand ils arrivèrent enfin devant l'Hôtel Particulier, Léa remarqua qu'on y avait déjà dressé l'immense sapin de Noël à l'intérieur du grand salon. L'arbre brillait de centaines de petites lumières multicolores. Cela lui rappela le dernier Noël 1915, avec Hans et Stefan.

— Quand pourrais-je enfin convaincre mon fils? Peut-être n'y arriverais-je jamais, Nini?

Peut-être ne s'agit-il que d'un rêve stupide. Celui d'une sotte entêtée?

—...Gamberges pas trop Princesse, c'est mauvais pour les intestins! Et ça ne sert à rien! J'avais un client, un gars instruit — assez compliqué dans le lit - mais qui avait beaucoup lu. Il disait que tout était écrit. «*Tu n'as rien à faire dans ta vie, juste qu'à écouter tes poumons... ou ton cœur.*» Je me souviens plus bien du morceau. Moi évidemment, enfant rebelle, j'ai toujours écouté mon cul... Ça, ça fait un destin d'égout.

Nini la Prussienne avait cet accent des faubourgs berlinois, cette énergie et cette gouaille rocailleuse qui faisait rire Léa, même au pire moment de détresse. Il demeurait dans cette femme plus toute jeune, une drôle de fraîcheur, une sincérité et un courage qui ne s'exprimaient pas bien sûr par les mots habituels. Le fameux «*Schwung* » berlinois, disait-on! Et lorsqu'elle avait jugé quelqu'un, elle pouvait mourir pour lui. Elle répétait sans cesse en secouant sa pittoresque capeline emplumée : «sur terre, il y a juste deux races : les bons et les ordures. Souviens-t'en toujours, mais méfis-toi des deux! »

Elle avait commencé à douze ans comme chapelière-modiste. Mariée de force à seize ans, elle avait été violée et ruinée par un militaire flambeur et violente. Pour éviter la rue, elle avait alors «décidé de s'y consacrer pleinement » comme elle disait. Elle était devenue l'une des prostituées les plus connues de la Kurfürstendamm.

— Et la plus chère! Le rabais, c'est mauvais pour le moral des faibles.

— Pourquoi t'appelait-on «*la Prussienne*?»

—... Parce qu'elle paradait sur son trottoir en cavalière, avec cravache et casque militaire à pointe.

—Osé, non? Pour les années 1900, je faisais figure d'effrontée, gloussa-t-elle fièrement.

Derrière elles, le bruit d'une voiture les fit tressaillir. En se retournant, Léa vit l'automobile de Stefan franchir les grilles, et la silhouette de Karl qui les observait. Elle poussa vigoureusement Nini contre la haie et s'y aplatit aussi. Son fils l'avait-il reconnue?

— C'est ton fils? Fit Nini en se redressant maladroitement, un brin surprise. Mais pourquoi ne lui as-tu pas fait signe? Que fait- il dans la vie?

— Je ne sais pas, je le demanderais demain à Lily...

19

Le repaire était détruit. Tout avait brûlé, mais il restait le pont! Et le landau de Grete. Lorsqu'elles y arrivèrent, il y avait une énorme croix gammée peinte pendant la nuit sur l'une des arches. Il en apparaissait chaque jour davantage dans les rues de Berlin, sur les murs, aux fenêtres, sur l'asphalte... «Comme des poux! » tonnait Hector. Max était en train de tendre une nouvelle bâche avec Rudi pour protéger leur trou de la pluie et du vent. Dora attisait le feu, recroquevillée et grelottante sous de vieilles loques, heureuses de les revoir. Grete déroula méthodiquement ses journaux et ses harengs. Elle jetait un œil noir sur Léa et Nini qui arrivaient ensemble. Quelquefois, Nini en avait peur. Grete était un être imprévisible, certainement pas une mauvaise fille au demeurant, mais dont le courage n'avait pas été à la hauteur de ses ambitions. À seize ans, elle avait épousé le boucher du quartier qui représentait aux yeux de sa famille d'alcoolique le summum de la réussite sociale, avec sa belle boutique toujours propre et ses marbres astiqués. En fait les parents de la petite Grete, l'avaient confiée à la bouchère, une femme dépressive, obèse et sans enfant, pour en faire sa servante. Mais très vite, l'adolescente qui n'avait pas sa langue dans sa poche, ni une éducation morale trop handicapante, était devenue comme «la fille » de la boucherie; et l'amante du boucher. On ne sait si la maladie de la bouchère fut consécutive à la prise de conscience que le diable eût pénétré la viande... ou s'il s'agissait réellement d'une tuberculose galopante.

En tout état de cause, le jour de l'enterrement, Grete était vêtue du manteau de renard de sa patronne, traînant à terre parce qu'elle n'avait pas eu le temps de le faire raccourcir. Et la gamine triomphante portait sa bague en rubis, un gros rubis couleur jus de bœuf, trop grand pour d'autres doigts que ceux d'une fière et grosse caissière, «feu Madame... l'ex-bouchère ».

Vinrent ensuite les fêtes, les folies, l'achat d'une automobile, d'un piano mécanique et de dizaines de chapeaux. La boutique n'ouvrit plus si tôt le matin, la viande devint plus ferme, et le boucher empesta l'alcool comme la caissière d'ailleurs, dont le décolleté s'ouvrait quant à lui de plus en plus souvent, au contraire de la boutique. Les dettes, la fuite de la clientèle et l'amitié naissante de Grete pour le nouveau jeune commis achevèrent de couler la réputation honnête de l'établissement, et du couple. Le reste fut amplement relaté par les journaux, lorsqu'on découvrit le jour de la St Nicolas, le corps du boucher tailladé à la hache, dans la chambre froide. «Après une nuit d'orgie à trois.»précisa la presse à scandale. Grete fit de la prison, puis de la prostitution, fut recueillie enfin par des sœurs charitables. Elle se lança alors dans la vente d'objets du culte... mais sans l'autorisation de la Supérieure.

— Voilà la véritable histoire de Grete, maintenant syphilitique et au bord du delirium tremens. C'est cependant une pauvre fille, une épave avec ses éclairs de bonté et un horrible destin comme tant d'autres bougres, suggéra Nini en dépliant à terre les journaux pour s'asseoir près du feu.

Zach réapparut alors tout en haut du talus et dévala la pente avec du bois à brûler plein les bras. Léa remarqua qu'il ne pouvait plus se servir de sa main droite et qu'il gardait un œil fermé.

— Les flics à la sortie l'ont donné en pâture à la milice, déclara calmement Rudi.

Max expliqua pourquoi l'armée et la police s'acoquinaient de plus en plus avec les voyous extrémistes. «Ils espéraient un changement rapide et proche, avec le retour d'un homme fort qui ferait le nettoyage.» L'opinion publique incarnée par son chœur antique – «Grete, Nini et Rudi» - ne décoléra plus toute la soirée sur les responsables de la défaite de 1918 et souhaita qu'on en finisse une fois pour toutes avec les traîtres responsables : les communistes, les banques juives, les francs- maçons et la conspiration internationale...

— À cause d'eux, on n'en finit plus de payer nos dettes de guerre. L'Allemagne est sur la paille, découpée en morceaux et livrée aux maudits immigrants. Huit millions de chômeurs!

Ce soir-là, Zach avait repris son bandonéon et joua doucement pendant qu'une petite neige glacée recouvrait le sol. Léa avait pris l'habitude «bourgeoise» comme Hector de parcourir le journal de la veille à la lueur du signal du train, là-haut sur la voie. À sa grande stupeur, un article consacré à Herbert Haenkel rapportait que ce dernier se présenterait aux futures élections : *devant la progression des rouges à Berlin, il souhaitait la démission du gouvernement, et appuyait le vieux Maréchal Hindenburg, dont l'unique espoir de prévenir le chaos et la prise du pouvoir par les communistes, était de privilégier le parti National Socialiste...*

— Hindenburg? Un comble pour un éditeur! Lui qui avouait ne jamais avoir lu un livre de sa vie?

Mais le pire coup au ventre pour Léa fut d'apprendre qu'il rêvait impatiemment de la naissance d'un premier petit-fils qui lui succéderait un jour... et perpétuerait les Éditions Haenkel.

«... Et pourquoi pas une petite-fille? » s'exclama Léa toujours féministe dans l'âme.

Elle avait mal, très mal.

Durant toute la nuit, elle resta éveillée, fixant les braises qui s'allumaient et faiblissaient au gré du vent, songeant à Stefan. On lui confisquait même ce futur bonheur et chaque note de la musique de Zach titillait une plaie dans sa tête. Elle était exclue de sa vie, de leurs vies, définitivement exclue lui semblait-il, de la Vie tout court. Une ronde de prénoms tourna dans sa tête. «Pourquoi nomme-t-on les enfants? Qu'est-ce qui nous inspire? Pouvait-on prévoir les êtres humains qu'ils deviendraient? Son petit-fils ou sa petite fille s'appelleraient-ils Thomas, Franz, Léa, Anny, ou... Mitzi? » Évidemment, nous connaissons inconsciemment notre destin et en nommant un enfant, nous ne faisons que lire son étoile. *«Enfin ceux qui se donnent la peine d'écouter, d'écouter vraiment leur cœur dans la nuit. D'en saisir chaque signe...!* » s'exclamèrent en chœur Zocha et sa grand- mère, qui dansaient habillées en nurse, sur la musique lente de Zach, derrière les étincelles du feu.

Derrière ses paupières closes, Léa presque endormie les apercevait. Une berceuse yiddish lui revint alors, celle qu'elle chantait à Stefan :

Dors, mon enfant dors, Dors, mon enfant, dors,
Là-bas dans la ferme
Il y a un mouton blanc
Il veut mordre mon enfant. Le berger arrive avec
son violon Il rassemble les moutons...

20

Le lendemain matin à l'aube, Léa enleva la neige de son banc. Elle attendait Lily. Elle avait emporté la bâche généreusement prêtée par Hector et s'en était enveloppée, bien résolue cette fois à saisir le moment où elle pourrait pénétrer dans la maison et interpeller son fils. Finalement, elle ne se résoudrait jamais à abandonner son plan! Et si la situation n'avait pas été aussi tragique, si elle n'avait pas autant grelotté de froid, elle aurait contemplé la villa Sturm Und Drang couverte de neige en pensant «que la vie était souvent belle, avec des paysages à couper le souffle!» De l'autre côté de l'Avenue, le grand chêne y déployait mollement ses branches au-dessus du perron. Le soleil d'hiver embrasait sa silhouette d'une multitude d'ombres frémissantes et mauves, projetées sur la longue façade blanche. Berlin était toujours l'une des plus belles villes au monde, avec ce charme invisible, cette énergie subtile qui vous électrise inexplicablement dans chacun de ses lieux et vous fait croire que l'instant est important. Personne ne sait vraiment s'il s'agit de la couleur du ciel, l'humidité de la Spree qui voile la lumière d'une douceur ambrée, ou les parfums subtils des forêts environnantes.

Pour Léa, l'idée obsédante de parler à Stefan tournait et retournait dans son esprit. Il n'était que sept heures du matin et elle attendait impatiemment son départ. Elle avait remarqué qu'un matin sur deux, il prenait un taxi qui venait le chercher. Elle ignorait pourquoi. Elle ne savait même pas s'il poursuivait encore ses études ou s'il travaillait déjà. Les lettres de Loulou n'avaient pas été très bavardes à ce sujet, bien qu'à de nombreuses reprises Léa eut insisté pour en savoir davantage. «Comment une mère pouvait-elle vivre un tel silence? »

Un taxi arriva. Stefan descendit rapidement le grand perron avec une vieille sacoche de cuir. Un pincement au cœur saisit Léa : C'était celle de Hans. Le cadeau de ses internes pour son quarantième anniversaire, juste avant la guerre.

Émue, Léa s'était levée pour mieux distinguer Stefan qui s'engouffrait dans le taxi sans la voir. En fait, personne ne pouvait vraiment la distinguer là, à travers les grilles du parc et sa haute haie couverte de neige. Léa entendit tout de même ces mots : «Au café Kranzler, s'il vous plaît? »

Le chauffeur démarra. Léa avait le cœur battant, était-ce le moment venu? Celui qu'elle attendait tant? Elle ouvrit nerveusement sa vieille valise, en sortit l'album de photos et partit en courant vers l'entrée du parc. Comme le vieux Diogène ratissait déjà l'allée principale, elle fit demi-tour et sortit par le trou de la haie qu'elle connaissait maintenant par cœur. Dès le matin sur la Hardenbergstrasse, la circulation était intense. Les camions de lait, la poste, les livreurs et d'imposantes automobiles descendaient de Charlottenburg pour se rendre vers le centre-ville. Bien qu'elle eût faim et froid, ses chaussures qui prenaient l'eau sur les trottoirs enneigés, dans le vent glacé Léa serrait résolument contre elle son album de photos. Elle était certaine qu'Herbert et Hilde, depuis quinze ans, avaient menti et déguisé la vérité. Déjà, pendant les derniers mois d'agonie de Hans, Roger lui avait subtilement fait comprendre les rumeurs que ses beaux- parents répandaient auprès de certains de ses amis amis : «... *Elle ne l'a jamais aimé, elle ne voit en lui qu'une porte pour entrer dans la haute société et faire son théâtre de gauche...* » C'était l'époque où Hilde se faisait envoyer les meilleurs articles de son cousin français, journaliste au Gaulois et les lisait à voix haute, comme par étourderie devant Léa : «... *La jeune fille française, élevée dans la* protection vigilante de la famille est préservée avec soin de l'éducation garçonnière et des brutalités de la science. Elle grandit parmi les sourires et les joies, comme une fleur au soleil; elle grandit dans une poétique ignorance des mystères de la chose... Et cette paix candide de jeune fille, cette délicieuse floraison de pudiques désirs, ces élans d'idéale bonté qui plus tard font l'amour de l'épouse, le dévouement de la femme et le sacrifice de la mère, tout ce charme exquis, toute cette poésie, tout cela va disparaître! On va supprimer la jeune fille! On leur apprendra tout, même la rébellion contre la famille, même l'impureté! Elles n'auront même pas été vierges avant de devenir femmes... »

Et puis il y avait eu cet épisode ou Léa avait appris par hasard que Hilde emmenait le petit Stefan au Théâtre de marionnettes et en profitait pour lui expliquer Cendrillon avec des allusions sur l'arrivisme qui conduit certaine jeune fille à épouser des hommes riches, rien que pour leur argent, sans les aimer vraiment.

Lily un jour qu'elle était venue rechercher Stefan pendant la représentation pour prévenir Hilde de rentrer d'urgence avait involontairement entendu ces propos dans l'obscurité. Lorsqu'après beaucoup de précautions, Lily avait osé en parler à Léa au chevet de Hans, Léa s'était écroulée en sanglots, à bout de nerfs... Mais à l'époque, elle croyait encore que ses beaux-parents n'iraient pas jusqu'à lui enlever son enfant.

Au coin de la Kantstrasse, elle aperçut enfin *le Café Kranzler*, situé dans l'immeuble de la *Gloria Film*, pour laquelle elle avait déjà tourné au temps du muet. Et bien qu'essoufflée, elle pressa encore le pas devant l'élégant magasin *Sarotti* qui faisait le coin. Une foule de souvenirs avec Hans l'étreignit, «leurs après-midi de printemps, les automnes où ils venaient boire un café en amoureux à la terrasse, observant la foule et les stations des calèches de l'autre côté de la rue. Hans aimait la tenir tendrement par la taille et lui murmurer «qu'ils étaient les seuls à Berlin à s'aimer autant! » Et lorsqu'ils repartaient bras dessus, bras dessous, il aimait l'embrasser en pleine rue, rien que pour provoquer les bourgeois bien-pensants. Voilà, c'était Hans avait ses yeux clairs, sa mèche d'éternel étudiant révolté et drôle, son sourire malicieux. Il aimait tout de la vie : la lumière, les arbres, les gens, les livres, le cinéma, jouer, travailler, soigner ses patients, se promener avec Stefan. Il ne craignait qu'une chose, la bêtise qui engendrait - disait-il avec une soudaine mélancolie - la méchanceté. Et l'ennui! Et il adorait par-dessus tout quand Léa lui présentait ses amis artistes, même les plus déglingués : Musiciens, acteurs, danseuses, décorateurs et peintres, surréalistes, dadaïstes, fous, affichistes totalement délirants... Dans les dernières années d'avant-guerre, Georges Grosz avait été leur ami. Hans adorait ses collages et ses photomontages, il était curieux comme Léa de tout ce qui était nouveau, moderne. Ce fut d'ailleurs Hans qui le réforma en 1915, un an après qu'il se fut engagé. Léa se souvenait que le pauvre, reparti de nouveau au front deux ans plus tard, traîna dans les centres hospitaliers sans que «son ami Hans » puisse le soigner.

Arrivée sans s'en rendre compte devant la façade du *Kranzler,* la porte s'ouvrit sur la même atmosphère électrique qui y régnait exactement quinze ans plus tôt, mais Léa ne vit rien. Les tables étaient toutes occupées, Stefan était parti. Par contre, elle reçut de plein fouet des regards hostiles et entendit des ricanements. Son reflet dans le miroir du vestibule lui renvoya soudain une vision effroyablement laide d'elle-même :

Elle était vieille, hirsute, sale, exténuée et repoussante. Elle devait brutalement en convenir, cet épouvantail qui l'effrayait, c'était elle.

Avant que le garçon de café ne la reconnaisse – «était-ce vraiment possible, songea-t-elle ironiquement?» - elle fit demi- tour, tant le parfum du vrai café chaud et du chocolat crémeux lui rappelait ces nombreuses fois où elle était entrée ici à la recherche de Hans ou de quelque ami merveilleux qui l'attendait...

Le serveur furieux qu'une telle créature puisse franchir sa porte la toisa froidement :

— N'avez-vous pas vu l'écriteau à l'entrée? Ni chien, ni chômeur, ni vagabond.

— «Ni juif! » fit une petite voix derrière lui, ricanante.

Dans son regard, elle lut l'énorme effort de mémoire du serveur. Il tentait vainement de mettre un nom sur les traits de son visage dévoré de froid et de misère.

Sur le trottoir, Léa resta prostrée. Quelqu'un s'arrêta pourtant et jeta une pièce de monnaie.

— Que Dieu vous bénisse, ajouta l'homme avec compassion.

Juste au moment où Léa osait ramasser la pièce – pour la première fois de sa vie! - une cliente élégante qui sortait du café fouilla aussi dans son sac. Tout en dévisageant machinalement la pauvre femme qui serrait devant elle un vieil album cartonné de photographies, elle arrêta son regard après un moment d'hésitation et échappa un *«Mais je vous connais?* » qui glaça Léa. Sous sa magnifique étole de renard argenté, impeccablement maquillée comme toujours, c'était Emmy S, une comédienne qui avait été plusieurs fois en compétition avec elle, pour des rôles au théâtre. Emmy la fixait maintenant comme un cobra, détaillant avec volupté chaque trait affaissé de son visage, esquissant même un léger recul de dégoût pour bien signifier son total triomphe devant l'aspect misérable de cette clocharde :

—... Léa PALMER? Mon Dieu, je rêve? Est- ce bien toi ma chère? As-tu été écrasé par un tramway ou piétinée par des éléphants dans un cirque?

Deux habitués du *Kranzler* qui sortaient, hésitèrent un instant en se demandant à qui pouvait bien parler Emmy, figée dans une posture plutôt triomphante, les mains sur ses hanches et cambrée sur ses talons hauts.

— C'est Léa Palmer! gloussa-t-elle d'une voix forte avec un sourire glamour vers les deux hommes.

— Pas du tout. Vous faites erreur, Madame... Vous devez vous tromper.

— Écoutez très chère, si vous n'êtes pas la Léa Palmer que j'ai connue, moi je suis Mickey Mouse! Et croyez — moi, je suis drôlement plus sexy!

Léa reculait, se courba davantage, retrouvant soudain dans son corps cette faculté qu'ont les comédiens de se transformer instantanément :

— Au revoir Madame, je suis désolé pour cette confusion...

Un instant encore hésitante, Emmy la poursuivit, certaine qu'elle ne se trompait pas, bien décidée à ne pas se faire moquer d'elle : «Léa Palmer! Je viens d'apercevoir ton fils tout à l'heure, s'écria-t-elle... Il te ressemble! C'est impossible que je me trompe? Tu es bien Léa... la tueuse!

Léa s'était mise à courir malgré ses mauvaises chaussures. Portée par sa volonté et oubliant sa douleur, elle prit rapidement l'avantage sur Emmy hors d'elle, toujours «rugissante» et essoufflée sur ses talons hauts:

—... Tu ne te ficheras pas de moi ainsi Léa Palmer! Je vais appeler cette cachottière d'Hilde! Pourquoi ne m'a-t-elle rien dit sur ton maudit retour?

Au coin de la BudapesterStrasse, le cœur de Léa cognait dans sa poitrine, la sueur coulait dans son dos et sur son front, mais elle l'avait semée. Elle s'appuya un moment contre le mur pour ne pas s'évanouir, car le trottoir se dérobait sous elle. L'apercevant chancelante et blême, un marchand de châtaignes s'approcha et lui offrit généreusement quelques marrons chauds :

— Eh bien ma petite, ça n'a pas l'air d'aller?

Ils étaient délicieux, croquants à souhait, et fondaient dans la bouche.

—Vivement qu'ils nous sortent de cette crise, hein ma belle?

Léa ne comprenait pas ce que l'homme aimable lui désignait; mais en se retournant, elle aperçut une affiche derrière elle : *Le grand sourire d'Adolph Hitler...*

21

Lorsqu'elle atteignit l'Avenue du parc, la voiture de police et le fourgon cellulaire étaient stationnés devant la Villa Sturm. Léa se plaqua contre la grille voisine pour ne pas être vue et entendit des cris. Des cris de femmes, aigus, déchaînés... qu'au premier abord, elle ne reconnût pas : «Grete?» Oui, c'étaient les hurlements de Grete! Que pouvait-elle donc faire là?

En écoutant les voix et les ordres qui se croisaient, elle comprit que l'infortunée Grete s'était introduite dans la Villa Sturm par effraction. Les gendarmes l'emmenaient menottée et la poussaient sans ménagement dans le fourgon où Léa avait déjà eu «l'honneur de se promener. »

Karl et Dolfie tenaient dans leurs bras des parapluies et des bouteilles de vins – certainement les objets d'un vol - et assistaient à l'embarquement de la malheureuse qui tentait de leur cracher au visage et de les mordre. Léa perçut la voix de Hilde sans pouvoir en distinguer les paroles. Elle entendait aussi Stefan parler. Il demandait comment cette autre clocharde s'était introduite dans le garage alors qu'il avait ordonné à Roger de le fermer à clef après avoir remisé les voitures.

Léa comprit que Grete avait profité de la petite porte secrète toujours ouverte... Mais qui le lui avait dit? Léa ne se souvenait pas d'en avoir parlé à la tribu... «À moins qu'un soir?» Oui, elle avait peut-être un peu trop bu.

Hilde et Herbert étaient sur le trottoir devant le fourgon, près de l'officier de police. Léa devina la nuque de Stefan, ses épais cheveux blonds, ses épaules carrées. Hilde avec sa voix rauque disait :

«Je suis certaine que cette mendiante s'est introduite chez nous grâce à la complicité de Léa Palmer, cette garce. Nos domestiques l'ont vue à plusieurs reprises assise sur un banc, en face, en train de nous espionner. C'est une bande de...»

— Qui est cette Léa Palmer? demanda l'officier. Pas la chanteuse et comédienne d'avant...

— Oh, juste... Juste une autre clocharde, fit Herbert embarrassé.

Stefan s'était retourné, comme si instinctivement il avait senti une présence derrière lui. Léa avait retenu sa respiration et n'osait plus même risquer un regard.

— Fouillez ce parc, officier Rundsdoff! tonna Hilde d'un ton impérial, délivrez-nous je vous prie de cette racaille qui pourrit le quartier!

— Je n'y manquerai pas Madame Haenkel. Tout va être fait.

Puis les portières claquèrent et les voitures démarrèrent. Léa osa un bref regard et vit Stefan disparaître; seul Herbert prenait fermement le bras de Hilde pour l'inciter à rentrer. Elle s'obstinait encore :

— Pourquoi ne lui as-tu pas répondu qu'il s'agissait de la vraie Léa Palmer?

—... Pas devant Stefan, et puis elle s'appelle Haenkel je te le rappelle... Rentrons, je t'en prie! Arrêtons les scandales sur notre nom.

— Alors, appelle le Ministre!

Lorsque le chien des voisins aboya derrière la haie où elle s'était enfoncée, Léa comprit qu'il était plus prudent de s'éloigner. Déjà de l'autre côté du mur, d'autres voix de domestiques s'élevaient. L'intervention de la police, dans ce quartier si calme et si huppé, venait sans doute de raviver les pires rumeurs.

En s'enfonçant dans le parc pour rejoindre la pagode des toilettes, avec la dernière pièce qui lui restait de Lily, Léa songea à cette dernière : «Pourquoi n'était-elle pas revenue? Avait-elle eu des ennuis avec Hilde? Ou ce chameau de Dolfie?»

À son approche, Magda redressa la tête et son sourire naissant invita Léa à se méfier davantage :

— Vous n'avez donc pas encore été arrêtée par la police?

Léa jeta sa pièce sur le comptoir sans lever les yeux pour ne pas la provoquer davantage et se dirigea vers les lavabos.

—... Ça ne durera pas éternellement votre petit manège! On finira bien par trouver votre sale repaire. Et nettoyez bien je vous prie votre crasse dans le lavabo, je ne suis pas la domestique de toutes les crapules de Berlin...

Magda soupira encore pour elle-même : «... Si j'avais le téléphone ici je te dénoncerais vite fait ma fille!»

— Mais cela viendra bien un jour, ajouta-t- elle tout haut, comme pour s'encourager devant une telle décadence.

22

Malgré la crise, les arbres de Noël se dressaient partout devant les grands magasins. Comme la ronde des poubelles avait recommencé, un matin Nini eut soudain une idée en passant devant le *Romanisches Café* : «Et pourquoi ne chanterais-tu pas là?

— Ici? Toute seule?

— Non, accompagnée par Zach?» — Es-tu folle, Nini?

Dans leurs pérégrinations quotidiennes, ne voyaient-elles pas dans les cours et dans les rues, des dizaines de mendiants qui jouaient sur d'impossibles crincrins? Où de malheureuses voix éraillées fracassaient à chaque coin d'immeubles de charmantes rengaines? »

— Avec ta belle voix? Zarah Laender peut se rhabiller.

—Voyons Nini soit réaliste. C'est impossible!

— Non, réaliste. Impossible, ça veut dire quoi?

— Que personne ne souhaite entendre un épouvantail comme moi.

— Tu gamberges trop Léa, les riches t'ont contaminé! Dans la vie il n'y a toujours que deux solutions : «Ou tu es un épouvantail qui crève de faim, ou tu es un épouvantail qui mange à sa faim... et justement, parce qu'il chante. »

Tandis qu'un tramway passait derrière elles, maintenant plantées devant le *Romanisches Café*, elles évaluaient songeuses les chances de gagner quelques pièces sans être immédiatement arrêtées par la police. Car le statut des sans domicile à Berlin pour quiconque n'avait pas rempli le formulaire de la ville oscillait entre la prison et la mort : De faim, de froid, ou achevé à coups de botte dans une ruelle sombre par des voyous : *«les chemises brunes à l'entraînement »* affirmait Max. Et depuis son arrestation Léa ne devait plus demeurer légalement à Berlin.

— C'est impossible. Si quelqu'un me reconnaît, cela serait préjudiciable à Stefan? Et pour moi, c'est la prison.

Nini dodelina de la capeline, agita ses plumes comme autant d'antennes irritées vers le ciel :

— Deux solutions, répéta-t-elle avec fermeté. Ou tu chantes devant les amis de ton fils, et il ne veut pas te voir, ou tu ne chantes pas et... de toute façon, il ne souhaitera pas te voir!

Elle avait considérablement insisté sur la fin de la phrase devant Léa ébranlée par sa logique. «Et pour la musique, ajouta-t-elle fermement, reprenant sa logique de prostituée prudente, mais efficace, Zach sera un merveilleux accompagnateur. »

— Avec une cicatrice et un oeil crevé?

— Pour la foule, un musicien est un artiste qui souffre! Ça apitoie toujours les riches, le malheur. Parce que ça ne leur arrive jamais.

Nini avait tout prévu. Elles retournèrent alors dans une poubelle de la Kleiststrasse où elle avait repéré un vieux boa mité et parfois mauve – «mauve, une centaine d'années auparavant », et des bottes de pompier qu'elle, l'ancienne modiste de la Kurfürsterdamm, allait en un tour de main modifier agréablement, avec juste une bordure de vison noir échappé d'un caniveau...

—Es-tu certaine que ce vison soit sans poux? avait demandé Léa inquiète en voyant Nini sortir la fourrure de sa poche.

—Ne sois pas pessimiste, ces bêtes s'adaptent à tout :... Aujourd'hui les poux, demain les diamants!

Lorsqu'elles revinrent au Parc, plus tard dans la soirée — car la récolte avait été maigre et les policiers féroces à nettoyer les rues de tout ce qui faisait peur aux enfants — des voix angéliques s'élevaient devant le perron de la Villa : une chorale d'enfants menée par un pasteur donnait une aubade de Noël à Hilde et Herbert. Hilde déjà en robe du soir avec la parure de rubis que Hans avait autrefois offerte à Léa, chantait «Sainte nuit, ô nuit divine », le visage illuminé d'une ferveur mystique, les yeux mis clos, la tête penchée vers le ciel...

Roger qui attendait au bord de la rue, prêt à ouvrir les portières, aperçut Léa par hasard et se retourna immédiatement, feignant de ne pas la voir.

«Le vent pouvait-il encore tourner? » Léa y vit un signe d'encouragement. Zocha était encore là, négligemment appuyée sur la Daimler et l'encourageait dans le noir : «Le malheur comme le bonheur ne dure jamais» lui chuchota-t-elle.

Dans sa tête, Léa réfléchissait encore et, à bout d'argument, surtout affamée, décida soudain qu'elle chanterait le lendemain, accompagnée par Zach : «Après tout, autant essayer. Nini avait peut-être raison » :

Nini passerait le chapeau au public.

23

Lorsque Roger, certain de ne pas être vu, entra à la tombée de la nuit dans le parc, les réverbères n'étaient pas encore allumés, mais le théâtre de marionnettes ainsi que la pagode de Magda étaient déjà illuminés. Des centaines de petites ampoules colorées brillaient dans la pénombre bleutée d'hiver. Roger tenait précieusement dans sa poche une lettre que Lily lui avait confiée la veille avant d'être brutalement licenciée par Hilde et Herbert. Roger avait promis de la remettre en main propre à Léa. Lily y tenait par-dessus tout, si révoltée de n'avoir pu revoir une dernière fois sa chère «Madame.» Heureusement, elle avait pu laisser un petit panier de victuailles à Magda, qui avait également eu l'apparente bonté d'accepter de garder une robe neuve que Lily avait retrouvée dans le grenier. «Dieu soit loué!», avait confié Lily à Roger, Hilde est si parfaitement maigre, qu'elle a perdu de vue de la faire transformer pour elle! Magda avait aussi gentiment accepté de transmettre l'adresse de la sœur de Lily à Dresde, ainsi que quelques pièces de monnaie qui permettraient à Léa, pendant au moins une semaine, de se laver et de retrouver une allure convenable.

Avant que Lily ne reparte, Hermann Berger le marionnettiste était arrivé. Il se souvenait fort bien de Lily et de sa patronne Madame Palmer qui lui amenaient souvent son enfant au théâtre. Hermann évoqua aussitôt le bon vieux temps d'avant-guerre, indigné par l'odieuse condamnation. Il avait été l'un des rares à l'époque à douter de la culpabilité de Léa Palmer, connaissant son mari le Docteur Hans qu'il avait eu autrefois comme jeune public. «C'est étonnant comme dans les parcs, disait-il, les théâtres de marionnettes voient défiler les générations successives. Les parents amènent leurs enfants qui reviennent avec les leurs pour revoir des spectacles qui les ont émus vingt ans plus tôt... »

Devant Magda, il avait aussi évoqué les personnalités pour le moins «équivoques » d'Herbert et de Hilde... Et puis il était revenu sur l'étonnant talent de Léa qu'il avait entendu un soir chanter à la radio. Puis jouer dans une pièce radiophonique, la célèbre *«Lulu »* de Wiedekind.

— C'était un ange descendu sur terre, une comédienne qui pouvait vous faire passer étrangement du rire aux larmes. Cette femme dotée d'une voix de braise sortait ses tripes sur scène...

Quand Roger arriva lui aussi à la pagode des toilettes, Hermann était reparti. Magda, une serpillière à la main dut cacher sa frustration de se présenter en souillon devant l'élégant chauffeur impeccablement sanglé et botté dans sa livrée noire. Bien que Magda ait gardé comme toutes les anciennes danseuses une démarche légère et une silhouette alerte, sa cruelle cinquantaine contrariée par l'adieu forcé à la scène, lui laissait un air vengeur permanent dans les traits; chaque matin elle se fardait comme pour une représentation devant sa vieille table de maquillage du *Residenz Casino*, coincée discrètement entre l'armoire à balais et la porte, avant d'ouvrir «son Théâtre». Elle était devenue horriblement rancunière lorsqu'il lui fallait lever le rideau de fer devant un public toujours impatient d'uriner... mais qui ne l'applaudissait plus!

Dans le square les méchantes langues qui connaissaient son ancien métier de danseuse l'appelaient «Ballet-brosse »

Bien sûr Roger se renseigna immédiatement pour savoir où il pouvait trouver Léa Palmer. Mais Magda fut curieusement incapable de le dire :

«Vous savez, les clochards du parc sont méfiants et tiennent leur repaire de nuit secret à cause des dangers grandissants. Le seul moment où vous pourriez la rencontrer c'est ici, lorsqu'elle vient se laver chez moi. Mais seulement, de temps en temps... »

— Hélas, c'est impossible, car je dois être disponible pour mes patrons de cinq heures du matin à minuit. Éventuellement plus, s'il faut les ramener de l'Opéra ou d'un souper tardif.

— Encore que Léa Palmer, précisa Magda, ne vient jamais à heure régulière dans la journée, certainement trop occupée semble-t-il, à précéder les ramasseurs de poubelles...

Elle avait prononcé ce dernier mot sur un ton si odieux, que Roger avait compris trop tard l'antipathie profonde – vieille rivalité de music-hall? - de Magda pour Léa Palmer. Elle la détestait.

— Donnez-moi tout de même cette lettre, glapit Magda frétillante devant Roger, je me ferais un plaisir de la lui remettre «en main propre ». Enfin, c'est une image... insista-t-elle fièrement, sûre de son affreux trait d'humour.

Roger hésita, mais fidèle à sa promesse envers Lily, remit sa missive à contrecœur.

Le rideau de fer était à peine retombé, que la vapeur de la bouilloire décollait déjà l'enveloppe et bien sûr Lily ne sut jamais que ni la nourriture, ni la robe, ni la précieuse monnaie ne furent jamais remises à Léa...

La lettre de Lily disait ceci :

«Chère Madame Palmer,

Lorsque vous lirez ceci, je serais loin chez ma sœur à Dresde, maintenant le seul toit qui puisse m'accueillir. Après toutes ces années à votre service et celui de Madame et Monsieur Haenkel, ces derniers viennent de me remercier.

La seule chose qui m'attriste c'est de quitter votre cher fils Monsieur Stefan et sa femme Lizzi, en plein dans la tourmente. Sans vouloir vous peiner plus, j'ai peur que «Monsieur et Madame Haenkel» ne répètent avec le futur enfant ce qu'ils ont déjà accompli avec votre cher fils. Je voulais aussi vous écrire pour vous informer de ce qui s'est réellement passé pendant votre douloureuse absence. Madame Hilde dès votre départ s'est efforcée de faire oublier le passé au petit Stefan et a «repris méthodiquement son éducation en main.» Bien qu'elle se méfiât de moi, me sachant toujours fidèle et proche de vous, j'ai assisté de nombreuses fois à des scènes pitoyables où elle mentait effrontément au petit qui réclamait votre présence ou celle de son père. Que le Seigneur me pardonne, mais elle allait même jusqu'à découper aux ciseaux les clichés de l'album photo pour lui faire oublier votre image. Le cher petit ange a cependant bien grandi, se révoltant souvent comme par instinct, notamment contre la sévère pression religieuse qu'elle tentait de lui inculquer. Elle et Monsieur ont également tout essayé pour le dissuader d'orienter ses études de médecine vers les nouvelles théories de l'esprit, notamment celles de ce médecin juif viennois dont j'oublie toujours le nom. En fin de compte, vous pouvez rester fier de votre fils qui a su étrangement leur tenir tête sur les grands principes que vous et notre cher Monsieur Hans lui aviez inculqués dans sa petite enfance. Ma mère qui ne savait ni lire ni écrire, mais qui était une sacrée bonne nourrice reconnue vingt lieux à la ronde répétait toujours «qu'une personnalité est formée pour la vie dans les trois premières années!» Dieu soit loué, je crois qu'elle disait vrai! Bien sûr, il reste malheureusement que la présence constante de notre abominable Dolfie, jointe à l'acharnement quotidien de Madame durant ces quinze dernières années, a scellé dans son cœur et son esprit votre «soi-disant culpabilité.» Je tenais cependant du fond du cœur, à vous écrire ces quelques mots bien maladroits, pour vous en avertir, mais surtout vous adjoindre de ne point renoncer à lui dévoiler un jour la vérité. Car dans les petits instants où j'ai pu m'occuper de lui, j'ai toujours tout fait pour mettre dans son cœur la minuscule étincelle qui, je l'espère un jour, s'allumera sans doute à votre contact, éclairant d'une honnête lumière le passé. Je vous en supplie comme je vous aime, chère Madame qui avez été pour moi une mère et ma seule amie à Berlin, ne désespérez jamais, car seule la mort est irréparable!

Votre fidèle et reconnaissante Lily Baksies. »

Sous la signature tracée d'une écriture appliquée, Magda acheva de lire les notes soigneusement consignées pour Léa qui indiquaient que le médecin de Hans Haenkel qui n'avait pu témoigner pendant le procès puisqu'il était sur le front avait maintes fois essayé d'obtenir son adresse pour l'aider à se défendre en expliquant ce qui s'était réellement passé, mais Hilde et Herbert avaient toujours menti et détruit ses lettres. Malheureusement, Lily n'avait pu se procurer l'adresse où cet homme s'était établi après la guerre, sans doute en Roumanie, peut-être vers Brachov ou Sinaïa... «À ce qu'elle avait pu apprendre dans les années vingt.»

Ensuite Lily indiquait où se trouvait la tombe de Monsieur Hans, avec un petit plan. Enfin, un dessin du grenier «avec toute sa nostalgie pour les merveilleuses chansons de Madame» dont elle avait réussi à cacher un rouleau et deux disques dans une petite malle, ainsi que sa dernière belle robe bleue de scène. Lily avait ajouté que la cachette était connue par «Roger seul », ajoutant que ce dernier lui avait fait aussi un jour des confidences... et qu'il ne trahirait «jamais » sa chère Madame...

À ces mots, Magda froissa rageusement la page qu'elle jeta dans le seau d'eau sale.

24

Le lendemain matin, Léa attendit que Diogène ait disparu devant la pagode des toilettes pour s'y faufiler. Plusieurs fois et à force d'observation, Léa avait réussi à entrer et ressortir sans être vue. La pauvreté et l'urgence créent des facultés insoupçonnées. Elle pénétra discrètement devant la petite table où trônait l'implacable sébile remplie de menu monnaie. C'était l'heure où Magda, les jupes relevées et le chignon soigneusement enveloppé d'un turban vert, manoeuvrait son balai et ses brosses toute voix dehors. Elle entreprenait généralement les lavabos du fond sur le French Cancan de la Vie Parisienne quelle avait dansé au Théâtre Nollendorf, quand Tilla Durieux avait monté la revue *Hop- là, nous vivons!*

Léa avait presque réussi à se glisser dans une cabine sans être vue, lorsqu'une porte s'ouvrit juste à côté, avec le visage rayonnant de Karla Zilig, la marchande de bonbons :

— Magda, t'as une clandestine! Karla Zilig, avec son drôle de regard primitif qui faisait dire aux enfants qu'elle ressemblait à une autruche, examinait Léa prise en flagrant délit. Magda arriva en courant, la main tendue vers sa monnaie, certaine cette fois, qu'elle tenait sa proie. Une proie qui avait déjà dû l'escroquer plusieurs fois.

— Madame Palmer, c'est payable d'avance!

Léa n'avait pas un sou. Rouge de honte, elle fouilla dans ses poches pour «faire moins voleuse », et s'excusa en bredouillant: «... Désolée Mademoiselle Pilzt, j'étais certaine d'avoir juste la somme! J'ai dû l'oublier dans mon autre manteau? »

—... C'est cela, celui avec la zibeline, ou l'autre en vison royal?

Magda se redressa en gonflant son énorme poitrine et souligna d'un clin d'œil convenu à Karla Zilig, l'immoralité grandissante qui sévissait chaque jour davantage. Karla ne connaissait pas encore Léa. Elle n'avait hérité que récemment d'une minuscule échoppe au milieu du Parc, «en forme de fraise kitch- rococo » où elle vendait bonbons et glaces. Aussi tenait-elle Magda en haute estime, idolâtrant celle qui lui prodiguait de précieux conseils. Karla ne savait rien des habitudes du parc, de sa clientèle et de ses coutumes. Elle buvait littéralement les paroles de la grande prêtresse des toilettes. Karla entrait donc dans à la Pagode comme dans une loge, avec la même timidité que si elle s'était adressée à... Anny Ondra ou Greta Garbo.

Aussi l'imitait-elle en toute chose et devant la pauvre Léa recroquevillée dans ses habits élimés, elle hurla de nouveau : «Voleuse! Voleuse! » Puis se précipita vers la sortie, autant pour alerter Diogène que pour aider Magda à barrer de son corps toute fuite éventuelle.

—... Voyons Karla, Madame Palmer a sans doute oublié son porte-monnaie? N'en faisons pas tout un cas! Nous pouvons pour une fois l'inviter...

C'est une fidèle cliente, bien qu'épisodique. Mais vous savez , les affaires sont les affaires.

Un large sourire éclairait soudainement le visage outrageusement maquillé de l'ancienne girl, avec ses sourcils en arc de cercle dessinés chaque matin au crayon gras. Léa n'en revenait pas. Pourquoi cette femme habituellement odieuse affichait-elle tout à coup, tant de générosité?

Ce qu'elle ignorait c'est qu'une idée avait germé dans la tête de Magda. La lettre de Roger dévoilait pour elle une porte d'entrée inespérée dans le monde des riches, celui de l'Hôtel particulier des Haenkel. «Car les ennemis de Léa Palmer seraient certainement ravis d'apprendre où elle se terrait la nuit... Et en ces temps difficiles où le quart de beurre coûtait plus de deux millions de marks, Magda devait renouveler son bail avec l'office des parcs et jardins et ne possédait plus la moindre économie.

La jeune Karla, avec sa fraîcheur naïve, ne comprit pas immédiatement le revirement et la compassion soudaine de Magda pour cette sale clocharde. Elle chercha avec son regard ingénu d'ancienne coiffeuse, ce qui déclenchait une telle générosité envers ce débris hirsute et qui sentait le moisi. Elle qui n'aurait pas fait crédit sur une seule sucette au réglisse, resta désemparée, voire perplexe... devant cette surprenante stratégie commerciale.

— Vous avez vraiment un grand cœur, Mademoiselle Magda? fit-elle admirative.

Magda magnanime jeta la serpillière sur la lettre de Lily qui flottait encore dans le seau d'eau sale, puis tira de l'armoire une serviette neuve qu'elle tendit gentiment à Léa.

— Tenez, demain c'est Noël et nous devons nous entraider les unes les autres. J'aurais peut-être même ce soir un peu de ragoût pour vous, Madame Palmer. Je l'ai cuisiné ce matin. Surtout par ce froid glacial, vous ne devez pas avoir chaud dehors à vous promener ainsi? Où habitez-vous donc ces temps-ci?

La phrase était lâchée. C'était donc cela? Pensa Léa dont la méfiance avait surgi d'instinct.

Le regard de Magda brilla d'une inhabituelle douceur. Mais Léa avait maintenant appris à détecter les dangers et les pièges. Malgré la faim qui la tenaillait rien que par l'évocation d'un ragoût, elle bredouilla ne plus savoir où elle dormirait :

— Quelque part, sans doute. C'est hélas le lot des sans-abri.

— Dommage, une autre fois peut-être? Insista Magda, accompagnant son geste d'un ravissant petit savon parfumé qu'elle tira d'une jolie boîte.

Karla subjuguée ajouta qu'en cette veille de Noël tous les êtres humains devaient se donner la main. Et qu'il suffirait d'un peu plus d'ordre et d'amour en Allemagne pour que tout aille mieux. Surtout un peu plus de rigueur.

Quelqu'un frappait à l'entrée. Karla joyeuse reconnut la voix son fiancé qui venait la chercher.

Ernst était beau et souriant, un élégant jeune homme dans son uniforme tout neuf... des S.A.

25

L'eau chaude de la douche ruisselait merveilleusement sur son corps encore frissonnant de froid lorsque Léa – sans trop savoir pourquoi — songea à la pauvre Grete certainement emprisonnée et subissant l'infâme loi des plus faibles. «Pourquoi cette pauvre créature avait-elle hérité d'un destin si cruel? Troublée, Léa songea qu'elle au moins avait connu le bonheur avec Hans, la maternité et le succès au théâtre. Elle savoura donc ces quelques minutes de bonheur offert par Magda. «Magda qu'elle avait peut-être jugée trop vite. » Après tout, elle aussi, du temps où elle habitait la Villa Sturm, ne prêtait jamais aucune attention à la pauvreté ni aux clochards. Comment s'était-elle réellement comportée jadis dans des situations semblables? Elle chercha dans ses souvenirs, mais ils se dérobèrent curieusement devant sa quête. Comment avait-elle pu passer tant d'années sans vraiment voir tous ces destins tragiques.

Alors qu'elle se drapait dans la serviette propre et tiède, la honte l'envahit; sa mémoire était incapable du moindre souvenir de réelle compassion alors qu'elle était heureuse. Sauf au front, où elle s'était donnée corps et âme aux blessés. «Quand tout va bien, songea-t- elle, nous sommes tellement aveugles, tout entier tournés vers nos seuls objectifs. » Durant les années heureuses, Hans, Stefan et la scène avaient été ses seuls univers. Et cette chance unique de travailler au théâtre, ce cadeau du ciel dont la passion aussi intense qu'égoïste l'avait certainement éloigné du monde alentour.

Elle se le reprocha sans ménagement en enfilant sa vieille robe dont le bas n'était plus qu'une série de hideuses déchirures... «Voilà où elle en était, aujourd'hui, comme Grete : dans une misère noire et sans fond! Peut-être était-ce même cela sa punition. »

— Tout va bien, Madame Palmer? entendit- elle à travers la porte.

La voix aimable de Magda l'obligea à lui répondre sur le même ton et elle la remercia infiniment de sa bonté.

—Madame Palmer, vous étiez l'une de nos plus généreuses clientes, fit alors une autre voix qu'elle ne reconnut pas immédiatement.

Celle d'un homme.

C'était Hermann, le vieux marionnettiste.

Quand elle ressortit, Hermann Berger lui tendit la main avec un large sourire. Bien qu'il eût considérablement vieilli, sa silhouette frêle restait agile sur un corps de plus de 80 ans. Il gardait cependant ce regard limpide et lumineux qu'ont les artistes passionnés. Cela faisait deux générations qu'il amusait avec délicatesse et talent tous les enfants du Parc. Hermann avait hérité du théâtre de son grand- père, une charmante vieille salle de bois rouge et or, sculptée de fées, de dragons, d'elfes rieurs et colériques. La salle était bondée chaque après-midi, et les décors féeriques, peints en impressionnant clair-obscur ravissaient également nurses, mères et grands-parents. C'était un lieu magique où petits et grands riaient ou criaient de terreur à l'unisson devant ses pantins centenaires.

— Comment survivez-vous? Lança Hermann à Léa devant Magda, avec à la fois une gêne à peine dissimulée et une vraie compassion.

—... Je survis, Monsieur Berger. Il n'y a que la mort qui me serait plus désagréable. Alors, je remercie chaque matin la Nature de me laisser respirer encore un peu, même si c'est pour souffrir!

Léa afficha un sourire espiègle pour évoquer ses pires douleurs. Elle avait appris en Afrique et au front qu'il y avait une indécence typiquement occidentale à se plaindre d'un rien.

Magda supportait difficilement Hermann – sans doute parce qu'il était toujours applaudi. Elle se renfrogna aussitôt devant l'intérêt qu'il semblait porter à Léa Palmer. Assise devant sa sébile, elle se referma comme une moule au soleil dans une mise en scène digne du muet, avec tous les signes d'exaspération qu'une jeune ingénue contrariée exprime en roulant ses grands yeux noirs. Un courroux cinématographique et mortel!

—...Venez, Madame Palmer, voulez-vous prendre un café dans mes coulisses? Fit Hermann Berger.

Conscient qu'il devait éloigner Léa pour éviter un agacement plus grand de «*Ballet-Brosse*», il l'entraîna doucement dehors. Magda secouait déjà frénétiquement sa monnaie pour signifier son indignation de les voir partir ensemble.

L'irrépressible haine était déjà revenue!

— Encore merci! ajouta Léa embarrassée, à l'intention de Magda redevenue glaciale.

Léa ne connaissait du théâtre de marionnettes que la charmante salle de bois ornée des portraits de Faust, et des prestigieux personnages des célèbres contes germaniques. Hermann Berger la guida par la petite porte derrière la scène qui donnait sur les coulisses en contre bas. Comme c'était un théâtre de marionnettes à gaine dont les personnages étaient manipulés à bouts de bras par ses aides, sous le rideau du castelet s'alignait une rangée de fées, Princesses et chevaliers prêts à jouer, à s'envoler dans la lumière, à faire naître dans l'imaginaire des tout-petits d'invraisemblables histoires mythiques dont ils se souviendraient toute leur vie. Il y avait aussi le célèbre personnage farceur de *Hanswurst*, balourd et grand vorace qui faisait jadis tant rire Stefan enfant. Et qu'il avait un jour maladroitement comparé aux amies de sa grand-mère, lorsqu'elles enfournaient à la file ses petits gâteaux pour le thé.

Léa reconnut là, tout ce qu'elle avait jadis aimé : la magie du théâtre, cette force du spectacle née dans l'odeur de sciure, de bois verni, les rideaux rouges et le métal brûlant des projecteurs.

Comme Hermann la voyait s'intéresser aux décors qu'il peignait lui-même avec talent, il alluma un petit réchaud à charbon sous la cafetière en indiquant que Goethe avait jadis puisé son Faust dans un humble spectacle de marionnettes local. Il ajouta aussi fièrement que Haydn, le célèbre compositeur écrivit cinq opérettes pour le théâtre de marionnettes de la cour d'Eisenstadt.

Il semblait à Léa que toute sa mémoire pétillait à nouveau, réveillée par tant d'images, de parfums et de sensations qui l'emplissaient de rêves, depuis ses premiers pas dans les coulisses du *Grosses Schaupielhaus* de Max Reinhardt, aux côtés d'Ernst Lubitsch, jusqu'à l'odeur forte des premiers plateaux de cinéma muet sous les grandes verrières des studios de *Weissensee*. La vue de tous ces ravissants décors de forêts et de châteaux hantés suspendus dans les cintres, au-dessus de sa tête, ravivait son envie oubliée, cette excitation unique: «La scène! »

— Quel lieu magnifique! Je vous remercie du fond du cœur, je ne pensais pas que j'aurais tant de plaisir à revoir un vrai théâtre?

— Si petit! rectifia modestement Hermann en versant l'eau chaude sur le café. Une réduction miniature de l'univers! Vous qui avez connu les grandes scènes, celle-ci n'est qu'un minuscule monde de poupées.

—... Je me souviens encore de l'instant où j'ai amené ici Stefan pour la première fois. Il avait peur lorsque la lumière de la salle s'est lentement éteinte et lorsque le rideau rouge s'est ouvert. Il n'avait que quatre ans et il a poussé un petit cri d'admiration devant le décor, comme s'il découvrait le Monde pour la première fois. Les enfants sont nos futurs spectateurs.

Hermann lui tendit une vieille tasse ébréchée, âgée comme ces coulisses centenaires pleines de cordages, d'accessoires et de papiers collés aux murs; de textes de chansons, de croquis de costumes et de partitions fripées.

— Où dormez-vous la nuit?

Sans savoir pourquoi, la question lui avait paru indécente. «Pourquoi lui aussi voulait-il savoir? » Elle hésita. Était-ce parce que la honte l'envahissait de répondre qu'elle couchait à terre? Recroquevillée dans une bâche, envahie de puces et quelques fois blottie contre Grete La Bouchère ou Nini la Prussienne?

— Ne prenez pas mal ma demande, Madame Palmer, je souhaite sincèrement vous aider. Pour avoir joué depuis cinquante ans tous les méchants de la terre, je connais les sentiments réels de Magda Piltz, de vos beaux-parents et de tous ceux qui vous ont accusée. Je ne vous trahirai jamais. N'ayez pas peur. J'ai toujours eu des doutes sur les accusations dont vous avez fait l'objet.

Léa voulut répondre, mais sa gorge encore coupable de honte s'emplit ainsi que ses yeux d'une peine si forte que les larmes la firent suffoquer malgré elle.

—... Je... Je suis désolée. Je ne suis plus habitué à...

Hermann s'approcha d'elle, passa lentement son bras autour de ses épaules, puis la serra paternellement contre lui. C'était la première fois depuis quinze qu'un être humain osait la toucher. Qu'elle sentait battre contre sa poitrine un autre cœur, celui d'un vieux monsieur qui aurait pu être son grand- père. Ses larmes redoublèrent ainsi que la tristesse et un désespoir insurmontables. Un désespoir qu'elle avait réussi jusque-là à réprimer depuis son arrivée. Quinze années où elle avait du jouer les âmes fortes pour ne pas craquer, pour ne pas mourir, pour ne pas pleurer sur son destin lamentable, pour tenir debout en espérant qu'un jour lointain viendrait ou elle aurait seulement la force de ne plus mentir sur sa douleur, son total découragement et sa désespérance de vivre.

D'apprendre un jour à son fils qu'elle l'avait aimé et qu'elle ne l'avait jamais abandonné.

— Accepteriez-vous de venir travailler ici, les après-midi? J'ai toujours besoin de bras pour tenir mes princesses et mes grands méchants loups?

— Oh! Je suis tellement peu présentable... Je ferais peur aux enfants?

L'offre semblait miraculeuse.

Hermann la regarda et la bonté dans ses yeux la désarçonna :

—... Ils ne vous verront pas. Ici, nous travaillons cachés. Et puis cela vous fera un peu d'argent pour vous habiller et ne plus ramper devant Magda pour vous laver. Si vous le désirez, vous pourrez même venir coucher le soir, il y a un vieux matelas dans la cave.

— Cela vous ferait du tort... On vous dénoncera?

— Pas si vous êtes discrète? Et que personne ne l'apprenne. Encore un peu de café?

Il est des instants étranges dans la vie où le corps parle soudain plus que l'esprit. Au plus profond d'elle-même, Léa sut à cette seconde, malgré elle, qu'une porte du ciel s'ouvrait.

Était-ce Zocha qui avait enfilé la marionnette du magicien et qui d'un pas léger répandait autour d'eux une indéfinissable pluie d'étincelles du bout de sa baguette? Sur tous ces merveilleux décors et ces êtres de chiffons assoupis?

— Pourquoi m'aidez-vous, Monsieur Hermann, les temps sont si durs maintenant?

— Parce qu'autrefois je vous ai vu jouer et chanter sur scène, il y a très longtemps, et vous êtes une bonne personne. Nous sommes de la même tribu... Des saltimbanques, de vieux enfants qui passons notre vie à vouloir faire rêver les autres. Sauf que vous êtes encore jeune et...

— Oh! s'excusa-t-elle, plus maintenant.

Hermann en la raccompagnant l'avait aussi prévenue. À l'oreille, il lui avait soufflé avec beaucoup de tendresse : «Attention, vous êtes juive... »

Sans doute voyait-il plus que d'autres les dangers monter peu à peu, sans doute entendait-il les réflexions de beaucoup de mères et de nurses qui se cachaient de moins en moins pour accuser «ceux » qui trahissaient l'Allemagne. Ces étrangers, ces apatrides. Il leur fallait une cause à la crise et à leur misère, des accusés faciles à sacrifier.

Quand l'air de la nuit fouetta son visage et qu'elle se retrouva seule dans l'obscurité du parc où les réverbères s'éteignaient peu à peu, elle respira avec délectation le parfum des feuilles mouillées si particulier aux premiers jours de l'hiver quand tout se décompose. Elle avait oublié ses douleurs, sa crampe d'estomac, sa faim, les engelures qui lui brûlaient les pieds et les piqûres de puces, l'infecte soupe d'épluchures de Nini au fumet de poubelles.

Elle marchait dans une oasis silencieuse de neige et d'arbres centenaires, au milieu de

Berlin. La pagode de Magda était déjà fermée, et «la grosse fraise rose bonbon » de Karla était enfouie dans l'ombre. Il était sept heures du soir, le tumulte de la ville étouffé par la nuit n'était plus qu'une rumeur. L'adorable Hermann avait promis de l'engager après les fêtes pour remplacer l'un de ses assistants malades. La porte du vieux théâtre s'était refermée derrière elle et lui offrait une chance inespérée.

«Une chance inespérée » répéta-t-elle, enfin souriante.

26

«Comment la tribu recevrait-elle cette stupéfiante proposition? Un abandon? Une trahison? »

En arrivant au repaire, Léa appréhendait de leur annoncer l'offre du vieil Hermann. Mais aussitôt, la possibilité de les aider lui traversa l'esprit. Elle leur devait tant! Elle pensa d'abord à Dora. Il faudrait lui acheter au plus vite une vraie couverture, la nourrir chaque jour avec une soupe chaude et du lait, essayer de lui trouver un médecin qui la soignerait. Dora, victime impuissante et exploitée, femme allemande dont l'idéal politique était la ménagère parfaite, soumise et sans idée. Petite fille, elle devait baisser les yeux quand on lui parlait, rester debout pour servir les hommes à table. Esclave au lit, livrée à son mari, seule pour avorter, sans droit de vote ni syndicat, exclue des écoles d'art et passible d'amende «si elle osait porter un pantalon à bicyclette »... dressée pour l'humiliation absolue et muette. Tout ce que Léa avait combattu sur scène.

La nouvelle de l'engagement de Léa au théâtre fut évidemment accueillie par Nini avec une joie qui masquait pourtant l'amertume.

Dans ses yeux d'habitude si pétillants, Léa décela un voile inconnu qu'elle n'aurait pas soupçonné. Nini faisait des efforts pour l'encourager, mais pressentait que leur amitié risquait de se briser. Désormais Léa aurait un toit et personne ne savait davantage que les clochards, la frontière qui existe entre ceux qui ont un abri pour dormir, et les autres.

Léa essaya rapidement de les rassurer, leur montrer que la généreuse hospitalité d'Hermann Berger et le peu d'argent qu'elle gagnerait leur serviraient. Qu'elle n'abandonnerait jamais son but sacré, celui de convaincre un jour son fils. Car Stefan devait être resté au fond de lui-même un jeune homme bon; elle en était certaine, maintenant que Lily le lui avait confirmé.

— Toutes les mères sont aveugles! affirmait pourtant Hector, pensant qu'il devait la prévenir de trop espérer.

Il ne voulait certes pas la blesser, mais tout ce qu'il avait appris de son histoire lui inspirait la pire méfiance. Il voyait en Léa une femme sensible et généreuse, assoiffée d'art et de rêves. Une artiste qui malgré sa timidité et ses origines avait en son temps osé défier son époque, les tabous et les préjugés. Et en cela, elle demeurait impardonnable aux yeux de beaucoup.

Tandis qu'elle revenait à la vie, retrouvant un peu d'espoir et de goût, Rudi la bombarda de questions avec en arrière pensée, l'idée de travailler lui aussi, au théâtre! Hector ému félicita Léa, révélant aux yeux de tous un pan secret de sa personnalité. Décidément, ce jour heureux n'avait rien de faste pour Nini : «Elle n'était plus la seule dans le cœur du vieux chef de bande. »

— Mauvais horoscope pour toi Nini! s'écria Rudi toujours pervers.

— Va te faire f... Hurla Nini, avec cette voix d'acier qui l'avait fait surnommer la Prussienne, en plus des cuissardes et de son casque à pointe.

Les yeux de Dora voilés de fièvre s'allumèrent, malgré qu'elle sut instinctivement qu'elle ne verrait jamais ces jours à venir. Elle était si heureuse pour Léa et bien qu'elle ne puisse déjà plus parler, en proie à d'effroyables quintes de toux toujours accompagnées de sang et d'un tremblement qui la laissait exsangue, une lueur naquit dans ses yeux enfoncés dans leurs cernes sombres. Elle l'afficha comme une excuse de mourir, provoquant chez Léa l'effet d'un poignard trop cruel, celui du destin injuste. D'un signe, Dora lui demanda de se rapprocher. Elle grelottait, affrontant le froid avec une ténacité incroyable. Voilà tout ce qui restait de la jeune ouvrière qui avait vendu sa vie pendant dix- huit heures par jour à l'usine de textile pour quelques marks, sans jamais d'heures supplémentaires ni de congés. Injustement jetée à la rue après une année de prison «pour avoir assisté un avortement ». Le salaire du bon Hermann arriverait trop tard pour la secourir et Léa en aurait hurlé de rage.

Dora avait sorti lentement son vieux jeu de cartes tachées, son seul et dernier bien. Elle esquissa un mouvement de tête, invitant Léa à s'asseoir encore plus près et insista pour qu'elle s'approche. Elle brûlait de fièvre, dévisageant Léa comme si elle voulait lui transmettre une ultime protection. Max l'enserra tendrement de son bras, moins pour la réchauffer que pour lui montrer qu'il la protégeait toujours.

Pourquoi tenait-elle tant à tirer les cartes à Léa?

Le jeu s'étalait sur la vieille caisse en bois. Max aligna les cartes que Dora ne pouvait désormais plus placer devant elle. Léa recouvrit une à une les figures délavées qui allaient parler. Une légère expression de remerciement éclaira le visage de Dora en découvrant le jeu. Elle fit signe qu'il était bon, demanda à Léa de couvrir les cartes qui refusaient de «parler », puis murmura après une nouvelle quinte de toux qui força Max à éponger un filet de sang sur la commissure de ses lèvres : «Tu peux espérer... » Elle ne put en dire plus, secouée par les convulsions qui la plièrent en deux dans les bras de Max. Elle avait tenté désespérément de garder un doigt sur l'une des cartes, car elle aurait sans doute voulu la retourner, deviner l'ultime trahison qu'elle entrevoyait après la chance. Car dans sa tête embrumée, elle ne discernait que des livres en feu, des cris joyeux, des flammes, le noir, quelque chose qui l'effrayait...

Max la berçait tendrement. Doucement. Jusqu'à ce qu'elle s'endorme, totalement épuisée.

Léa inquiète fixa longtemps le visage de Dora, cherchant ce qu'elle avait voulu lui cacher. «Zocha, discrète, avait elle aussi, disparu. »

Et ils discutèrent interminablement dans la nuit froide, pendant que Zach accompagnait leurs chuchotements, d'un souffle plaintif de bandonéon. De petites notes, éclatées, sous un ciel glacial.

«Demain il faudra répéter tes chansons, suggéra Nini. »

Car ils iraient chanter en ville pour la première fois. Et Léa devait être prête, contre l'avis d'Hector qui y voyait un bien trop grand danger :

— Ce n'est vraiment pas le temps d'aller vous montrer devant la police et les fascistes? Nini, tu penses comme une langouste!

— Lily doit m'apporter une robe décente, insista Léa confiante, pensant que la pauvre avait eu un empêchement de dernière minute. Nous serons convenables, Hector.

Il y eut un tout petit cri étouffé.

Nul ne sut jamais ce que Dora dans son sommeil bouleversé qui était déjà celui de sa proche délivrance, entrevoyait : Des visages dans sa tête riaient, chantaient! Des flammes joyeuses, des rues, des ombres, des milliers de pages qu'on jetait partout dans des brasiers, des hommes et des femmes qui hurlaient d'excitation derrière les étincelles de papiers noircis qui s'envolaient en neige légère, noire et pétillante, au-dessus des centaines de cris victorieux. Des cris de haine mêlés aux chants radieux.

Pourquoi?

27

Il avait été décidé que Léa chanterait dans la rue pour la première fois le lendemain, la veille de Noël. Bien sûr sans sa robe promise par Lily, puisque celle-ci n'était pas encore venue ce matin-là. Pourtant, Léa avait vivement insisté pour «l'attendre encore un peu », avant de partir.

Alors, seulement vêtue de sa vieille robe, de son manteau d'Afrique, de l'énorme chapeau tiré d'une poubelle de la Postdammerpalzt et artistiquement remanié par Nini, Léa s'avança droite comme un mannequin, sous ce parasol disproportionné garni d'oiseaux...

— Tu ne trouves pas qu'il y a trop de plumes et de nids, Nini? avait demandé Léa inquiète et lucide.

— C'est toi qu'ils doivent regarder.

— Sûr... s'ils parviennent à me m'apercevoir?

— Et puis ça n'empêche pas le son de passer, avait répondu l'ancienne modiste ravie de sa composition néo-printanière.

Pensait-elle secrètement que le chapeau allait faire oublier la silhouette abominablement chiffonnée de Léa?

Hector, Max, Rudi et Dora saluèrent leur départ avec une anxiété mêlée de doute. Mais bien sûr, ils ne connaissaient rien à la mode d'aujourd'hui.

Ce premier point résolu, Zach, avec son bandonéon et Nini étrennant une nouvelle fourrure de chat tigré, se dirigèrent vers le Romanisches Café, sur Margotnstrasse. Le lieu avait été longuement approuvé par toute la tribu, tout au long de deux bouteilles de schnaps. Sauf Hector, qui s'entêtait à penser que l'établissement était trop huppé, et qu'il attirerait obligatoirement des tas d'ennuis à une troupe de gueux hirsutes et mal vêtus.

— Une cible... avait-il répété.

De plus ajoutait-il, le moment n'était pas venu de s'exposer devant une foule privilégiée qui voulait surtout oublier la misère. Même si les chapeaux étaient abondamment «garnis. »

Nini au contraire, croyait fermement que leur allure «de carpes sortant du bouillon » amuserait les gens de la haute, soutenant que son expérience du trottoir avait souvent confirmé l'attirance «du baroque prolétaire » sur les riches blasés.

—... Ça c'est un mot que j'ai appris d'un mes clients banquier. Ça gazouille bien aux *esgourdes* non?

Les «gras durs», comme elle appelait ses clients fortunés, voulaient du dépaysement, de l'exotisme! «De la sueur, de la soumission, avec la peur qui habille la misère et excite les conquistadors du matelas. »

Elle les avait donc tous convaincus. Max et Rudi pensaient surtout que la voix merveilleuse de

Léa dominerait heureusement tout le reste. Léa, toujours perfectionniste, n'en était plus si sûre.

Elle n'avait jamais chanté dans les rues.

Enfin, vers l'heure du thé, tandis que deux sapins de Noël illuminés encadraient la somptueuse terrasse vitrée du Romanisches et que les puissantes Mercedes et Daimler déposaient des femmes en zibelines, ils arrivèrent devant.

Léa morte de trac entonna aussitôt une jolie berceuse, la voix nouée.

Le bruit des tramways qui les frôlaient et le vacarme des klaxons enterrèrent d'emblée tout espoir de succès. Les passants effrayés par leurs yeux troubles et leurs joues creusées de faim semblaient atterrés par cette apparition. Les clients regardaient d'instinct l'autre côté de la place pour y chercher une présence policière.

Un seau d'eau de vaisselle jetée sciemment par l'un des garçons de café inonda leurs pieds, les informant du sentiment réel qu'on leur portait à l'intérieur. Zach le premier s'arrêta net, tandis que Nini insultait le barman effrayé par sa vigueur imagée. Seul, l'applaudissement enthousiaste d'une vieille dame qu'ils n'avaient pas vu arriver les réconforta... Sauf que la pauvre femme, plus en haillons qu'eux, demanda aussitôt d'occuper la place pour y faire aussi la manche et s'avança en dansant, sur un pied...

Peut-être même, était-ce là sa place habituelle.

Vint alors un autre applaudissement solitaire : une petite pièce de monnaie lancée par un client qui avait entrebâillé la porte de la terrasse leur fit l'effet d'une bombe. Réconfortée par ce succès in extremis, Nini remercia l'homme avec la modestie d'un triomphe écrasant :

— Partez! ajouta la voix, immédiatement amortie par la porte qui s'était refermée à cause du froid.

Il n'en fallait pas plus pour Nini la Prussienne :

«Quel salaud » hurla-t-elle en montrant son poing à toute l'assistance massée de l'autre côté des vitres. Puis devant les larmes aux yeux de Léa, Nini décida de déclarer la guerre à tout ce monde de fric et les provoqua en leur offrant ses grimaces les plus vulgaires. Elle se retourna, montra ses fesses, ce qui déclencha d'autres applaudissements endiablés derrière les vitres.

— Tous les mêmes, les riches! grogna-t-elle fière de son coup. Allez mes hypocrites, dansez sur vos prie-Dieu!

Zach avait repris son bandonéon et à la demande de la vieille dame, entonna la fameuse chanson du libertaire surréaliste Max Zeïtx.

—... Léa, vas-y! Qu'est-ce tu as à perdre? Montre-leur ta voix!

Devant tous ces visages moqueurs et hilares collés à la vitrine et qui s'amusaient gaiement de leur infecte pauvreté, Léa encouragée par la musique ravala sa honte et entonna les premières paroles. D'autant qu'elle distinguait déjà, de l'autre côté de la place, deux policiers. Jamais elle ne sut, même des années plus tard, pourquoi elle avait décidé de tenter le diable en cédant à Zach :

«Écoutez, écoutez l'histoire de ma sœur,

Ma soeur Angèle qui rentra au couvent.

Son coup de foudre pour un enfant de chœur

Son Marcel, son Jules, son Jésus, son amant

Qu'elle assassina ... en priant bien doucement »

Le premier couplet évoquait les amours tumultueuses d'une ancienne religieuse reconvertie...

La vieille dame était aux anges. Elle applaudissait à chaque couplet, toute excitée par ces paroles anarchistes. Bientôt deux passants frigorifiés n'en revinrent pas de ce qu'ils entendaient : cette jolie voix confrontée aux tramways prenait soudain de l'assurance, une merveilleuse assurance. Oui, chanter sur un trottoir en plein vent dans la neige, c'était déjà un défi! Mais cette clocharde au chapeau ridicule leur montrait qu'elle n'était pas encore morte malgré ses traits cadavériques. Léa retrouvait soudain dans leurs yeux ébahis le démon des planches qui avait insufflé jadis tant d'ardeur à la petite immigrante juive du quartier des Granges. Encouragée par une Nini enthousiaste et un Zach électrisé, Léa entonna moins timide le second refrain, comme on se suicide :

«J'ai pas peur du moment où je meurs, Ni de Dieu, ni d'maman, ni d'mon coeur, La misère plus légère tout à l'heure, Juste au moment sacré... où je meurs »

Le métier de la scène revenait. Emportée par la musique, affrontant le vacarme, Léa poussa sa voix qui lui semblait maintenant sans limites. Même ses pas sur le trottoir gelé, soulevaient son corps devenu léger. Elle redécouvrait le bonheur de danser sur ce rythme de fox-trot qu'elle avait tant aimé et qui ravissait aussi les passants. Une voiture s'arrêta et deux femmes en fourrure et fume-cigarette baissèrent leurs vitres pour l'écouter. Toute la clientèle du café s'était aussi agglutinée, véritablement conquise... Fallait-il attaquer le dernier couplet qui avait envoyé son auteur - mutiné des tranchées en 18 - en prison, puis fusillé? Nini passait déjà le chapeau et les pièces de monnaie pleuvaient : même des billets jetés en riant par les femmes dans l'auto leur prouvaient que le sort leur était désormais favorable.

— La suite! La suite! s'écrièrent-elles d'un air canaille avec d'autres inconnus massés sur le trottoir.

Léa quêta l'encouragement de Zach et s'exécuta :

«*Écoutez l'histoire de mon frère Simon. Bel espion qui livra au Kaiser mon papa. Et l'empereur gros bêta le fusilla*
Avec maman, et... tout son syndicat. »

Plus de vingt personnes entonnèrent le refrain, malgré l'arrivée des policiers maintenant derrière eux. Et de trois jeunes S.A. qui s'approchaient... La vieille dame eut beau faire signe avec son parapluie que le danger était imminent, Léa et

Zach recommencèrent le refrain de plus belle, chantant à tue-tête :

«J'ai plus peur du moment où je meurs, Ni de Dieu, nid' la guerre, ni d'ma sœur, Des beaux anges, des héros, et des tueurs, Qui viendront tout à l'heure...

Encourager .... Adolph? »

C'est Zach qui avait hurlé *«Adolph!* »

La foule s'était alors brutalement coupée en deux camps, s'invectivant les uns les autres, quant aux dernières paroles provocatrices. Un mutilé de guerre au visage défoncé s'en prenait déjà à deux étudiants libertaires. Comme les gendarmes se saisissaient rudement de Nini et entraînaient Léa de force, trois jeunes S.A. jetèrent sauvagement Zach à terre et défoncèrent à coup de botte son bandonéon en hurlant «sale communiste ». Puis s'acharnèrent sur son corps recroquevillé à terre.

— C'est Mademoiselle Palmer, bande de caves! Comment pouvez-vous traiter ainsi une si grande artiste? Éructait Nini, prenant à partie les policiers.

— Qui est Mademoiselle Palmer? — Elle, bien sûr!

— Cette clocharde?

— Oubliez les fringues, écoutez sa voix, tas de rats! continuait Nini avec courage. C'est une grande artiste...

Des renforts arrivaient, des cloches de voitures de police tintaient autour de ce pugilat et Léa n'avait plus qu'une idée : «Disparaître sans que Stefan, ni aucun de ses amis n'eussent jamais vent de ce misérable essai. »

— Est-ce bien Léa Palmer?

— La Palmer d'avant-guerre?

— Celle du procès!

—...Nous l'avions applaudi dans *Lulu!*

— Oui, cette femme monstrueuse du Docteur assassiné pour sa fortune...

— Comment pouvez-vous la traiter ainsi? — Quelle déchéance! C'était une femme

splendide, et si spirituelle!

Toute la terrasse du *Romanisches Café* sortait sur le trottoir pour voir la bagarre générale.

— Laissez cette malheureuse, voyons... s'exclama un homme qui montra sa carte diplomatique aux policiers. Je l'ai connue personnellement, ce n'est qu'une pauvre femme sans danger pour l'ordre public... Ne craignez rien Messieurs, j'en parlerai à votre Commandant. Occupez-vous plutôt de ces trois voyous de S.A. qui se croient tout permis! Il désignait les trois hommes qui s'acharnaient sur le corps ensanglanté de Zach.

L'ordre n'eut pas l'air de plaire aux policiers.

Léa reconnut Éric Volker, l'ancien ambassadeur allemand à Paris qui avait été soigné par Hans.

Elle se rappelait l'un de leur charmant dîner au Tiergarten, un soir d'été de juin 1912; Éric clamait à qui voulait l'entendre que Basil Zaharoff le marchand de canons, tirait toutes les ficelles des cours d'Europe. Il le surnommait «le roi des pots de vin royaux ». Ne venait-il pas d'offrir à une célèbre souveraine, une rivière de diamants de la valeur d'un destroyer afin qu'elle investisse dans ses industries d'armement?

D'un sourire amical à Léa, Éric Volker signifia qu'il était toujours heureux de l'aider.

Elle le remercia, surtout honteuse de son apparence. «L'histoire vous a donné raison, Monsieur l'Ambassadeur, ajouta-t-elle pour lui rappeler leur délicieux dîner d'autrefois. Cette guerre monstrueuse n'était qu'un ignoble marché d'armes! »

— Vous étiez alors Chère amie, l'une des rares Berlinoises qui écoutaient mes propos explosifs sans rire, répondit-il, amusé par leur complicité immédiatement retrouvée. Mais que vous arrive-t-il?

— Allons Léa, ne restons pas là, filons, ordonna Nini qui se rendait compte que l'atmosphère pouvait leur être fatale à tout moment.

— Mon dieu, et Zach? Fit Léa en se retournant.

— Quel bel homme! souffla quand même Nini, ensorcelée par la classe de l'Ambassadeur.

Une partie de la foule antinazie avait pris à partie les trois S.A. furieux qui promettaient de se venger et hurlaient qu'ils allaient nettoyer bientôt cette ville *des sous-races et des rats qui osaient l'envahir...* Nini et Léa aidèrent Zach à se relever et l'entraînèrent aussi vite qu'ils purent, vers la ruelle sombre la plus proche.

Beaucoup de clients rentrèrent joyeusement à l'intérieur où le réveillon de Noël débutait, fredonnant encore la chanson. À la demande générale, l'orchestre rejoua l'air sulfureux interdit... repris en chœur et à tue- tête par tout le Romanisches Café.

— Drôlement culottée cette femme, souffla le Maître d'hôtel navré de voir sa clientèle s'encanailler si vite au bord du gouffre.

— Belle voix de clocharde! confia une femme en vison. Mon mari prétend qu'on peut rééduquer ces miséreux en quelques mois, avec des règles d'hygiène strictes et des électrochocs savamment dosés.

28

Ils arrivèrent au repaire sous le pont vers minuit. Léa et Nini à bout de force soutenaient Zach qui perdait beaucoup de sang. Elles avaient dû prendre les ruelles et les petites rues les moins fréquentées pour éviter de rencontrer les patrouilles de police. Il neigeait à gros flocons lorsqu'ils passèrent devant la Villa Sturm. Léa évita d'attarder son regard vers les fenêtres. Son cœur se serra trop. *«Qu'il devait faire bon devant la cheminée et la grande table, ornée de plats savoureux et de multiples desserts à la crème?»*

Quelque chose de profond en elle lui recommanda d'éviter de rêver pour rester forte. Sans lanterne, ils avancèrent à tâtons, simplement guidés par leur connaissance du sentier étroit à travers le parc et les buissons piquants qu'ils devaient souvent franchir pour rejoindre leur chemin.

Aussitôt arrivés, Hector et Max aidèrent Zach à s'allonger et l'installèrent près du feu. Rudi offrit sa dernière rasade de schnaps qu'il avait soigneusement gardé pour fêter le réveillon. Nini voulut lui faire manger un reste de saucisse «pêchée » derrière *le Romanisches* mais il refusa. Il se plaignait d'un fort mal de tête, et ce fut une heure plus tard, lorsqu'il s'endormit, assommé par une seconde et troisième rasade d'alcool, que Nini put enfin raconter ce qui s'était réellement passé.

Cette nuit-là, Léa ne dormit pas, les os glacés par la neige qui tombait sans relâche. La faim rongeait son estomac comme *un rat en flammes*. Les images se bousculaient toujours dans sa tête. Les images magiques des réveillons d'autrefois, avec Hans et Stefan, ces matins lumineux au pied du sapin où l'enfant découvrait ses cadeaux, les soupers joyeux et drôles avec leurs amis artistes, les jeux dans la neige, les après-midi dans la chambre calme près du feu avec Hans. La vie était remplie d'instants de bonheur. Le visage d'Éric Volker revenait aussi sans cesse, cet homme fidèle en amitié et courageux qui au-delà des conventions, avait osé la défendre même après toutes ses années d'absence et d'ignominie. Pourtant, Léa se risqua encore à espérer. «Mais qui pouvait encore l'aider, puisque tous ceux qu'elle avait connus étaient disparus dans la tourmente de la guerre ou l'avaient condamnée?»

29

Le jour de Noël, il fit un temps doux et le ciel était d'un bleu limpide. Les immenses arbres du parc étaient recouverts d'un givre léger qui scintillait partout dans la lumière dorée de l'hiver. L'étang était maintenant gelé et beaucoup de parents s'étaient déplacés sans les nurses pour y amener leurs enfants faire du patin. L'endroit était magique avec son pont de bois directement sorti des Contes de Grimm, sa multitude de petits drapeaux colorés que Diogène avait installés tout autour de la patinoire bordée par les romantiques réverbères de bronze enlacés de lianes dorées. Trois jeunes violonistes en smoking jouaient dans le kiosque rococo et leur musique entraînait les patineurs à filer sur la glace sur des valses, des polkas ou des charlestons endiablés. Le parc était un lieu de bonheur ensoleillé, une oasis de calme au milieu d'un Berlin envahi par le chômage, les grèves, la misère noire et la criminalité. Mais cet après- midi-là, Léa et Nini s'étaient aventurées jusqu'au milieu de la foule des promeneurs, d'une part parce qu'elles n'avaient plus rien d'autre à faire, et parce qu'avec la monnaie qu'elles avaient pu sauver la veille sur le trottoir, elles s'étaient résolues à se payer une «vraie toilette royale », avec savon parfumé chez Magda. Elles avaient également décidé de ramener des châtaignes grillées et des pains d'épices à la tribu. Et surtout à Zach qui avait gémi toute la nuit. Comme il y avait beaucoup de monde, et qu'en ce jour de fête personne n'était trop sur la défensive, elles évitèrent facilement les deux feldgendarmes à cheval qui se promenaient aimablement parmi les enfants. L'implacable Diogène quant à lui était trop occupé à veiller sur l'état de la glace, balançant régulièrement de grands seaux d'eau pour en lisser la surface. Et puis — comme l'avait immédiatement remarqué Nini – il épiait surtout les jeunes danseuses en tutus de velours rouge bordé de cygne blanc, dont les longues cuisses juvéniles traçaient de gracieuses arabesques.

Lorsque Léa et Nini arrivèrent devant la pagode de Magda, il y avait un monde fou et elles durent attendre dans une file bon enfant, où les épouses étaient les plus nombreuses. Celles-ci remarquèrent bien évidemment l'allure délabrée et pitoyable des deux clochardes. Léa, pour faire plaisir à Nini, portait encore l'immense capeline mise au point pour son tour de chant. Nini pour sa part osait arborer un insolent panache *rose-dindon,* une aubaine trouvée indemne devant la morgue.

—... Les restes d'une riche bourgeoise assassinée fraîchement du jour par un éventreur, ironisa Rudi à leur retour.

Mais en ce jour de grâce chrétienne, les grandes bourgeoises avaient semblait-il décidé de faire la paix sur terre et porter leurs grandes âmes apaisées vers la lumière divine. Pour cet acte éminemment charitable, elles étrennaient leurs élégantes toilettes de promenades. D'un regard dédaigneux, la plupart croisaient Léa et Nini en détournant nonchalamment la tête, dissimulant d'un geste d'ombrelle poli, cette misère insupportable qui osait se promener devant elles.

Ce qui n'était évidemment pas le cas de Magda qui, lorsqu'elle aperçut «ces deux épouvantails emplumés» mêlés à sa chic clientèle; elle eut un haut-le-coeur non dissimulé :

— Revenez plutôt avant la fermeture Mesdames, vous serez bien plus tranquilles!

Léa poussa discrètement du coude Nini, certaine qu'il valait mieux obtempérer pour éviter un nouveau scandale. Elles s'assirent donc sur un banc glacé jusqu'à la tombée de la nuit, admirant la grâce des enfants emportés par les musiques de Strauss ou Gershwin.

Et quand les premières ombres du soir envahirent la patinoire, elles furent justement transportées par cette *Rhapsody in Blue* - qualifiée de *musique de nègre* par deux passantes outrées - tandis qu'à l'horizon, au-dessus de la cime des arbres, s'allumait l'étonnante clarté des lumières de Berlin. À la dernière note, Léa et Nini se précipitèrent avant la fermeture de la pagode et jetèrent in extremis leur monnaie dans la sacro-sainte sébile de «Dame Ballet-Brosse.» Lorsqu'elles ressortirent propres et ravies, Léa remarqua l'air sauvage de Magda, dont la haine perçait à cette heure sous le maquillage craquelé. Était- ce la signature d'une jalousie mortelle, scellée ici même par la proposition d'Hermann Berger faite à Léa?

«Pourquoi, songeait Magda furieuse, un homme aussi correct avait-il proposé à cette catin de luxe tombée dans le ruisseau, une aide aussi généreuse qu'inutile? Quand on est clocharde, c'est qu'on le veut bien! » ruminait- elle en maniant la poire de caoutchouc de son vaporisateur de parfum, traquant les odeurs nauséabondes de son commerce ingrat.

— Vite, fit Léa, vite la boutique de Karla va fermer!

Karla, aidée de son jeune fiancé commençait à baisser les grilles. À l'approche des deux clochardes, ils accélérèrent leur besogne et Léa précipita sa commande : «Châtaignes et pain d'épice, s'il vous plaît? » s'écria-t-elle.

— Pour sept grandes bouches, ajouta Nini avec gourmandise et son inévitable accent des faubourgs.

— Avez-vous seulement de quoi payer? Fit le jeune S.A. botté et sanglé dans son uniforme noir.

Son air méfiant les poussa à payer rapidement. Léa tremblant sous le regard dédaigneux de Karla, et Nini branlant fièrement du panache (de dindon), jugeant secrètement en ancienne pute, «la probable indigence sexuelle de ce jeune puceau... »

— L'un de mes vieux clients intello m'a dit l'autre jour «les nazis ne sont que de pauvres gars qui redoutent d'être féminisés face à la libération de femme allemande... » Dit donc, y'en a qui pensent! Ya des jours où j'me dis que j'aurais dû faire plus d'école.

Hermann sortait juste de son théâtre avec l'un de ses aides, chargé de marionnettes et d'accessoires, lorsqu'il aperçut les deux femmes dans la noirceur :

— Ah, Madame Palmer? s'écria-t-il chaleureux, tout en dévisageant l'étrange Nini emplumée et garrottée d'un chat noué autour du cou. J'ai de bonnes nouvelles pour vous.

Il connaissait la nurse des enfants du Docteur Jurgens qui avait soigné Hans : «Peut- être cette femme pourrait-elle retracer sa nouvelle adresse et le joindre? »

— Cela vous aiderait certainement à convaincre votre fils? Je sais que c'est un homme honnête. Il vous respectait, vous et Hans Haenkel. »

Il promit donc d'essayer de lui parler dès les prochaines représentations, car cette nurse revenait régulièrement avec les enfants de ses nouveaux patrons.

Au loin, Magda avait fermé sa pagode et resta quelques instants à les observer, bientôt rejointe par Karla et son fiancé, révoltés par le comportement d'Hermann Berger : *«Décidément, la pourriture gagne partout! Si* personne n'ose s'interposer, toute cette racaille ruinera le pays! »

— Encore quelques jours de patience, affirma le fiancé d'une voix confiante, songeant au vieil Hindenburg: «Il va bien être obligé de nommer le seul qui aura le courage de nous en débarrasser! »

Cette journée avait été bien meilleure que d'habitude. Malgré le parfum trop fort des savons bon marché de Magda, la fierté de se sentir propre avait finalement ragaillardi Léa et Nini: «J'ai l'impression de pouvoir regarder quelqu'un sans avoir honte, avoua Léa. »

Et l'odeur douce des pains d'épices et des marrons tièdes rendit leur traversée soudain plus acceptable. Même si les buissons aux branches gelées leur infligeaient toujours de sanglantes éraflures. Et puis les musiques de l'après-midi flottaient encore dans leurs têtes, avec les ombres bleues des patineurs.

Mais si toute la tribu fêta aussitôt châtaignes et pains d'épices, Léa et Nini découvrirent une nouvelle venue : une «protégée » de Rudi. Avec son chapeau haut de forme défraîchi penché au-dessus d'une bouche vermillon, elle ressemblait à Marlène. Mais comme elle ne s'était pas rasée sans doute depuis la veille, son charme trouble réveillait aussitôt les doutes.

— Lottie chante aussi! s'exclama Rudi tendrement.

— Et pisse debout, ajouta Hector sans aucune concession, sauf la ponctuation de sa canne.

— Et que fait «Madame » à part tapiner les poubelles? demanda Nini furieuse de lui avoir déjà offert un pain d'épice.

— Comme toi, ajouta Rudi cinglant. Mais en plus souple... »

—Vraiment? lança-t-elle en désignant la silhouette désossée de Rudi dévoré par l'alcool et sans doute les maladies vénériennes. Madame fait donc dans l'antiquité?

Lottie sans aucune gêne s'était emparée de l'album de Léa et feuilletait les pages avec des gloussements facétieux: «Y' a pas de doute, vous avez drôlement changé Léa? Pour une riche, ça doit être dur de survivre dans la merde? »

Elle poursuivit sa lecture et s'arrêta sur une page, avec un sourire blagueur : «... Chanteuse? Beau mariage! bel enfant, grosse fortune... juive évidemment? »

— Immigrante, pauvre, et courageuse... rétorqua Léa révoltée, d'une voix blanche : levée tôt pour les auditions, laveuse de planchers, cours d'infirmière, faim, soif, froid, coup de foudre, amour, bonheur, enfant, mari, scènes de théâtre, Wiedekind, chance... «Lulu », musique, guerre, front, boucherie, amour blessé, souffrances, mort, libération, procès, prison, Afrique, misère, et retour... Ici, la tribu, l'amitié, pain d'épice... Et vous, travesti mal élevé? »

Sur ces derniers mots, Léa reprit brutalement l'album de photos des mains de Lottie ahurie :

— Ah, ah! On a gardé ses grands airs de patronne? Vieille clocharde délabrée, tu ferais mieux de t'adapter à la réalité? Un peu de bon sens chérie :... Pour toi et tes amis, la belle vie c'est fini!

Nini bouillait, Max s'était levé, et Hector de sa canne menaça Rudi :

— Fiche le camp, toi et ton spectre facho!

Lottie, indignée, s'était levé d'un bond et ils s'aperçurent alors qu'elle boitait. Rudi ramassa vivement ses hardes et les accusa de n'être que des petits bourgeois dépassés : «Croupissez dans votre sale morale puante d'excréments! Vous êtes là parce que vous le méritez! »

Et Lottie et lui disparurent en maudissant ce trou à rats.

— Ne remets jamais les pieds ici! hurla Hector.

Dora émit un petit cri : «Noir... ils sont noir corbeau, souffla-t-elle effrayée. »

Lottie était-il une indic comme le soupçonna aussitôt Max? Ils avaient eu le temps d'apprendre par Rudi qu'elle avait chanté un soir pour l'anniversaire du chef des S.A, Ernst Röhm. Zach qui avait été plusieurs fois attaqué en pleine rue par les chemises brunes à coup de rasoir, raconta comment ces derniers écumaient maintenant les rues complètement saouls et se battaient même ouvertement contre la police qui les craignait.

— Ils ont une cinquantaine de petits camps dans les caves de Berlin. Ils vous emmènent là pour vous torturer, vous battre à mort ou vous égorger. Selon l'humeur. Ils vous matraquent à coup de barre de fer et de fouets, en riant et en buvant.

Max acquiesça, ajoutant que beaucoup de ses amis communistes en étaient revenus les os brisés et les dents arrachées.

— Ceux qui y restent agonisent pendant des jours et terminent en squelettes vivants couverts de plaies purulentes.

— Oh! mon Dieu, arrêtez! s'écria Léa. Comment est-ce possible, ici, à Berlin?

—... Tout change Princesse.

— C'est hélas ce qui nous attend, grogna Hector. Mieux vaut le savoir. L'Église protestante a beau se plaindre, comme l'armée ou l'industrie, mais ne vous y trompez pas, Adolf a trop besoin d'eux... Et c'est lui qui a le vent en poupe aujourd'hui, avec son sacré talent d'enjôleur! Même s'il a été gazé, c'est loin d'être un fou ou un clown.

Une curieuse ambiance flottait, mêlée d'un pessimiste noir et d'une crainte diffuse liée au départ du grand Rudi et de «sa garce d'espionne » ; il y avait malgré tout de l'espoir puisque Léa avait trouvé un travail chez Hermann. Ce qui lui arrivait était un merveilleux exemple qui leur prouvait que tout était possible, qu'il y avait toujours une lueur d'espoir dans le pire des enfers.

Ainsi dégustèrent-ils en silence leurs pains d'épices avec délectations, en recueillant les moindres miettes. Chacun maintenait ses châtaignes à la chaleur des braises, soigneusement enveloppées dans du papier journal. Le schnaps circulait de bouche en bouche et Léa malgré sa volonté commençait à s'habituer à ce feu brutal qui lui brûlait les entrailles et faisait fuir son esprit ailleurs. «De l'ouate!» murmurait-elle, «De l'ouate!» avec ce sourire désormais apprivoisé par l'alcool qui faisait tant rire Nini et Max. Mais pourquoi aurait-elle refusé cette porte de secours? Cette échappatoire à la déchéance? Puisqu'il n'y avait plus rien d'autre pour l'engloutir.

Rien n'était pire que la peur chaque nuit. Le retour de l'obscurité, les ombres invisibles qui rodaient autour d'eux et pouvaient faire d'elle au matin un cadavre gelé où une épave surprise dans son sommeil, sans doute violé. Peut-être finiraient-ils tous tabassés à mort, elle sans même avoir revu son fils. Bien sûr elle voulait vivre jusqu'à ce merveilleux moment où elle pourrait tout lui dire. C'est ce qui la faisait respirer chaque instant, quand elle sentait qu'il était plus facile de se laisser couler. Dans ces moments brefs et terribles où elle se disait «demain j'aurais une autre chance, je trouverais un nouveau moyen de le voir, une autre idée à laquelle je n'ai jamais encore pensé. »

Et les jours et les nuits passaient. À chaque pas sur le trottoir, le cœur battant, elle guettait l'instant où il surgirait par hasard, où ils seraient enfin face à face. Même si cette idée était ridicule ou chimérique, elle en rêvait chaque nuit. Et elle comptait sur l'instinct de chaque être humain : «Car finalement, lui répétait Zocha, l'enfant perdu reconnaît toujours sa mère... »

30

Le lendemain matin lorsqu'ils se réveillèrent, quelle ne fut pas leur surprise d'entendre d'étranges grincements, puis de voir s'avancer un vieux landau rempli de journaux. Celui de Grete! Ils reconnurent sa voix autour du tas d'ordures: elle jurait «que les riches ne jetaient vraiment plus rien de mangeable! »

Elle était revenue!

Plus mal embouchée que jamais, Grete sevrée d'alcool pendant quelques jours en prison promettait sa malédiction à tous les... *Français, Slaves, juifs, francs-maçons, homosexuels, traîtres et communistes de Moscou qui pourrissaient l'Allemagne!*

Elle était véritablement enragée. Autrement plus violente que si elle avait bu!

Comment avait-elle fait pour sortir si vite de sa geôle? Ce fut la question que tout le monde se posa avant de partir vers ses occupations matinales. Seul Max resta au repaire, car ce matin-là, Dora fut incapable de se lever et lui-même impuissant à la transporter sur son dos jusqu'à l'hospice. De fait, elle refusait de mourir là-bas, dans la promiscuité des alcooliques et des fous. «Dans la cathédrale sombre du malheur» disait-elle. Et Max était d'accord. Il avait même promis qu'il l'emmènerait, dans les derniers instants sur l'étang gelé, pour qu'elle s'endorme là-bas, sous les ombres dorées des réverbères, à la tombée de la nuit. Cette nuit qu'elle adorait tant, à cause de son silence «bleu et définitif »

Max veillait plus que de coutume sur la cafetière.

Grâce à «sa fidèle clientèle » Nini, avait pu acheter du vrai café pour le dernier matin de Dora.

Aussi, ce jour-là, Léa n'accompagna pas Nini à «son travail », mais resta sur son banc, débordante de tristesse, guettant soigneusement les allers et venues de l'Hôtel particulier.

Avant le Nouvel An, il régnait un calme extrême dans le quartier des ambassades, sans doute dû aux préparatifs d'un réveillon que chacun désirait cette année-là, encore plus fastueux que l'année précédente. Rien ne semblait trop beau, trop brillant, trop glamour, trop chic, pour oublier la crise. Les entrées des villas étaient illuminées, ceintes de fastueuses guirlandes de branches de houx, de rubans d'or et de pommes de pin. On aurait dit que plus le pays s'enfonçait dans l'incertitude et la peur, plus la richesse éclatait, s'étalait. Plus les fêtes s'avéraient débridées et provocantes.

Il fallait absolument réussir le passage vers cette nouvelle année, attendue comme un tournant décisif pour le pays.

Ainsi, beaucoup de propriétaires partaient en villégiature à la montagne où dans leurs familles. Il y avait très peu d'aller et venue le soir et la neige, maintenant épaisse, dissuadait nurses et promeneurs d'emmener les enfants au parc l'après-midi. Hormis la séance de marionnettes de trois heures et le patinage sur l'étang durant l'ensoleillement, la nature restait silencieuse, seulement troublée de temps à autre par les pas d'un cavalier ou d'une cavalière emmitouflés dans leurs douces fourrures.

Léa avait eu dans la nuit une nouvelle idée : depuis le lendemain de Noël, elle avait remarqué l'absence d'Herbert et de Hilde. Elle était donc à peu près certaine qu'ils passeraient les fêtes à Prague, chez leurs cousins Von Mencken. Il ne resterait donc dans la villa que Stefan, Lizzi, Lily, la cuisinière et Roger. Dolfie accompagnerait certainement Hilde en voyage puisqu'elle était la seule à pouvoir lui faire ses injections urgentes, lorsque ses migraines «la rendaient folle! »

Roger ne les avait pas accompagnés. Léa remarqua la Daimler devant la porte. Karl l'avait sans doute remplacé au volant de *l'Olympier* de Hilde.

Il fallait donc trouver le moment où Roger serait en course pour pénétrer dans la maison par le garage. La petite porte intérieure était certainement ouverte sur le vestibule. Depuis un certain temps, Léa remarquait que Roger n'était pratiquement plus employé que pour emmener Stefan en ville. Lizzi l'empruntait seulement deux à trois fois par semaine, sans doute pour voir son médecin et préparer son accouchement; mais le plus souvent elle conduisait son propre cabriolet. Le meilleur moment serait donc un après-midi où Stefan resterait seul à étudier dans son bureau, pendant que Roger accompagnerait Lizzi.

Valesca la cuisinière ne posait aucun problème. Valesca terrorisée par Hilde ne montait jamais dans les étages.

Léa compta les jours et selon ses calculs, décida que le lendemain serait le bon jour. Le mardi était celui des rendez-vous de Lizzi en ville et l'après-midi où d'habitude, Stefan restait étudier à la maison.

De plus, c'était pour Léa son dernier après- midi de libre, puisqu'elle débuterait chez Hermann le lendemain.

Malheureusement, Zocha plus que mystérieuse ne voulut rien prédire sur la réussite de ce projet...

— Maman, va dormir! fit Léa exaspérée.

31

Au matin, quand elle se réveilla, Léa chercha instinctivement Dora des yeux. Elle fut rassurée quand elle vérifia la boule habituelle sous la bâche contre Max. Max réveillé selon son habitude fixait les braises du feu qu'il ranimait chaque heure pendant la nuit. Léa ne sentait plus ni ses pieds ni ses jambes engourdies, comme s'ils n'existaient plus. Mais elle s'y était habituée. Hans répétait à ses patients : *«Après cinquante ans, si vous ne ressentez aucune douleur en vous réveillant, c'est que vous êtes mort.»* Tous ronflaient abondamment, l'alcool étant un carburant bruyant. Même les passages des trains au- dessus du pont ne réveillaient plus personne. Léa n'osa bouger de peur que le moindre mouvement ne fasse pénétrer l'air glacé contre sa peau. Chaque matin, c'était le même rituel, la même lutte contre le froid et l'humidité, les mêmes petits stratagèmes pour gagner du temps contre ces dizaines de lames de rasoir acérées, ces morsures invisibles sur sa peau.

Léa avait appris à remuer imperceptiblement chaque partie de son pauvre corps, l'habituant peu à peu et au moindre mal à souffrir pour s'éveiller, et à redevenir tiède. «Tiède signifiait sans hurler de douleur. »

Ce qui attirait l'attention de Léa - sans qu'elle comprenne pourquoi - c'était ce vide auprès du feu. Elle réalisa soudain qu'il s'agissait du reflet de la vieille cafetière émaillée. Dès les premières lueurs de l'aube dans la nuit noire, elle reflétait le signal rouge de la voie ferrée au-dessus d'eux. Mais ce matin-là, il n'y avait pas de cafetière préparée par Max.

Max était immobile et pleurait...

Avant que le jour ne se lève, ils s'étaient tous rendus devant l'étang, guidés par la lanterne d'Hector. Au loin vacillait sur la glace un minuscule point lumineux dans la nuit. Ils remarquèrent en s'approchant que les reflets d'une bougie irisaient la glace à ses pieds, comme elle l'avait souhaité. Elle était là, adossée contre un vieux bidon de fuel, les yeux grands ouverts et semblait encore admirer le jour naissant, sous la couronne de réverbères enneigés ceinturant la patinoire, à l'ombre des grands arbres givrés.

Ainsi mourut Dora, cette jeune ouvrière assassinée doucement par la crise, «sans violence.» Les larmes coulèrent sur leurs joues, même sur les vieilles bajoues d'Hector.

Max à genoux la berçait amoureusement dans ses bras, et pleurait.

Un bruit les fit sursauter : Zach frappa de rage un bidon de toutes ses forces. Devant leur stupéfaction, il récidiva violemment. Puis, sans doute ulcéré d'avoir perdu son bandonéon qui libérait autrefois sa peine, il délivra sa colère et son impuissance par de grands, coups sourds et lents, puis de plus en plus rapides.

Le carillon de la Gedächtniskirche sonna au loin huit heures, écho lointain de la grande ville assassine.

Léa s'approcha, s'agenouilla, prit la main glacée de Dora dans la sienne. Tandis qu'elle consolait Grete qui sanglotait et reniflait comme une petite fille, elle songea à cette berceuse yiddish que sa mère lui fredonnait quand elle était petite pour l'endormir. Et sans qu'elle puisse dire pourquoi, elle la fredonna, d'abord dans sa tête, puis plus haut, accompagnée des percussions sourdes sur le bidon. Triste écho d'une vie volée.

Hector et Nini les regardèrent, d'abord étonnés, puis écoutèrent.

Zach accompagna longtemps Léa en cadence, puis plus doucement. Il accordait peu à peu son rythme à la voix plaintive et maternelle qui saluait le départ apaisé de celle qu'il s'éloignait à mesure que le jour se levait.

Zocha l'accueillerait, c'était certain.

Zach et Léa furent heureux de refaire de la musique. Pour Dora.

«Dora... Pauvre Dora, » murmura-t-il après s'être arrêté dans le silence.

32

Un soir, Max leur avait dit : «J'ai toujours les clefs. »

Quand Léa avait évoqué les affiches de *Blonde Vénus*, le nouveau film de Marlène Dietrich qu'elles avaient découverte avec Nini en revenant du *Romanisches Café*, Max avait promis de les emmener là où il travaillait avant, comme projectionniste. Max dès l'âge de 16 ans avait appris le métier dans l'une des premières salles de Postdam en 1919. Au début il avait appris à enrouler les bobines avec soin, sans faire de rayures sur la délicate pellicule nitrate qui s'enflammait à la moindre chaleur, puis était devenu un as pour charger les projecteurs, régler les lampes à arc et enchaîner les bobines toutes les dix minutes.

Peu de spectateurs de cinéma savent que le petit sigle qui apparaît une fraction de seconde en haut à droite de l'écran prévient le projectionniste de démarrer le second projecteur afin de faire basculer le volet qui occulte le premier, à la fin de chaque bobine de trois cents mètres de pellicule. Un film comprenait habituellement neuf bobines.

Max, cinq ans après, avait inauguré l'énorme salle du *Titania-Palast* sur la Potzdammerplatz :

— À cette époque, il n'y avait même pas de son à régler comme aujourd'hui! ajouta — t-il toujours aussi passionné.... Ils ont réussi à me virer quand je me suis syndiqué. J'ai été pris dans une manifestation du parti communiste...

— Communiste? Reprit timidement Léa.

—... Oui, les Américains venaient d'acheter les salles. Je savais que j'étais désormais sur la liste noire. Personne ne m'engagerait plus.

Léa comprenait combien ce garçon, déjà usé malgré sa jeune trentaine, avait été brisé par son injuste licenciement. Son visage à la mâchoire puissante, barré d'un regard doux, était gonflé par l'alcool et le froid.

Nini avait souvent parlé de Max lors de leurs longs périples dans les ruelles aux poubelles. Max, le garçon timide et sensible, terriblement idéaliste qui croyait à l'avènement d'un monde juste et socialiste. Il s'était engagé à fond dans la création des *Arbeitsamt*, ces bourses du travail dont chaque ville ouvrière et chaque district agricole s'étaient dotés, contrôlées par les représentants des syndicats, des employeurs et des pouvoirs publics. Il avait aussi beaucoup œuvré pour la multiplication des camps de travail pour la jeunesse. Deux cent cinquante mille jeunes y étaient pris en charge par l'État, logés, nourris, vêtus d'uniformes et qui servaient pour l'entretien des routes, des parcs publics et des bâtiments. Mais aujourd'hui, avec huit millions de chômeurs, les nazis poussaient à leur militarisation.

— Max est trop absolu et ses amis communistes l'ont lâché. Sa femme l'a quitté avec son enfant et il est tombé malade. Sans famille, sans le sou, Hector l'a sauvé un soir. Ivre, il allait sauter d'un pont...

— Hector est quelqu'un de formidable! s'exclama Léa.

—... Non, plutôt calculateur... Pour survivre, nous devons rester unis, comme il dit. Contre les S. A, et tous les voyous qui veulent casser du pauvre... Nous sommes aussi une tribu des rues, mais sans défense.

«... Même les puces nous attaquent lâchement » ironisa Léa.

Depuis la mort de Dora, Max avait encore souvent les larmes aux yeux. Aussi, le lendemain, il les entraîna dans une interminable et dangereuse marche le long de la Friedrichstrasse, jusqu'à la Kantstrasse.

Plusieurs fois avant d'atteindre le cinéma Delphi, ils croisèrent des camions remplis de S.A. avec leurs pancartes et leurs banderoles. Ils chantaient et hurlaient, traquant sur les trottoirs tout ce qui pouvait ressembler à des rouges, des mendiants ou des Tziganes. Sautant même quelquefois devant les gendarmes indécis sur des ivrognes ou des clochards en train de se nourrir dans les poubelles. Ce qui obligeait la *tribu* à changer brusquement de direction, ou à s'engouffrer en courant dans les rues sombres.

Et si la circulation des voitures et le vacarme des klaxons étaient encore intenses, il régnait en ville un curieux climat visible sur les visages des passants. «Aujourd'hui, la ville avait l'air encore nerveuse comme une fourmilière avant une explosion de gaz!» lança Hector, essoufflé par l'allure à laquelle tous se pressaient devant lui.

Malgré le froid, ils ruisselaient de sueur et de peur, et leurs pauvres pieds mal chaussés dans des brodequins troués les faisaient horriblement souffrir. Cependant, de larges sourires éclairaient leurs faces lorsqu'ils s'arrêtaient devant les marchands de journaux où tous les grands quotidiens annonçaient la mort politique du parti d'Hitler.

— Avec la dérouillée des dernières élections, ils ne sont pas prêts de gagner! triomphaient Max et Zach.

— S'il perd du terrain au Reichstag, il n'est pas mort! grogna Hector.

— C'est vrai, méfiez-vous des clients qui ont l'orgasme dans le couloir... insista Nini, toujours frustrée dix ans après de ses mauvais payeurs.

Léa, Nini et Grete – à qui on avait imposé l'ultimatum de venir sans sa maudite poussette - ne comprenaient de toute façon pas grand-chose aux manœuvres politiques et fermaient la marche, lorgnant surtout vers les vitrines de mode avec des «Oh! » et des «Ah! » d'admiration et d'envie.

Mais tous constataient que Grete, ralentissait systématiquement le pas devant les affiches *«de son Alfie »*, de plus en plus fréquentes sur les colonnes Morris, les murs et les pissotières.

— Vous l'aimez pas! se plaignait-elle indignée, mais qui peut remettre de l'ordre dans ce foutu bordel à part lui?

Et elle continuait avec son habituelle litanie : *«Sa boucherie perdue à cause des Moscovites, les ordures de réfugiés de l'Est sans le sou, les tapettes dégoûtantes, le juge franc- maçon de son procès et... toute la juiverie des avocats qui rongeaient Berlin comme des rats et s'entraidaient sur le dos des pauvres gens!* »

La canne d'Hector censée faire régner l'ordre tribal s'abattait régulièrement sur sa tête - quand il pouvait la rattraper - mais rien n'y faisait!

— Elle pense avec ses fesses, grognait Max.

Quand ils arrivèrent enfin devant le Delphi-Kino, la foule était déjà rentrée et la séance commencée. Max les conduisit par l'étroite ruelle arrière qui sentait l'urine et la pisse de chat, vers le fond de l'édifice. Il y avait là un escalier métallique qui menait à la cabine de projection et suivait une longue passerelle sur le toit. Au ras du sol, à demi enterrée, demeurait l'ancienne sortie de secours.

— C'est là, chuchota-t-il.

Il faisait noir et la neige au sol transformée en glace était terriblement glissante. Max avait sorti sa clef. Derrière la petite porte de fer, ils entendirent enfin le son des actualités...

Après avoir jeté un coup d'œil vers le toit, Max leur fit signe un doigt sur la bouche, de rester silencieux – surtout Grete - puis fit pénétrer toute la bande dans un long couloir en pente, faiblement éclairé par une lueur rouge. Au fur et à mesure qu'ils progressaient, la voix du commentaire et la musique accompagnant les actualités se faisaient plus forte : *«... Au Reichstag, le récent recul du Parti National Socialiste et la progression des communistes à Berlin qui obtiennent 16,9 % des voix semblent inciter le Président Hindenburg à prévoir d'imminents changements. Les milieux politiques bien informés s'attendent à l'éventuelle nomination d'un nouveau Chancelier... »*

Après avoir monté quelques marches, ils se retrouvèrent curieusement éblouis... derrière l'écran. L'immense toile les dominait sur plus de deux étages. L'apparition soudaine de l'imposante façade grise du Reichstag à l'envers surprit Grete et lui fit perdre l'équilibre. Heureusement, Zach la rattrapa dans ses bras.

Max leva les yeux au ciel, regrettant de l'avoir emmenée.

Comme c'était déjà l'entracte, un brouhaha monta aussitôt, tandis que les voix des ouvreuses scandaient mécaniquement: «Bonbons, chocolats, glaces, caramels.»

Il y avait longtemps que Léa n'avait respiré le parfum d'une salle de spectacle, cette étrange et fascinante cérémonie de foule où les images vous pénètrent pour l'éternité. Toute la tribu avait décidé de s'asseoir par terre, adossé au mur de la scène au pied de l'écran.

Lorsque la musique du générique jaillit des haut-parleurs tout près d'eux et que l'obscurité baigna de nouveau leur cachette, l'immense montagne entourée d'étoiles de la Paramount les surplomba et fit frissonner Léa. C'était l'instant magique, celui des jours de sa jeunesse où en cachette de Zocha, elle courait éperdue d'excitation dans la rue des Grenadiers au milieu des rabbins et des fripiers, pour arriver à temps à la première séance, derrière l'Alexanderplazt. Jamais elle n'avait vu cette Marlène Dietrich, mais tout ce que les voyageurs lui en avaient dit en Afrique, l'avait considérablement intriguée...

Les noms de Gary Grant et d'Herbert Marshall, énormes devant eux, étaient impossibles à lire à l'envers. Cependant, elle buvait la musique de cette image. Jamais elle n'aurait cru pouvoir revivre un tel instant. Celui d'un film qui commence, d'un monde qui s'ouvre sur une toile, cette magie qui vous fait oublier votre corps et vous transporte hors du temps.

Comme Nini l'avait violemment poussée pour qu'elle ne s'arrêtât pas à lire l'affiche lorsqu'elles étaient revenues du *Romanisches Café*, Léa ne connaissait toujours pas le thème du film. Aussi quand les premiers plans défilèrent de Marlene se baignant nue dans une rivière d'été, puis accomplissant la toilette de son jeune fils dans une baignoire à New York, Léa pressentit instinctivement le bouleversement qui allait se faire en elle : *Blonde Venus* était l'histoire poétique d'une femme qui retournait à son premier métier – le music-hall – pour payer la guérison de son mari irradié par une substance radioactive. Elle, c'était Marlène, lui Herbert Marshal. Ils avaient un tout petit garçon de l'âge de Stefan lorsque Léa avait dû l'abandonner à Berlin...

Quand Léa découvrit le visage étrangement ténébreux de Marlène, son regard félin prêt à dévorer la vie et les hommes, elle fut happée par l'écran, comme pour la première fois. Mais là, le film parlait! Léa comprit qu'un abîme de quinze années avait englouti son passé. Quelques secondes de pellicule venaient de la vieillir sans pitié. Elle pensa aussi qu'elle ne reverrait jamais plus ce visage parfait - le sien! - celui d'un matin de 1917, lorsqu'elle avait quitté définitivement Berlin en train vers Vienne, Prague, Naples... et l'Afrique.

Quand sa pensée s'extirpa du passé, Marlene endormait son fils et chantait une berceuse, tout comme elle le faisait avec Stefan lorsqu'il avait quatre ans, avant de partir le soir au théâtre. Les souvenirs affluaient, bousculés par les images sur l'écran. Elle étouffait de tristesse; tout ce qu'elle vivait était si injuste! «Pourquoi lui avait-on ainsi volé sa vie? Confisqué quinze de ses plus belles années? Les meilleurs instants d'une mère et d'une épouse amoureuse. »

Comble de hasard, sur l'écran au-dessus d'eux, les tams-tams résonnaient, comme ceux qui l'avaient saluée deux mois auparavant à Dar Es Salam. Sauf que là, géants et démesurés par les gros plans, c'étaient ceux du cabaret de *Blonde Vénus* avant l'arrivée d'une tribu de girls noires emplumées, armées de lances et de boucliers Art-déco. Les danseuses s'avançaient en cadence autour d'un véritable gorille enchaîné et menaçant, sur une musique de charleston endiablée. Mais oh surprise, le terrible gorille enlevait l'une de ses pattes dans un charmant strip-tease et découvrait lentement, lascivement... une fine main cerclée de bracelets endiamantés. Et la terrible bête sur une musique envoûtante ôtait brusquement sa tête... Marlène apparaissait alors sous cette dépouille sauvage en Reine de la Jungle, glamour et lumineuse, se couronnant d'une perruque blonde transpercée de flèches étincelantes.

Les applaudissements de la salle crépitèrent.

Le regard de Marlène se posait sur le public du cabaret acclamant cette métamorphose et enflammait littéralement l'écran tandis que l'intro brûlante de l'orchestre l'invitait à chanter. «Et là c'était vraiment magique!» Léa songea fascinée au jeu si nouveau, si moderne de Marlène : Les mains sur les hanches, celle- ci provoquait chaque danseur en transe d'une voix grave et sensuelle : «... *Avez-vous entendu parler du Vaudou... Je ne distingue plus le bien du mal... Le vaudou est dans mes veines, c'est la danse du péché... Je veux danser avec un sourire... pour unique vêtement.* »

La suite du film avait encore troublé davantage Léa, même si elle n'avait pu voir la fin à cause de l'employé qui s'était aventuré dans le couloir et les avait trouvés là, assis dans le noir.

L'histoire de cette chanteuse qui rencontrait par hasard Gary Grant, un riche et séduisant client, et qui cédait à ses avances pour sauver son mari, devenait un horrible clin d'œil du destin. Bien sûr Léa n'avait jamais trompé Hans, mais si les fatalités étaient différentes, elle revivait avec l'héroïne les mêmes souffrances.

Les larmes l'avaient envahi à plusieurs reprises, notamment lorsque Marlène chassée pour adultère s'enfuyait avec Johnny son petit garçon, puis chantait de cabaret en cabaret jusqu'à la déchéance. Aussi, lorsqu'elle abandonnait l'enfant à son père venu le reprendre...lorsqu'elle était arrêtée pour vagabondage, lorsqu'elle arrivait dans un misérable asile de nuit...

Comme Léa aujourd'hui.

Pire, Léa elle, couchait à terre, sous une bâche, sous un pont!

Ils avaient été brutalement chassés par l'employé du cinéma juste quand Marlène sur le quai de la gare devant le policier venu l'arrêter, restituait son enfant à son père. Léa avait quand même entendu les dernières répliques : Marlène disait adieu à son enfant pour toujours : «... Papa a dit que je devais te dire au revoir. Tu ne viens pas avec nous?

—... *Non chéri, je viendrais plus tard, je dois faire ma valise.*

— *Mais Maman, tu n'as plus rien? Alors, viendras-tu demain?*

— *Oui... demain. Demain.* »

Le train repartait devant le visage de Marlène dévastée par le mensonge à son fils. L'écran devenait le miroir de Léa. Tout cela, Léa l'avait vécu, même si les paroles avaient été prononcées quelque peu différemment, par Herbert, par Hilde... Mais toutes aussi impitoyables.

L'employé avait cru que cette sale clocharde pleurait parce qu'il la chassait du cinéma, et qu'il allait prévenir la police! Il n'en était rien. Léa pleurait de rage sur sa vie, sa pauvre vie :

C'est pour cela sans doute qu'elle ne croyait plus en Dieu.

33

En revenant au repaire, une surprise les attendait : Rudi était là, pitoyable. Du haut de ses deux mètres, les yeux rougis dans son visage émacié témoignaient des larmes qu'il avait versées. «Elle m'a abandonné. La garce!» Il parlait bien sûr de Lottie, son travesti.

— Elle a peut-être eu peur de la maternité? Persifla Nini.

Rudi contre toute attente, fondit en larmes, s'écroulant sur lui même.

— C'était la première fois que je suis amoureux... répéta-t-il en sanglotant.

Personne n'aurait jamais imaginé voir ainsi l'ancien roi des gigolos du Kurfürstendamm, cet infatigable danseur mondain - et même plus - qui avait fait les beaux soirs de l'*Adlon* et du *Wintergarten,* s'affaisser comme une loque, déclarant qu'il était malheureux.

— Mais vous saignez Rudi?

Léa aperçut la tache sombre qu'il cherchait à dissimuler dans l'obscurité. Max alluma sa lanterne et ils distinguèrent sa joue horriblement balafrée : «Mon dieu, c'est aussi une championne du rasoir? » fit Hector.

— Ça me rappelle mon procès! grogna Grete aussitôt émoustillée par la vue d'une viande saignante. Ce foutu juge ne comprenait rien au commerce. Qu'on découpe du veau ou son partenaire, y a pas préméditation?

— Vous croyez qu'elle a fait cela par amour? Miaula Rudi, cherchant désespérément dans leurs regards atterrés une excuse à Lottie.

— Sûr qu'elle t'aime à la folie! fit Nini. Mais comme elle a peu de vocabulaire, elle confond tendresse et viande hachée...

Rudi dans leur dispute avait quand même réussi à rapporter un précieux petit bandonéon qu'il avait voulu lui offrir : «Tiens Zach, c'est pour toi.

J'avais tellement espéré qu'elle soit heureuse avec ce cadeau, elle chantait si bien. Il manque juste une touche... Perdue dans la bagarre. »

— T'as fait combien de vieilles pour lui offrir cela? Lança méchamment Grete qui détestait qu'on jetât l'argent par les fenêtres, surtout quand on n'avait plus de quoi boire.

Zach saisit l'instrument et pianota joyeusement sur le clavier une envolée de notes allègres : «Effectivement, il manque le La? »

— Pas de problème, souffla Hector, on le chantera tous : La...? La......?

— Laaaaaa... Fit soudain Léa poussant étonnamment sa voix jusqu'au contre-ut, renvoyer par l'écho du pont.

Zach impressionné refit une gamme et tous firent le «La » d'une même voix amusée. Et ils recommencèrent plusieurs fois, allant même tout à coup jusqu'à enchaîner avec Léa enflammée la célèbre chanson «Karla ».

«La.... Je suis Karla... » (*Ich bin die fesche Karla)*

Pendant que Max démarrait le feu et l'attisait de belles flammes chaudes et claires, Grete déplia ses inévitables harengs tandis que leurs voix de plus en plus déchaînées montaient sous le pont, couvrant quasiment le Berlin-Hambourg de 23 heures 17.

Le train siffla longuement au-dessus d'eux, dans la nuit froide.

Léa revivait avec la musique. Et sa voix d'avant, semblait revenir, plus forte, plus assurée, plus ardente que jamais! .

—Et où est Dora? demanda Rudi.

Tout le monde se tu et Léa retrouva ses gestes d'infirmière : «Venez Rudi, cela risque de faire un peu mal quand je verserai du schnaps sur la plaie ouverte de votre joue, mais il le faut. »

Tandis qu'elle s'affairait, le calme revint malgré les cris de coq égorgé de Rudi et les rires excités par le sang de Grete *la bouchère.*

—... Léa, vous souvenez-vous de cet artiste qui disait «Quand vous avez Berlin avec vous, le monde entier vous appartient? »

— Rudi, c'est du passé! Berlin avait le goût de l'avenir et nous étions insouciants...

— Léa, votre voix est magnifique! Ce n'est pas parce que l'épisode du *Romanisches Café* a mal tourné que...

— Oh, non Rudi, plus jamais! Jamais!
Léa lui expliqua calmement qu'une page

était tournée. Son seul et unique désir était de revoir son fils. «Même juste une fois, si le destin le décidait ainsi. »

— Ce n'est pas ce que m'a confié Dora. Elle vous voyait sur scène? Elle parlait même de...

— C'est impossible, voyons!
— Léa, Dora ne s'est jamais trompée,

protesta Nini.

— Soyez raisonnable Rudi. Qui aurait besoin aujourd'hui d'un épouvantail comme moi pour faire fuir le public? Rien de bon ne peut plus nous arriver ici.

Les yeux de Rudi se mouillèrent :

— Nous sommes tous des épouvantails, mais n'avons-nous pas eu du talent jadis?

Léa termina le bandage avec le seul morceau de linge propre qu'elle possédait dans sa poche, un mouchoir neuf volé par Nini à l'un de ses clients.

Était-ce la dernière nuit où Léa dormirait avec eux? Était-ce un signe? Dora n'était plus là et Max ne pourrait plus ce soir la serrer contre lui, la protéger dans ses bras. Contre la nuit. Contre le Monde et l'injustice.

Greta réjouie s'attribua donc le demi-hareng de Dora. Personne n'y trouva à redire, car après tout, c'était Grete qui savait les voler et nourrissait la tribu. «Alcoolique, mais serviable.» Elle n'était d'ailleurs tolérée que pour cela, car Hector - grand adepte de Darwin - concevait la société humaine qu'avec *des spécimens en évolution...* Comme Grete!

Avant que les braises ne s'éteignent, il y eut ce soir-là une grande discussion à propos des Actualités cinématographiques dont ils n'avaient hélas vu que la fin. Max prédisait la victoire absolue du communisme. Hector se méfiait du vieux Maréchal Hindenburg qui avait toujours eu l'idée de ramener la monarchie par n'importe quel moyen et faisait partie des Allemands nostalgiques de l'Empire et du Kaiser. Une Grande Allemagne forte.

Grete qui n'enveloppait maintenant ses harengs que dans le journal d'extrême droite *Der Angriff* dirigé par son idole *le bon docteur Goebbels* - «Lui, il sait parler aux vrais gens! » - déclara que tout le monde en avait plein le dos des fusillades entre rouges et S.A en pleine rue, de la pègre et des tickets de tram à un million cent cinquante mille deutsche marks!

— C'est vrai? demanda Léa incrédule. Il ne valait que dix sous quand je suis parti en 17?

Rudi avait entendu que les S.A promettaient à tous les propriétaires de tavernes de vendre un tonneau de bière par jour s'ils accueillaient leurs membres. Une manière, pesta Max furieux, de s'emparer des lieux communistes et de gagner la clientèle rouge.

— Sûr, fit Rudi, ces chiens pissent dans les couloirs avec leurs pistolets chargés. Et ils tirent dans les fenêtres pour s'entraîner devant les gosses!

— Ils appellent ça des «*Sturmlokale*! » grogna Zach. Ça leur sert de dortoir, de caserne et de soupe populaire. Tout ça pour attirer les chômeurs et les ouvriers comme des mouches. Mais les rouges font la même chose? Ça patrouille jour et nuit pour traquer l'uniforme et la croix gammée...

—... On dit qu'on va fermer les bibliothèques municipales, trop de gens y dorment.

— Et les parcs! Y a plus un banc libre à Berlin? Gloussa Grete indignée.

— La Margotnplatz est noire de monde qui joue aux cartes toute la journée...

Au loin la cloche de la police résonna.

— Tiens, voilà nos lutins noirs?

Il devait y avoir encore une rafle le long de l'Avenue, vers l'Hôtel particulier. Léa n'y allait plus depuis deux jours. D'autres clochards agressifs et hargneux occupaient sans cesse son banc. L'un d'eux s'était déculotté devant elle et elle avait dit: «Juste ça? » qui l'avait fait s'enfuir. Mais Zocha jugea sévèrement qu'elle avait eu beaucoup de chance.

— Hier, un camion de chemises brunes s'est arrêté et ils ont cassé deux clochards... jusqu'à ce qu'ils ne bougent plus.

— Oh, mon Dieu!

— Le vieux Diogène n'ose plus les chasser quand ils dorment dans l'aire de jeux des enfants. Il n'y a que cette salope de Karla Zilig qui a le dernier mot. Elle appelle son foutu nazillon, quand ils volent ses sucettes.

— À Moscou, tout le monde travaille et mange à sa faim, affirmait Max. Il faut ici un nouvel ordre moral, le peuple sera son propre dirigeant. Personne ne dort dans les rues là- bas. C'est le seul rempart contre les nazis...

Hector plus que septique tapota le sol de sa canne. Lui doutait d'une telle foi en l'homme : «Rien que des singes, pas plus! Karl Marx est mort trop tôt pour lire Freud... L'être humain ne changera jamais. »

C'était l'une de ses phrases préférées!

Léa les écoutait attentivement, essayant de comprendre ce qui se passait réellement. Elle sentait sans qu'elle puisse l'expliquer que les forces aveugles — comme celles qui s'étaient déchaînées pendant la Grande Guerre – revenaient sans cesse. Zocha le lui avait souvent répété : *«Prive l'homme de nature et de plaisir et il redevient une bête agressive. Avec tous ses instincts de chasseur.* »

Léa se souvenait trop bien des pulsions d'Herbert qui s'enflammait plus dans ses discours guerriers et nationalistes... que pour rejoindre Hilde dans la chambre à coucher. En y pensant bien, elle pria soudain pour que l'éducation de Stefan n'ait pas été dirigée vers ces réflexes faciles et haïssables. Avec Hans, ils avaient tellement eu à cœur de montrer à leur fils la beauté du monde, le respect des autres, de la nature, le ravissement de découvrir et d'aimer chaque chose, chaque être vivant, fût-il un minuscule végétal. «Qu'en restait-il, après quinze longues années? »

Elle eut soudain très peur.

Peur pour son enfant élevé dans ce carcan bourgeois. Il fallait vraiment qu'elle le sache au plus vite.

Cette nuit-là fut donc la dernière où Léa dormit avec eux. Et elle se rendit compte combien elle les aimait, même cette pauvre Grete qui après tout, n'était que le résultat d'une pitoyable histoire humaine, celle de ses parents. Un couple diabolique, une époque chaotique, un pays dévasté. Comme le destin de Dora.

Léa s'apercevait que tout cela allait lui manquer, que tout cela faisait maintenant partie d'elle pour toujours, de sa mémoire. Le temps passait si vite depuis l'arrivée de son tramway sur l'Alexanderplazt : «Le feu d'huile de vidange, la vieille bâche à l'odeur âcre d'ordures, ce pilier de pont, la palissade sous le ciel glacial, la cafetière bosselée de Max qui réchauffait les ventres et les esprits, la place désormais vide de Dora qui aurait pu à cette heure se rouler en boule pour étouffer une toux atroce. »

Elle réalisa alors que le sommeil la gagnait et qu'elle n'entendait presque plus les autres murmurer dans le noir. Il y avait longtemps qu'elle n'avait pensé aux tam-tams de Dar Es Salam, à la poussière jaune et brûlante, à la soif, aux centaines de voix d'enfants qui lui disaient adieu... «Adieu Mâdâme Léa! » Le vacarme des tambours africains se mêlait à la danse tribale. Des boucliers s'agitaient devant elle et un gorille enchaîné la fixait menaçant : pourquoi étaient-il si près? Pourquoi ce camion derrière les danseurs vaudou et ces hommes en bottes qui brandissaient des fusils? Pourquoi le vieux Maréchal souriait-il tant à Hitler? Tout se mêlait dans son cauchemar, l'escalier bizarre où descendait Marlène, son visage dans un halo de lumière aveuglante sur l'écran haut comme un immeuble, ce jeune homme inconnu qui n'arrêtait pas de disparaître, de disparaître... Et derrière lui, une porte noire qu'elle aurait voulu ouvrir. Dans l'obscurité, elle le cherchait. Elle le cherchait encore, elle, son enfant qui avait grandi, qui lui échappait sans cesse. Mais savait-elle encore son prénom? Il lui semblait qu'il commençait par S, mais elle n'arrivait décidément plus à le prononcer... S? «Stefan?» Elle souffrait. Il fallait absolument s'en souvenir. Se souvenir! Comment avait-elle pu l'oublier? Dans le vide qui se dérobait sous ses pieds, dans ce couloir rouge où les applaudissements l'engloutissaient sans qu'elle puisse lui parler. Et ces battements assourdissants de tambours dans la brousse. Ceux qui la réveillaient...

«... Non, ce n'était qu'un train. » Elle dormait encore, sous le pont.

34

Morte de trac comme s'il s'agissait d'une audition, Léa attendit anxieuse parmi les enfants, l'ouverture du Théâtre de marionnettes. Elle se promena tout le début de l'après-midi autour de la vieille baraque de bois au milieu de leurs cris joyeux, des rires et des espiègleries charmantes qu'elle avait oubliées depuis longtemps.

Elle se sentait revivre. L'air lui parut plus léger en cet avant-dernier jour de l'année, revigoré par la gaieté insouciante qui animait cette délicieuse petite place au centre du parc. C'était soudain la vie normale qui revenait, l'attention bienveillante des adultes sur les jeux des tout petits, l'attente excitée du spectacle de pantins, ces histoires magiques qui allaient les emporter dans un monde imaginaire et les faire frémir bien plus que la réalité.

Hermann Berger arriva avec ses deux jeunes assistants. Quand elle l'aperçut, Léa sentit son

cœur bondir comme au bon vieux temps :
«Allait-elle être encore à la hauteur?

Elle ne savait rien de la pièce, de l'histoire et des
personnages qu'elle devait animer. »

Devant le regard étonné des deux garçons, elle
devina qu'Hermann avait dû passablement leur
dissimuler la réalité. Ils avaient une véritable
aversion à s'approcher de cette clocharde
repoussante. Et même si elle avait réussi à
nettoyer du mieux qu'elle avait pu sa vieille robe
déchirée, son chapeau cloche miteux et son
imperméable délabré, elle se rendit compte
qu'elle n'était pour eux qu'une sale mendiante.
Elle se félicita alors de n'avoir pas osé porter
l'immense capeline-parasol de Nini, qui les
aurait carrément fait fuir.

Les enfants accueillirent Hermann comme
d'habitude avec des cris aigus, et l'entourèrent
en une nuée hurlante. Pour eux, c'était une
cérémonie si réglée dans leurs après-midi de
vacances qu'ils guettaient l'arrivée du «Maestro »
bien avant la séance.

La cloche agitée par Diogène, annonça l'ouverture du Théâtre.

Hermann fit signe à Léa de les rejoindre par la petite porte arrière et ordonna aux gosses déchaînés, malgré les invectives des nurses et des mamans débordées, de laisser entrer... «La dame.» Devant leur hésitation, Léa s'engouffra à l'intérieur honteux de son apparence.

Pendant qu'Hermann repartait pour tenir la caisse et faire entrer cette foule bourdonnante dans la petite salle, les deux assistants s'empressèrent de baisser les décors suspendus dans les cintres et sortirent les marionnettes des placards pour les aligner par ordre d'apparition sur la servante, juste sous la scène. La servante est une planche de bois courant sous le proscenium, tailladée d'encoches rondes dans lesquelles on coince la tête des pantins en attendant de s'en servir. Léa qui n'osait bouger, reconnut aussitôt les sept nains, le roi, la méchante reine, le Prince et... Blanche-Neige. Un peu soulagée, elle connaissait l'histoire! Mais elle ne se souvenait que de quelques scènes qu'elle avait vues nombre de fois avec Stefan. Elle demanda aux garçons comment elle pouvait les aider? Le plus âgé - Franck Muller, un rouquin au regard clair - se présenta et lui indiqua le vieil orgue caché sous un tapis fleuri, tout en la chargeant d'un lourd panier d'accessoires. Il l'invita sèchement à y retrouver rapidement la pomme de la sorcière, la vaisselle sale des nains, le balai de la chaumière, les oiseaux chanteurs et le miroir magique de la Reine. «Ô miroir Magique, suis-je toujours la plus belle de la forêt? » Léa paniqua devant le simple rideau rouge frémissant déjà de cris impatients : ils appelaient Blanche-Neige. Elle eut à peine le temps de découvrir l'orgue poussiéreux qu'elle entendit claquer derrière elle la petite porte et Hermann Berger s'écrier :

— C'est bon, on commence!

— Mon Dieu! Que dois-je faire? s'entendit-

elle murmurer.

— Musique! ordonna Hermann tout en enfilant le personnage de Blanche-Neige à bout de bras, pendant qu'Otto Kastner, le second assistant, s'emparait des oiseaux au bout de leurs baguettes. Franck fit désespérément signe à Léa de s'approcher de l'orgue et de jouer, pour qu'il puisse enfin lever le rideau devant «la forêt profonde.»

Léa avait pris des leçons de piano après son mariage, encouragé par Hans. Elle ouvrit précipitamment la partition devant elle et débuta péniblement une ritournelle facile qui aurait dû enchanter le public pendant que celui-ci découvrait émerveillé les décors d'arbres en clair obscurs où se promenait Blanche-Neige. Hermann la tenait à bout de bras... et virevoltait parmi les oiseaux d'Otto... sur la musique.

— Oh, mon Dieu! s'excusa Léa épouvantée à sa troisième fausse note.

Une sueur glacée coulait dans son dos. Le temps semblait s'arrêter, démesurément long, propice à toutes les fautes. Une éternité!

Mais lorsqu'elle entendit enfin la voix du vieil Hermann incarner avec une extraordinaire légèreté la timide héroïne, elle fût transportée d'un coup dans un autre univers et fût considérablement soulagée : «Elle l'avait fait! »

— Oh... Que la forêt est sombre, souffla Blanche-Neige, et bientôt je serais seule... *sans* cette merveilleuse musique?

Léa avait compris trop tard, et s'arrêta brutalement de jouer, pour permettre enfin au personnage... de parler.

La pièce se déroula ainsi, aussi vite pour Léa qu'un fulgurant rêve agité, sans qu'elle puisse se souvenir des événements chaotiques qui défilèrent autour d'elle et dont elle n'était que l'exécutrice hallucinée : «Attraper un personnage, l'enfiler d'une main, monter sur la pointe des pieds le dos tendu pour lui faire traverser la scène, en enfiler un autre, danser les deux bras en l'air gracieusement avec deux oiseaux... rejouer de l'orgue, tirer la corde du rideau, allumer le soleil, tendre le miroir, soulever le cheval du Prince, galoper, hennir, caracoler fougueusement, éteindre encore, allumer les étoiles, éteindre la lune, faire tomber la nuit, animer un ballet de champignons espiègles, puis terminer le final à l'orgue! »

Lorsque le rideau tomba sous un tonnerre d'applaudissements, une explosion de trépignements ravis ébranla murs et plancher. Léa se souvenait juste d'avoir chanté à tue-tête avec les nains, éclaté de rire devant Hermann lorsqu'il avait collé en coulisse une moustache d'Hitler à la méchante Reine et que les sept nains une fois passés derrière le décor, continuèrent leur chanson le bras levé, exécutant le salut nazi devant la vieille cafetière...

— Pour demain, avait-il soufflé satisfait, prépare une chanson et tu joueras Blanche- Neige... Tu auras toute la matinée pour t'entraîner.

«Rien qu'une matinée? » songea-t-elle atterrée.

Tandis qu'Otto et Franck à peine plus aimables rangeaient rapidement les décors et les marionnettes, Léa pressentit que la vie pouvait à nouveau lui sourire. Et lorsqu'elle fut seule avec Hermann, celui-ci lui prodigua gentiment d'astucieux conseils, lui montra ses nombreuses erreurs de manipulations, l'emmena enfin à la cave où un lit de camp délabré parut à Léa le comble du luxe : un lit rien qu'à elle, un endroit bien sec où il n'y aurait ni neige, ni vent, ni pluie, ni rats, ni puces, ni punaises! Où elle pourrait dormir à loisir sans que la police ne surgisse, ni les S.A. avec leurs rafles, leurs chiens dressés et leurs caves de tortures. Elle tenta de masquer son émotion et remercia Hermann Berger d'une voix étranglée. Ce dernier, fier d'aider l'artiste de talent qu'il avait admirée jadis, lui tendit généreusement les clefs :

— Ne sortez que la nuit. Attention à Diogène, il fait souvent des retours-surprises. Pour le café, il y a le petit réchaud.

La porte claqua en haut, elle était seule, folle de bonheur dans la pénombre, au milieu des malles, des décors, et d'une centaine de personnages mythiques penchés vers elle, leurs têtes sculptées et leurs expressions figées dans le bois. Ce soir elle s'endormirait avec Faust, le Diable, Cendrillon, ou Hanswurst... Il lui sembla que Zocha, cachée parmi eux, tournait doucement sa tête de bois et fredonnait déjà sa comptine préférée en valsant dans le noir. Les paroles disaient :

«Le malheur comme le bonheur ne dure jamais, pense seulement à dormir, éteint la lumière et le jour.»

Hermann avait été si gentil, lui laissant quelques marks pour se laver et se nourrir, l'encourageant aussi à ne pas rester sur son échec avec son fils : «Il comprendra forcément, un jour, peut-être.»

La nuit serait douce, mais elle pensa à la tribu, là-bas, sous le pont, qu'il fallait aussi sauver...

Demain, elle irait leur porter à manger.

35

Lorsque Léa passa prudemment sa tête avant l'aube par la petite porte arrière, elle s'aperçut qu'il avait encore neigé et la referma aussitôt. Le froid était pénétrant.

Elle avait magnifiquement dormi et comble de bonheur, s'était prélassée outrageusement dans de vraies toilettes – bien que rustiques! – celles des coulisses. Cela lui avait paru un luxe extrême de s'asseoir confortablement sur un trou de bois, loin de la peur, du froid et du regard des autres.

Elle avait ensuite fait chauffer l'eau sur le petit réchaud et remercia ce lieu pour tout ce qu'il lui apportait de réconfort somptueux. Bientôt, elle irait s'acheter un savon, une brosse à dents et du dentifrice. Rien qu'à cette idée impensable quelques heures auparavant, elle s'était mise à valser comme une gosse avec la cafetière, respirant à pleine narine l'arôme du café généreusement laissé par Hermann. «Ah, cher Hermann Berger! Comment pourrait-elle un jour remercier cet homme qu'elle avait peu connu et qui soudain, l'aidait plus que tout autre? Il y a tant de gens dans la vie qui passent sans qu'on leur accorde le moindre intérêt, la moindre attention! Hermann avait été de ceux-là. Pourquoi avait- elle été aussi indifférente? Simplement par ce qu'elle était certainement pressée de vivre, de se projeter vers le lendemain, comme si le bonheur n'était jamais là, ou si insignifiant quand on le vivait au présent. Mais vivait-on vraiment? Hans pensait que l'être humain ne faisait que rêver, rêver au lendemain, au passé, à l'au-delà, espérant toujours plus. L'espoir du printemps en hiver, de l'automne en été...

Elle dégusta sa dernière gorgée de café qui la réconcilia définitivement avec le petit matin. Elle réalisait cependant que l'offre généreuse d'Hermann pouvait être très dangereuse pour lui, et qu'elle n'avait pas le droit de le mettre en danger. Ni Diogène, ni Magda, ni Karla Zilig ne devaient savoir qu'elle couchait au théâtre, ce qui était formellement interdit par les lois du parc. Elle devrait donc sortir le matin assez tôt pour ne jamais être vue et prétendre faire le ménage si par malheur, on la prenait sur le fait.

Zocha sur ces mots lui désigna le balai et Léa pour une fois, la remercia de la remettre sur la bonne voie. Elle commença par nettoyer de fond en comble la cave, puis les coulisses qui n'avaient sans doute jamais vu une femme aussi heureuse d'astiquer avec tant d'ardeur. Comme lui disait souvent sa pauvre Lily quand Léa rapportait les tasses à l'office «Madame, nous sommes payés pour vous servir? Vous nous mettez en danger en prenant notre travail? » Léa se souvenait émue de ces paroles. Mais de son enfance pauvre, elle avait gardé le goût d'agir avant qu'on la serve. Peut- être était-elle aussi une indomptable solitaire. Au contraire de Hilde et d'Herbert, se faire servir ne lui prodiguait pas l'impression d'exister... De fait, elle avait toujours été troublée par la présence d'autrui. Elle appréciait tant l'intimité de son foyer ou du silence. La vie d'artiste avait été si intense, si écrasante, qu'une seule minute d'isolement dans sa maison devenait un besoin vital. Hans le comprenait si bien, lui le rebelle qui détestait autant qu'elle les conventions et l'étiquette bourgeoise. «Alors, songea-t-elle à cet instant, que pensait Stefan? Avait-il su résister à cette fausse facilité? »

Elle l'espéra du fond du cœur.

Et un étrange sentiment l'absorba : «Même si elle ne croyait plus en Dieu, là où il était, Hans avait-il pu veiller sur leur fils? »

Le regard surpris de Magda refléta immédiatement son trouble : «Pourquoi cette prétentieuse Léa Palmer n'avait-elle plus ce matin-là son habituel air de chien battu? Certes elle était arrivée pour sa toilette à la Pagode aussi délabrée quant à son accoutrement, mais ses gestes et sa démarche avaient une légèreté inexplicable... Une insolence! rectifia-t-elle aussitôt, apercevant la poignée de pièce de monnaie dans laquelle Léa fouillait pour payer. »

— Je vous achète un petit savon, ce matin, chère Magda.

— Parfait... Madame Palmer. La crise ne semble pas trop pénible pour vous?

Son sourire de commerçante cachait mal son désir de détecter d'où venait cette «aisance » soudaine. *«La Palmer »* avait-elle encore volé un riche bourgeois, ou trouvé un portefeuille perdu pour se payer un tel luxe? Ou pire, s'adonnait-elle à la...

Léa sentit qu'elle devait se méfier. Tout changement dans sa conduite pouvait lui être fatal. Baissant humblement son regard, elle se dirigea rapidement vers la douche. Il lui faudrait réapprendre comme en prison, à rester invisible.

En refermant la porte derrière elle, une voix connue l'interpella : «Était-ce Roger? » Léa hésita. Que faisait-il là? Devait-elle sortir ou rester dissimulée? Retenant sa respiration, elle écouta attentivement, souhaitant que personne n'ouvrît d'autre robinet pour l'empêcher d'écouter, bien qu'en ce jour de réveillon le parc eut été calme et peu fréquenté.

Elle entendit que Roger rapportait quelque chose à Magda. Celle-ci paraissait embarrassée. Léa entendit prononcer son nom deux ou trois fois. Magda taisait volontairement sa présence lorsque Roger évoqua Lily et une robe qu'elle avait promis d'apporter à Léa...

En sortant, le visage de Magda se décomposa :

— Madame Palmer, vous étiez ici? Fit Roger surpris.

Magda avait pâli et afficha en un éclair un sourire maternel, prête à aider tout le monde dans une neutralité bienveillante. Roger s'interrogea : quel jeu jouait donc cette Dame-pipi aux abords plutôt aimables?

— Madame Palmer, fit Roger, je vous apporte ce que Lily souhaitait vous donner... Elle m'a chargé de le faire à sa place.

À la vue de l'étiquette jaunie vieille de quinze ans, Léa eut un mouvement de recul. Roger apportait une housse encore marquée au nom de Léa Haenkel, contenant une robe. C'était comme si Roger lui tendait soudain le passé : «Tout ressurgissait! «Cet après-midi- là... à cinq heures du soir, Stefan courait dans le couloir du salon, Lily rapportait la robe du teinturier, Hilde dévalait l'escalier en pleurs, on sonnait à la porte, Dolfie hurlait *Monsieur est mort...* Léa sentait le sol vaciller, les bruits s'étouffaient autour d'elle jusqu'au silence blanc, les lumières du salon flottaient devant ses yeux en lambeaux sombres, puis totalement noirs. »

— Mon Dieu, merci Roger. Comment vous remercier pour ce que vous faites? Je ne voudrais pas qu'il vous arrive de troubles. Pourquoi Lily n'est-elle pas venue?

Roger aperçut les mains de Léa qui tremblaient, ces mains autrefois si fines et si blanches, aujourd'hui couvertes de gerçures et crevassées.

Il hésita :

—... Madame Palmer, je souhaite vous aider, comme notre chère Lily. Mais elle a eu un empêchement ce matin...

Il avait insisté volontairement sur ses derniers mots, comme s'il avait compris qu'il devait taire devant Magda que la pauvre Lily avait été dénoncée par Karl.

— Est-elle malade?

Il n'osa parler de la lettre qu'il avait remise quelques jours auparavant à Magda, car quelque chose dans la moue avide de celle-ci l'invitait à se taire. Il sentit à cet instant que Léa Palmer était en danger.

— Désolé, je dois repartir, Madame Pilzt.

— Déjà? Ne put s'empêcher de s'écrier Magda qui buvait des yeux l'élégant chauffeur fort à son goût. Puis-je vous offrir un petit café?... Madame Palmer, cela vous réchaufferait aussi?

Roger et Léa croisèrent leurs regards, devinant parfaitement que l'invitation était aussi dangereuse pour l'un comme pour l'autre.

— Malheureusement, je ne puis accepter fit Roger, je vous remercie pour votre offre Madame Pilzt.

Léa comprit qu'il souhaitait la soustraire à un piège et l'en remercia silencieusement d'un sourire, regrettant pourtant qu'il s'en aille sans pouvoir lui parler davantage. Roger, ému par le charme si délicat qu'il venait de retrouver, éprouva par-delà les années cette inexplicable attirance qui avait secrètement bouleversé un temps sa vie... Considérablement troublé, il sentit... que rien n'avait pourtant changé.

— Au revoir Madame Palmer... lança-t-il poliment. Au revoir Madame Pilzt.

Magda serra machinalement la housse de la robe dans ses bras, comme si elle souhaitait retenir quelque chose, et la céda à regret à Léa :

— Décidément, aujourd'hui c'est votre jour de chance ma petite!

Dans l'immense allée où Diogène s'évertuait à dégager la neige avec les cantonniers, Léa se retourna pour saluer Magda qui crut bon de lui lancer un au revoir très amical. Diogène avait levé la tête un instant, puis suivi des yeux Léa, avant de se remettre au travail.

Que se passait-il réellement à la Pagode entre ces deux-là?

Léa, les yeux mouillés, s'avançait comme une automate sans souffrir du froid qui pénétrait ses vieilles chaussures trempées, sans craindre l'air glacé sur son visage. Elle devait égarer les soupçons pour revenir au théâtre sans être vue. Devant elle, l'imposant kiosque à musique rococo planté au bord du lac gelé, caressé par l'énorme saule qui grinçait à chaque rafale lui rappelait qu'on était le 31 décembre. La fin d'une année, la nuit du réveillon 1932. Et elle était seule, misérable, démunie de tout. Rien ne s'était passé comme elle l'avait souhaité. «... Où était Hans? Où était Stefan? Pourquoi fallait-il continuer sans eux? Où était ce passé à jamais enfui? » Elle s'arrêta, étourdie, la neige devenait trop épaisse et montait jusqu'à ses genoux.

Étrangement elle ne sentait plus rien de son corps. Rien que la douceur du tissu de cette housse qui lui rappelait le bonheur. Elle ouvrit quelques boutons et reconnut sa robe bleue, celle qu'elle portait ce soir-là pour l'anniversaire de Hans, le jour ou il avait décidé dans ses bras que tout serait fini. Il lui avait fait promettre avant l'ultime injection de porter cette robe qu'il aimait tant. Celle qu'elle portait toujours pour danser avec lui à l'Hôtel *Adlon*. «Elle te protégera de leur cruauté, avait-il murmuré, terriblement lucide. Tu leur diras que je l'ai choisie... Et tu leur donneras ma lettre. Je sais que tu vas être malheureuse sans moi. » Mais la lettre avait disparu de la table de nuit quand Léa était remontée dans la chambre, quelques minutes plus tard, après qu'elle se soit évanouie, lorsque Dolfie avait crié «Monsieur est mort! »... Jamais elle n'aurait dû quitter Hans, se répétait-elle encore. Elle s'en voulait toujours de s'être éloignée quelques minutes. Sans doute s'accusait-elle toujours parce qu'elle n'avait pas eu la force de le voir mourir.

Maintenant le kiosque était là, éclatant de blancheur à travers ses larmes, elle était revenue, revenue pour se disculper devant son fils, lui expliquer son geste d'amour. Et seul son jugement comptait pour elle.

Alors fallait-il voir dans le cadeau de Roger, un signe? Un dernier encouragement de Hans en ce jour anniversaire? Son esprit errait. Elle se souvenait d'un après-midi d'automne. Hans l'avait accompagné ici et avec son grand rire, l'avait forcée à monter les marches du kiosque. Puis il l'avait pris dans ses bras, et tout à coup, elle avait entendu stupéfaite un violon! «Je l'ai payé pour qu'il joue notre air préféré, avait-il murmuré.» Et ils avaient commencé à danser, un peu ridicules, au milieu des badauds attardés. Hans était ainsi, imprévu, surprenant, amoureux de la vie et des autres, si tendre avec elle...

Après la mort, la tendresse enfuie devient une morsure cruelle.

Elle se souvenait encore de la musique, comme si elle jouait éternellement dans le parc. C'était juste l'année d'avant la guerre, elle valsait serrée contre lui, avant que tout ne s'écroule.

— «*Dancing in Berlin* », murmura-t-elle.

En retournant vers le théâtre, serrant la housse dans ses bras, elle chercha désespérément à respirer le parfum du tissu.

«Oui, c'était un signe, il fallait absolument que ce soit un signe. »

X

L'après-midi suivant, Léa attendit impatiemment l'heure de la séance et accueillit avec soulagement Hermann, Otto et Franck, tous agréablement surpris de l'impeccable propreté du lieu et de la bonne odeur de café qui les attendait.

Léa avait eu toute la matinée pour lire la pièce et décrypter la vieille partition de Blanche-Neige. Aussi au lever du rideau, et malgré la présence inexplicable dans la salle de deux S.A apparemment invités par l'une des mamans, Léa manipula la marionnette vedette avec un certain talent, malgré quelques défauts majeurs.

Plus haut! Plus haut ta marionnette! soufflait Hermann nerveux. Blanche-Neige à l'air de ramper!

Mais lorsque Léa s'était mise à chanter en bordant les nains et leur souhaitant tendrement bonne nuit, une étonnante émotion avait envahi la salle installant un silence inattendu de vérité. Tandis que Léa s'accompagnait à l'orgue, Hermann manipula malgré lui le personnage avec une tendresse et une poésie qui provoquèrent au baisser du rideau, une vague d'applaudissements.

— Même ces deux ordures de S.A. sourient comme des gosses! chuchota Otto tout en observant la salle par le trou secret sous la scène, après avoir dégainé ses nains.

Après la séance, bien qu'Hermann resta préoccupé par la présence des deux fascistes, Otto et Franck débordèrent de compliments pour Léa, louant sa voix et son interprétation drôle et surprenante. Léa enthousiaste s'y était véritablement amusée, allant de la pure mélodie classique jusqu'au «jazz gospel » des nains!

Hermann ravi, retrouvait l'humour du music-hall berlinois. Il s'enflammait. Mais en partant, lui conseilla de redoubler de prudence et annonça que le prochain spectacle serait une reprise du docteur Faust, si appréciée du public. Chacun se salua en se promettant de se retrouver «l'année suivante » qui, espérèrent- ils en riant, serait meilleure :

— «À 1933! » braillèrent-t-ils ensemble. À l'année prochaine.

Léa redescendue dans sa cave, à nouveau seule, repensa aux paroles d'Hermann qui lui avait confié à l'entracte, en aparté, de ne jamais désespérer :

«Tu finiras bien un jour par te retrouver face à ton fils?»

36

Léa n'avait pas attendu la nuit, pour redécouvrir le mythe de Faust, relisant méthodiquement toute la journée le texte et les partitions sur le vieil orgue. Aussi l'antique instrument était-il devenu son ami.

Puis à la nuit tombante, elle était allée rejoindre «la tribu » avec beaucoup de précautions. Comme la petite porte arrière s'ouvrait sur de hauts buissons couverts de neige, elle se sentit protégée et passa d'abord la tête, puis s'avança pour apercevoir à une vingtaine de mètres, l'arrière de la Pagode déserte, avec en face la «fraise kitsch » de Karla. Un lointain son d'orchestre à «flonflon » arrivait de l'Avenue. Comme les lampadaires bordant le lac s'éteignaient vers six heures, elle y voyait encore parfaitement clair pour s'engager sans lumière vers la lisière du parc, jusqu'au pont. Attirée par cette drôle de musique, elle rebroussa chemin et reprit la Grande Allée vers l'entrée principale. À cette heure les portes monumentales étaient déjà fermées. Elle emprunta l'étroit sentier qui menait à son banc habituel et à mesure qu'elle progressait à travers la neige profonde, la musique devint plus distincte. Elle comprit qu'il s'agissait d'un orchestre bavarois qui jouait certainement dans l'une des villas de l'Avenue pour la soirée du réveillon.

Lorsqu'elle arriva devant les grilles du parc, des guirlandes de lumières multicolores illuminaient la façade de la Villa Sturm, dégringolant du perron jusqu'à l'entrée de la rue. Des limousines déversaient les invités devant le perron tandis qu'une formation de musiciens en costumes alpestres occupait une petite estrade garnie de branche de sapins : «Herbert et son goût pour le folklore tyrolien triomphaient!»

Comme le banc était trop enneigé pour qu'elle le dégageât à mains nues, elle préféra contempler debout l'incessant manège pendant plus d'une heure tandis que la nuit tombait. Les voitures déposaient les invités aux pieds des marches entre deux torchères, puis Léna et Herbert en hôtes stylés accueillaient ce défilé en robe du soir et smoking. Léa reconnut plusieurs personnalités du monde politique, de la finance et de l'Édition, ainsi que des uniformes militaires inconnus.

Elle avait gardé frileusement ses mains dans ses poches et distinguait aussi les fanions à l'avant des voitures officielles, dont une croix gammée comme celle qu'elle voyait de plus en plus fleurir sur les murs des rues, lorsqu'elle marchait avec Nini. Comment Stefan et sa jeune femme pouvaient-ils assister à une telle provocation?

Mais elle ne distinguait encore ni Stefan, ni Lizzi.

Elle souhaita du fond du cœur qu'ils ne fussent pas là.

Une rumeur, puis des cris de joie éclatèrent à l'intérieur de la maison. Des hommes et des femmes sortirent en courant puis se bousculèrent sur le perron en riant. Certains lancèrent leurs chapeaux en l'air. Des chauffeurs, qui avaient garé leurs limousines dans l'Avenue, juste devant les grilles de Léa, se précipitèrent pour avertir les autres. Léa entendit des cris victorieux : L'un d'eux lança à quelques mètres d'elle : «Ça y est! C'est fait : Le Vieux vient de renvoyer le gouvernement!»

À la vue d'une bande de jeunes hommes en chemises brunes monter joyeusement les marches et entourer Herbert en chantant, Léa se promit de demander plus tard des explications à Hector. Elle ne comprenait plus...

L'un des chauffeurs stationnés le long du trottoir accourut pour ouvrir la portière et alluma la radio. Transie de froid, les pieds gelés, elle entendit la voix de Zarah Laender, puis celle du vieux Maréchal Hindenburg.

Léa s'immobilisa encore quelques instants quand le speaker annonça *«des élections prochaines inévitables et pronostiqua que les Sociaux Démocrates reprendraient vraisemblablement le pouvoir, devant les communistes et le National Socialisme de*

Monsieur Adolph Hitler... Peut-être même, le nouveau pouvoir serait-il capable de rétablir avec un peu de chance l'ordre et l'économie du pays. »

La clarté des lumières de Berlin sur la neige épaisse qui reflétait la lune lui permit de progresser sans lanterne jusqu'au repaire. Tout en marchant, guidée au loin par le sifflement des derniers trains du soir, Léa songea qu'elle essaierait demain, après la séance au théâtre, de pénétrer dans la Villa si, comme d'habitude, Hilde et Herbert partaient pour les Alpes. Ils le faisaient toujours au lendemain du Réveillon.

Elle trouva le repaire silencieux. Nini l'aperçut la première et se jeta à son cou. Hector lâcha son journal et se leva pour la serrer dans ses bras, puis ce fut au tour de Max, Zach et Rudi. Ce dernier esquissa un pas de danse joyeux – avant de s'étaler dans la neige de tout son long. Grete, toujours maussade et parfumée aux harengs boudait.

Léa avait rapporté en plus d'un petit sac de café acheté à Hermann, une bouteille de lait qu'ils firent vite chauffer, chacun venant humer le doux arôme qui montait de la vieille boîte de conserve noircie. Il y avait longtemps qu'ils n'en avaient pas bu, et une sorte de nostalgie des temps heureux, à l'époque où chacun possédait encore une vraie cuisine, éclaira leurs visages tuméfiés par le froid. Rudi, stylé comme à la terrasse du Kranzler, le petit doigt levé sur sa chope rouillée, avala à petite gorgée le délicieux liquide chaud :

— Ô noble Reine des nains, il paraît que tu as un vrai lit? Avec un réchaud? »

— Un vieux lit de camp! Qui me semble le plus luxueux de toute mon existence! Souvent, je me réveille encore pour surveiller le feu... Votre feu! Et puis je vous cherche tous, dans le noir...

— Tu veux dire que tu ne sens plus le poisson? C'est-à-dire Grete?

Ils partirent d'un grand éclat de rire, ce qui fût l'occasion pour Hector de ressortir une bouteille de schnaps de dessous ses fesses, qu'il tendit en premier, par politesse, à Léa.

— Non, merci Hector, je ne bois plus...

Elle vit leurs regards s'étonner, puis s'abaisser vers leurs pieds, absorbant difficilement – même s'il l'aimait encore - l'insolente chance de Léa. Évidemment, elle venait de leur échapper, d'échapper à leur misère; il leur fallait juste un peu de temps et d'alcool pour avaler cette nouvelle injustice.

— Le vieux Hermann Berger joue-t-il toujours ses contes de fées réactionnaires pour gosses de riches? Lança Max sans regarder Léa.

— Max souhaite certainement évoquer la dialectique «chaumière-château, cette impitoyable et féerique lutte des classes ou l'exploitation du prolétariat des nains... plaisanta Hector en s'enfilant une majestueuse rasade.

— Le Professeur Hector Rundstahtler enseignerait-il encore aujourd'hui l'édifiante histoire des Krupp dans sa classe? Rétorqua Max glacial.

— Il a raison! gloussa Grete hargneuse et titubante : Marre des arêtes! Marre des harengs...! Mare des sales tantouses et des gouines! Vive Adolph!

— Tais-toi, pauvre bête, fit Hector vexé en fouettant de sa canne la tête de Grete, plutôt sonnée. À force d'ingurgiter tes satanés poissons, tu penses comme une carpe!

Comme à chaque fois qu'ils parlaient politique, le ton montait et l'alcool aidant, leur désespoir devint agressif. Max s'était dressé devant Hector chancelant, prêt à en venir aux mains. Nini exaspérée se jetait dans le débat. Sur l'Alexanderplatz, il n'y avait plus que des invalides, des mendiants et des putes tubardes!

Grete avait été renversée deux fois sous le porche de la préfecture par des paniers à salade «pleins d'hommes puants et de femmes battues!»

Elle remonta sa jupe et montra une affreuse balafre encore sanglante.

Hector qui lisait depuis 1927 - par scrupule d'objectivité «DerAngriff» l'hebdomadaire de Goebels - réagissait en intellectuel et prédisait que le balancier d'extrême droite s'essoufflerait. Il ne pourrait aller plus loin : L'église et les syndicats resteraient un rempart infranchissable.

Rudi défendait quant à lui l'extraordinaire bouillonnement de Berlin, tant la ville devenait moderne et internationale, en science, en musique, en cinéma. Il s'opposait furieusement à Zach qui savait qu'il n'était pas bon d'être immigrant de l'Est. Les visas de transit n'étaient plus valides que trois jours! Mais seul Max restait optimiste, prédisait le «Grand jour.» La Révolution finale était proche! En juillet les communistes étaient arrivés en première position à Berlin et les nazis seulement en troisième. Berlin capitale de l'Allemagne serait bientôt rouge.

— Sûr que vous êtes tous entrés en religion! hurlait Hector qui menaçait Max et les autres de sa canne. La victoire des «assassins de Moscou» déclenchera un raz-de-marée de peur et de haine de la droite, et des gangs de prie- Dieu...

Max enragé réagissait en poussant Hector qui s'affalait et les insultes s'envenimaient :

— Toi et ton maudit torchon «*rouge*», s'insurgeait Nini. Vous êtes vendu à Moscou!

Et elle brandissait *Die Rote Fahne,* le journal de Max.

— C'est mieux que de lire «*la Tante Voss*»? répliquait-il en s'enfilant une dernière rasade.

Die Vossiche Zeitung était le journal d'Hector, l'unique quotidien libéral que Grete utilisait pour emballer ses précieux harengs. Mais jamais personne n'avait jamais compris le choix d'une telle exclusivité éditoriale...

— Il tache pas le poisson! insistait- elle. Mais toi Léa, reprenait-elle avec un terrible hoquet, t'es une sale juive? Alors... attention à ton cul? »

Ça finissait toujours comme cela. Devant son sourire épanoui par le schnaps, les yeux de la bouchère roulaient de bonheur, enivrée par ses terribles paroles. Elle n'était jamais aussi heureuse que lorsqu'elle déversait sa haine contre les Français, les immigrants et les juifs.

— Elle est jalouse de ton nouveau refuge, grogna Max. Il y en a des tas qui pensent comme Grete à Berlin... Avec nous, l'éducation ramènera le peuple à penser réellement. Il n'y aura plus jamais de racisme...

—Tu ferais mieux de téléphoner à Staline, il n'est pas au courant? Souffla Rudi qui avait beaucoup *servi* de Comtesses russes tsaristes.

— Les youpins, les pédés, les Moscou et les traîtres... vous finirez tous dans....

La canne d'Hector s'abattait sur Grete qui lui jetait un regard venimeux, avant qu'elle ne s'écroule en piaillant de douleur, mais jamais vaincue.

«C'est ça Berlin aujourd'hui! ricana Rudi. Comment voulez-vous qu'on s'amuse?

Léa remarqua qu'Hector dans ces bagarres portait de plus en plus sa main à sa poitrine, avant de reposer sa canne. «N'exagérons pas, soupira-t-il en respirant tout à coup difficilement, nous sommes tout de même l'une des nations les plus modernes! Personne n'oserait mettre à exécution ces.... »

— Vraiment? Tonna Max. Alors relit le programme du Parti National Socialiste de 1921: «... *Dès la prise du pouvoir, toute personne ayant un grand parent juif entré en Allemagne après le 2 août 1914, perdra sa nationalité, sera exproprié et expulsé de l'espace germanique.*

À terre, malgré sa difficulté de bouger, les applaudissements jaillirent encore... Décidément, rien ne ferait jamais changer Grete d'idée.

Tous eurent un irrépressible frisson.

37

Le premier janvier, il n'y avait pas eu de séance au théâtre et Léa resta dormir toute la journée sans sortir, savourant un calme et une tranquillité qu'elle n'avait plus connue depuis des mois. Il y avait si longtemps que son corps endolori s'était habitué à se défendre contre la faim, le froid et la peur. Sa chair était devenue extraordinairement rigide, emprisonnée dans une armure en état de guerre permanente. Ce jour-là, elle s'aperçut qu'elle ne laissait plus rien passer de la vie, pas même la chaleur blonde d'un rayon de lumière sur sa peau, le contact rassurant du lit, l'agréable sécurité de s'endormir sans menace. Elle était devenue l'hôte involontaire de ce soldat au combat, au combat de sa vie.

Ce jour entier de repos lui avait aussi permis de penser, de réfléchir pendant des heures, de flâner et de feuilleter l'album de photos entre deux coups de balai; de s'évader dans le rêve sous les centaines de marionnettes endormies suspendues au plafond. Un luxe qu'elle n'avait connu qu'après son mariage avec Hans, lorsqu'elle n'avait plus eu à courir les petits rôles pour manger et payer le loyer de Zocha. Encore qu'à l'époque, les flâneries dans sa chambre où dans le grand salon devant le piano fussent constamment interrompues par les incursions hystériques de Hilde ou Dolfie. Elles avaient toujours quelques urgentes questions domestiques, culinaires, sociales, décoratives, florales ou politiques à régler. Leur quotidien devait absolument se nourrir des autres.

Léa pouvait enfin faire un plan, penser à ce qu'elle dirait à Stefan en évitant de l'effrayer, l'inviter doucement à écouter, puis à découvrir les photos où il constaterait l'immense amour de Léa pour Hans, leur bonheur à sa naissance. Elle pourrait enfin lui raconter l'agonie de son père, ses souffrances insupportables, lui faire comprendre qu'elle ne n'avait pas eu le choix, mais qu'elle l'avait soustrait par amour à l'intolérable. Qu'elle avait longtemps refusé d'exécuter son ordre, puis cédé à ses supplications, malgré elle. Qu'il lui avait fallu un courage surhumain pour accomplir ce geste contraire à tout son être, un geste qu'elle avait longtemps cru ne jamais pouvoir assumer.

Donner la mort. Donner, «oui, donner...»

Depuis quinze ans, elle avait tellement pensé à ce quelle dirait à son fils. Chaque nuit, chaque jour, les mots venaient par cœur, comme si elle n'était plus que l'interprète d'un plaidoyer désormais gravé dans sa mémoire. Pour avoir côtoyé en Afrique les souffrances les plus injustes, la détresse humaine totale et la mort immanente, elle pressentait qu'il lui faudrait dans les trente premières secondes où elle serait face à lui, percer la défense d'un être qui avait peur, peur de devoir se reconstruire totalement, après une enfance et une adolescence de mensonge. Que ferait-il quand il comprendrait que toutes ses racines ne prenaient leurs forces que dans la tromperie?

«Elle arriverait vers seize heures, juste après le spectacle, entrerait par le garage, monterait à son bureau et dirait : «Stefan, je suis ta maman, regarde-moi, penses-tu réellement que la femme brisée devant toi oserait se présenter si elle avait véritablement assassiné ton père? Un homme merveilleux qu'elle aimait à la folie...?»

Léa, à cet instant du scénario qu'elle échafaudait chaque nuit, et qu'elle s'était maintes fois raconté, sentait pourtant sa pensée lui échapper, son impeccable raisonnement s'enfuir. Chaque fois, elle sortait de son rêve, le cœur battant, le sang cognait à ses tempes, secrètement terrassée par l'inévitable réponse que son fils lui ferait. Tout évidemment serait contre elle : La condamnation de la justice, la prison, l'exil en Afrique, les années d'enfance avec Hilde et Herbert, l'immanquable complicité venimeuse de Dolfie, l'absence d'un père, la confirmation d'une horrible machination par l'entourage, ses amitiés de collège, la famille d'Herbert, les journaux soigneusement découpés par Hilde, l'odieuse rumeur...

C'était pourtant décidé : «Demain, elle retournerait à la Villa Sturm. Demain elle ferait ce qu'elle s'était toujours juré d'accomplir. Demain elle enfilerait sa robe bleue, et serait devant lui, présentable.»

38

Elle avait couru après la séance.

Hermann Berger ébloui l'avait trouvé «superbe» dans son élégante robe bleue.

Mais devant le petit miroir brisé des coulisses, elle avait eu un choc : son visage lui avait paru chiffonné, affaissé au-dessus des lignes pures et seyantes du taffetas bleu. Hélas ce n'était plus le temps de s'apitoyer sur elle- même. Elle était passée devant Magda stupéfaite, puis avait croisé Diogène qui l'avait examinée d'un regard intéressé. Elle avait alors traversé l'allée centrale jusqu'aux portes monumentales, devant les nurses attroupées. Elles aussi l'avaient regardée bizarrement, se demandant sans doute qui était cette femme pressée, vêtue d'un vieil imperméable sale d'où émergeait une sublime robe du soir.

Après avoir observé si le terrible Karl n'était pas posté devant la Villa, elle avait franchi les grilles ouvertes de la cour, puis s'était facilement faufilée jusqu'au garage derrière le rideau d'arbustes. Comme d'habitude, la petite porte était ouverte, et la Daimler n'y était plus, preuve que Hilde et Herbert étaient bien partis pour les Alpes.

Selon les minutieuses et méthodiques observations de Léa, c'était le jour du médecin, et Lizzi en profitait pour faire ses courses en ville. »

Léa savait-elle qu'au sous-sol, Roger l'avait déjà aperçue? Il avait soudain posé son journal et s'était immédiatement dirigé vers l'office où Dolfie terminait de repasser du linge délicat. Au coup d'œil méfiant qu'elle lui jeta, il sut qu'il devait pour l'occuper entamer l'un des rares sujets de conversation capable de lui faire oublier son aversion pour lui, et l'enflammer :

— Dolfie, saviez-vous que ces salauds de Moscou sont en train de raser toutes les saintes églises?

— Dieu vengera ces chiens de communistes, éructa-t-elle.

Tant pis, Roger pensait qu'il devait absolument laisser là-haut, le passage libre à Léa Palmer... Et il poursuivit : «Dolfie, on dit qu'Hitler, souhaite s'il est élu s'allier aux... soviets? »

Dolfie cracha de rage sur son fer à repasser.

Léa passa par le vestibule qui communiquait avec le garage. Le grand salon dans l'ombre était encore encombré des décorations du Réveillon et toutes les guirlandes de Noël avaient été ôtées du sapin. Sur le piano traînait encore un joli foulard de soie qui devait appartenir à Lizzi.

«Mon dieu, faites que cette charmante fille aime la musique, comme lui? » songea Léa ravie.

Troublée, elle écouta un instant les voix qui parvenaient de l'office au sous-sol, et reconnut celles de Roger et Dolfie. Elle s'apprêta à monter l'escalier. La porte du bureau de Hans était fermée, mais elle avait aperçu la lumière depuis l'Avenue. Selon ses déductions, c'était le jour où il restait étudier et ne sortait jamais. Son cœur battait la chamade. «Où était Lily, maintenant que Hilde et Herbert l'avaient congédiée? Elle qui n'avait pas de pécule et si peu de famille à part sa soeur? Pourquoi Stefan ne l'avait-il pas défendue? Elle l'avait pourtant veillé comme son enfant lorsque Léa et Hans étaient au front?»

Arrivée devant la porte du bureau, Léa retint sa respiration comme au premier jour de son mariage, ce jour où elle avait osé déranger Hans. Elle frappa doucement et lorsqu'elle entendit la voix de Stefan l'inviter à entrer, elle tourna doucement la poignée, le souffle coupé...

— Lizzi? Je pensais que tu étais en ville? fit-il de dos.

Il s'était retourné avec un sourire charmeur et se figea, stupéfait. «... Vous?»

—... Je... Je vous en prie... Ne faites pas de bruit... Je vous promets que je serai brève...

Il y avait une expression juvénile dans ses yeux bleus sous la mèche épaisse qui lui barrait le front, un regard intense à travers ses petites lunettes cerclées d'or. Il se leva d'un bond, hésita en voyant la petite taille de Léa devant lui. Elle avait une silhouette si fragile et un visage si grave qu'il s'arrêta net.

—... Je suis ta mère, Stefan. Me reconnais- tu enfin?

Les yeux qui le dévisageaient avec une infinie tendresse s'embrouillèrent vite de larmes. «Non, il ne pouvait hausser le ton comme il l'avait tout d'abord décidé en reconnaissant cette clocharde qui avait perturbé par deux fois la cérémonie de son mariage. » Il remarqua l'élégante robe bleue qu'elle portait :

—... Voilà, vous m'avez vu, souffla-t-il doucement, je sais qui vous êtes, cela vous suffit-il? Cela doit vous suffire. Sachez que rien ne changera jamais mon jugement. Vous avez lâchement tué mon père et...

— Non! Non!...

Elle s'était écriée «Non, ce n'est pas vrai! On te ment! Tu ne peux pas être aussi injuste? Ne pas m'écouter? Au moins une fois... Je t'en supplie, j'aimais tellement ton père. »

Stefan avait repoussé nerveusement le fauteuil derrière lui. Sa voix devenait froide comme pour se protéger: «Je vous en prie, partez, c'est inutile, je connais toute votre histoire... »

— Non, non... fit-elle encore, révoltée. J'ai apporté des photos qui prouvent combien nous t'aimions, moi et ton père, et combien il m'aimait et je l'aimais... et quand...

— Cela suffit! Je ne souhaite pas en entendre davantage! Dolfie? hurla-t-il en la bousculant presque pour ouvrir la porte derrière elle.

— Je t'en supplie Stefan, regarde-les au moins? Juste une minute? Accorde-moi le bénéfice du doute, j'ai le droit de me défendre et...

Stefan la repoussa. Tout en lui ne songeait qu'à se soustraire à cette femme qui cherchait à le piéger pour se disculper d'un acte impardonnable. Un acte dont il avait tant souffert toute son enfance. Elle l'avait privé de tout : d'amour, de père, et l'avait livré à ses grands-parents contre lesquels il avait dû lutter pendant toutes ces années...

Léa le suppliait de regarder «rien qu'une minute » les photographies de son enfance, la vérité! Mais il n'osait pas même toucher cette femme qui s'affaissait à ses pieds pour le supplier, cette voix douce dont tout lui rappelait qu'elle avait été sa mère. Cette voix le ramenait vers des souvenirs embrouillés, contradictoires, confus et merveilleux. Il n'aurait su dire à cet instant pourquoi tout en lui s'emmêlait, sa volonté de chasser cette femme suppliante, sa haine de la revoir, le besoin irrépressible de l'interroger et de savoir... «Pourquoi était-elle revenue? Espérait-elle l'apitoyer après ce qu'elle avait fait? » Et même si Lily lui avait souvent répété en secret qu'elle était une femme intelligente et pleine de

talent, tout ce qu'il voyait aujourd'hui mentait :
elle était pitoyable! Une clocharde avec une robe
volée, un chapeau effiloché, des cheveux
hirsutes, des bas filés dans de monstrueuses
chaussures maculées de boue! Tout, au
contraire, lui confirmait les réserves discrètes
d'Herbert et Hilde...

Léa comprit soudain qu'il regardait avec dégoût
ses odieuses chaussures. Honteuse, lucide sur
son apparence, elle s'écroula en sanglots. «Il ne
la croyait pas. Jamais il ne la croirait! C'était
sans espoir! Pour une mère, il n'y avait de pire
situation que d'effrayer son propre enfant! Léa
aurait souhaité mourir là, maintenant. Ne plus
jamais redresser la tête, ni le voir. Ne plus
jamais supporter ce regard posé sur elle. Ce
regard qui trahissait pourtant une sensibilité à
fleur de peau, une vraie gentillesse, mais qui ne
lui pardonnerait jamais. Il ressemblait tellement
à Hans, avec cette même douceur contenue,
cette voix grave qui avait du mal à être dure,
même dans les pires moments. »

Une voix pleine de fougue qui lui intimait maintenant de sortir.

— Je vous en prie. Ne me mettez pas en colère?

Dolfie montait déjà les marches avec ce ton si désagréable qui confirmait sa méchanceté. Elle découvrit sur le palier la proie qu'elle avait tant de fois piégée, traquée :

— Encore vous? hurla-t-elle. J'appelle la police! Karl?

«Non! fit Stefan déterminé.

Machinalement, Léa avait tendu la main pour qu'il l'aide à se relever. Elle aurait tant voulu l'entourer de ses bras comme elle le faisait autrefois pour le calmer quand il avait peur. Elle lui faisait encore tant de mal aujourd'hui.

Stefan se tourna vers Dolfie et lui ordonna sèchement d'appeler Roger.

— Karl? Fit Dolfie insistante.

— Je vous ai dit d'appeler «Roger », martela-t-il sur un ton plus autoritaire. Qu'il raccompagne Madame...

Dolfie fusilla Léa du regard, mais n'osa plus affronter Stefan davantage. Elle semblait le craindre et redescendit l'escalier sans se presser, comme pour lui manifester sa réprobation.

«Merci », fit simplement Léa.

Stefan lui tendit finalement la main pour l'aider à se relever, puis rentra dans son bureau sans un mot et claqua la porte derrière lui. «Pour n'avoir plus à lui faire face. » Songea-t-elle.

Roger montait rapidement et vit Léa qui s'appuyait sur la porte du bureau, dévastée par les larmes. Il l'aida à redescendre l'escalier, sous le regard de Karl prévenu par Dolfie. Stefan avait disparu quand un joyeux klaxon résonna dans la cour, puis retentit depuis le garage.

«Madame Lizzi est de retour! »
La voix aigre de Dolfie résonna depuis le vestibule.

Karl dévisagea Roger au passage avec un regard sournois puis se recula à regret pour les laisser passer et redescendit rapidement vers l'office.

«Où est Stefan? » demandait la voix joyeuse de Lizzi qui pénétrait dans le salon.

En apercevant Roger et Léa, elle s'arrêta net, puis troublée déposa lentement son chapeau sur l'un des fauteuils en y jetant maladroitement son manteau.

Léa sentit sa tête tourner et trébucha, rattrapée de justesse par Roger. Lizzi venait sans doute de comprendre qui elle était.

L'expression de son visage s'éclaira et Léa sentit combien Herbert et Hilde l'avaient sans doute déjà démonisée, car la jeune femme semblait vaincre une répulsion intérieure :

— Vous n'avez pas l'air bien, Madame? Souhaitez-vous que je fasse apporter un peu de thé, ou du café chaud?

Dolfie avait ressurgi et Léa à son approche reconnut dans l'expression de Lizzi - vingt années plus tard - la même appréhension qu'elle eût vécu à son arrivée.

— Madame partait! fit Dolfie d'une voix autoritaire.

«... Vous êtes très gentille, je vous remercie. C'est exact, je partais... » souffla Léa.

Craignant la perversité de Dolfie, Roger confirma «qu'il raccompagnait en effet Madame Palmer ».

Lizzi hésitait, s'avança et murmura doucement :«Lily m'a beaucoup parlé de vous... J'espère vous revoir. Un jour peut- être? »

Dans son regard, il y avait une intelligence aiguë, une bonté naturelle aussi. Léa bégaya, encore tremblante :

— Merci. Merci... de prendre soin de lui... De mon fils. De Stefan.

«Lizzi? »

La voix de Stefan résonna : «Es-tu déjà revenue?

Léa poussa le bras de Roger, l'invitant à partir au plus vite et ils sortirent rapidement par le grand perron sans se retourner. Pour Léa tout était fini, ses rêves et ses cauchemars. Elle devait se rendre à l'évidence : elle avait cru pouvoir guérir son fils de tout le mal qu'elle lui avait involontairement fait, mais elle ne pourrait changer le destin, ni lutter contre Hilde, Herbert, et le temps. Désormais, ses vrais parents c'étaient eux. Elle n'avait malheureusement plus ni la force, ni l'argent pour combattre davantage. Cet après- midi horrible lui montrait combien son obstination et son courage ne servaient à rien. Elle n'avait plus les moyens financiers de retourner en Afrique, et c'était son ancien chauffeur qui l'aidait par pitié, à se tenir debout. À avancer... Avancer encore. «Vers quoi? Vers où? Elle ne le savait plus... Si ce n'était vers la petite cave humide d'un vieux théâtre de marionnettes, quelque part à Berlin, au milieu d'un parc assiégé de poux et de misère.

C'était lamentable! Elle était lamentable.»

— Merci Roger, laissez-moi. Je me souviendrais éternellement de votre aide généreuse. Et courageuse... Je ne souhaite vraiment pas qu'ils fassent avec vous ce qu'ils se sont permis de faire à notre chère Lily.

— Restez ici, Madame. Je vais chercher la voiture, vous n'êtes plus en condition de marcher dans toute cette neige. Et votre fils en a décidé ainsi... Je dois vous reconduire.

Il demeurait calme, tellement serviable et bon, la véritable épaule d'un ami où elle aurait eu tellement envie de s'appuyer à cet instant; de se reposer rien qu'un tout petit moment. Mais elle ne le ferait sous aucun prétexte, par orgueil sans doute. Par peur aussi... C'était impossible.

Elle ne pensa plus revoir Stefan. Il était devenu un homme maintenant, avec son passé – même si ce n'était pas celui qu'elle avait tant désiré. Elle avait vu combien son retour le perturbait, et elle le comprenait. Sa vérité n'aurait été pour lui qu'une injuste et inutile torture. «Totalement égoïste de sa part.»

— Ne parlez pas ainsi, Madame Palmer, votre fils est un garçon honnête et....

— Et?

Une ombre ennuyée passa sur le visage de

Roger :

— Et... il a beaucoup lutté contre son éducation. Je pense – comme notre chère Lily – qu'il n'aura jamais le caractère de Hilde ni d'Herbert. Malgré ce que vous avez pu ressentir tout à l'heure, c'est un rebelle, secret et déterminé...

Pourquoi Roger lui donnait-il tout à coup cet espoir?

Les mots avaient jailli malgré elle : «Rebelle comme son père? Comme moi? ... le croyez- vous réellement Roger? Oh, ce serait merveilleux!»

Roger vit un éclair dans ses yeux, quelque chose qui lui rappelait le temps où il l'accompagnait dans les coulisses des théâtres, quand morte de trac et terrorisée, Léa lui demandait, en sortant de scène : «Alors, c'est un flop, non?»

— Attendez-moi ici, fit-il. Je vais chercher la voiture.

Elle le vit disparaître rapidement vers le garage où était encore stationné le vieux coupé DKW de Hans, et malgré la silhouette noire de Karl qui les surveillait depuis le perron, elle eut un instant, une impression inexplicable, insensée :

«Elle allait un jour revenir ici»

39

Dans sa poche, elle avait senti le métal froid de la petite clef, la clef du théâtre. «Tout ce qui lui restait à Berlin. » Elle avait même oublié son précieux album de photographies là-bas, à la Villa. Certainement sur la petite table, où Lizzi le retrouverait. Dolfie oserait-elle s'en emparer avant elle? Avant de courir le remettre à Hilde, quand elle reviendrait du Tyrol? »

En voyant arriver Léa en larmes, Hector comprit qu'elle avait encore échoué : «Ne te décourage pas Princesse, tu réussiras un jour? »

— Alors, que t'on fait les méchants bourgeois de l'Avenue? demanda Max.

Nini se leva pour la réconforter dans ses bras tandis qu'avec un brin de fatalisme, Hector frappait le sol avec sa canne. Il connaissait trop «cette chienne de vie et avait appris au fil du temps que cette planète – loin d'être une terre à l'image d'un Dieu parfait – n'était qu'un vulgaire petit zoo de mammifères mesquins, méchants et chicaniers, qui s'entredévoraient sans cesse.

— Nous ne sommes pas les «fils divins» que dix mille ans de religion ont réussi à nous faire croire! N'as tu pas encore appris ta leçon Léa? Chaque vie n'est possible que par la destruction de ce qui l'entoure. Chacun mange l'autre. Qu'il soit animal, épis de blé ou microbe! La cellule la plus simple respire et rejette un gaz mortel pour sa voisine... »

Léa savait qu'elle avait eu la chance d'avoir eu Zocha pour mère. Malgré la pauvreté, son enfance n'avait été faite que de tendresse, de justesse et d'intelligence. Aussi, Léa avait longtemps cru le Monde parfait. C'était assurément un handicap! Mais devait-on élever les enfants pour en faire des loups? ... Ou sinon de gentils moutons que la vie livrerait au dévoreur?

Hans et elle en avait souvent discuté à propos de l'éducation du petit Stefan. Et même si Hans et elle avaient eu la même foi en l'humanité, souvent ils doutaient affreusement de leurs théories en observant les hommes et les femmes qui les entouraient.

— Qu'a dit ton fils? demanda Rudi, penchant avec flegme la vieille cafetière pour remplir un gobelet rouillé.

Léa leur raconta sa défaite. Mais aussi l'irruption troublante de Lizzi :

— Cette fille a un cœur, une autre perception du monde.

Lizzi avait en effet regardé Léa sans s'attarder sur son apparence pitoyable. Léa avait eu l'impression que la jeune femme cherchait tout de suite l'important chez l'autre.

— Je souhaite ne pas me tromper encore...

Mais il y avait toujours la terrible et insistante Dolfie, l'absence de Lily qui veillait malgré tout sur Stefan, et lorsque Hilde et Herbert reviendraient, «la machine Sturm Und Drang » reprendrait ses droits et l'absolue maîtrise du quotidien.

Zach, Max, Nini et Rudi l'écoutaient songeurs, évaluant le peu de chance qu'elle avait de triompher un jour. Grete, malgré sa cervelle d'éponge était plus directe : «Fais-toi pas d'illusions ma petite, un lardon dans la soie n'a pas envie d'écouter une vieille clocharde puante qui vient l'embrasser! Surtout si elle a essayé comme toi de mettre la main sur son fric? »

— Tais-toi morue! fit Nini, tu es le diable! Grete s'était poussé pour éviter cette fois le

terrible coup de canne. Mais dans ses yeux inexplicablement ravis, elle savait – en fait depuis l'après-midi – qu'elle pourrait un jour rabattre le caquet à cette sale petite juive qui se croyait le nombril du monde, avec sa voix de rossignol! Une «fréquentation » de Grete lui avait en effet confié qu'on pouvait maintenant dans les *Sturmlokale* des chemises brunes dénoncer anonymement ces sales vermines qui rongeaient Berlin depuis trop d'années. Et obtenir trois bons litres de schnaps. «Les autres de la tribu pouvaient bien lui lécher les pieds, elle attendrait son heure... »

La bouteille passa de main en main, Léa fit signe machinalement qu'elle en voulait aussi.

«Pour oublier. »

Ce soir-là, elle dormirait avec eux, roulée en boule sous la bâche «Et qu'importe si le froid la tuait dans la nuit. Cette fois elle en était certaine : Au fond d'elle-même, une petite voix lui murmurait que tout était bien fini. Si elle en avait eu le courage, elle se serait laissée mourir. Désormais elle ne croirait jamais plus son maudit orgueil, ce poison infernal qui la poussait à accomplir tant d'erreurs. Hector avait raison : À quoi bon se battre inutilement ici-bas? Il n'y aurait jamais que des injustices, de la souffrance, de la douleur, et l'inévitable triomphe du mal.

— À ta santé, fit Nini bien éméchée, en levant son gobelet triomphante : Ce matin je me suis fait mon premier nazi en uniforme!

40

Le lendemain matin Hector se plaignit encore de mal respirer. Léa inquiète voulut l'obliger à se rendre à l'hospice pour y voir un médecin. Mais rien n'y fit. Nini confia qu'Hector avait certainement d'autres choses à cacher, et ne souhaitait pas trop dévoiler son identité. Hector avait pourtant pris à part Léa, avant qu'elle ne reparte. «J'ai pensé toute la nuit à ton affaire. J'ai pensé qu'il te faudrait un vrai témoignage pour réussir à convaincre ton fils. Quelqu'un d'extérieur? »

— ... Tous ont témoigné contre moi. Il n'y a que le médecin de Hans qui n'a pu venir au procès. C'était l'un de nos plus chers amis, mais il était encore au front et l'armée n'a pas voulu le libérer. Certainement parce que les amis politiques d'Herbert ont tout fait pour empêcher ensuite son témoignage. Loulou disait que le juge avait été acheté.

Hector évoqua alors l'une de ses anciennes conquêtes, une antiquaire de Charlottenburg qui avait été éperdument amoureuse de lui : Margot Döblin.

— Elle a toujours son magasin sur la Kaiserdamm. «Si je lui demande de t'aider, elle le fera! Cette chère Margot est le seul fil qui me relie à mon autre vie. Ma «dernière cartouche en cas de malheur.

— Hector! Que signifie ce pessimisme?

— Léa, chacun connaît son destin. Nous ne faisons qu'en déchiffrer la partition. Mais en quand on vieillit, on devient de meilleurs musiciens...

Dans ses yeux, il y avait une terrible lassitude. «Voyons Hector! Rien n'est jamais fini? Vous êtes un roc et...»

— Oh! Ne mentez pas, chère Léa. Je vous aime beaucoup et je remercie les Dieux grecs chaque instant de votre arrivée. J'ai donc décidé de vous faire ce cadeau... Nous devons autant donner que nous recevons.

— C'est aussi ce que dit le Talmud, Cher Hector.

C'était décidé, Hector ne céderait pas : Ils iraient le lendemain au magasin de Charlottenburg. Léa pensa qu'il désirait sans doute aussi revoir son amie une dernière fois. Avait-elle été son amante? En fait, elle ne savait rien de la vie privée d'Hector, à part quelques ragots colportés par Nini sur son renvoi prématuré de l'enseignement : une affaire de pédophilie supposée. Mais qui ici ne tirait pas un lourd passé?

— Ce sera mon cadeau, Léa! Pour me remercier, vous chanterez sur ma tombe... où plutôt devant la fosse commune où ils me jetteront, car je ne pense pas pouvoir m'acheter un mausolée avant l'année prochaine! J'adore tellement votre voix!

—Voyons Hector! Je vais me fâcher si vous vous entêtez à parler ainsi...

— L'ex-époux de Margot Döblin est inspecteur de police. Margot nous aidera à retrouver la trace du médecin de Hans et il pourra témoigner devant votre fils de ce qui s'est réellement passé.

— Avez-vous été amoureux de cette Margot Döblin? demanda Léa, percevant un ton inhabituel dans la voix d'Hector.

Les yeux du vieil homme se brouillèrent. La première fois depuis qu'elle le connaissait. Pudique, il évoqua d'une voix étouffée les incertitudes de la vie, ou plutôt l'esclavage du vice... qui vous aliène et vous isole de la vie normale, de la chaleur des autres, des bonheurs simples qu'on vous offre et que l'on refuse par culpabilité.

— Bah! C'était mon destin...
Un roulement au-dessus d'eux, interrompit leur conversation.

—... Le Hambourg-Berlin de sept heures vingt-cinq. Désolé, chère Léa, c'est l'heure où je dois aller dorloter mes poubelles. Elles m'attendent telles de dévorantes maîtresses.

Il se leva avec difficulté, tenta maladroitement de dissimuler son essoufflement par un jeu de canne époustouflant, dont l'adresse étonna Léa.

— À demain Princesse, notre grand spectacle sur le tas d'ordures continue...

41

Après la représentation, Hermann Berger prit Léa à part pour l'informer de «confidences.» Léa s'était étonnée :

— Des confidences de Roger?

Hermann et Roger se connaissaient-ils? Pourquoi avant-guerre Roger n'avait-il jamais évoqué Hermann devant elle?»

Hermann à cette question ne parut pas embarrassé :

— Après votre départ pour l'Afrique, votre chauffeur accompagnait souvent Lily et le petit Stefan au théâtre. Une sympathie réciproque s'était développée. Roger était fasciné par le monde du spectacle. Il était devenu peu à peu un public aussi passionné que votre fils. Je crois même me rappeler qu'il lui avait construit un petit théâtre d'été dans le jardin derrière le garage.

— Vraiment? Je l'ignorais.

Léa l'écoutait, attentive. Elle savait combien son chauffeur avait été un homme bon avec elle. Elle essayait avec peine d'imaginer toutes ces merveilleuses années confisquées, mais son instinct errait malgré elle vers d'autres interprétations encore confuses dans son esprit. «Pourquoi les lettres de Loulou, ne mentionnaient-elles pas cela? Il est vrai que Roger était si discret.»

— ... J'ai rencontré Roger hier soir, fit Hermann assez troublé. Jamais je ne l'avais vu ainsi. Pour la première fois, il souhaitait me parler confidentiellement... Je crois qu'il s'inquiète fort pour vous, c'est un très honnête homme.

Hermann rapporta ce que lui avait confié Roger. Une conversation dans la voiture entre Herbert et Stefan, en présence de Hilde et Lizzi. Les deux couples s'étaient violemment affrontés à propos d'un prochain souper en l'honneur de l'actuel Président du Reichstag, Goering. Stefan avait alors décliné toute invitation en présence de cette bande de «voyous» : «Jamais je ne mettrais les pieds à votre table, avait-il lancé à son grand-père. Et s'il le faut, je quitterais cette maison. »

Et il lui avait ensuite reproché de pencher de plus en plus vers le clan «des arrivistes sans cerveaux». Enfin, il avait fortement critiqué les «thés mondains» de Hilde avec Emmy S, cette actrice qui roucoulait déjà avec... Goering. Le ton était monté et il avait obligé Roger à arrêter la voiture, préférant rentrer avec Lizzi par leurs propres moyens. Hilde Haenkel a ensuite et selon Roger «Très mal parlé de Lizzi. »

— Emmy S? Fit Léa sidérée. Elle avec Goering?

Léa apprit à Hermann qu'elles étaient à peu près du même âge – trois ans de différence – et qu'elles avaient joué ensemble lors de leurs débuts à Berlin. Il rapporta aussi que Stefan, furieux devant Lizzi, n'avait pas épargné Hilde : *«Grand-maman, comment pouvez-vous vous mêler à toute cette racaille inculte? Vous qui vous prévalez de culture? Mon père n'aurait jamais frayé avec eux!»*

Hilde piquée au vif lui aurait alors rappelé que Hans son père, avait soigné Goering, ce héros de l'aviation qu'il méprisait tant.

— Oui, c'était pendant la guerre! Mais il n'était pas encore acoquiné avec ce fou gazé aux tranchées? ... et père à ce que je sache, croyait lui à l'avenir d'une vraie démocratie? Pas à cette clique de ratés qui veut mettre la main sur l'Allemagne par n'importe quel moyen.

Roger avait déposé Lizzi et Stefan silencieux sur Unter Den Linden devant l'opéra où ils allaient écouter la reprise du *Woszech* d'Alban Berg, puis laissa Herbert et Hilde sur Willehmstrasse, à *L'Hôtel Adlon*. Ils y soupaient «avec leur ami Ernst Jünger». Herbert allait sans doute éditer son nouveau roman provisoirement intitulé *«Les falaises de marbre.»*

Pendant le reste du trajet, Herbert et Hilde passablement indignés, avaient encore évoqué le détestable caractère de «Léa» qui pointait souvent chez Stefan.

«Mais le plus important, murmura Hermann, c'est ce qu'avait entendu Roger lorsqu'il était sorti de la voiture pour leur ouvrir les portes : Hilde avait suggéré de faire repérer la clocharde dans le parc, et d'en finir avec toutes ces ridicules simagrées si préjudiciables à la carrière de Stefan.»

Roger n'avait pu entendre ensuite la réponse d'Herbert, mais se doutait que ce dernier avait tout de même prononcé le nom de «Karl»... puis les mots de S.A. »

— Voilà, fit Hermann. Roger tenait absolument à nous le faire savoir. Rien de bon, bien sûr?

— Je représente bien des ennuis pour lui, et pour mon fils. Pour vous aussi Hermann, fit Léa lucide. Je crois qu'il est plus prudent et honnête que je vous abandonne.

Hermann secoua la tête négativement et lui prit affectueusement les mains, les serra dans les siennes avec un sourire paternel : «Il n'en est pas question, Léa Palmer. Au moment où votre fils se révolte enfin, devrions-nous l'abandonner? »

42

Margot Döblin, tenait un petit magasin d'antiquités hétéroclites en banlieue de Berlin, à Charlottenburg. Hector était venu retrouver Léa très tôt, à l'entrée du Parc, puis ils étaient descendus jusqu'à la Bismarkstrasse pour prendre le tramway. Mais si l'allure délabrée d'Hector, *mi-patriarche — mi-épouvantail,* n'était pas passée inaperçue, son autorité naturelle d'ancien professeur en imposait étrangement aux passagers indignés par son costume en lambeau, son chapeau melon cabossé et son nez tuméfié. Tout au long du trajet, ils avaient admiré cette ville promue capitale depuis moins d'une centaine d'années et qui réunissait pourtant avec un charme indiscutable, toute sorte d'anciennes bourgades disparates. Ses innombrables kiosques, ses toits enchevêtrés de paratonnerres baroques, ses horloges aux coins des rues, ses affiches extravagantes et ses douces rotondes assoupies s'animaient d'une foule effervescente et pressée, au milieu d'une multitude d'automobiles aux klaxons bruyants. Berlin, ville trépidante, avec ses magnifiques façades de pierre taillée éclatait de modernité, de culot, d'audace et d'enthousiasme malgré la crise. Partout on sentait un désir de s'amuser, de créer, d'inventer à tout va, et même de choquer! L'humour des affiches, la méchanceté des caricatures, l'élégance affichée des femmes conquérantes sur les trottoirs surprenaient sans cesse le regard. Léa savourait ce spectacle, remarquant cependant que plus le tram se rapprochait de l'arrivée, plus le visage d'Hector devenait anxieux. «Appréhendait-il de revoir ainsi son ancien amour? » Comme elle l'avait pressenti?

Le sifflement pénible qui sortait de sa poitrine préoccupait pourtant Léa qui se rappelait ses mois d'hôpital au front et en Afrique, à suivre les visites des médecins-chefs. Hector respirait de plus en plus difficilement :

«Promettez-moi Hector d'aller à l'hospice vous faire examiner, après notre escapade? Vous ne pouvez rester ainsi. »

— Nous verrons...

Lorsqu'il ouvrit la porte du magasin, une toute petite femme aux cheveux blonds peroxydés se redressa derrière un lointain bureau encombré de lampes Art Nouveau, avec une voix douce : «Hector? Mon dieu... Est-ce bien vous? »

— Eh oui, ma chère, voilà ce que l'Allemagne a fait de moi!

Elle n'osa pas laisser paraître son effroi, réajusta frileusement son boléro de cygne blanc, puis vint à leur rencontre avec un sourire chaleureux :

— Comme je suis heureuse de te revoir. Est- ce la célèbre Madame Léa, dont tu m'as tant parlé au téléphone?

Sa gentillesse n'arrivait tout de même pas à masquer l'étendue de sa surprise, tant l'apparence pitoyable de Léa et d'Hector aurait choqué la vue de n'importe quel Berlinois. Mais ses yeux pétillaient d'un tel bonheur intérieur – sans doute dû à sa passion pour l'art – que n'importe qui à son contact aurait aussitôt oublié sa propre infortune. Léa reconnut des tableaux dadaïstes de Kurt Schwitters, de Hans Bellmer et d'Arnold Böcklin qui s'entassaient partout pêle-mêle.

— Je vous ai préparé une petite collation, car j'étais certaine que votre voyage en tram par ce temps vous ouvrirait l'appétit!

Elle avait concocté un petit-déjeuner et l'odeur de petites saucisses chaudes, de pain frais et de fromage mêlée à l'arôme du café brûlant, chassa les effluves alourdis de bronze, de cuir, d'encaustique et de bois ciré qui flottaient dans ce capharnaüm d'objets anciens.

Puis, pendant qu'Hector fatigué somnolait près du poêle, Léa fut invitée à monter à l'étage au-dessus de la boutique, et priée de raconter toute son histoire. Margot Döblin, profondément touchée, promit grâce à son ex- mari d'essayer de retrouver l'ami médecin qui avait soigné Hans, mais surtout évoqua l'une de ses plus jeunes clientes journaliste, «une Américaine », correspondant du New York Times qui écrivait également dans *le Berliner Zeitung* :

— Une véritable amazone!...Un chien de chasse qui ne lâche plus sa proie : Kate Walhberg. Elle fait une série de portraits mordants sur Berlin et... la crise. Elle sera folle de joie si je lui présente une artiste qui a été aussi célèbre sur les scènes de Berlin?

—... D'avant-guerre! Précisez-le-lui! Et j'espère qu'elle aime les vieilles gloires oubliées... ironisa Léa.

— Oh, ne le prenez surtout pas mal! Je suis certaine que vous traversez une mauvaise passe et que vous allez vous en sortir! Faites- moi confiance, je ferais tout pour vous aider, vous et Hector... C'est un homme tellement brillant! Hélas, ce n'est plus l'époque... admit- elle mélancolique. Et puis il y a eu....Vous a-t-il raconté notre histoire?

Léa hésita. Elle ne savait trop s'il fallait lui dire la vérité où...

«Je vous avoue que j'ai eu un choc lorsque je l'ai vu entrer, reprit Margot soudain attristée. Nous nous sommes «perdus de vue» il y a plus de dix ans. Il devait revenir un soir puis il a disparu sans jamais laisser d'adresse... Il était encore correct.

Léa raconta alors «modérément» leur existence quotidienne pour ne pas trop effrayer cette charmante femme : *le repaire, les poubelles, les rafles, la police, les S.A, la faim...* Margot Döblin avait pâli, puis horrifiée s'était mise à trembler. D'un bond, elle s'était levée, avait pris Léa dans ses bras, et l'avait entraînée jusqu'à la salle de bain : «Je vais vous faire couler un bon bain chaud, et ensuite vous choisirez quelques affaires dont je souhaitais me débarrasser rapidement. Vous allez me rendre service. Ensuite je ferais monter Hector. Oh mon Dieu! Mon Dieu... répéta-t-elle alarmée. D'abord un manteau chaud et des bottines pour vous.

— Je crois qu'il n'acceptera rien, fit Léa. Bien qu'il soit très secret, je commence à le connaître. Il est bien trop fier. Et puis, il ne va pas très bien.

— Oh, non! s'écria Margot révoltée.

Dans la délicieuse chaleur qui montait de l'eau, Léa sentit son visage encore dévoré par le froid devenir brûlant. Elle sentait son corps engourdi flotter sans effort comme dans le meilleur de ses rêves. Elle aurait voulu que le temps s'arrêtât, que la nuit vînt la surprendre ainsi à travers la fenêtre aux petits carreaux givrés, et qu'elle ne ressortît plus jamais de cette baignoire.

À travers la porte, elle entendit les pas dans l'escalier de Margot qui remontaient du magasin. Elle avait sans doute été voir Hector pour essayer de le convaincre. Margot murmura à travers la porte : «Bien sûr, ce vieux sauvage n'a rien voulu savoir. Toujours aussi têtu! Mais il m'a assurée avec humour qu'il garde le magasin pendant que je vous habille.»

Quelques minutes plus tard, sa peau enfin apaisée et presque douce, parfumée de savon à la rose, Léa enfila pour la première fois depuis des mois des sous-vêtements propres, une jupe, un corsage et un pull-over de laine épaisse, sans aucun trou ni tache.

— Essayez ces bas et ces bottines, je crois que vous faites la même pointure que moi. N'est-ce pas un heureux signe?

Margot Döblin souriait, heureuse d'apercevoir du bonheur sur le visage de Léa :

— ... Voilà, vous êtes prête à entrer en scène!

— Comment pourrais-je vous remercier, chère Margot?

—... En prenant soin de lui (elle désigna du doigt le plancher, évoquant Hector en dessous). Je ne me fais pas d'illusion, il est au bout du rouleau... J'aurais tant souhaité qu'il finisse enfin heureux. Si vous saviez quel homme exquis il a été? On ne peut même pas se l'imaginer aujourd'hui... C'était une autre époque, un autre monde. Les gens étaient passionnés par les idées et les arts.

— Je sais.

Margot s'était vivement retournée, sans doute pour ne pas lui laisser entrevoir sa peine.

En allant reprendre le tram, Léa soutenait Hector. Il avançait difficilement à pas lent. Il sentait l'alcool, autant que si l'on eut passé devant une distillerie. Car Margot l'avait pourvu de quelques bouteilles, bien entassées dans un panier. Il avait refusé tout le reste, prétendant «qu'il préférait rester en habit de fonction et que des vêtements neufs pouvaient s'avérer dangereux.» Il jetait de temps en temps des coups d'œil malicieux à Léa, avec une fierté qui étrangement, lui redonnait du souffle.

— Alors? Comment la trouvez-vous, «ma Margot?»

— J'avais tout simplement oublié comme le monde pouvait être si bon et si beau...

— Vraiment? ... à condition d'être sourd, stupide et aveugle?

Il la faisait rire. C'était bon.

Le soir tombait tôt en cette fin décembre. À travers les vitres embuées du tram, Léa, bercée par les secousses lascives des rails, s'enivrait des lumières et du vacarme, des visages, des grandes avenues rectilignes, des ombres furtives de Berlin et de ces odeurs âcres de roues, d'électricité, d'essence et d'étincelles courantes sur les fils tout autour d'eux. Toute cette agitation fébrile et active, vivante, l'emportait complètement engourdie vers un monde qu'elle avait oublié. Quelques heures de répit, d'amitié, de chaleur et de dignité retrouvée, lui avaient redonné l'apaisement d'autrefois. Personne dans cette foule n'imaginait l'épuisement que provoque la peur, le harcèlement de la faim, du froid, les menaces, le désespoir, la hantise de n'avoir nulle part ou se réfugier. De ne jamais plus se cacher ne serait-ce qu'un instant du regard des autres. Plus de projets, d'intimité, plus de pensée au-delà de la prochaine minute... Aucun demain, rien que le pire.

Margot Döblin lui avait permis de respirer quelques instants, d'espérer un peu aussi. «Merci, merci, chère Margot! Merci aussi pour le ticket de tram pour le retour.» Si elle retrouvait ce Dr Jurgens l'ami de Hans, tout finirait un jour par s'arranger. Avant qu'elle ne meure.»

Mais à force de déceptions, Léa sentait bien qu'elle était proche de décider un jour – par sagesse ou par instinct – qu'il ne faudrait plus rien attendre... *Chaque déception, tel un coup d'épingle cruel et vengeur, semble un beau matin, insupportable.*

Soudain, au coin de Kaiserdamm, elle reconnut Lizzi, le long du trottoir. Emmitouflée dans son manteau de fourrure, la jeune femme montait seule dans son cabriolet. Elle avait l'air si jeune, insouciante et heureuse.

— Faite que la vie la protège, murmura Léa tout bas, presque sans s'en rendre compte.

En se retournant pour la suivre des yeux, elle la vit disparaître dans l'éblouissement des phares qui suivaient le tramway.

Le contrôleur s'approcha et sans ménagement secoua brutalement Hector :

Il ronflait trop fort.

43

Lorsqu'ils étaient revenus de l'Opéra en taxi, Lizzi bouleversée par la beauté de la musique d'avant garde que beaucoup avait encore sifflée, n'en revenait toujours pas de la haine d'une partie de la salle. La jeune étudiante de province découvrait le Berlin corrompu, brutal, celui des luttes de pouvoirs et d'influences, les castes aristocratiques, politiques et financières, les cabales et les jalousies. Elle qui avait passé toute sa jeunesse dans la tranquille Heidelberg, petite ville universitaire où les frères Grimm avaient résidé, s'étonna devant Stefan d'un tel déferlement agressif :

— Pour quelques simples notes?
— Ça ne date pas d'aujourd'hui ma chérie,

fit Stefan.

En rentrant dans son bureau, il l'attira vers la bibliothèque pour lui montrer ce qu'un critique écrivait déjà sur Alban Berg :... *Je veux bien m'appeler «Moïse Odeur d'Égout» dès demain, s'il ne s'agit pas d'une escroquerie pure et simple. Si Arnold Schönberg enseignait aujourd'hui un tel art de la fugue à l'Académie des beaux-arts, mieux vaudrait que l'on transforme l'établissement en piscine. Au moins, ce serait une affaire propre. »*

— Quelle horreur! Quel sale type ignoble! Est-ce vraiment cela la vie à Berlin?

Stefan d'un air songeur lui avait pris tendrement les mains, et l'enlaça : «Tu ne peux pas imaginer ce qui se passe ces jours-ci, à la Faculté... Certains ne se privent même plus pour cacher leur arrivisme. Ils t'envoient en pleine figure leur prétendue supériorité raciale! »

— Mais tu n'es pas juif?

Stefan avait souri. Il déposa un baiser sur sa bouche adorable et murmura «Je le suis par ma mère. Et ils le savent... »

Lizzi leva un sourcil et lui passa affectueusement les mains dans les cheveux.

«Mon dieu, les juifs sont encore plus séduisants que je ne l'imaginais!» Et ils éclatèrent de rire, lui avec ses vingt et un ans magnifiques de vigueur, elle avec toute sa sensibilité provinciale de jeune fille encore naïve, mais qui laissait entrevoir un peu plus chaque jour une détermination naissante.

— Je découvre tant de choses ici avec toi Stefan. Mais ton Berlin me fait peur...

— Regrettes-tu Heidelberg?

... Elle avait eu cette moue boudeuse presque enfantine lorsque la porte du perron avait claqué en bas, indiquant le retour des Alpes d'Herbert et Hilde; puis elle s'était écriée en se sauvant vers l'escalier :

— Oh, je l'ai oublié sur le piano! Attends- moi, j'ai laissé en bas l'album de photos de ta mère...

Stefan l'avait suivie du regard. Elle était passée devant Karl en courant, puis, une fois récupéré son précieux «oubli», elle était remontée vivement, saluant rapidement Herbert et Hilde.

«Je l'ai! » chuchota-t-elle en riant, se plaquant amoureusement contre lui et le repoussant vers son bureau. Il la vit sortir de dessous son pull-over le vieil album de photos, puis elle referma prudemment la porte derrière elle.

— Chut!

— Oh, non... pas toi! fit-il, en fronçant les sourcils d'agacement.

— Pourquoi? demanda-t-elle simplement. Je l'ai déjà feuilleté, et j'y ai découvert des tas de choses secrètes...

Elle pouffa de rire aussitôt :

— Toi, bébé par exemple!

Stefan soudain mal à l'aise avait pâli.

«Qu'est-ce qui t'arrive Stefan? On dirait que tu viens de voir un spectre? Ce ne sont que tes photos? Vos photos... toi, ton père, ta mère et... »

Il avait changé d'expression, en colère.

Pour la première fois, Lizzi stupéfaite voyait son visage se fermer. D'une voix embarrassée, mais ferme, il lui demanda de poser l'album et de ne jamais plus évoquer cette histoire. Lizzi comprit qu'elle venait de toucher une partie inconnue de celui qu'elle aimait. Elle regrettait déjà d'avoir déchaîné tant d'orage dans ses yeux. Presque de la peur. Elle posa doucement l'album de photos et vint se blottir contre lui. Elle réalisa soudain que Stefan n'avait rien résolu des déchirures de son enfance. Ses souffrances restaient à vif, «bien plus graves qu'il le lui avait laissé croire. » Sous le masque désinvolte du jeune homme séduisant, il était terriblement fragile.

— Stefan, nous sommes deux désormais, le chemin sera beaucoup plus facile...

Il la serra dans ses bras. Comprenait-il pour la première fois de sa vie que la femme qu'il adorait ne l'abandonnerait jamais?

Dolfie montait l'escalier de son pas lourd et frappa à la porte pour annoncer que le dîner était servi :

«Monsieur et Madame souhaitent souper. Sans aucun retard » ont-ils précisé.

44

En se réveillant, Léa vit le joli pull-over et la jupe impeccable offerts par Margot Döblin, pendus joyeusement au-dessus d'elle, avec le Dr Faust, Blanche Neige et Hanswurst le Bouffi. Pour la première fois depuis longtemps, elle soupira comme autrefois, lorsqu'elle se réveillait heureuse, écoutant la voix enfantine de Stefan accourant dans la chambre et leur criant «Coucou, c'est moi! je suis réveillé!»

L'enfant sautait alors sur le ventre de Hans encore endormi et s'amusait de la surprise qu'il provoquait..

Cette nuit-là, toujours bouleversée par les événements de sa journée à la Villa Sturm, elle était bien sûr retournée pendant son sommeil vers ces lieux du passé. Les instants de son existence où le temps était doux, où elle descendait excitée le grand escalier pour partir jouer ou chanter au théâtre, où Hans l'embrassait dans le cou, riant et pestant pour fermer le petit collier de perles qu'il avait insisté de lui offrir malgré qu'elle détesta pas les bijoux. Ces instants où elle éteignait doucement la lumière en écoutant la respiration tranquille de Hans, et de son enfant, dans l'obscurité.

Revoir sa maison, redécouvrir les pièces où elle avait vécu pendant quinze ans l'avait évidemment bouleversée. Bien plus que la première fois, bien plus qu'elle ne l'aurait pensé! Toute sa vie lui était revenue, les moments atroces aussi, les nuits d'insomnie, l'odeur de la morphine, de l'éther imprégnant les rideaux, la sonnerie grêle du téléphone noir sur le guéridon et les terribles décisions de l'aube. Et puis, mêlées aux images enchevêtrées de sa mémoire, toutes ces scènes sans débuts ni fins étaient ressurgi, les mots de Margot Döblin, leurs flots d'espoir qui venaient submerger comme des vagues les souvenirs oubliés. Une chevauchée d'idées saugrenues aussi, effacées, apparues, disparues... tournoyant en cauchemar qui s'emballe. Des images du passé, sitôt évanouies, traces de pas sur le sable aspirées par l'écume.

Quelqu'un frappa à la porte. Son corps tressaillit. Léa se leva silencieusement et monta prudemment l'escalier. «Qui pouvait bien frapper à cette heure du petit matin? Personne ne la savait là, à part Hermann?» Elle resta derrière la porte, retenant sa respiration. Les coups recommencèrent, mais quelque chose la poussa à rester muette. Puis au bout de quelques minutes, tout se tut à nouveau et le bruit s'éloigna.

Elle écouta encore, attendit. Précautionneusement, elle entrouvrit la petite porte, passa la tête. Il faisait encore nuit. Le froid l'enveloppa. Elle referma et alluma le petit réchaud pour se faire du café. Son cœur battait encore. Elle avait cru distinguer dans le noir Zocha, avec sa tête des mauvais jours. Une crampe à l'estomac l'inquiétait : N'était-ce que la faim... ou la peur d'une ultime menace?

Lorsque vers deux heures de l'après-midi, elle entendit les jeunes voix d'Otto et de Franck, leurs exclamations et leurs jurons, elle comprit qu'il se passait quelque chose d'inhabituel. Elle n'osa pas sortir en plein jour à cause de Magda, Karla Zilig ou Diogène et attendit anxieuse. Hermann arrivait. Elle l'entendit injurier «les murs », bientôt rejoint par les grosses exclamations de Magda :

— Quelle horreur! Les bandits!

Puis Karla Zilig sans doute accourue elle aussi, s'écria hystérique : «Mais ils se trompent! S'il y avait des juifs ici, on le saurait? Qu'ils aillent en Ville, là-bas, il a un vrai nettoyage à faire! »

Hermann retrouva Léa haletante dans le noir.

— Ce n'est rien Léa, juste un peu de peinture...

Ils entendirent les rires des enfants s'amplifier, leurs ricanements joyeux, puis de nouvelles exclamations menaçantes : celles de Diogène.

Enfants et nurses au-dehors arrivaient pour le spectacle, encerclaient le théâtre et contemplaient abasourdis, les deux immenses croix gammées peintes sur les murs de bois. Des mères embarrassées se reculaient, éloignaient leurs progénitures, alertées par la cloche la police qui se rapprochait des portes monumentales. Quelques nurses prudentes refusaient alors obstinément d'expliquer le sens des mots terribles tracés sous les croix gammées. D'autres, avec leurs poussettes, souriaient tendrement aux bambins, leur expliquant paisiblement «que les juifs étaient sales, cupides, et volaient aussi les petits enfants. Qu'il fallait toujours s'en méfier. »

— Cachez-vous derrière les décors, ordonna Hermann. Otto? Franck, nous jouerons sans elle. Vite!

Les policiers appelés par Diogène inspectèrent négligemment et sans enthousiasme les murs barbouillés puis jetèrent un bref coup d'œil à l'intérieur de la salle, soupçonnant plutôt l'attitude d'Hermann Berger et de ses aides :

— Y a-t-il d'autres personnes qui travaillent ici pour vous?

Devant le regard terrible d'Hermann, Otto et Franck baissèrent les yeux.

Après le départ des gendarmes, Magda était revenue «soutenir » Hermann. Elle était outrée qu'on ait pu peindre de telles insanités sur un édifice du parc. «Il n'y a plus de respect pour rien! » avait-elle glapi, craignant sans doute aussi la contagion pour sa chère Pagode. Karla quant à elle, avait apostrophé directement l'officier pour lui demander sa protection, montrant avec fierté sa boutique pimpante, terriblement inquiète pour son commerce florissant. «Nous voulons l'aide de l'armée » avait-elle miaulé, sous le regard dédaigneux de Diogène qui soupçonnait maintenant sa relation amoureuse avec son S.A.

Diogène s'appelait en fait Rudolph Fink. Et même s'il n'aimait pas les étrangers - et encore moins l'envahissement des immigrants - il commençait à voir d'un mauvais œil l'arrivée des voyous sur son territoire. Ancien fantassin de la Grande Guerre, gazé dans les tranchées, forgé dans sa fierté d'être allemand et dans l'esprit de sacrifice pour sa patrie, il avait perdu sa jambe droite à Sedan. Il pensait que l'armée avait été trahie par les politiciens corrompus et qu'il fallait revenir d'urgence aux saines valeurs germaniques. Mais il était aussi l'un des rares cantonniers du Parc à dire que les juifs qui parlaient allemand et allaient à l'école depuis des générations, avaient leur place à Berlin et devaient y être respectés.

Il protesta donc devant l'officier qui jugea d'un œil amusé sa prétentieuse récrimination d'ancien combattant.

Pendant ce temps, dans la salle surchauffée par les bambins déchaînés, régnait un tintamarre indescriptible, mêlant les chuchotis des nurses angoissées, les clameurs de mères outrées devant les allégations triomphantes de certaines!

Dans les coulisses enfin refermées aux regards des curieux, Hermann décida que Léa ne ferait que chanter, en s'accompagnant à l'orgue.

C'était d'ailleurs le dernier spectacle des vacances.

Léa encore tremblante interpréta magnifiquement ses trois airs, dont le dernier assez émue : celui où la méchante reine, déguisée en sorcière, frappe à la porte et offre la pomme empoisonnée... à Blanche-Neige naïve.

45

Hilde avait hélas insisté : «Chère Lizzi, venez donc prendre le thé tout à l'heure, dans ma chambre? »

Lorsqu'elle pénétra quelques minutes plus tard dans le petit boudoir qui donnait sur la terrasse dominant le perron, Lizzi comprit que Dolfie «avait parlé. »

Hilde l'attendait dans une robe stricte, les genoux repliés sur sa méridienne : «Comme vous êtes jolie Lizzi, avec ce simple pull-over sport, il vous va à ravir! J'admire tant votre jeunesse. »

—Merci, Hilde, j'avoue que je l'aime trop. Et je le porte trop souvent...

—... Peut-être.

— Mais Stefan l'adore!

Hilde hocha la tête, avec son éternel sourire. Lizzi en avait pris l'habitude. Elle savait que

Hilde n'avait à peu près que deux expressions :
celle polie de gentillesse élégante... ou la colère
brutale. D'une voix douce, Hilde lui proposa de
s'asseoir devant elle et sonna discrètement
Dolfie qui après avoir déposé le plateau sur le
petit guéridon où trônait le téléphone noir,
s'affaira à ranimer le feu, avec force bruits
agaçants de tisonnier.

—... C'est bien Dolfie, laissez-nous.

Il était clair que les deux femmes, lorsqu'elles
étaient en présence, ressentaient un indicible
embarras. Lizzi avait l'impression que sa tête se
vidait instantanément et ne savait plus quoi
dire. Même parler du soleil et de la pluie
l'obligeait à chercher ses mots. Un véritable
supplice. Elle se devait de trouver
désespérément quelques gentillesses ou
platitudes pour meubler les silences, mais rien
ne venait naturellement. Hilde, qui avait
l'expérience des mondanités et qui n'avait de
relations humaines que dans un but toujours
précis, était parfaitement à son aise. Elle allait
droit au but, les yeux toujours fixés sur son

interlocuteur, le front légèrement plissé sous son impeccable chignon tiré à l'extrême :

— Lizzi, je souhaitais vous mettre en garde contre ce qui pourrait nuire à notre cher Stefan. Je sais que vous êtes très jeune, mais c'est mon devoir de vous en avertir. Nous avons dû Herbert et moi, l'élever après les sombres circonstances que vous connaissez, et si nous avons réussi à lui inculquer toutes les valeurs que nous pensions utiles, il reste hélas en lui une fragilité que l'absence d'un père et d'une mère, ne saurait jamais vraiment compenser. Cela, j'en suis consciente. Mais malgré nos âges avancés, Stefan a toutefois réussi à se reconstruire, après une petite enfance terriblement déchirée... Celle que vous connaissez. »

Elle laissa quelques instants son regard planté dans celui de Lizzi, puis saisit calmement la théière et remplit leurs tasses de délicates porcelaines chinoises. Lizzi suivait ses longs doigts fins et pâles, ses bagues magnifiques ornées de saphirs, s'affairer en mouvements gracieux et efficaces.

— ... Je sais que vous avez rencontré «cette femme. » Cela à dû être un terrible bouleversement pour Stefan? Nous sommes maintenant assez amies chère Lizzi, pour que je vous raconte l'entière vérité. Car je pense que ces derniers jours ont pu jeter des doutes dans votre esprit.

Elle but une gorgée et, malgré ses soixante-quinze ans passés, ses longs cils noirs ombraient magnifiquement ses yeux bleus d'acier rivés sur Lizzi au-dessus de la tasse qu'elle reposa lentement; avant de continuer : *«Contrairement à ce que vous pourriez* supposer, il n'y a eu aucune injustice ou erreur judiciaire, ni de quelconque machination... à l'encontre de Madame Palmer. Ni de haine mesquine comme le voudraient certaines rumeurs passées; rumeurs soigneusement entretenues il va sans dire par un cercle d'artistes bohêmes et anarchistes, grassement nourris d'ailleurs par mon ex-belle-fille. Il n'y a pas eu non plus de détournement de fortune comme vous pourriez peut-être l'imaginer à notre profit. Herbert et moi n'avons fait que protéger Stefan contre une très jeune femme malheureusement issue d'un milieu pauvre et incapable de gérer correctement notre patrimoine. Savez-vous combien Léa Palmer dépensait par ans avant-guerre? Pour ses toilettes, ses voitures et sa table-ouverte à tous ses amis peintres, comédiens et autres charmants parasites intellectuels? »

—...C'était son métier, je crois, observa Lizzi, embarrassée d'entendre des propos vulgaires dont elle ne pouvait contester la véracité. Mais ne gagnait-elle pas beaucoup d'argent à cette époque, comme chanteuse et comédienne? Elle était célèbre...

Surprise, Hilde comprit que pour avancer de tels propos, *Lizzi venait certainement de découvrir la carrière de Léa avec ses extravagantes photo de scène, dans le maudit album de photos oublié sur le piano*. Dolfie qui *l'avait feuilleté avait sottement omis de le lui rapporter immédiatement*.

Hilde passa machinalement les doigts le long de son chignon, cherchant sans doute un cheveu rebelle qui aurait osé lui échapper.

Lizzi sentit aussitôt l'attaque imminente.

— Je vous ai préparé un petit récapitulatif des sommes dépensées par Léa Palmer, sachant que vous douteriez de moi, fit-elle en sortant du tiroir un marocain de cuir rouge qu'elle déposa soigneusement à côté des tasses. Elle le glissa doucement vers Lizzi estomaquée par la liste des dépenses de Lizzi, année par année.

Calmement et comme soulagée, Hilde sûre d'elle poursuivit en racontant comment leur fils Hans, avait vendu plusieurs fermes de l'héritage de ses grands-parents pour faire face aux dépenses de la jeune femme, et comment il avait accepté d'innombrables gardes de nuit à l'hôpital depuis son mariage. *Ce qui avait sans doute été l'une des causes de son affaiblissement, et du manque de résistance qui l'avait emporté lors de sa grave blessure...*

Un silence s'installa. Lizzi s'accrochait à sa tasse comme à une bouée de sauvetage, ne pensant plus qu'à boire de petites gorgées pour réfléchir. Elle ne s'était jamais sentie aussi mal devant sa belle-mère, cherchant dans toutes les conversations qu'elle avait eues à l'université avec Stefan, les rares recoupements aux dures accusations qu'elle venait d'entendre. «Était-ce la vérité? Ou encore un mensonge? Pourquoi Lily qu'elle avait pu apprécier – même si rapidement — semblait dépeindre Léa Palmer au contraire, comme une victime? Et surtout, pourquoi les nombreuses photos de l'album oublié par cette femme supposée criminelle, n'apparaissaient plus dans celui de Hilde? ... cet album de Hilde qu'elles avaient pourtant feuilleté ensemble quelques semaines avant son mariage, pendant une longue après-midi, ponctuée de commentaires d'une précision chirurgicale; pour lui présenter sa famille. Et son histoire... avait solennellement ajouté Hilde Haenkel, à l'époque. Et l'affreux drame qui avait fait de Stefan — son futur mari — un être si sensible, mais si droit, qui méritait évidemment une femme «à la hauteur des valeurs Haenkel. »

—... En effet Chère Hilde, il y a dans l'album que j'ai pu feuilleter hier, des clichés... que je ne connaissais pas.

Lizzi pensa «Des photos où les parents de Stefan semblaient s'aimer à la folie! Des photos où Léa et Hans souriaient à l'appareil en ne faisant qu'un! Elle songeait à plusieurs clichés dont l'un au front en 1915 où ils étaient enlacés amoureusement, lui le médecin au tablier ensanglanté, elle l'infirmière aux paupières alourdies par les veilles extrêmes et aux cernes assombris d'épuisement. Mais il y avait aussi dans leur lassitude, cette force invisible que dégage un couple soudé même dans l'adversité : Ils étaient amoureux, seuls au milieu de la boue, devant la tente-hôpital, ce devait être l'après-midi. Un couple qui ressemblait à l'amour que Lizzi vivait maintenant avec leur fils... Stefan. »

Hilde avait-elle aussitôt lu dans ses pensées?

— ... Ne soyez pas si définitivement romantique Lizzi, comme votre jeunesse vous y pousse tout naturellement, je ne suis pas un monstre et je n'ai jamais envisagé que Léa Palmer ait pu préméditer son acte... Mais avec le temps vous apprendrez que les êtres humains sont ainsi faits, que le jour où ils peuvent enfin accéder à la richesse, à la puissance – à la liberté totale – certains glissent souvent vers le tout petit instant «facile » qui peut changer définitivement leur destin... Une sorte de dédoublement naturel... en sorte, disons... involontaire.

Elle semblait abominablement sincère.

— Je vous aime beaucoup Chère Hilde, mais vous me permettrez de ne pas m'immiscer dans des histoires de famille dont je ne possède pas encore tous les éléments.

Lizzi s'était levée rapidement tout en regardant sa montre, orchestrant maladroitement sa fuite. Elle pensait «Il faut que je me m'informe sur ce qui s'est réellement passé : Consulter les journaux de l'époque, les minutes du procès...

Joindre absolument Lily, ou même faire parler Roger. Sur l'une des photos de Stefan enfant, ne se souvenait-elle pas du chauffeur habillé en indien dans le jardin? Il semblait très proche de Hans, de sa jeune femme et du bambin. »

— C'est exactement ce que je souhaite, chère Lizzi. Vous vivez un bonheur rare, ne le gâchez pas en cédant aux rumeurs. Croyez- moi, votre mari est enfin heureux, délivré d'un passé douloureux. Pour lui, n'est-il pas plus sain d'oublier les souvenirs horribles d'une mère impardonnable?

— C'est évident, s'entendit-elle répondre, rien que pour s'échapper du piège inconfortable de cet horrible salon. «Et mieux valait ne plus évoquer jamais le pourquoi de ces photos subtilement découpées... dont elle venait de découvrir hier l'autre partie dans l'album oublié par la mère de Stefan. »

Hilde avait eu le ciseau facile pour supprimer un passé embarrassant.

Au souper, elle sentit Stefan mal à l'aise, imperceptiblement nerveux. Elle commençait à bien le connaître. Une voix intérieure la persuada que quelque chose d'empoisonné avait subitement envahi leur couple. Si elle avait tout d'abord cru qu'il ne s'agissait que de l'incursion de Léa dans leur maison, y ramenant un passé soigneusement refoulé par tout le monde, elle était maintenant certaine que ce passé pesait plus qu'elle ne l'avait imaginé dans la personnalité de son mari.

Plus qu'il n'y laissait paraître.

Et le regard implorant mais digne de Léa Palmer, la veille près du piano, l'avait inexplicablement bouleversée. *«Qui était donc réellement cette étrange clocharde que tout le monde accusait ici d'euthanasie? Du meurtre ignoble de son mari? Et de cupidité?*

Elle n'y croyait pas. Elle n'y croyait véritablement plus. »

Au milieu du souper, dans le somptueux décor de la grande salle à manger, de cette richesse exquise que bon nombre de ses amies d'Heidelberg lui enviaient, Lizzi songea que Berlin n'était vraiment pas faite pour elle. «Où était sa tranquille petite ville provinciale au printemps? Son vieux pont enjambant le Neckar où elle aimait se baigner au soleil de juillet, avec Stefan et tous leurs amis? Où étaient leurs douces soirées étudiantes de septembre, quand ils jouaient de la guitare à la nuit tombante, rêvant devant le château des Comtes Palatins? Elle comprit à cet instant qu'elle n'aimait réellement qu'une seule chose à la Villa Sturm : Stefan, son mari.

Et une idée violente la traversa aussitôt : «Leur enfant ne naîtrait jamais ici! »

46

Dans les jours suivants de janvier, Hermann Berger trouva plus prudent que Léa ne sortît plus. Il jugeait la situation trop dangereuse, d'autant que les confidences de Roger étaient inquiétantes. Les allers et venues soudaines de Karla Zilig et de son fiancé étaient de nouveaux dangers.

Dissimulés dans le sac des accessoires du théâtre qu'il emportait régulièrement chez lui, Hermann rapportait chaque jour à Léa du lait, du pain et du fromage.

L'attitude trouble de Magda avait également changé. Elle était de plus en plus chaleureuse et venait souvent «bavarder» avec Hermann après les séances, épiant craintivement chaque geste d'Otto et Franck.

À l'aube, dans le parc, on retrouvait fréquemment sur les bancs, des vagabonds morts de froid, le plus souvent affreusement massacrés par des bandes non identifiées. Mais les traces de bottes dans la neige et le bruit des camions dans l'obscurité ne laissaient aucun doute à Léa qui dormait là, tremblante.

Vers le milieu du mois, un matin de neige, Diogène découvrit un drapeau à croix gammée planté sur la fraise de Karla. Furieux, il monta aussitôt pour l'enlever, avant l'arrivée de celle-ci. Sa surprise feinte, Karla suspicieuse alerta Magda qui prit peur et, ne sachant plus quoi penser, resta trois jours dans un doute affreux, clouée au lit par une fièvre de cheval. «Ces nazis étaient-ils si sauvages qu'on le prétendait? Si dangereux? » Et quelques jours plus tard, alors qu'on approchait de la fin du mois, le vieux Diogène fut retrouvé gisant sur le sol de sa cabane d'outils, roué de coups. Hermann tenta de retrouver sa trace pendant trois jours à travers les hôpitaux, mais le vieux gardien avait disparu de toutes les listes de Berlin, alors que dans certains journaux communistes et syndicalistes on commençait à lire à demi-mot, que de plus en plus «d'indésirables et de fainéants parasites » étaient rééduqués dans des camps spéciaux cachés dans la banlieue. S'agissait-il encore de rumeurs?

Comme d'habitude en cette saison froide de l'année, la fréquentation du public baissait dramatiquement au théâtre. Mais cet hiver-là, la crise aidant, la salle resta à moitié vide. C'est à ce moment qu'Hermann décida un soir de remonter son spectacle fétiche, celui qui ramenait toujours les salles pleines : Son célèbre «Dr Faust», créé ici même par son arrière grand-père, celui qui avait édifié le premier théâtre de marionnettes à Berlin, alors capitale Prussienne.

Pour Léa, les nouvelles répétitions, la couture, la restauration des décors et l'apprentissage de nouvelles partitions égayèrent sa vie morne et cloîtrée. Elle se donna toute entière, nuit et jour à cette œuvre qu'elle connaissait peu, n'ayant été que les deux premières années à l'école, et n'ayant eu que peu de livres à lire dans le taudis où elles avaient émigré avec Zocha, excepté ceux prêtés par Nanette Schmauss leur adorable voisine. Et même si elle s'était rattrapée après son mariage, dévorant chaque soir l'immense bibliothèque d'Herbert, elle avait plutôt privilégié à l'époque sa culture théâtrale, par urgence professionnelle.

Ce *Faust* n'était alors dans sa tête qu'un mythe, une anecdote populaire en trois ou quatre mots. Elle eut donc l'immense plaisir de redécouvrir l'histoire : Faust était un docteur qui depuis son plus jeune âge rêvait de posséder la toute-puissance, la connaissance universelle. Le rêve de tout homme, celui de percer les secrets de la vie et de la mort. Faust mettait donc tout en oeuvre pour atteindre ses ambitions, mais n'y parvenait pas. Il était au bord du suicide quand le diable - nommé Méphistophélès - lui proposa un pacte: «Il réaliserait tous ses désirs en échange de son âme. » Faust accepta.

Faust était maintenant un homme heureux. Il rencontra une femme : Marguerite (Margaret ou Gretchen, le diminutif allemand). Au cours d'une promenade, Faust lui proposa de passer la nuit avec elle. Pour cela elle devait déposer un somnifère dans le potage de sa mère pour qu'ils passassent une nuit sans encombre. Mais contrairement à Faust, Marguerite était croyante et elle n'acceptait de se marier qu'à une condition : Que Faust ait la foi. Elle lui posa donc la question restée célèbre au sein de l'élite allemande : *«Nun sag was hast du mit der Religion?* » Ce qui signifiait «Crois-tu en Dieu? »

Faust évita de répondre à la question, car cela le gênait bien évidemment...

La mère de Marguerite mourut malheureusement à cause du somnifère, ce qui entraîna la fureur du frère de Gretchen. Il combattit Faust en duel pour laver l'honneur de la famille, et il mourût (avec l'aide de Méphistophélès). Faust quitta alors Gretchen. Il l'abandonna avec un enfant sur les bras qu'elle fut obligée de tuer, car elle se sentait incapable de l'élever. Elle fut jugée et emprisonnée.

Enfin, Méphistophélès prit l'âme de Faust. Mais celui-ci ne bascula pas dans le péché, car il inculqua à ses contemporains le savoir qu'il avait acquis. Cela faisait référence à la Bible :

«Tout homme a le mal en lui, mais n'est pas pour autant l'incarnation du mal »...

Léa redécouvrait passionnément chaque soir cette histoire, et souvent dans ses rêves, les personnages qu'elle imaginait dans les rôles se mêlaient bizarrement aux souvenirs de sa vie, où dans des lieux qu'elle ne connaissait pas encore...

Elle était impatiente de jouer la pièce.

47

Hermann Berger avait réussi à contacter la nurse du médecin de Hans. Lui et sa famille avaient quitté Berlin pour Munich. Elle ne se souvenait plus de leur adresse, mais comme il écrivait quelquefois à Noël et à Pâques, *elle la noterait une prochaine fois pour la lui communiquer.*

Était-ce la neige qui avait cessé de tomber, où le chaud soleil d'hiver qui réchauffait cette belle après-midi de fin janvier pour la reprise de Faust, mais il y eut un monde fou partout dans le parc, sur la patinoire, autour du kiosque à musique et au théâtre.

On sentait l'effervescence qui régnait, tel un premier frémissement collectif devant l'arrivée du prochain printemps. Les grands-parents, les mères et les nurses se souvenaient avec nostalgie de ce fabuleux spectacle gravé dans leur mémoire. «Voilà qu'ils étaient revenus pour offrir à leurs enfants la même émotion qu'ils avaient jadis éprouvée lorsqu'ils venaient eux-mêmes accompagnés de leurs parents. Beaucoup bavardaient autour de la boutique de Karla qui vendait à profusion du lait chaud à la cannelle, des pains d'épices en forme d'ours, des pommes rouges sucrées et du chocolat mousseux.

Par le trou de la scène, Léa contemplait étonnée le retour en ce début d'année, de cette mode des uniformes de cadets de l'armée pour les petits enfants. Ils entraient bien en rang, silencieux, et menés par leurs nurses ou leurs pères, chez qui l'on devinait une honorable fierté.

Soudain, elle reconnut aussi, terrifiée, le fiancé de Karla dans la salle bondée, ainsi que deux *chemises brunes* confortablement assis au premier rang. Otto et Franck alertés regardèrent aussitôt, et leurs visages s'assombrirent. Hermann fit semblant de ne rien saisir de leur inquiétude pour ne pas aggraver leur méfiance vis-à-vis de Léa... Il était maintenant conscient qu'à Berlin, «tout le monde se méfiait de tout le monde, et que chacun pouvait simplement trahir pour manger à sa faim. »

Le rideau se leva sur un signe d'Hermann. Léa sentit ses doigts engourdis trembler sur le clavier du vieil orgue; Au premier tableau, le vieux Dr Faust parcourait la campagne où de pauvres paysans mouraient de la peste. Un squelette avec sa faux manipulée par Otto entrait en scène et provoquait un silence glacial... Puis Hermann allumait un feu de Bengale sous la scène et le Diable en jaillissait, soulevant un cri d'effroi du jeune public qui se reculait d'un bond; surtout les premiers rangs! Léa qui donnait sa voix tantôt à Faust, tantôt au diable, commençait à chanter le rôle de Méphistophéles «proposant le terrible pacte : «L'âme de Faust contre la jeunesse éternelle et tous les pouvoirs terrestres. » Franck manipulait la machine à vent et à fumée... Sur l'envolée d'orgue tumultueuse, une crampe au ventre s'empara de Léa.

Dehors, Magda qui venait à peine de nettoyer ses dernières cabines après l'extrême affluence s'arrêta un instant pour écouter la musique du théâtre. Perturbée par ce qu'elle apercevait, elle reconnut Herbert Haenkel, le riche propriétaire de l'Hôtel particulier d'en face qui s'avançait avec une poignée de *chemises brunes,* menées semblait-il, par un type botté et vêtu d'une tenue noire... et »

— Oh, non! Mon Dieu...

Elle distinguait maintenant Karl. Roger le chauffeur le suivait! Elle eut un pincement au cœur sans comprendre d'abord pourquoi cette petite troupe fouillait les buissons puis paraissait se rapprocher du théâtre... Instinctivement, elle préféra rentrer. Mais quand elle entendit Karla fermer prématurément sa boutique, puis se diriger aussi vers l'entrée du théâtre où la séance se poursuivait, Magda courut jusqu'à une petite fenêtre d'où elle pouvait tout observer sans être vue.

Le second tableau s'ouvrait déjà sur un Faust redevenu un jeune homme beau et heureux. Il rencontrait Marguerite, une belle jeune fille mystique. Léa au lever du rideau, posait la fameuse question d'une voix d'ange : *«Faust, crois-tu en Dieu?* » Faust évitait de répondre... (Il venait de donner son âme au diable!) La salle entière, tourmentée par ce dilemme, semblait ne plus respirer. Une petite fille, trop angoissée sans doute par la tension de l'intrigue, s'était mise à pleurer. Hermann qui jouait le Diable jaillissait alors à l'avant- scène par une trappe spéciale placée juste devant le premier rang, et partait d'un rire sardonique qui provoquait l'effroi les deux tiers de la salle dans un hurlement de terreur. Puis une vague d'applaudissements acclamait ce trucage! Les enfants adoraient avoir peur.

La voix de Karl à l'entrée de la pagode des toilettes avait surpris Magda. Deux *chemises brunes* aux faces détestables y pénétrèrent aussitôt malgré son opposition, explorant chaque cabine et claquant brutalement derrière eux les portes à coups de botte.

— Où caches-tu cette sale clocharde? demanda Karl rudement. On sait qu'elle vient se laver chez toi? Vite, ne mens pas ou on t'emmène?

C'était la première fois de sa vie qu'on faisait ainsi irruption dans sa pagode. Jamais Magda n'aurait imaginé voir cela : «L'impolitesse, le culot et cette immonde brutalité sauvage! »

Seulement armée de son balai-brosse, le souffle coupé, elle leur barra la sortie :

— Qui êtes-vous sales voyous pour oser me parler ainsi, glapit-elle?

Sans ménagement, Karl la poussa d'un violent coup contre sa table de décor d'opérette : «C'est moi qui pose les questions vieille ruine! Obéis, où je mets le feu à ta baraque de pisse? »

Karla Zilig s'était discrètement glissée dans la salle, profitant qu'il n'y eut plus personne à la caisse. Dans l'obscurité, elle cherchait son fiancé des yeux, puis s'en approcha sans gêne, provoquant les protestations outrées des nurses et des mères. Une femme élégante hors d'elle l'apostropha, outrée : «Mademoiselle, c'est un théâtre honorable ici? »

Le fiancé de Karla se retourna d'un bond et fustigea la femme d'un «Ta gueule sale bourgeoise! » qui figea aussitôt l'assistance indignée. Alors que plusieurs pères se levaient déjà pour localiser l'uniforme du S.A et l'obliger à faire des excuses, le rideau s'ouvrit sur le dernier tableau avec la voix merveilleuse de Léa qui personnifiait un ange volant dans les cieux, manipulé par Otto. Elle chantait d'une voix douce la morale de l'histoire: *«... Alors, Méphistophélès, reprit l'âme de Faust. Mais celui-ci ne bascula pas dans le mal, car il enseigna aux hommes le savoir qu'il venait d'acquérir : Tout homme a le mal en lui, mais n'est pas pour autant l'incarnation du mal...»*

— Je baisse le rideau? demanda Otto.

Hermann bondit alors au bord de la scène avec le Diable à bout de bras, dans les éclairs, le vacarme du tonnerre et un nuage de fumée rougeoyant. Surprenant tout le monde en coulisse, il pointa avec le doigt du démon le fiancé de Karla au premier rang : «Qui te permet d'être aussi lâche ici? N'as-tu pas fait un pacte avec moi? T'en souviens-tu? Je t'ai donné cet uniforme et ces bottes neuves, en échange de ton âme... de cochon? »

Un instant de silence glacé s'abattit sur l'assistance stupéfaite. On eut dit que les respirations de la salle s'étaient arrêtées sur ces derniers mots; puis après que tous les regards se soient tournés vers le premier rang où le doigt de la diabolique marionnette désignait toujours le fiancé de Karla... un ricanement éclata, puis un rire, des rires, l'explosion de centaines de rires déferlèrent en une vague grandissante! Des cris moqueurs accompagnés de joyeux trépignements de petits pieds déchaînés manifestant leur encouragement au Diable. Puis le théâtre entier scanda en coeur «Cochon! «Cochon!»

— Voyons Hermann! chuchota Léa effrayée, êtes-vous fou de les provoquer ainsi?

— Rideau, gloussa Hermann souriant et ravi de son geste.

Devant une telle hostilité, les deux S.A. furieux s'élancèrent vers la sortie, bousculant rudement au passage des bambins affolés, tandis que Karla Zilig qui venait de reconnaître la voix de Léa s'entêtait à les avertir : «... *C'est elle! Je vous jure que c'est elle qui chante! Cette sale clocharde se cache dans les coulisses du vieux fou! C'est lui qui la cache!*»

— Vite, fit Hermann en dégainant le Diable, Léa montez par là (il lui désignait l'échelle qui montait vers les combles et une petite trappe).

Léa hésita, puis devant le vacarme de la salle et le regard insistant d'Hermann, tandis qu'Otto et Franck rouvraient le rideau et occupaient la scène avec le chœur des paysans remerciant Faust qui les avait guéris, Léa grimpait vers les combles et Hermann cachait l'échelle sous un décor. La trappe venait à peine de se refermer que les S.A. enragés tambourinaient derrière la porte arrière des coulisses, l'enfonçaient et pénétraient à la suite de Karl...

Magda derrière sa petite fenêtre distingua Karla hystérique qui haranguait d'autres chemises brunes tandis qu'Herbert Haenkel s'était discrètement retiré vers les buissons.

Magda tremblante chercha du regard Roger le chauffeur et s'aperçut qu'il avait aussi disparu. «Quelle déception! Que faisait-il là avec ces sauvages?» Comme elle se hâtait pour refermer les grilles des portes d'entrée de la pagode, quelque chose sur le toit du théâtre attira encore son attention. Quelqu'un là-haut tentait d'ouvrir la petite lucarne derrière le fronton arrière. Elle reconnut la silhouette de Léa Palmer... et comprit alors ce qui se passait à l'intérieur du Théâtre. Hésitante devant ces brutes qui essayaient d'enfoncer la porte de la caisse d'Hermann à coups de barre de fer, elle se décida à sortir.

Léa maintenant bloquée sur le bord du toit enneigé était tremblante de peur.

En bas, elle ne pouvait voir Hilde, accompagnée de Dolfie, qui venait rejoindre Herbert derrière la haie et menaçait Roger pour sa résistance à «ne pas participer.»

Pendant qu'Otto tentait de remplacer maladroitement la voix de Léa pour terminer la pièce et baisser le rideau, la salle en délire croulait de rire devant «Marguerite» qui chantait son amour à Faust, avec une voix rauque. La porte des coulisses céda et les deux S.A. se précipitèrent sur Hermann, le jetant à terre pendant que d'autres s'engouffraient en brisant tout sur leur passage, fouillant jusqu'au moindre placard, cherchant à débusquer Léa...

Le rideau était retombé.

Impuissante, Magda fit alors signe à Léa de rester cachée sur le toit. Léa apercevait de sa cachette l'arrivée de la police et de l'ambulance dans la Grande Allée. Lorsque les policiers sautèrent du camion et virent les croix gammées peintes sur les murs, leurs ricanements amusés fusèrent. Aucun d'entre eux cependant ne sembla inquiéter les S.A. qui s'éloignèrent rapidement, non sans avoir fouillé encore les abords de la patinoire et chaque buisson jusqu'au fond du parc.

Léa recroquevillée et sans manteau, les pieds dans la neige, grelottait et priait pour qu'ils ne découvrissent pas le repaire.

Hermann à terre saignait abondamment à la tête. Magda s'agenouilla auprès de lui et quelques nurses venues l'aider, épongèrent aussi les visages tuméfiés de Frank et d'Otto défigurés à coups de bottes. Hermann le regard vide, découvrait le saccage autour de lui. Lorsque les brancardiers le sortirent du théâtre, le vieil homme pleurait au milieu de ses chères marionnettes piétinées, ses somptueux décors éventrés. Des nurses et des mères scandalisées tentèrent de protester auprès du Chef de la police, furieuses que celui-ci n'ordonnât point de poursuivre la bande de chemises brunes. Mais l'officier écarta poliment la foule sans dire un mot, avant de remonter rapidement dans sa voiture :

«L'affaire suivait son cours.»

Karla et son fiancé tentèrent alors d'aborder Herbert Haenkel, mais ce dernier s'était éclipsé avec Hilde lorsqu'ils avaient entendu la cloche.

Restait Karl, leur «chien de garde» qui continuait en toute impunité à fouiller méthodiquement les ruines du théâtre sous le regard absent des deux gardes censés surveiller les lieux. Dans les coulisses ravagées, Karl errait parmi les marionnettes décapitées, lorsqu'il aperçut gisant à terre sur un décor couvert de boue, la Méchante Reine : «Elle portait encore la drôle petite moustache d'Hitler... et une mèche brune sur le front» qu'Hermann lui avait collée. Karl s'acharna sur le pantin désarticulé et le piétina rageusement, vociférant encore et encore.

Voyant qu'il sortait son briquet... Magda alertait les deux policiers de garde qu'un «suspect» tentait de mettre le feu au Théâtre...

Devant l'entêtement de Magda, les deux hommes à contre-cœur demandèrent à Karl de faire demi-tour, non sans avoir jeté un regard vengeur vers la Pagode. Karl fit signe à Magda, un doigt sur sa gorge, qu'il reviendrait bientôt l'égorger. Elle haussa les épaules, malgré le terrible frisson intérieur qu'elle ne put réprimer.

Aussitôt, elle courut refermer les portes et s'enferma jusqu'à la tombée de la nuit, guettant tremblante la silhouette de Léa toujours recroquevillée contre sa lucarne : «Merci mon dieu, ils ne l'avaient pas trouvée.»

Quand tout fut enfin désert, et que les gardes furent partis, Magda sortit prudemment avec une petite lanterne qu'elle conservait toujours en secours et appela discrètement Léa.

Elle n'osait crier, craignant d'attirer l'attention d'autres clochards. Au bout de quelques minutes, n'y tenant plus, elle essaya d'ouvrir la petite porte arrière, mais s'aperçut bien vite que les policiers l'avaient condamnée et clouée. Elle allait faire demi-tour, quand une faible voix lui parvint : «Je suis là...»

— Tenez bon Madame Palmer, je vais chercher l'échelle de la Pagode... Surtout, ne faites aucun bruit, par pitié!

Dans un buisson derrière la boutique de Karla, Magda venait tout juste d'apercevoir une lueur ou un feu. Des ombres ou des détraqués hantaient de plus en plus le parc la nuit.

Après avoir décroché l'échelle de la remise, elle la traîna péniblement dans la neige jusqu'au fronton du théâtre, ce qu'elle n'avait jamais fait, laissant cette rude tâche l'hiver au vieux Diogène qui dégageait les toits.

— Venez, je suis ici. Attention de ne pas glisser!

Lorsqu'elle distingua dans la pénombre le visage livide de Léa transie de froid, elle la couvrit de son châle et l'aida à descendre et à marcher jusqu'à elle. Elle rouvrit les grilles et installa Léa à sa petite table, pendant qu'elle faisait chauffer de l'eau pour le café.

— Merci... Je vous remercie pour ce que vous faites. Pour moi et pour Hermann, murmura Léa au bord des larmes. Jamais je n'aurai imaginé cela de vous...

— Moi non plus ma petite! Il faut vous avouer que je vous trouvais bien souvent prétentieuse et hautaine. Mais je ne pouvais tout de même pas vous laisser aux mains de ces chiens? Où va-t-on avec eux?

Au moins, Magda avait deux qualités indéniables : la franchise et la faculté de changer. À petites gorgées, Léa avala le café brûlant, réchauffant peu à peu son corps transi. Après la panique qui lui avait vidé l'esprit, elle recommençait à penser : où avaient-ils emmené Hermann? Avaient-ils fait beaucoup de dégâts en bas, dans les coulisses et dans la salle?

— Tout est saccagé. J'ai vu l'un de ces chenapans partir avec votre belle robe bleue... Je crois aussi avoir reconnu votre beau-père, Monsieur Haenkel dans la troupe... Je me demande ce qu'il venait faire ici.

— Lui? Non, oh non, c'est impossible? Magda semblait vraiment outrée par tout ce qu'elle avait vu :

— Je ne savais pas que vous viviez cachée dans le théâtre? Je comprends mieux maintenant tout ce qui est arrivé. Surtout ces saloperies sur les murs; c'était donc pour vous? »

— Je regrette d'avoir cédé à Hermann. Je n'aurais jamais dû accepter son offre.

— Oui, ce Théâtre est toute sa vie... Nous sommes maintenant tous en danger; ça, je viens de le comprendre.

Une voix venait de chuchoter derrière les grilles :

— Léa?

Une lanterne se balançait, éclairant faiblement une face rougeaude sous une masse de plumes d'oiseau.

— Nini, c'est vous? fit Léa étonnée.

Magda sur ses gardes s'était levée d'un bond : «Qui est-ce? »

— Oh, c'est une amie, ne craignez rien.

Léa voulut se lever, mais son corps ne répondait plus, ankylosé par le froid.

— Ne bougez pas, je vais voir, ordonna Magda soudain réticente.

Devant la porte, quatre clochards derrière une grosse femme emplumée la toisaient : «On sait ce qui s'est passé! Nous venons pour Léa. »

Ils étaient tous là : Hector, Nini, Zach, le grand Rudi et son haut de forme défoncé, Max dans sa grosse canadienne de cuir noir...

— Oh, mon Dieu, souffla Magda en découvrant ces faces apeurantes.

Rudi s'approcha pour la scruter bizarrement : «Je vous connais, gloussa-t-il, je vous ai vu il y a très longtemps danser à *La Taverne*, sur l'Alexanderplazt...? Certes, il y a une vingtaine d'années au moins? »

Malgré sa peur, un sourire de fierté éclaira le visage fardé de Magda. «Ainsi, on la reconnaissait encore. » Une fierté soudaine illumina son visage.

— Rudi était danseur mondain à l'Adlon... Enfin, un peu artiste aussi.

Ce mot de Léa apaisa la méfiance de Magda. Peut-être n'avait-elle pas trop vieilli. Elle ouvrit les grilles, moins réticente :

— Emmenez là. Il ne faut pas qu'elle reste ici. Ils reviendront certainement cette nuit ou au matin pour la chercher...

Max et Zach soutinrent Léa tout au long du chemin qui menait au repaire à travers les buissons et les fossés. Elle étouffait par moment de petites plaintes : les brûlures de la neige sur ses jambes, son dos, ses mains. Rudi portait la lanterne, Nini et Hector appuyés l'un contre l'autre, le souffle court, affrontaient la neige épaisse : «Nos traces risquent de les amener au repaire s'il ne neige pas cette nuit. Zach reviendra avec la poussette de Grete pendant qu'elle dormira pour effacer tous nos pas en traînant un sac. »

— Grete est partie?

— Il y a des jours et des nuits qu'elle ne revient plus. Hector pense qu'elle a un flirt. Où qu'elle est morte.

— Où qu'elle «fricote » avec ses copains bruns? Ils recrutent des taupes dans tous les coins de la ville pour faire des descentes et localiser les repaires. Ensuite, ils s'amusent avec ce qu'ils ont trouvé...

Max aida Léa à s'allonger sous la bâche humide et alluma un feu. Nini offrit un peu de soupe aux pois qu'elle avait volée à un chien agonisant dans une cour.

Tous restèrent silencieux, comme si la chance avait encore tourné. Léa ne pensait plus qu'à une chose : sa robe volée par Karl compromettait tout retour décent devant Stefan.

Cette nuit-là, elle ne put fermer l'œil, car elle avait perdu l'habitude de dormir en ayant peur, en ayant froid.

Sa dernière pensée fut : «À quoi bon lutter encore et encore? Autant en finir, autant ne plus souffrir... Elle n'en pouvait plus d'avoir peur.»

48

— Ne croyez-vous pas qu'il faudrait mieux l'oublier? Toute cette histoire nuit terriblement... à Stefan.

Hilde nerveuse traversait le grand salon devant Herbert :

— Herbert! Je vous en prie, cessez d'être lâche! Il y a déjà assez de décadence et de mollesse autour de nous. Demain matin, nous la retrouverons. Karl me l'a promis.

Hilde tenait dans ses fines mains nerveuses une petite boîte de pellicule que venait de lui envoyer son amie Lise, l'épouse du directeur d'*Agfa*. Fièrement elle annonça : «Le premier film 16 millimètres en couleur. Une nouveauté formidable, un cadeau de Lise! » Elle était l'une des premières à Berlin à profiter des essais. Depuis des années, passionnée de photographie et stimulée par la réussite de sa cousine Leni, elle s'était mise récemment au cinéma d'amateur

: «Riefensthal» me donnera quelques conseils; je veux absolument filmer Berlin en couleurs! L'autre jour en descendant Under Den Linden, j'ai fait remarquer à Roger combien notre capitale était splendide et trépidante! Roger me conduira, et par la fenêtre de l'auto je filmerai. Cela va être charmant en couleur.»

Lizzi qui entrait fronça les sourcils : «Parlez-vous de Leni Riefensthal? L'actrice de *Lumière bleue*? Est-elle réellement votre cousine?»

— Évidemment! Je vous la présenterai, c'est une fille formidable qui sait ce qu'elle veut. Elle vient de recevoir le Lion d'argent au festival de Venise. Elle monte aussi sa propre agence de réalisation et elle nous adore. N'est-ce pas Herbert...

Lizzi se souvenait d'avoir aimé ce film qui constituait un appel à la tolérance et au respect des plus faibles. Cette femme qu'elle ne connaissait pas encore lui semblait particulièrement moderne et pleine de talent. Sans doute l'avait-elle en effet croisée à la Villa, lors des fameux thés de Hilde. » Elle se promit d'en parler à Stefan.

Hilde s'était retournée, comme si elle avait oublié quelque chose :

— Irez-vous demain en ville faire vos courses habituelles?

— En effet, je serais de retour vers six heures. Mais je prends ma voiture.

— Roger est pourtant libre?... N'oubliez pas que nous dînons à six heures trente précise ce soir, avec les Bülow? Stefan me l'a promis.

Plus tard dans leur chambre, lorsque Lizzi évoqua à Stefan le nom de sa cousine Léni, ce dernier s'étonna : «Riefensthal? Une arriviste. Elle rôde autour du pouvoir comme un chien flaire un os. Je parie que ma grand-mère pense qu'elle va pouvoir pistonner Herbert dans cette bande d'escrocs. »

Mais ce qui préoccupait davantage Lizzi en cette fin janvier, c'était les recherches qu'elle avait entreprises les après-midi, aux archives du *Berliner*. Elle s'y rendait discrètement entre deux rendez-vous, dans sa propre automobile, en cachette même de Stefan. D'ailleurs, elle pressentait que les derniers mots d'Hilde, cette après-midi-là, commençaient à devenir soupçonneux à propos de ses mystérieuses absences.

Au *Berliner*, en plus d'y avoir découvert les comptes-rendus du procès de Léa, elle venait d'entrevoir la veille de nombreux articles élogieux sur sa carrière; ses photos, ses interviews, son combat aux côtés des surréalistes, des artistes précurseurs comme Grosz ou Wedekind, les critiques saluant ses rôles courageux au théâtre et son engagement dès 1914 comme simple infirmière au front.

Il y avait surtout une photo qui avait considérablement bouleversé Lizzi : celle où Léa et Hans se regardaient amoureusement sur une piste de danse, certainement dans une soirée de bienfaisance de la Croix Rouge, juste au début de la guerre... Ces deux-là s'aimaient! Lizzi n'avait vraiment plus aucun doute. Elle savait trop ce qu'elle éprouvait aujourd'hui pour Stefan et sentait maintenant tout au fond d'elle-même qu'elle ne pouvait plus se tromper: Hilde mentait effrontément.

Alors, que s'était-il passé? Maintenant elle croyait Lily et à la lumière de sa connaissance de plus en plus profonde du couple Hilde- Herbert, elle comprenait la détestable vérité. On avait poussé cette clocharde au regard pathétique — qu'elle avait seulement croisé un instant — vers l'enfer...

Et deux jours avant cette découverte, un soir que Stefan était encore en cours à la Faculté, que Dolfie avait pris congé, et que Hilde et Herbert étaient sortis, Lizzi était montée seule pour la première fois au grenier. Car les paroles de Lily résonnaient encore dans sa tête : *«Quelques un de ses disques sont encore là. Hilde a voulu les jeter, mais Stefan* s'y est quand même opposé. Et je les ai soigneusement cachés. »

Dans le meuble en chêne massif, il y avait encore l'imposant *Polyeucte 205* de la marque *Maestrophone* que Hans avait offert à Léa avec son grand pavillon nickelé à fleurs rouges. Un modèle d'avant-garde pour l'époque, équipé d'un moteur à air chaud. Lizzi avait allumé précautionneusement le petit réchaud à alcool situé dans le socle de l'appareil et l'air chauffé se dilatait, actionnant un piston qui entraînait le plateau.

Lily avait précisé: «Monsieur Hans l'a acheté à cause de son mécanisme totalement silencieux et de sa consommation très faible, trois décilitres pour douze heures. Ce qui permettait de l'utiliser dans les salles de danse. Monsieur Hans adorait danser toute une soirée avec Léa, dans le grand salon. Les soirs où elle ne jouait pas au théâtre et qu'il n'était pas de garde, ils téléphonaient à tous leurs amis, on poussait joyeusement tous les meubles dans les coins... et c'était la fête : Tangos, charlestons, fox-trot, valses et castle-walk jusqu'au petit matin! »

Lizzi sortit un disque de sa fragile pochette de papier jauni et le déposa délicatement sur le plateau. Le cœur battant, elle plaça l'aiguille sur le premier sillon. Il y eut le ronronnement presque silencieux de la mécanique, puis légère comme une brise d'été, la respiration d'une clarinette peu à peu submergée par le souffle des premières notes chaudes et vibrantes d'une voix inconnue : «Sa voix! » Ainsi, c'était elle... La clocharde dont elle avait croisé le regard suppliant, démuni, en bas dans le grand salon. Celle qui incarnait sur les photos du *Berliner*, la scandaleuse Lulu dans «*La boîte de Pandore* » de Wiedekind. Cette femme aux répliques brûlantes qui avait provoqué la vieille morale berlinoise étriquée d'avant-guerre. Léa avait créé la pièce à Vienne en 1905, interdite à Berlin.

Lizzi émue, découvrait la grande Léa Palmer,

la maman de Stefan... Une voix étrange, magnifique de modernité. Les articles commençaient souvent ainsi à son sujet : «*Beauté fatale, femme sans âme, Lulu est l'héroïne d'une histoire qui nous dit que l'amour est plus fort que la mort. Le jeu de Léa Palmer est fascinant, actuel, vibrant de vérité. Terriblement d'avant-garde.* »

Décontenancée, pénétrée par cette mélodie brutale et sublime, Lizzi charmée avait soudain compris ce qu'avait subtilement essayé de lui confier Roger à plusieurs reprises. Sa curieuse révolte lorsqu'ils étaient seuls dans la voiture, et qu'elle attribuait naïvement des qualificatifs sévères sur «Madame Palmer. »

— Madame Palmer n'a jamais été une mauvaise épouse, ni une mauvaise mère... bien au contraire, bien au contraire. Elle a beaucoup aimé Monsieur Hans.

Lizzi plongée dans l'univers vénéneux de cette pièce d'avant-garde, taxée à l'époque d'indécence, n'entendit pas à cet instant les pas discrets qui montaient dans l'escalier.

Ceux de Dolfie.

— Madame?...Est-ce vous...

La porte s'était ouverte brusquement sur le visage contrarié de Dolfie :

— Que faites-vous ici, Madame Lizzi?

La fidèle gouvernante de Hilde inspectait le grenier du regard, Lizzi les yeux fermés, à demi étendue à terre, ne bougea pas. Sa tête renversée sous l'énorme pavillon du gramophone, elle venait sans doute de décider pour la première fois depuis son arrivée à la Villa Sturm qu'elle allait résister. Tant cette voix et cette musique étaient envoûtantes :

— Dolfie, je ne vous ai pas sonné...

Les mots avaient jailli plus vite que sa pensée. Lizzi en était d'abord presque honteuse, puis fière! Jamais elle n'aurait imaginé prononcer de telles paroles, elle à qui l'on avait toujours enseigné que le mépris pour autrui était haïssable. Mais dans sa pensée, il y avait soudain trop de menaces autour d'elle, trop de mensonges. Trop de dangers sur son couple. À Heidelberg, elle n'avait pas été habituée ni dans son enfance, ni dans son adolescence, ni même plus tard à l'université, à tant d'hypocrisie. *Elle était folle amoureuse de Stefan et elle se battrait! Elle venait d'en décider ainsi. Et si elle comprenait maintenant l'attitude arriviste de Hilde, elle ne supporterait plus longtemps la soumission de Stefan. Il devait cesser d'accepter les compromis d'un passé détestablement reconstruit, afin de légitimer des arrangements aussi troubles avec la vérité.*

Quand il rentrerait tout à l'heure, elle lui en parlerait...

Tandis que Dolfie surprise par le ton autoritaire de Lizzi refermait la porte, Lizzi songea qu'elle affronterait rapidement Hilde sur ce sujet.

Et «Sturm » songea-t-elle souriante, ne signifiait-il pas «Tempête? »

49

Le lendemain après-midi, Léa marcha dans la neige jusqu'à l'hôpital pour voir Hermann. Lorsqu'elle arriva exténuée, la religieuse lui demanda si elle était de sa famille. Comme elle lui expliquait la situation, la sœur s'avéra de plus en plus rétive. «Surtout quand elle détecta que Léa n'était pas... catholique. »

— Attendez-moi ici, je vais voir si l'heure des visites n'exclut pas les tiers?

Pendant qu'elle attendait le verdict, un vieux médecin entra devant son groupe d'internes. Lorsque son regard croisa celui de Léa, le professeur eut l'air de douter un instant : «Non, cette femme négligée ne pouvait être... la femme du Dr Hans Haenkel, son ancien élève. Pourtant? »

Il hésita puis rebroussa chemin et sortit par la porte du fond, vers l'un des amphithéâtres. Léa l'avait reconnu et pria pour qu'il crût à une erreur. Il pouvait enseigner la médecine à Stefan et elle n'aurait souhaité en aucun cas, nuire à son fils.

— Madame Palmer?

Elle avait sursauté.

Il était revenu et se tenait derrière elle, droit, silencieux, ôtant délicatement ses lunettes pour mieux l'observer :

— Je suis le Professeur Kastner, je soigne Hermann Berger. J'avais vraiment cru vous reconnaître, mais je jugeais peu probable que vous soyez revenue à Berlin. Je vous prie d'accepter mes excuses.

— Je vous en prie, Monsieur le Professeur.

Léa devinait dans ce regard qui continuait à la dévisager toute la surprise qu'un homme éprouvait en constatant les ravages du temps sur une femme.

— Votre ami a été gravement matraqué, mais sa vie n'est pas en danger, malgré de nombreuses fractures assez préoccupantes.

Il hésita :

— Saviez-vous que votre fils Stefan est mon élève?

—... Non, je l'ignorais.

Il examinait sa gêne, profondément étonné, cherchant à comprendre. Puis, apercevant la religieuse, il entraîna Léa par le bras : «Je n'ai jamais approuvé ce qui vous est arrivé. J'avais beaucoup d'estime pour votre mari, c'était un jeune médecin brillant, même si ses relations avec le milieu artistique de l'époque me paraissaient alors quelque peu «inappropriées et un peu trop tapageuses. »

Il souriait. Sans doute se souvenait-il de la beauté de Léa qui bouleversait alors tant d'étudiants lorsqu'elle venait chercher Hans à l'hôpital.

— Hans n'y était pour rien. C'étaient mes amis. Je vous remercie du fond du coeur, Professeur.

Pensif, il avait remis son lorgnon, pendant que la religieuse attendait quasiment au garde à vous devant eux.

— Pourquoi votre fils ne vous a-t-il rien dit? Il sait que nous nous connaissons et que j'admirais votre talent avant-guerre?

— Madame Palmer, insista la religieuse, j'ai obtenu une faveur, mais vous devez venir tout de suite et sans attendre. Veuillez nous excuser, Professeur.

— Je... Je n'habite plus Berlin, balbutia Léa. Désolée.

Le Professeur Kastner troublé hocha doucement la tête, sans doute las de lutter encore contre une administration inflexible, et salua Léa :

— À bientôt, chère Madame. N'hésitez pas à revenir me voir. J'attends de vos nouvelles par Stefan? Ou par Hermann Berger?

Dans la salle commune voûtée, s'alignaient une cinquantaine de lits, dont quelques-uns dissimulés par un simple rideau de lin blanc. Dans le silence ponctué de faibles plaintes, une odeur de camphre et d'éther sautait à la gorge. La religieuse d'un pas rapide et silencieux entraîna Léa à l'autre bout de l'allée et tira le rideau quand ils arrivèrent pour les isoler.

Ce qui frappa immédiatement Léa, c'était la pâleur du visage d'Hermann, bien qu'à moitié tuméfié.

Ses yeux s'allumèrent faiblement lorsqu'il la reconnut :

— Oh, c'est vous? murmura-t-il avec difficulté. Le «Tout-Berlin » est donc à mon chevet?

— Bien sûr, cher Hermann. Sauf le Dr Faust qui n'a pu venir... Comment allez-vous?

Il souhaitait avant tout connaître l'étendue des dégâts et l'état du Théâtre. Léa lui rapporta fidèlement la situation tout en choisissant chaque fois les mots les moins blessants : «Les marionnettes, les décors, les coulisses vandalisées, les portes condamnées par la police... Mais le public était toujours là. *«Il vous réclame chaque jour! Ce matin lorsque je suis parti, de gentilles nurses demandaient de vos nouvelles à Otto et Franck enfin rétablis.»*

— Les pauvres! Comment vont-ils? Et vous? Où avez-vous dormi cette nuit?

— Je suis retourné... là-bas, chuchota-t- elle. Je suis désolé pour ce qui est arrivé. C'est ma faute. Je...

Léa lui avait pris la main et n'avait pu retenir ses larmes tant elle se sentait coupable face à cet homme généreux qui lui avait fait confiance et protégé. Elle avait détruit sa vie, son oeuvre. Elle se sentait si coupable.

— Voyons, ne soyez pas ridicule? Je ne regrette rien, rien! Croyez-moi, nous devons nous battre ensemble contre cette peste brune et gagner. N'êtes-vous pas de mon avis? Et puis, n'oubliez pas votre but?

Il était adorable, mais sa naïveté et sa bonté semblaient dans cette odeur étouffante d'éther et de désinfectant, tellement dérisoire.

— Vous devez revenir coucher au théâtre. Montez au grenier, au moins là ils ne vous trouveront pas. Et vous veillerez pour moi sur mes petits comédiens. L'art et le rêve doivent continuer quoiqu'il arrive, n'est-ce pas? Au moins pour les enfants.

Elle savait qu'il disait cela pour la déculpabiliser et lui redonner un abri. Elle serra tendrement sa vieille main si experte à donner la vie aux fées et aux magiciens et ne put s'empêcher de lui donner un baiser sur la joue.

Hermann soupira, surpris et touché par ce geste d'affection.

— C'est bien. Repartez-vite, Sœur Colère revient...

La religieuse était de nouveau au pied du lit et les observait. Hermann eut juste le temps de lui souffler encore de se méfier de Karla Zilig... Et de Magda.

— Oh non! répliqua Léa, c'est Magda qui m'a sauvée et...

Il voulait encore l'avertir que Roger le chauffeur était venu une heure auparavant et l'avait prévenu «de graves bouleversements qui se préparaient au gouvernement.» Une confidence entendue dans la voiture en conduisant Herbert et l'un de ses amis banquiers au Reichstag...

Mais Léa était déjà repartie, la religieuse avait tiré le rideau blanc.

50

Elle rentra tard de l'hôpital après une longue marche exténuante dans la boue et sur les trottoirs glacés. La nuit était déjà tombée depuis quelques heures. Lorsqu'elle arriva près du parc, Léa distingua des limousines stationnées tout au long du trottoir devant l'Hôtel particulier. À mesure qu'elle s'approchait, elle comprit qu'on y donnait une réception; mais assez simple, car c'était Karl qui faisait office de laquais à l'entrée. Il n'y avait ni robes de soirée ni fracs, seulement des hommes et leurs épouses en tenues de ville.

Elle changea rapidement de trottoir, ne songeant qu'à s'enfoncer au plus vite dans le parc pour essayer de pénétrer dans le théâtre et de s'y coucher. Elle entendait maintenant les chauffeurs qui discutaient en petit groupe de l'autre côté de l'Avenue. Réunis autour d'une somptueuse *Maybach Zeppelin,* ils écoutaient vraisemblablement la radio. Au même moment, un coup de feu claqua – ou ce que Léa interpréta comme tel – puis le ciel s'embrasa, magnifique. En fait, on tirait un feu d'artifice au-dessus du quartier. Il y eut une rumeur de joie alentour des voitures et Léa avant de s'engouffrer dans sa passe habituelle, entendit le speaker annoncer à la radio «*qu'en cette soirée historique du 30 janvier, le Président Hindenburg venait de nommer un nouveau chancelier...*»

Léa haletante avança difficilement, se frayant un chemin entre les branches givrées qui lui fouettaient le visage. «Ainsi, Hitler, tant décrié par Hector et Max, arrivait au pouvoir.»

Hilde, Herbert, et tous leurs amis sortirent sur le perron pour admirer les feux d'artifice qui maintenant se déchaînaient au-dessus des nombreux Hôtels particuliers du Tiergarten. Pendant un bon quart d'heure, un embrasement de couleurs et de pluie étoilée retomba partout au-dessus des arbres.

Arrivée aux alentours du théâtre, une silhouette l'effraya. Léa resta de longues minutes plaquée contre un arbre, sans bouger. Puis l'ombre s'éclipsa et Léa put enfin s'approcher de la petite porte. Mais rien n'y fit! Elle eut beau la secouer, la pousser, tout restait solidement cloué. Elle fit alors le tour du théâtre. Hélas, à part l'entrée principale de la caisse, il n'y avait aucune autre issue.

Épuisée de faim et de fatigue par sa longue marche depuis l'Hôpital, elle se laissa glisser et tomba accroupie le long du mur. Lorsqu'elle se réveilla, sans plus trop savoir où elle était, ses jambes refusaient de lui obéir. Elle ne les sentait plus. «En avait-elle encore? Cette pensée l'amusa, si drôle et tellement absurde.» Il y avait eu de si nombreuses fois où elle avait imaginé vivre ces dernières minutes. Mais là, adossée dans l'obscurité, totalement recouverte d'une neige fine et glaciale tel un suaire impeccable, elle n'entendait plus rien tant une ouate étrange emplissait ses oreilles et sa tête. «Et Zocha n'était pas là pour voir sa fin!»

— Maman?

Ce fut la dernière pensée dont elle se souvint,

non sans humour. Dans son rêve étrange, elle revenait de l'Hôpital et passait par le cimetière où était enterré Hans. Comme après son arrestation elle n'avait pu assister à son enterrement, elle déposait une petite pierre sur sa tombe, selon la tradition et lui disait : «Tu vois, je suis revenue... Tant que quelqu'un prononce encore ton nom, tu n'es pas mort.» Et Hans l'attirait vers lui, la prenait dans ses bras et la berçait doucement pour la consoler. C'était tellement agréable. Bien sûr elle ne comprenait pas ce qu'il lui disait, mais elle se défendait en répétant douloureusement «Non, non... je crois que je n'arriverai jamais à le convaincre, il est trop grand, il est trop tard, Stefan est devenu un homme! Ce n'est plus un enfant. Ils sont tous devenus fous, et je vais mourir.»

Hector et Max la soulevèrent inconsciente tandis que Zach approchait l'échelle de la Pagode et la hissèrent jusqu'au toit. Puis la passèrent par la lucarne.

— Vite, le soleil se lève... murmura Nini affolée en retroussant sa jupe pour l'accompagner en haut. Un miracle qu'elle ne soit pas morte pendant la nuit! «Je reste avec Princesse jusqu'à son réveil. Ramenez l'échelle.»

— Ne reste pas là si elle meurt, fit simplement Hector.

51

Stefan et Lizzi cette nuit-là avaient pris leur voiture et s'étaient arrêtés au hasard, loin devant l'entrée monumentale du Parc. Sans dire un mot, ils étaient descendus et Stefan avait serré Lizzi dans ses bras. Ils avaient marché sur le trottoir, ainsi enlacés dans l'air glacial. Elle lui avait remonté son col de fourrure, il l'avait encore embrassée fougueusement. Ils avaient parlé, beaucoup parlé...

Longtemps après, au petit matin, ils étaient revenus à la Villa lorsque les réverbères s'étaient rallumés. Il fallait qu'ils réfléchissent, il fallait qu'ils «digèrent» cette nuit sinistre, l'inquiétante petite fête impromptue d'hier et tout ce que cela signifiait.

Lizzi avait vu Stefan pâlir lorsque Herbert était monté pour leur annoncer la nouvelle. Sans doute n'était-ce pas une surprise. Stefan savait qu'un jour ou l'autre son grand-père côtoierait ces gens-là. Mais sans imaginer qu'il puisse en oublier aussi joyeusement les conséquences futures. Ce jour était donc arrivé. Et les deux téléphones – celui d'Herbert et celui de Léna – avaient sonné toute la fin d'après-midi. «Non, il n'assisterait pas à leur petite réunion improvisée, non Lizzi et lui ne pensaient pas qu'ils y étaient obligés pour leurs affaires et leur avenir, pour ne pas s'exclure de ceux qui allaient devenir importants à Berlin.»

Herbert avait longuement parlé avec Hilde et elle était revenue dans le bureau de Stefan avec toute la tendresse qu'elle savait de temps en temps prodiguer à son petit-fils. Elle avait sincèrement plaidé «le sens inévitable de l'histoire, la réaction logique d'un peuple démoralisé, même si cela ne durait pas. Il n'y avait pas d'autres solutions pour barrer la route aux bolcheviks et à l'effondrement du pays.»

Lizzi serrée contre Stefan sentait combien il souffrait, déchiré entre l'amour filial qu'il avait pour ce couple qui l'avait tout de même élevé, et son instinct profond, convaincu qu'il ne fallait en aucun cas s'allier à ces forces capables de tout, ni même les laisser faire.

— Je sais que ce qu'ils font n'est pas bien, souffla-t-il.

Le terrible moment était venu où il devait s'avouer que son grand-père et sa grand-mère étaient tellement éloignés de lui, de sa pensée, de sa morale, qu'il avait grandi en luttant instinctivement contre leurs idées durant toute son enfance. Qu'il s'était longtemps caché la vérité en remerciement de leur aide. Des phrases de Lily l'avaient souvent troublé à ce sujet, lorsqu'en pleurs, il remontait dans sa chambre, puni : «Ne leur en veuillez pas Monsieur Stefan, disait-elle, ils n'ont plus l'âge de comprendre et d'admettre que vous n'êtes qu'un petit garçon.» Et puis à l'adolescence, elle lui avait tellement parlé de son père, du merveilleux médecin qu'il avait été, courageux, drôle et si imprévu, bravant la vieille société et les vieux principes. Affrontant sans peur ses parents. »

— Elle te disait vraiment tout cela? Fit Lizzi.

— Elle était merveilleuse... et si bonne pour moi. Hilde et Herbert ont toujours été sévères et froids. Sincères hélas!

— Pourquoi n'as-tu pas défendu Lily lorsque ta grand-mère l'a congédiée?

— Lizzi, peut-on contredire Hilde quand elle est déterminée?

— Lily, te parlait-elle aussi de ta mère quelquefois?

Devant la patinoire déserte, Stefan avait aussitôt détourné son regard vers le petit pont et le kiosque rococo. C'était le lieu préféré où il souhaitait enfant venir jouer avec Lily, plutôt qu'avec sa grand-mère Hilde. Là, il rêvait, solitaire. Il se pencha tout à coup contre Lizzi, rêveur :

— Ici, avant la guerre il y avait des balançoires l'été; je me souviens, c'était un paradis d'enfants. Certains après-midi, il y avait tant de nurses avec leurs ombrelles qu'on prétendait qu'elles changeaient le sens des vents... Il faisait chaud, c'est le seul souvenir que j'ai du visage de ma mère.

— Quel âge avais-tu?

— Trois ans... forcément, puisqu'elle m'a abandonné ensuite.

—... Abandonné?

Lizzi avait pressé tendrement la main de Stefan dans la sienne. D'un geste que l'on fait instinctivement pour aider l'autre à franchir une épreuve difficile :

— Non, Stefan, elle a été forcée de partir. Elle a été faussement accusée et...

— Lizzi, je t'en prie, n'essaie plus de me parler de cela.

D'un geste autoritaire, il l'enlaça de nouveau et ils firent demi-tour vers la voiture.

Peu à peu, le détestable puzzle qu'il avait affronté tout au long de sa jeune existence resurgissait devant elle. Stefan s'était construit un avenir dans une fuite obligée, sachant fort bien que son passé, celui qu'on lui imposait, n'était sans doute qu'un mensonge. Un passé dans lequel il ne trouverait jamais aucune force pour affronter la vie, un passé sans racines sur lequel il ne pourrait jamais s'appuyer vraiment.

Mais avait-il eu le choix?

Lizzi le comprit soudain et se rappela le regard impénétrable qui l'avait tant séduit à leur première rencontre. Cet air si détaché qui l'avait bouleversé. Maintenant elle comprenait combien ce regard romantique était solitaire et pas seulement celui d'un être qui survolait le Monde. Ce qui l'avait attiré, sa puissante force indifférente au quotidien, n'était qu'une terrible défense qui l'isolait comme une armure.

— Je t'aime Stefan, souffla-t-elle. Pourquoi ne quitterions-nous pas Berlin pour retourner vivre à Heidelberg?

Il la regarda, surpris, puis lui sourit tendrement :

— Fuir?... Toi, Lizzi la bagarreuse?

52

Plusieurs jours avaient passé et le soleil des premiers jours de février réchauffait les matins et faisait fondre la neige. Le théâtre était toujours fermé. Hermann qu'on avait ramené chez lui avait appris qu'il était déjà convoité par Karla Zilig. Elle avait aussitôt commencé d'insistantes démarches auprès de la Direction des parcs et jardins de la Ville, prétextant «que le vieil homme n'était plus en mesure d'assurer correctement les séances, ce qui nuisait grandement à son commerce pour lequel elle payait fort cher sa taxe. Enfin, elle prétendait que le mécontentement du public grandissait... qu'on réclamait des spectacles moins décadents, plus éducatifs et patriotiques pour la jeunesse. »

Léa, d'abord réfugiée sous les combles où elle ne pouvait se tenir debout, passait ses jours et ses nuits à réparer les marionnettes, les décors, et tout ce qui avait été brisé. Comme elle ne pouvait sortir que la nuit, Max et Zach venaient avec l'échelle accompagnée de Nini qui faisait le guet. Ils partaient ensuite au repaire où elle mangeait, tentait de se laver avec de la neige chauffée dans la vieille cafetière de Max, car le petit réchaud du théâtre était détruit, ainsi que le lavabo.

L'espoir était retombé. Autour du feu qu'on faisait de moins en moins gros pour ne pas attirer l'attention des patrouilles sans cesse plus fréquentes — surtout sur les voies ferrées où elles traquaient les immigrés — les conversations tournaient toujours autour de la crise. La peur grandissait, car depuis la nomination du nouveau chancelier, on voyait partout en ville les S.A. se conduire en vainqueurs et s'acharner sans aucune peur de la police sur les mendiants, les immigrants, les homosexuels, les communistes, les juifs de l'Est, les ivrognes et les prostituées.

Hector n'en démordait pas: «Tout était de la faute à Napoléon et ses maudits français qui avait voulu exporter leur révolution! »

— Depuis vingt ans l'Allemagne embrigade ses jeunes en camps de vacances, ses femmes en groupes de ménagères de quartiers, ses ouvriers en brigade syndicale... Évidemment qu'ils sont prêts aujourd'hui à obéir au plus fort? Avec leur foutue discipline!

Rudi, encore enragé d'avoir été plaqué par son travesti, penchait un jour pour l'un, un jour pour l'autre. Certaines fois, il applaudissait même hypocritement «ce nettoyage printanier » dont avait besoin Berlin! Il avait toujours aimé les défilés, les bottes et les cravaches et Nini le soupçonnait même d'avoir un temps, flirté avec les uniformes au *Topkeller*, un dancing pour ouvriers homosexuels.

— Tu dis cela Rudi, parce que tu l'as revu hier dans une taverne au bras d'un beau S.A?

Rudi répondait alors innocemment par sa sempiternelle théorie du bonheur :

— Pour être heureux dans cette vie, il faut juste être jeune, beau, bronzé, stupide... et maître nageur. Tu n'imagines rien, tu n'es au courant de rien, tu manges, tu dors, tu nages, tu chasses les filles et tu ne penses jamais à la mort. Tu ne sais même pas qu'elle existe puisque tu n'es qu'un imbécile séduisant.

Grete soulevait alors sa tête et grognait, inquiète : «Et quand est-ce qu'on boit dans ce paradis-là? »

En fait, Grete disparaissait de plus en plus fréquemment pour de mystérieux rendez-vous dont elle ne voulait rien dire. Max s'en méfiait, sachant que les S.A. fournissaient l'alcool aux mendiants pour leur soutirer leurs cachettes et les assassiner. Histoire de «s'entraîner » précisait Max. Et depuis quelques jours, Grete revenait avec sa poussette pleine de schnaps et un beau livre neuf dissimulé sous ses bouteilles. Comme elle ne savait pas lire – elle avait justement purgé une peine plus courte pour handicap mental – elle demanda naïvement à Hector de lui faire la lecture. Malheureusement pour elle, la canne la frappa lourdement lorsqu'il ouvrit la première page de «*Mein Kampf* » et découvrit le premier chapitre :

— Où as-tu encore volé cela, sale punaise! avait-il hurlé en découvrant le texte.

C'est alors qu'elle avait bredouillé hargneuse, «qu'on le lui avait donné pour... »

Max, Zach, Hector et Nini avaient aussitôt pensé qu'elle était devenue une taupe des *chemises brunes* et qu'ils la suivraient discrètement le lendemain, par précaution.

— Si tu nous trahis, maudite chienne, bougonna Nini en crachant sur ses pieds, je te jure bien que je t'arracherai les yeux, la langue et que tu les mangeras avec tes foutus harengs!

Grete haussa les épaules et cracha également en sa direction :

— Si je disais tout ce que je sais, tu fermerais ta grille d'égout, vieille putain de caniveau!

Devant Max qui s'approchait d'elle menaçant, Grete se mit alors à couiner : «*Qu'on n'avait pas intérêt à lui faire le moindre mal, sinon elle les balancerait tous... Comme elle l'avait fait avec cette youpine de....* »

Elle en avait trop dit. Hector s'était levé d'un bond et le souffle court lui ordonna de parler. Terrorisée par la canne levée sur elle, Grete avoua alors qu'elle avait renvoyé l'après-midi même, une femme qui cherchait Léa.

— Quelle sorte de femme? Parle non de dieu? Fit Zach.

Le sifflement de la canne frôla encore sa tête et Grete se sauva à quatre pattes en hurlant : «... Ben, elle a dit qu'elle était du journal... Mais pas celui des harengs! J'vous le jure! J'me rappelle plus. »

Léa pensa tout de suite à Kate Whalberg du *Berliner*, la cliente dont avait parlé Margot Döblin.

— Oh, non! Mon Dieu! soupira-t-elle.
Grete rancunière éclatait au loin d'un petit

rire heureux :

— Ah, tu ris moins l'artiste? Avec tes airs de chanteuse qui nous prend pour des moins que rien! Tu vois la vie ça tiens à pas grand- chose... C'est comme j'ai dit à mon homme, quand je lui ai fendu la tête avec la hache.

— Fous le camp, morue! hurla Hector en s'étranglant de rage.

— Était-elle seule? Lança Rudi en lui barrant la route de toute sa hauteur.

Grete s'était relevée, l'évita en lui passant sous les jambes et sauta miraculeusement indemne jusqu'à sa poussette pour s'enfuir à toutes jambes en les maudissant! «Bande de sales pouilleux! Je vous dénoncerai tous! Vous verrez qui est Grete la Bouchère! »

Nini devant la tristesse inconsolable de Léa, passa son bras autour de ses épaules pour la calmer. *«L'amie de Margot Döblin ne reviendrait* pas deux fois. Son seul et unique espoir s'envolait. »

Max, Zach, Rudi et Hector comprirent que Léa venait de perdre l'une de ses dernières cartes.

— Depuis trois jours, Margot Döblin ne répond plus au téléphone... murmura Léa anéantie.

Nini lui tendit la bouteille de schnaps. Malgré la brûlure immédiate qui lui arracha la gorge et les entrailles, Léa l'avala d'un trait. À la grande surprise de la tribu, elle en redemanda encore, les yeux vidés de toute émotion. Tous se regardèrent inquiets, se souvenant de sa faiblesse récente sur l'échelle lorsqu'elle avait perdu connaissance.

Hector fit un signe discret à Max qui allait lui offrir une autre rasade, mais Léa avait déjà saisi la bouteille et en but encore deux longues gorgées. Elle se pencha en chancelant quelques secondes, puis s'affala en sanglotant sur Nini, comme une enfant que rien ne pouvait plus consoler.

À partir de cette nuit-là, Léa ne revint jamais coucher au théâtre et chaque soir s'habitua à ingurgiter comme eux le schnaps dévastateur sous le regard furieux... de Zocha.

Mais qu'y pouvait-elle? Léa espérait chaque soir en mourir. Car il fallait bien un jour accepter l'inacceptable. S'admettre enfin vaincue? Cesser de se mentir, d'espérer un miracle comme une jeune ingénue. C'est ce qu'elle se répétait désormais toute la journée, transie sur son banc, dévorée de culpabilité à chaque fois que le sol se dérobait sous elle, avant de l'engloutir, de l'accueillir dans son ventre affamé de mort. Elle se souvenait alors des vers célèbres de Joseph Roth que Hans lui avait lu un soir d'été, alors qu'ils canotaient tous deux sur la Spree :

«Dans la chevelure grise et clairsemée des vieilles femmes,

des feuilles sèches sont restées accrochées,

c'est ainsi que la mort des pauvres couronne ses victimes »

Voilà, le jour était arrivé. C'était son tour.

53

Quand Hilde pénétra dans le grand salon, elle comprit «qui » plaquait ces affreux accords sur le grand piano. Malgré son désir de rester courtoise, elle ne put s'empêcher de paraître contrariée :

— Seigneur! Mais c'est une véritable musique de nègre?

Lizzi tourna la dernière page de sa partition, et acheva le morceau, absorbée dans le fracas dodécaphonique de sa musique :

— «... Alban Berg. » Aimez-vous?

Hésitante, Hilde fit un effort pour se maîtriser : «Sans doute trop moderne pour moi. Pourquoi ne pas jouer Bach comme Stefan? Je vous ai entendu l'autre jour avec lui, c'était tout à fait délicieux. »

Elle n'aimait pas le sourire calme et lumineux de Lizzi pour réponse. Mais elle dut se contenir. Après tout, c'était la jeune femme que Stefan avait choisie.

— Cette musique est si proche de nous? De notre époque. Stefan l'adore aussi...

Signe qu'elle avait une idée derrière la tête, Hilde lissa d'un doigt son chignon. Lizzi sentit son ventre se contracter comme les jours d'examen à l'université, certaine qu'elle allait devoir affronter «l'album de photos oublié par la mère de Stefan. » La veille, avec sa perversité habituelle, Dolfie le lui avait distraitement «demandé, à tout hasard », souhaitant le ranger...

— Comment se passent vos visites chez le médecin? Vous y étiez encore, hier, n'est-ce pas?

— Très bien, merci.

Au regard inquisiteur qui la déshabillait littéralement, il était clair qu'elle craignait que Lizzi fût enceinte.

— Non... Non, répéta Lizzi fermement, et plutôt amusée. Pas encore.

— Dolfie m'a dit hier que vous cherchiez de vieux disques au grenier? Je les ai tous fait descendre. Si vous le désirez, ils sont maintenant ici dans le meuble du gramophone. Ce sera plus aisé pour vous. Et moins poussiéreux.

— Ce n'était pas un problème, au contraire. Depuis que je suis enfant, je me réfugie toujours au grenier, pour rêver.

— Pour rêver?

Hilde s'était aussitôt reprise, évaluant combien le caractère de Lizzi était plus fragile qu'elle ne l'aurait pensée: «... Rêver! » Comme à son habitude, elle alla donc droit au but :

— Ce n'est pas correct pour Stefan. Je pensais que vous aviez compris notre dernière conversation? Celle qui a été sa mère n'existe plus aujourd'hui pour lui. Il serait inutile et désastreux d'anéantir par une sensiblerie – que je comprends cependant parce que vous êtes très jeune – les dures étapes qu'il a du franchir enfant, et qu'il a aujourd'hui parfaitement maîtrisées. N'est-ce pas mieux ainsi?

Lizzi ferma doucement le piano sous le regard de Hilde au front inhabituellement plissé.

— Est-ce mal de me documenter sur votre famille, sur la mère de mon mari? Je sais combien vous avez veillé sur Stefan attentivement, et quels sacrifices de votre part ont été nécessaires pour mener à bien cette tâche délicate. Mais je pense qu'on ne peut indéfiniment vivre avec des fantômes. Et je suis maintenant certaine que le problème que vous croyez régler ne l'est pas...

— Vraiment?

Hilde plus excédée qu'à l'habitude laissa soudain entrevoir son impatience, s'accouda brusquement sur le piano avec un geste qu'elle ne s'accordait jamais, tant elle le trouvait vulgaire et digne d'une taverne : «J'attendais que vous me posiez des questions à ce sujet, j'y aurais répondu volontiers. Souvenez-vous que je ne vous ai jamais rien caché. Ma petite Lizzi? Dès que Stefan vous a pressenti pour devenir sa femme, nous avons ensemble longuement feuilleté l'album de notre famille, je vous en ai soigneusement raconté l'histoire et... »

— Justement. Je n'y ai jamais vu la vraie Léa Palmer. Pourquoi?

Sa voix était restée douce. Plus qu'un reproche, Lizzi était triste d'avoir à prononcer cette phrase horrible. Elle comprenait maintenant toute cette stratégie qui aboutissait aujourd'hui à un tel climat vénéneux.

— Pourquoi avoir évacué Léa Palmer de l'album familial? De chaque photo? Pourquoi avoir supprimé si méthodiquement l'image d'une mère? Jusqu'à couper les photos en deux pour en enlever la moitié gênante?

— Pourquoi? Mais vous parlez chère Lizzi non d'une vedette de music-hall, mais d'une épouse qui a tué sciemment son mari! Hans était le grand-père de vos futurs enfants. Et de mon fils.

Hilde avait soudain les yeux humides. Jamais Lizzi n'avait imaginé voir cette femme si forte, si dure, pleurer presque devant elle.

—... Je ne l'ai pas «évacué », comme vous le prétendez... Hans aurait survécu.

— Je respecte vos sentiments, mais vous avez soigneusement découpé chaque photo où sa femme était présente. Je l'ai malheureusement découvert dans l'album intact de Madame Palmer, lorsque je l'ai rencontré ici.

Hilde s'était redressée, glissait d'un geste redevenu fier son mouchoir sur sa joue puis changea de ton : «J'en avais le droit. Vous oubliez ce que Léa Palmer a fait? Le jugement a été clair. Elle a été condamnée. Dieu l'a voulu ainsi. Mon fils ne lui a jamais demandé la mort. Elle a menti. Il était courageux et pensait à son jeune enfant. En cela, nous nous ressemblons lui et moi... Et je le défendrai jusqu'à mon dernier souffle. »

Elle semblait croire ce qu'elle disait. Lizzi pensa qu'il était un temps dans le mensonge où le dédoublement sincère devenait la seule issue à la culpabilité. Aussi, pensant qu'il était inutile de continuer ce jeu stupide, elle se leva devant Hilde qui s'avançait, quasiment menaçante : «Comment osez-vous contester ce jugement? Que saviez-vous à Heidelberg de notre histoire? Des valeurs Haenkel? De l'amour que j'avais pour mon fils? De ce que j'ai enduré depuis ce jour fatal qui me hante chaque minute? Ici? Partout? Chaque nuit? Depuis dix-sept ans. »

— Y avait-il une autre solution? Il y a un moment où la souffrance humaine devient insupportable et votre fils a courageusement préféré mourir. J'imagine aussi, quel courage il a fallu à une femme amoureuse, pour achever celui qui était l'amour de sa vie.

Comme Lizzi allait se dérober pour sortir, Hilde furieuse l'agrippa désespérément, mais brutalement par le bras, et lui saisit le poignet : «De quoi m'accusez-vous encore? Qui êtes- vous ici pour nous juger? »

Surprise, Lizzi se dégagea :

— De rien Hilde, je ne cherche que la vérité. Et je ne souhaite pas construire mon couple sur un malentendu. C'est une situation intolérable pour Stefan. Vous lui avez menti, vous l'avez privé de sa mère. Cette femme pitoyable, *«cette clocharde comme vous dites »*, survit tel un animal de l'autre côté de la rue, et elle semble terriblement sincère... Et sans doute innocente. Elle a fait un geste noble, un geste d'amour. Certainement contre son gré et sa volonté profonde... Vous le savez et vous en avez profité pour régler vos comptes.

Le regard de Hilde devint glacial :

— Vous n'aidez pas ainsi votre mari! Nous avons Herbert et moi protégé Stefan, nous l'avons élevé, nous lui avons donné l'éducation que son père lui aurait donnée. Ce que vous nous reprochez c'est d'avoir aimé et guidé un enfant selon nos règles, qui ne sont évidemment pas les vôtres Lizzi... Lizzi Stolz d'Heidelberg?

— En effet, j'ai enfin une opinion. Et si sa mère n'était plus là pour élever Stefan... Était- elle vraiment indigne parce qu'elle avait abrégé les souffrances d'un être qu'elle adorait? Et qui l'avait sans doute imploré de le faire?

— Avez-vous d'autres preuves que la rumeur imbécile de la rue?

—... Dans les journaux, chère Hilde. Partout! Dans les minutes du procès que j'ai consulté depuis deux semaines... chaque mot. Et aussi dans certaines confidences de vos proches.

— Ah! Dans les cerveaux mous de nos domestiques analphabètes! Dans les petites pensées de ces porteurs de valises qui votent rouge et Moscou en espérant demain la richesse pour eux!

—... J'aurais pu douter des mots, mais les photos ne trompent pas Chère Hilde. Et Léa Palmer n'était certainement pas la chanteuse de taverne que vous proclamez. C'était une femme moderne, une artiste courageuse et d'avant garde! Et certainement pour ces raisons, votre fils l'a aimée. Votre fils l'aimait. Elle l'adorait! C'était un merveilleux couple. Ils se sont aimés sans vous, voilà leur faute.

Ces mots étaient sortis plus vite qu'elle ne l'aurait souhaité et elle regretta de s'être autant démasquée. Pas pour elle ou par lâcheté, mais pour Stefan. Elle savait dorénavant, juste au regard haineux que Hilde posa sur elle, qu'une guerre terrible était déclarée.

Hilde blême et livide se retourna tranquillement, puis reprit tout à coup son ton glacé, impeccablement poli :

— Bien... Si vous souhaitez — pour je ne sais quelle raison — réécrire l'histoire d'une criminelle hypocrite qui avait pris goût à notre fortune...

Stefan descendait l'escalier.

— Vous semblez toutes les deux bien sérieuses? Quel est le sujet de cette conversation animée? Une robe? Une recette? Un film...?

«Rien que d'innocentes confidences de femmes » fit Hilde soudain imperturbable.

Au regard désespéré de Lizzi, Stefan sentit que sa grand-mère mentait encore.

54

En cet après-midi où Léa s'était aventurée jusqu'à la Pagode, le soleil était plus chaud. Elle avait beaucoup bu la veille et comme Nini avait fait une «bonne journée », elle avait dans sa poche quelques marks pour se laver : «Princesse, même si le destin te joue des tours, ce n'est pas une raison pour te laisser aller? » avait lancé Nini sur un ton faussement gai.

Malgré cet air léger de fin d'hiver prématurée, le parc semblait morne et triste, presque désert. Léa s'était juré de ne plus s'approcher en plein jour du théâtre toujours fermé, ni de la boutique de Karla, trop dangereuse. Elle prenait bien soin de regarder tout autour d'elle pour démasquer les policiers en civil ou les chemises brunes : À l'aube, on avait encore ramassé deux ou trois cadavres de chômeurs roués de coups, ainsi qu'un bébé étouffé dans son sang. Le parc devenait un tableau de chasse, comme disait Hector, pour jeune héros en quête de trophées :

— Ces jeunes nazis sont si délabrés dans leurs têtes et si incapables de plaisirs dans leurs tristes vies, que leur seul bonheur c'est d'arracher les ailes des papillons!

Nini avait applaudi, mais toujours réaliste prétendait plutôt que ces jeunes ratés étaient tout simplement incapables... de bander.

— Ils ont les sensations qu'ils peuvent! gémissait-elle.

Rudi et Max parlaient de misère, de lutte des classes, de société féodale et paysanne déracinée par ce nouveau monde industriel et urbain. Max citait abondamment Lénine. Zach croyait plus simplement que les manufactures tuaient artisans et paysans, que les nouvelles règles écrasaient leur passé et leurs valeurs.

— En tout cas, fit Hector, nous allons vers l'enfer.

Tous plaisantaient encore, repoussant d'une bonne rasade ce radotage perpétuel que le vieux prof assénait depuis une dizaine d'années et dont on n'apercevait jamais *les cornes diaboliques :* vous ne voyez aujourd'hui que la queue du démon, répétait-il à satiété, mais comme à toutes les époques, la plupart des peuples ne croient jamais au pire! Erreur, le pire arrive toujours!

Un après-midi, comme tout semblait calme hormis quelques patineurs sur l'étang toujours ravis de glisser dans les brumes dorées de février, Léa s'approcha quand même de la Pagode. Magda derrière sa petite table à frous-frous pailletés, y comptait méthodiquement sa monnaie : «Mon Dieu, entrez vite, fit-elle en poussant énergiquement Léa vers le fond des cabines. J'avais tellement hâte de vous revoir. D'autant que Roger votre chauffeur est déjà venu deux fois... ainsi qu'une jeune femme qui vous cherchait. »

— Mon Dieu! Comment s'appelait-elle? Était-elle journaliste?

— Ça, je ne le sais pas, hélas.

Magda lui raconta ce qu'elle avait vu lors du raid sur le théâtre dirigé par Karl : Herbert Haenkel était là. Il semblait surveiller discrètement l'opération. Le fiancé de Karla parlait avec lui, il exécutait ses ordres. Votre pauvre Roger était bien obligé de suivre son patron, mais s'est révolté et a fait demi-tour sans doute écoeuré par la tournure des événements. C'est un homme honnête, fit-elle en sortant machinalement une pile de serviettes et ouvrant l'armoire aux petits savons parfumés. Tenez, prenez votre temps, on discutera ensuite dans ce petit coin discret.

— Je vais vous faire un bon café en attendant. Oh, que je suis heureuse de vous revoir vivante Léa Palmer? Il y a tellement de drame maintenant chaque jour.

Pendant que Léa savourait l'eau chaude ruisselante sur son corps encore engourdi par le froid de la nuit, elle repensa à ce jour tragique, sa peur, l'aide inespérée de Magda, le revirement de cette femme qu'elle avait bien mal jugée. Elle s'en voulait. C'était l'un des pires défauts qu'elle aurait tant aimé supprimer en elle, depuis qu'elle était toute petite. Zocha qui aimait le monde lui répétait : «Léa, à quoi bon juger les autres? Dieu les a simplement faits pour apprendre sur nous- mêmes! C'est seulement grâce à la confrontation et à l'échec que l'on progresse. »

Elle se sentit sourire; un événement depuis longtemps! Pendant qu'elle fermait ses yeux délicieusement fouettés par les fines gouttelettes qui martelaient ses paupières, elle se souvint d'avoir un jour répondu à sa mère : «Mais maman, puisque tu ne crois pas en Dieu, pourquoi lui prêtes-tu sans cesse tes propres avis sur les voisins? »

— Parce que Dieu c'est moi jusqu'à ta majorité, avait-elle répondu en riant.

Magda frappa à la porte de la cabine et chuchota mystérieuse :

— Ne sortez surtout que lorsque je vous le dirai...

Mais ce n'était qu'une fausse alerte, juste une précaution. Lorsque Léa sortit enfin de la cabine, une bonne cafetière de café et des bretzels délicieusement dorés, l'attendaient.

— Ah, bien sûr, ce n'est pas avec l'argent des pipis berlinois que je peux me payer cela! Heureusement, j'ai une petite rente de mon défunt, sinon je crèverais comme vous, la tête sur ma sébile, avec toute cette maudite inflation!

Il y avait longtemps que Léa n'avait pas retrouvé ce simple plaisir de la conversation, confortablement assise devant une table autour d'une tasse de café. Magda toujours maquillée comme pour son entrée en scène et couverte de bijoux tintinnabulants - ses trophées de chasse du temps qu'elle avait de nombreux admirateurs! - était devenue volubile, sans doute inquiète des menaces qui planaient sur le parc :

— Autrefois, c'était une oasis de rire et de bonheur, débordant d'enfants et d'amoureux. Aujourd'hui on y a peur même en plein jour.

Elle confia combien elle avait été révoltée par l'attitude de Karla Zilig, de sa trahison vis- à-vis d'Hermann Berger : «Il paraît qu'elle traîne tous les matins dans les couloirs du ministère à manigancer avec les amis de son fiancé pour obtenir la concession du théâtre. Ils ont l'idée paraît-il, d'y jouer des spectacles «édifiants et patriotiques »... On aura tout vu!

Elle s'était levée d'un bond et précipitée vers un placard : «Pendant que j'y pense, ce bon Roger est venu hier me rapporter votre belle robe bleue. Voilà un homme qui vous est vraiment fidèle! Je pense qu'il s'est battu avec ce Karl pour la récupérer. Il avait l'arcade fendue.

En revenant avec la housse impeccable, elle ajouta tout en s'asseyant :

—... Il m'a un peu parlé ensuite. Lui aussi est écœuré de la vie qu'ils vous font. Mais entre vous et moi, ma petite, ne désespérez pas. Les choses changent toujours...

Elle fit un clin d'œil digne de Louise Brooks, et reversa du café, apparemment ravi d'avoir une nouvelle amie.

— Pourquoi m'aidez-vous tant? Fit Léa légèrement sur ses gardes.

Magda hocha la tête : «J'aime la justice... Avant, je vous l'avoue, j'étais un brin jaloux, de vos succès d'avant-guerre. Je suis une ancienne danseuse, vous connaissez le monde du spectacle, vous savez que pour nous la déchéance du corps est difficile à supporter. Et puis, l'autre jour... Je vous ai entendu chanter au théâtre de marionnette. C'était merveilleux! »

Elle avoua qu'elle avait eu alors des remords, qu'elle avait commencé à réfléchir. Et se rappela aussi ce qu'elle avait lu jadis sur Léa.

— Non, décidément, quand je vous voyais vous promener si amoureusement avec le Dr Haenkel, si tendrement, avec votre enfant... Je me suis dit *«Magda ce n'est pas Dieu possible tout ce qu'ils disent de mal sur cette femme? »*

Léa émue par sa franchise lui tendit la main et prit celle de Magda :

— Merci Magda, je vous remercie de votre bonté. Que Dieu vous protège.

— Dieu, je ne sais pas, j'attends vraiment plus de la police! Après tout, c'est avec nos impôts qu'ils vivent!

55

La nuit suivante, Léa contempla longuement la housse de sa robe bleue avant de s'endormir. Devait-elle considérer son retour comme un signe? Secrètement, elle le désirait, mais elle en doutait. Elle avait toujours vécu entre l'espoir et le pessimiste le plus noir, c'était hélas son caractère. Hormis les magnifiques années avec Hans où elle était devenue presque insouciante, elle ne se souvenait plus d'avoir échappé un seul jour de son existence au rythme de ce balancier infernal. Telle était son caractère, et elle s'y était finalement habituée, surtout en Afrique où elle aurait jugé indécent d'avoir «le blues» devant tant de misère assumée si sereinement. Elle avait donc appris là-bas à vivre avec sa détresse, et elle remerciait alors son enfance et Zocha, qui lui avaient donné malgré le dénuement, tant de tendresse et cet esprit curieux qui vous montre la vie comme un cadeau et un fabuleux spectacle. Aussi était- elle passionnée de tout!

Elle pouvait au plus profond du froid, de la faim et de la boue, rêver à une lumière dorée, aux vagues de blés dans les steppes de Moravie, une musique entendue, une histoire lue, des personnages qu'elle avait appris au gré de son imagination à faire vivre dans sa tête des heures durant en leur inventant des existences passionnantes. N'importe quand, n'importe où! Le rêve l'avait toujours sauvée.

Ce soir-là en s'endormant au repaire, sa robe bleue l'emporta de nouveau vers les souvenirs. Elle se rappelait d'un soir où à la dernière chanson, juste avant la fin du spectacle, elle avait aperçu Hans qui se glissait au premier rang. C'était se souvenait-elle en 1912, un cabaret entre Grunewald et le Palais Impérial. Hans était venu la rejoindre ensuite dans les coulisses avec un énorme bouquet d'une trentaine de Lys blancs et une bouteille de champagne : «Bon anniversaire chérie, avait-il dit en la prenant dans ses bras. »

— Bonjour! avait ajouté une voix encore masquée derrière la gerbe de fleurs.

Un jeune homme d'une vingtaine d'années à la tignasse exubérante la regardait, admiratif.

— Oh! fit Hans amusé en se retournant, j'ai oublié de te présenter l'un de mes patients qui souhaitait absolument te connaître. C'est un élève d'Arnold Schoenberg le grand maître qui révolutionne la musique actuelle. Monsieur Berg je vous présente ma femme...

—... Alban... Alban Berg, enchanté Madame. Le Docteur Haenkel a eu la grande gentillesse de me faire entrer. J'aime beaucoup ce que vous faites... Je vous ai admiré dans *Pandora*.

— Il se disait trop timide pour venir te voir dans ta loge! souffla Hans avec fierté.

— J'aimerai justement rassembler «*La boîte de Pandore* » et «*L'esprit de la terre* » interdits en Allemagne, pour en faire un grand opéra.

— Un opéra? s'exclama Léa, à la fois surprise du projet et stupéfaite qu'un si jeune musicien pensât à elle. Mais l'auteur de la pièce Monsieur Wedekind, est-il au courant?

— Non, pas encore...

Léa avait éclaté de rire devant son culot et sa timidité juvéniles. Il paraissait évidemment déterminé.

Plus tard en Afrique, elle avait appris qu'il travaillait toujours à son projet. Mais ce soir-là, ils avaient été souper ensemble au Café Kranztler. Elle et Hans avaient adoré ses idées modernes! Elle était folle d'espoir à l'époque de pouvoir créer un jour le rôle sulfureux de Lulu en musique! Ce qui lui plaisait c'était

l'enthousiasme du jeune Berg, un type vraiment nouveau qui semblait n'avoir peur de rien. Il était habité : *«Mon opéra commence par la présentation de la ménagerie. Le dompteur exhibera chaque animal symbolisant l'un des amants de Lulu... Aux trois premiers, le Médecin, le Peintre, le Docteur Schön, correspondent ses trois derniers clients : le Professeur, le Nègre, et Jack l'Éventreur, interprétés par les mêmes chanteurs. Lulu représente la femme fatale, poussée par les hommes à se comporter en meurtrière. Ils tournent autour d'elle, la séduisent puis meurent. Il y a même une lesbienne, la comtesse Von Geschwitz, qui tombera sous son charme jusqu'à attraper le choléra pour la sauver... »*

Lulu décrivait l'ascension sociale d'une femme vénéneuse, allant jusqu'au meurtre de celui qu'elle prétendait avoir le plus aimé, puis sa chute, pour devenir finalement une prostituée et mourir.

Et sur ce souvenir, Léa s'était endormie, oubliant que son nez gelait sous la bâche, que les rats rôdaient autour du feu éteint, barbotant dans l'égout vomissant autour d'eux tous les excréments et les maux de Berlin.

Au petit matin, la vieille cafetière de Max sur les braises rougeoyantes lui avait rappelé qu'un jour nouveau de misère recommençait. Mais en fait, la journée avait été plutôt singulière. Hector, Rudi, Max et Zach étaient déjà partis, lorsque Nini poussa un cri perçant. Devant elle, surgissant des buissons, apparut la grosse Magda essoufflée, suivie de Roger.

Comment avaient-ils trouvé leur repaire? Le haut-de-forme du grand Rudi s'était alors profilé derrière eux :

— C'est moi qui les ai conduits ici!

Léa se souviendra toute sa vie de la surprise que Roger éprouva lorsqu'il découvrit épouvanté le lieu sordide où elle survivait avec la tribu. Les tas d'ordures hauts comme deux hommes, les immondices, les rats, les barriques de mazout éventrées, le feu puant l'huile, l'égout à ciel ouvert, leurs pauvres bâches moisies sous l'arche du pont, la cafetière rouillée, les cartons humides où ils cachaient leurs vieilles couvertures... Jamais Roger et Magda n'avaient imaginé même dans leurs pires cauchemars une vision aussi terrible.

— Seigneur Jésus! Est-ce possible?

Le visage défait de Magda devant la honte qui envahissait soudain Léa, ne pouvait mentir. Comment des êtres humains pouvaient-ils survivre ainsi aux nuits d'hiver, dans cette neige, ces immondices, et ce froid glacial?

—... Il y a du nouveau, fit Roger en s'avançant sur le tas d'ordures, dissimulant son effroi. Une journaliste est revenue ce matin et a dit à Magda qu'elle vous cherchait partout.

— Oui, et nous savons enfin son nom!

— Kate Wahlberg? s'écria Léa folle de joie.

— Oui, avec l'adresse, elle vous attend, fit Magda brandissant fièrement un bout de papier. Oh, je serais si contente qu'elle puisse vous aider!

Devant leurs regards bouleversés, Léa ne put retenir ses larmes, prise en flagrant délit de dénuement. Jamais elle n'avait eu aussi honte, même lorsqu'enfant elle avait immigré avec Zocha, avec pour tout bagage une bassine en émail et deux draps rapiécés. Elle se sentait si lamentable devant eux, au milieu de cette saleté puante. Et si laide elle-même qu'elle aurait souhaité s'enfoncer dans le sol pour ne plus rien entendre, ne plus rien voir. Et surtout pas la pitié dans les yeux de Roger.

— Voyons Princesse, plaisanta Nini en lui passant affectueusement le bras autour du cou, ne soyez pas si bouleversée... Vos amis ont déjà vu des tas d'ordures?

56

Kate Wahlberg poussa un cri de joie dans l'escalier lorsqu'elle aperçut Léa.

«Comment l'avait-elle reconnue si vite? Songea Roger qui avait insisté pour l'accompagner jusqu'aux bureaux du Berliner. »

—...Je vous cherche depuis tellement longtemps! Je regarde tous les jours votre photo épinglée sur mon bureau. Et vous avez le même chapeau?

—... C'est en effet la seule chose qui n'a pas trop vieilli... Hormis bien sûr quelques trous de mites et des coups matraques!

Kate dans son excitation s'était aperçue de sa gaffe et prit aussitôt Léa par la main avec gentillesse, la guida jusqu'à son bureau. De père américain, Kate était une petite femme aux cheveux gris qui écrivait dans le *Berliner Zeitung*. Elle était également correspondante du *New-*

York Times, pour lequel elle traçait des chroniques piquantes sur la vie culturelle à Berlin.

Sa plume acide et sa curiosité légendaire faisaient qu'on s'arrachait ses papiers: «... Notre pauvre Margot Döblin est malheureusement en convalescence à Linz chez son frère, après une grosse pneumonie, mais elle m'a fait promettre de vous retrouver. Voilà, c'est fait! C'est elle qui m'a jadis fait découvrir ce charmant vieil espiègle d'Hermann Burger. Comment va-t-il à propos? Toujours aussi farceur? »

Léa annonça la triste nouvelle et Kate révoltée promit aussitôt d'aller le voir et d'écrire un article sur ce qui se passait dans le parc.

— Monsieur est votre chauffeur? fit-elle troublée en désignant la tenue noire de Roger qui se tenait discrètement en retrait derrière elles.

Léa partit à rire en précisant gênée qu'il s'agissait d'un ami merveilleux, mais qu'en effet, il eût été son chauffeur, avant...

— Avant? Allons, racontez-moi tout! fit Kate écartant des piles de papiers entassés sur les chaises pour les faire asseoir. Je prendrais des notes. Voulez-vous des cafés? Mon père connaît hélas la situation ici et m'en envoie tous les mois... du vrai Costa Rica!

Au bout d'une heure, Kate avait rapidement compris l'histoire de Léa et promit d'essayer de retrouver le médecin de Hans, en plus de faire une chronique sur elle, «sa tribu» et leurs conditions scandaleuses de vie à Berlin.

— Bien sûr, cela va certainement être difficile à vivre pour les Haenkel. D'autant si je ne m'abuse, qu'ils sont très proches en ce moment d'Emmy S...

— Emmy?

— Vous la connaissez?

— Oui, nous avons fait pas mal d'auditions ensemble... À nos débuts. Mais elle était plutôt de gauche à l'époque.

— Le vent tourne. C'est le flirt actuel du nouveau ministre de l'air nommé hier, Hermann Göring.

Léa avait pâli.

— Oh, non...

Après l'entrevue, Roger insista pour reconduire Léa malgré ses protestations dans la Daimler. Léa s'entêtait, elle ne souhaitait pas qu'il lui arrivât la même chose qu'à Lily. Elle retraversa donc Berlin pour la première fois depuis quinze ans dans la limousine d'autrefois, avec son silence exquis, son parfum de cuir épais et doux. Dans sa tête, beaucoup d'interrogations se bousculaient. Elle n'arrivait plus à croire que le monde avait autant changé en si peu de temps, elle qui avait vécu dans ce Berlin non conformiste, trépidant et d'avant-garde. Bien sûr la Grande Guerre avait tout balayé, mais pourquoi aujourd'hui ses beaux-parents si sincèrement chrétiens et cultivés, pouvaient-ils fermer les yeux sur ceux qui finançaient le parti des chemises brunes et leurs exactions brutales?

Elle avait toujours pensé qu'Herbert et Hilde, malgré leur nostalgie pour l'ordre et la monarchie, resteraient des démocrates éclairés. Hans beaucoup plus pessimiste, plaisantait pourtant à propos des valeurs sacrées de son père : *«Il aura éternellement un cœur Prussien! Il a tellement peur des rouges qu'il n'hésitera pas en dernier recours à voter pour le sacro-saint ordre germanique. Avec ses beaux chants de guerre virils et ses feux scouts!»*

Kate s'étonna aussi des revirements soudains qui fleurissaient partout dans la bonne société berlinoise :

— Pourquoi?

— ... Parce que les Berlinois ont faim et qu'ils doivent continuer à faire du commerce comme Monsieur Haenkel, à n'importe quel prix... répondit Roger. S'ils ne veulent pas finir dans la rue. La peur et la faim sont d'excellents arguments politiques.

Roger conduisait avec un calme absolu, malgré les encombrements de la Potsdamerplazt où les tramways arrivaient de tous côtés, frôlaient leur voiture à toute allure. Comme avant-guerre, Léa Palmer voyait défiler Berlin comme un film coloré, agité, pressé, sans réel contact avec cette foule, ses soucis et ses aspirations. Elle se rendit compte à cet instant, avec ce quelle vivait, combien chacun était coupé de l'autre dans ce monde, trop occupé à survivre.

L'important n'était-il pas de se sauver soi- même avant tout?

Avec cet humour qu'elle avait constamment gardé - au moins dans sa tête - elle se moqua de cette «clocharde si près de sa fin » dans le rétroviseur, qui roulait dans une luxueuse berline, totalement déconnectée d'un monde qu'elle savait maintenant aussi paniquée qu'elle. Cela lui parut aussi surréaliste que les premiers vernissages dadaïstes auxquels elle se rendait frénétiquement avec Hans, *où des mannequins collés au plafond surveillaient des machines à*

*coudre couvertes de fleurs... et des tasses à café
en fourrure.*

De temps à autre et discrètement, Roger attirait
son attention sur les nouveautés construites
depuis son départ.

— Madame sur votre droite, c'est le nouveau
journal lumineux du grand magasin *Karstadt*,
qu'on aperçoit depuis l'aéroport de Tempelhof.

Léa admirait cette ville en transformation qui
n'était plus la sienne, mais qui faisait tout de
même encore un peu partie d'elle.

— Je suis heureux que cette journaliste Kate
Wahlberg puisse vraiment vous aider, lança-t-il
soudain, dirigeant son regard vers le rétroviseur
en recherchant le visage de Léa. Nous ne nous
reverrons peut-être plus Madame, mais je dois
vous confier que les choses évoluent à la Villa
Sturm.

Léa sentit qu'il souffrait de pénétrer un territoire
privé, un territoire qu'il n'avait jamais franchi

durant toutes leurs années d'avant- guerre, malgré l'estime et leur complicité réciproques.

— Je vous remercie Roger, mais vous devez d'abord penser à vous, et je ne veux en aucun cas qu'ils vous reprochent vos indiscrétions. Magda m'a avoué que vous vous étiez battu avec Karl?

Les yeux clairs de Roger, sous l'ombre de sa visière ne cillèrent pas. Elle sentit navrée qu'il était déterminé à prendre des risques.

—... Madame Lizzi a écouté tous vos disques hier soir, dans le grenier.

— Mon dieu, mais pourquoi? fit Léa étonnée.

—... Elle a également tenu tête ce matin à Madame Hilde au sujet des photos.

Roger guetta sa réaction. Apercevant le trouble de Léa, il comprit qu'il était de son devoir de rapporter les événements qui pouvaient l'aider : «Monsieur Stefan et Madame Lizzi ont eu aussi une première scène d'explication. Madame a fait en secret des recherches sur vous et votre procès. C'est une jeune fille intelligente, moderne et bien que réservée, elle n'a pas froid aux yeux. Elle a vite compris la situation et en a discuté clairement avec votre fils...

— L'aime-t-elle vraiment? Souffla Léa.

— C'est évident Madame. Je pense sincèrement qu'ils sont faits l'un pour l'autre...

— Qu'à dit mon fils?

— Vous savez que c'est un garçon qui a beaucoup souffert de votre absence et de celle de son père. Des grands-parents même attentifs ne peuvent remplacer la vigueur et l'élan de la jeunesse. D'autant que son caractère à toujours été plus proche du votre et de celui du Dr Hans, que de ses grands- parents... Il s'est donc construit comme une forteresse dont on ne franchit pas aisément l'entrée. Hier, il s'est obstiné devant la lucidité de Madame Lizzi, puis il a finalement cédé à une franche discussion...

— Comment savez-vous tout cela Roger?

— Madame Lizzi à tout de suite été très proche... Un peu comme vous, à notre époque... Je l'ai aussi quelques fois conseillée.

Leurs regards se croisèrent involontairement dans le rétroviseur, chacun étonné de la confirmation secrète qu'il y cherchait.

Roger continua d'une voix plus confidentielle : «Votre fils et Lizzi sont de plus en plus bouleversés par les nouvelles fréquentations d'affaires de Monsieur et Madame Haenkel...

Il avait prononcé ces mots d'un ton neutre qui en disait beaucoup sur ce qu'il pensait.

— Que va-t-il se passer? C'est impossible qu'Herbert penche maintenant du côté de ce nouveau chancelier?

— J'en ai peur, Madame... Il a eu hier une discussion orageuse dans le bureau avec Stefan qui s'est prolongée partout dans la maison. Votre fils lui a reproché d'avoir fêté la veille cette nomination en invitant Alfred Rosenberg.

— Qui est-ce?

Au croisement d'Unter Den Linden, Roger ralentit la voiture puis fouilla dans la boîte à gant et tendit un journal : «C'est le directeur de cette feuille de chou...»

Léa s'empara du journal en découvrant le titre *«Völkischer Beobachter»*. Puis elle descendit sur les colonnes de la première page et en comprit rapidement le contenu nationaliste exacerbé et antisémite.

—... Un homme dangereux à ce qu'on dit, il vient d'entrer au cabinet du nouveau chancelier Hitler, souffla Roger.

Léa hocha la tête, anéantie.

— Mais ce qui a envenimé leur désaccord, c'est lorsque Monsieur Herbert a traité «d'âneries grotesques» les affirmations de Stefan.

— Lesquelles?

—Stefan a affirmé devant son grand-père que la Croix Rouge allemande renvoie toutes ses infirmières juives...

— Mais, c'est impossible, voyons? C'est une organisation internationale et... oh, non, pas ici?

Léa détourna son regard, elle savait maintenant ce que Roger avait souhaité lui dire. Elle devinait soudain les liens qui l'unissaient au vieil Hermann Berger. «Tous deux discrets savaient sans doute ce qui arrivait... »

Comme une pluie verglaçante s'était mise à tomber, Roger fit fonctionner les essuie-glace qui couinèrent doucement, d'un mouvement lent et régulier, jusqu'à leur arrivée.

— Arrêtez-moi avant la Villa, souffla Léa, il ne faut pas qu'ils me voient avec vous.

Roger stationna la voiture au début de l'Avenue et lorsqu'il se retourna, juste avant de descendre, il frôla maladroitement la main de Léa, surprise : «Je vous en prie, venez voir votre fils demain, il le faut. Des choses se préparent que j'ai entendu et que je ne puis vous répéter. Stefan peut comprendre maintenant... Faites-le. Je suis de tout cœur avec vous! »

Il serrait tendrement sa main qu'elle tentait de retirer de la sienne, et elle sentit confusément que sa résistance habituelle s'évanouissait. Quelque chose qu'elle ne souhaitait pas s'expliquer venait de se produire malgré elle. Roger lui ouvrit rapidement la portière lorsqu'une image du passé traversa son esprit : quinze ans plus tôt, Hans avait dit en s'éloignant de la voiture, *«Mon amour, quand je ne serais plus là, fais confiance à Roger et Lily, ils sont tes seuls anges protecteurs.* »

— À demain Madame Palmer. Promettez-moi de revenir?

— À demain Roger, je vais essayer... J'espère seulement en avoir encore le courage. Priez pour moi.

Le cœur battant, elle suivit des yeux la voiture qui redémarra pour tourner tout au bout de l'Avenue, vers l'entrée de la Villa Sturm. À gauche, la masse sombre et sinistre du parc l'attendait. La pluie lui picota le visage. *«Était-elle de nouveau arrivée à un moment de* sa vie où elle devrait encore affronter l'impossible? »

— Demain, demain, murmura-t-elle dans l'obscurité.

Et elle trébucha.

57

Cette nuit-là fut certainement la plus longue de sa vie. Enfin, c'est ainsi qu'elle s'en souvint. L'être humain est un étrange mammifère; sa naïveté l'invite à croire sans cesse à chaque étape de son existence qu'il vient de trouver la clef de ses difficultés originelles. Hélas, le temps le ramène indéfiniment à son humble condition : douter, souffrir... puis errer de nouveau.

Durant ces quelques heures d'insomnie glacée, Léa ressassa ce qu'elle devrait faire le lendemain :... Se laver chez Magda, s'habiller ensuite avec la robe bleue, marcher dans la neige jusqu'à l'entrée de la Villa, franchir la vigilance de Karl ou des valets engagés pour cette réception dont Roger l'avait informé juste avant de la déposer sur l'Avenue. Puis gravir le perron, se faufiler sans être vue de Dolfie et affronter Herbert, Hilde, Stefan... Elle devait arriver en fin de soirée pour éviter un maximum d'invités, donc de dangers. Kate, comme convenu, serait avec elle, peut être avec son photographe du *Berliner* ou du *New-York Times*. Et là, toute la nuit, elle avait répété cette scène des dizaines de fois. Ce qu'elle dirait. Ce que ne manqueraient pas de lui répondre Herbert et Hilde furieux de sa nouvelle incursion, car selon Roger, «Herbert se voyait prochainement graviter autour du Ministère de la Culture et de la Propagande » aux côtés d'un des anciens auteurs qu'il avait autrefois eu le flair de publier. Si tout allait bien, il pourrait être nommé sous-ministre dans les jours suivants. Léa imaginait aussi l'impossibilité pour ses beaux-parents de faire un scandale public en la chassant devant leurs invités. Elle dirait enfin tout à Stefan, appuyé par Kate. «Comment réagirait Lizzi? Roger était-il vraiment sûr du cheminement qu'avait fait cette jeune femme? ...et son influence réelle sur Stefan?

Léa restait obsédée par l'idée de nuire à son fils, d'être revenue à Berlin pour briser sa carrière, son avenir. Après tout, il vivait correctement ainsi, il avait oublié qu'il avait eu une mère et s'était sans doute fait à l'idée sordide qu'elle avait tué son père par intérêt, comme on le lui avait sans cesse répété. Il lui suffisait simplement d'évacuer chaque fois cet odieux souvenir pour vivre normalement. Avec le temps, il était juste devenu le fils du Dr Hans Haenkel, lâchement achevé par sa femme après une longue agonie. Pourquoi aurait-il eu envie d'apprendre aujourd'hui la vérité? Une vérité qui l'obligerait à se reconstruire? À oublier des certitudes longuement inculquées par ses grands-parents qui avaient sacrifié leur vieillesse pour l'élever et l'insérer dans la bonne société berlinoise. Lui tracer une carrière en gérant pour lui sa fortune et des appuis. Des appuis qui lui garantiraient même par ces temps de crise, une liberté et une autonomie financière enviable. Pourquoi aurait-il désiré revenir en arrière? Et pourquoi tout à coup devait-il considérer ceux qui l'avaient élevé comme des menteurs, les auteurs de faux témoignages qui avaient conduit sa mère en prison, puis en exil et l'avaient privé d'une enfance normale. En ajoutant un terrible doute sur la cupidité d'un vieux couple d'affairistes qui avait profité d'une fortune récupérée in extrémiste et qui aujourd'hui – ô scandale suprême – semblait glisser vers une connivence avec les prochains maîtres nazis?

C'est tout cela qu'elle devrait affronter demain et elle en fut totalement effrayée.

Lorsque le premier train du matin ébranla le pont dans un grondement sourd, Léa se sentit «morte, impuissante, le corps rigide et douloureux, incapable de bouger. » Avec l'idée suicidaire, noire et lucide qui la terrassait : «Comment Hilde, Herbert et Stefan, accueilleraient-ils tout à l'heure cette clocharde arrogante, juive de surcroît, qui survivait dans le parc d'en face, avec les mendiants, les rats et les éclopés de guerre, dans une robe du soir prétentieuse d'une autre époque et qui leur demanderait de s'accuser de parjure? Lui le célèbre éditeur Haenkel dont l'arrière grand-père avait publié le poème d'Ossian de Goethe. Lui Herbert Haenkel, qui avait publié par hasard cinq années plus tôt – ô comble de chance! – un mauvais roman intitulé «Michael», d'un auteur à peu près inconnu, mais qui s'appelait aujourd'hui... Joseph Goebbels. Et qui lui ouvrirait demain les portes des Ministères et des subventions.

Elle, Hilde Haenkel, avait juré sur la Bible devant le tribunal que son fils lui avait soufflé avant de mourir, «Léa m'a achevé... »

Et Stefan avait été élevé depuis l'âge de quatre ans dans cette croyance, sans aucune photo de sa mère, «toutes soigneusement évacuées des albums et des cadres de la Villa Sturm Und Drang par des ciseaux efficaces. »

Goethe était si loin!

N'était-elle pas tout simplement folle?

58

Le lendemain matin comme prévu, Kate Wahlberg la journaliste, arriva pour le reportage, flanqué d'un jeune photographe américain Bill Graham, du *New-York Times*. Ce n'était pas le photographe habituel de Kate, et Bill débarquait pour la première fois à Berlin. Il avait ce côté décontracté et cette tonique naïveté juvénile qui semblait agacer au plus haut point Kate, anormalement nerveuse, certainement consciente des tensions du moment et du danger de traîner ce chien fou. Pour rester discret, le rendez-vous avait été pris à l'autre bout du parc, loin de l'entrée monumentale. Une sorte d'ouverture illégale, aménagée dans des buissons épineux. Kate était passée prendre Hermann au passage et lorsqu'ils débarquèrent de l'auto, Léa vit son vieil ami appuyé sur une canne, grimacer pour se mettre debout. Il fit un effort pour se tenir contre la portière et son visage s'éclaira lorsqu'il aperçut Léa. Elle se précipita aussitôt pour l'aider et il la serra longuement contre lui, heureux de la revoir enfin : «J'ai eu tellement peur pour vous! Je pense que vous devez la vie à notre chère Magda. Elle a enfin eu le bon goût de devenir démocrate?»

Kate s'était habillée en tenue de «guerre», bottes de caoutchouc et blouson de cuir.

— Karla Zilig et son S.A. seront-ils là? demanda-t-elle.

Léa et Hermann la rassurèrent, lui indiquant qu'elle n'ouvrait en semaine que l'après-midi. Et il était à peine huit heures du matin. Par contre, ils soupçonnaient fortement le remplaçant de Diogène d'être une taupe des S.A. peut-être même placée là récemment par le fiancé de Karla.

— Qu'est-ce qu'un S.A.? demanda Bill souriant.

Lorsqu'il vit Léa, marcher les jambes nues dans la neige pour les guider, avec ses escarpins troués et son vieux manteau en lambeaux, son éternel sourire de beau gosse américain se figea.

Discrètement, il prit sa première photo, tout excité.

Hermann avec sa canne les abandonna assez rapidement, rebroussant chemin contre son gré. C'en était trop pour lui. «Il les attendrait dans la voiture de Kate.»

En s'enfonçant dans le parc, ce que Kate et Bill découvrirent était la vraie vision d'une Allemagne à bout de souffle, une cour des miracles cachée derrière les frondaisons majestueuses d'un quartier chic où habitaient *Asta Nielsen* sur Kaiserallee, *Tilla Durieux* sur Victoriastrasse, et *Gret Pallica*. À mesure qu'ils avançaient, surgissaient des éclopés de guerre, des ivrognes cuvant sur les bancs, des clochardes rouées de coups, des chômeurs dans leur dernière tenue de travail. À terre traînait le cadavre d'un cul de jatte enroulé dans des journaux, un enfant édenté couinant comme une bête traquée... Kate muette suivait Léa, Bill «immortalisait» sur la pellicule ces sans-abri, ces exclus, cette faune désespérée et repoussante, sale et purulente, rendus presque à l'état de sous-hommes par l'effondrement d'une société sans balises.

De temps en temps, Léa ajoutait une anecdote, expliquant les jeux cruels des S.A, la peur des voyous de tous bords qui se défoulaient sur leur pauvreté, la police désormais complice qui ne rentrait plus ici depuis des semaines et qui laissait s'accomplir le nettoyage...

Passant devant l'étang, elle montra la silhouette du théâtre sur l'autre rive. Bill s'exclama devant l'élégance baroque de la Pagode de Magda, mais Kate lui indiqua qu'ils ne pouvaient s'en approcher.

— Pourquoi? fit Bill étonné, nous sommes à Berlin?

Il ne comprenait pas. Il ne pouvait comprendre ce qui se passait dans cette capitale jadis brillante dont Hollywood importait depuis plus de vingt ans, quelques une de ses plus grandes vedettes. N'avait-il pas entendu la veille en conférence de rédaction évoquer le nom du nouveau chancelier allemand pour illustrer la prochaine couverture du *Times*? ... *Hitler, cet homme nouveau, ultime rempart contre le bolchevisme? L'ami de l'Amérique anticommuniste, l'ami d'Henry Ford le seul américain mentionné dans Mein Kampf...*

Kate n'en pouvait plus. Elle avait trébuché plusieurs fois dans la neige et s'était égratignée le visage. Mais elle était déterminée à remplir sa promesse.

— Voilà, fit Léa au bout d'une heure d'une marche harassante en arrivant en vue du pont.

— Seigneur non! Ce n'est pas là que vous vivez?

Kate n'en revenait pas. Elle balaya du regard les immenses tas d'ordures, la décharge d'huile avec sa fumée âcre et noire qui cachait le ciel, les taches sombres des rats, la fumée des trains au-dessus des arches enjambant l'égout à ciel ouvert qui imbibait d'un brun rougeâtre la neige fraîche... Elle ne préféra pas avouer que cela ressemblait à ce qu'elle venait de visiter en cachette, deux jours avant, avec Bill : un camp sauvage des S.A., à Lichtenburg. Avec des éclopés, des immigrants, des Tziganes, des homosexuels attrapés sauvagement dans les rues et dans les squares la nuit. Et des gardes à moitié saouls qui riaient et plaisantaient de leurs jeux troubles, qui urinaient joyeusement sur leurs prisonniers terrorisés.

Kate soupira, mais elle tenait son reportage.

Pour cette visite, Nini s'était faite belle. Elle avait même repéré Bill de loin, agacée par les plaisanteries lubriques de Grete qui astiquait sa poussette. Hector tentait de se tenir droit sur sa canne, mais sa poitrine faisait de plus en plus de bruit quand il respirait. Une crampe incessante le faisait cruellement souffrir. Le haut-de-forme de Rudi qu'il avait mis toute la nuit à débosseler, luisait, huilé à l'urine pure du matin. Max terminait de redresser la croix plantée dans la neige près de l'arche, où était enterrée Dora.

Bill, l'œil collé à son viseur, appuya sur le déclencheur.

Le jeune Zach s'arrêta de jouer du bandonéon, puis furieux, fonça sur le photographe pour lui arracher son appareil : Il ne tenait pas à être emprisonné pour le meurtre qu'il avait commis à Lodz.

— Voyons Zach, hurla Léa, ce sont mes amis!

59

Kate victorieuse téléphona le lendemain matin chez Magda :

— Je l'ai retrouvé!

Elle avait pu joindre le médecin de Hans. Il résidait en fait à Brême et accepta avec joie de témoigner. Il avait été révolté par l'injustice faite à Léa. «Il souhaitait cependant lui parler avant de venir...»

Il était presque cinq heures du soir quand au fond de la Pagode transformée en loge d'habillage, Magda déplia fièrement sa vieille boîte de maquillage de music-hall, encore estampée du célèbre cabaret *Tingel-Tangel*.

— Prends encore cette tasse de café fort, fit Magda terriblement inquiète, devant les tremblements nerveux qui secouaient Léa.

—... Je lui ai parlé au téléphone. Il était aussi charmant qu'au temps où nous étions amis. Il a fait ses études avec Hans et ils sont partis au front ensemble établir un hôpital de première ligne...

Dans le miroir jauni cerclé de petites ampoules électriques, l'émotion se lisait sur le visage de Léa. «Il a tout de suite accepté de venir, et de dire la vérité à mon fils. Hans l'avait mis au courant au téléphone de sa décision, avant la fin...»

— Oh Seigneur, ton fils va donc enfin savoir la vérité? »

— Si tu savais Magda comme j'ai hâte de vivre cet instant!

Sa voix s'étrangla.

Magda comprit combien tout ce qui restait d'énergie dans cette petite silhouette fragile et amaigrie, ne brûlait que pour prononcer aujourd'hui ces quelques mots.

— Kate t'a gâtée. Elle a déposé chez moi ces élégantes chaussures italiennes et ces bas de soie. Allons, laissez-vous faire comme avant d'entrer en scène... Miss Palmer!

— Cela nous rappellera le bon temps chère Magda! Vous souvenez-vous de ce curieux music-hall où vous avez dû danser et où j'ai chanté à mes débuts? Le *Residenz-Kasino*... avec l'orchestre de Richard Tauber et sa fontaine lumineuse terriblement kitsch?

— Oh oui! s'exclama-t-elle en trempant son éponge humide dans la vieille boîte de fond de teint *Max Factor*. Je me souviens, il y avait un téléphone à chaque table et les clients s'appelaient pour flirter d'une table à l'autre! Un enfer...

—Avais-tu aussi travaillé à *La cave d'Albert*? Sur Weinmeisterstrasse?

— Oui, oui! s'exclama Magda en riant. Il y avait des clients si réguliers qu'ils s'y faisaient adresser leur courrier!

— Avec cet énorme poêle en fer au milieu de la salle, et Wolfie le patron, un souteneur qui avait toutes ses dents en or!

Au fur et à mesure qu'elles éclataient, de rire, les traits du visage de Léa s'animaient, retrouvaient ses fossettes disparues. Et soudain, Magda se souvint de l'image exacte perdue au fond de sa mémoire, de cette femme épanouie qui tenait son petit garçon par la main avec un sourire plein de douceur et qui passait jadis devant sa Pagode. «Oh, cessez de bouger Léa, j'attaque vos yeux! »

Lorsque Magda mystérieuse ouvrit un placard pour en sortir un merveilleux chapeau assorti à la robe bleue, Léa sentit son cœur chavirer : dans le miroir elle se retrouvait presque belle, enfin plus comme avant, mais autrement... Évidemment différente. Le temps avait si vite passé. Elle jugeait sans complaisance son visage, chaviré par la vie, meurtri.

— Même si j'échoue, murmura-t-elle reconnaissante, je n'oublierai jamais cet instant. Jamais je n'aurai cru le vivre.

Quand elle se leva pour enfiler ses bas, sa robe et ses chaussures, et que Magda en fredonnant le *cancan* de la Vie Parisienne posa le chapeau sur sa tête comme une couronne, les deux femmes admirèrent dans le grand miroir de l'entrée, celle qui était redevenue Léa Palmer...

—... Il ne va pas reconnaître sa mère! fit Magda fièrement.

60

— Mon dieu, fit Kate en sautant de sa voiture devant Léa, on vous a transformée?

Au même instant, Léa reconnut le visage du Dr Jurgens qui ouvrait l'autre portière. Elle eut un choc : il avait maintenant l'âge de Hans et ses cheveux grisonnaient. *«Hans aurait été ainsi»* songea-t-elle, tandis qu'elle se précipitait vers lui. Éric Jurgens prit aussitôt sa main et la serra longuement dans la sienne, dévisageant Léa avec un sourire confus. Il cherchait à retrouver la jeune femme drôle et pétillante qu'il avait jadis connue aux côtés de son meilleur ami, cette infirmière infatigable qui veillait tard dans la nuit aux côtés de son mari à l'hôpital du front. La *Léa Palmer* de jadis avait pourtant gardé ce regard lumineux *«qui vous prenait dans ses bras »*, comme l'écrivit un journaliste à l'époque; même si l'innocence juvénile s'était aujourd'hui enfuie. La *Léa Palmer* qui avait été le symbole de la femme moderne d'avant-guerre, coiffée à la garçonne, artiste, sportive, libérée, celle qui osait s'asseoir seule dans un café et fumer en public...

Pourtant, ses traits si fins s'étaient alourdis, voilés par cette lassitude extrême des êtres fatigués de vivre, uniquement soutenus par leur obsession secrète. La régularité de sa bouche pulpeuse, ses pommettes hautes, la clarté intense de ses yeux affichaient aujourd'hui une sorte d'élégant détachement, un flottement mélancolique devant le présent; avec désormais aucune autre peur que celle ne pas atteindre son but. «L'ultime force de survie» pensa Éric Jurgens qui fût de nouveau subjugué par son inexplicable magnétisme :

— Kate Wahlberg m'avait tellement fait peur..., ajouta-t-il avec franchise. J'aurais dû me douter que la femme d'Hans Haenkel n'était pas de celle qui abandonne si facilement?

Il avait accueilli avec bonheur un sourire naissant sur les lèvres de Léa. Elle paraissait heureuse pour la première fois depuis longtemps, sans honte d'elle-même devant les autres : «Hans aurait certainement aimé nous revoir ainsi, cher Éric. Et il vous en remercie, je le sais. Vous avez le courage de venir témoigner devant son fils. »

— Votre fils, chère Léa.

Nerveuse, Kate vit Léa émue plisser les yeux et gronda : «Allons, ce n'est vraiment pas le moment de refaire le maquillage! Allons-y! »

Et elle leur tendit trois cartons d'invitation estampillés «Presse Internationale » avant qu'ils ne se dirigent vers l'entrée de la Villa Sturm, dont toutes les lanternes brillaient dans la nuit tombante.

Karl était bien sûr à l'entrée. D'un premier coup d'œil, il dévisagea Kate Wahlberg lorsqu'elle tendit son invitation, puis reconnut Léa au bras du Dr Jurgens. Kate ne lui laissa pas le temps de réfléchir et prit le bras de Léa en riant, confirmant d'une voix douce qu'ils étaient tous ensemble, pour le *Berliner* et le *New York Times*.

Surpris, Karl bredouilla nerveusement, puis tenta de s'interposer. Mais comme il y avait d'autres invités qui arrivaient, il dut céder aux rires provocateurs de Kate... qui attirait toute exprès leur attention.

En quelques minutes, Hilde prévenue descendit l'escalier en trombe... derrière Dolfie affolée. Mais le consul des USA entrait déjà, en compagnie de sa ravissante femme, une amie de Kate. Hilde rejoignit Herbert à l'entrée pour accueillir le couple et ce fut sans doute la première fois qu'Herbert remarqua quelques cheveux dépassant indûment du chignon d'habitude parfait de son épouse.

Ce cocktail célébrait l'anniversaire d'Herbert. Hilde en avait pourtant vérifié tous les détails : *comment Léa Palmer osait-elle venir encore perturber leur fête? Et risquer la prison? Un simple coup de téléphone pouvait briser son arrogance.* Hilde hésita devant le téléphone sur le guéridon près du piano, puis jeta un coup d'œil derrière elle pour voir si Stefan ou Lizzi étaient déjà descendus, mais ne les aperçut pas. Comme il s'agissait d'une réception «intime » d'une trentaine de personnes, elle avait préféré utiliser le personnel de la maison plutôt que d'engager des extras peu sûrs. On entendait tellement d'histoires dans ces jours difficiles sur les larcins de domestiques peu scrupuleux dans les maisons bourgeoises. Les communistes s'infiltraient partout! Et puis l'idée d'Hilde, c'était de célébrer les cinquante ans d'Édition autour d'Herbert, de réunir quelques amis bien placés dans le prochain pouvoir afin de tisser des liens amicaux si importants en ces temps de crise. L'année financière avait été si mauvaise que beaucoup des amies d'Hilde avaient même renoncé à acheter de nouvelles fourrures, ce qu'elles faisaient pourtant chaque mois de février.

— Madame, chuchota Dolfie, Monsieur Stefan et sa femme descendent...

Hilde soupira malgré elle, soulagée, car après l'odieuse discussion de la veille entre Herbert et Stefan, elle n'était plus certaine de la présence du couple, ce qui n'aurait pas manqué d'intriguer leurs relations. Beaucoup savaient que Stefan se dirigeait vers la psychiatrie et cette fameuse psychanalyse viennoise qui semblait intéresser maintenant tous les intellectuels et les artistes. Herbert aurait été tellement blessé de l'absence de Stefan, lui qui investissait maintenant dans son petit-fils, toute l'affection qu'il n'avait jamais pu prodiguer à Hans. «Dommage cependant, songea Hilde, que sa cousine Leni n'ai pu se rendre libre.» Hilde aurait adoré inaugurer sa nouvelle caméra avec son film couleur, sous ses précieux conseils. Mais le contact le plus important de la soirée serait heureusement son amie Emmy S qui, selon les dernières confidences de Leni, était au beau fixe avec son flirt récemment nommé ministre de l'Air.

Quand le visage de Kate lui apparut, Hilde un instant déroutée comprit soudain la bizarre conversation téléphonique qu'elle avait eue la veille avec la secrétaire du *Berliner*. *Ainsi, cette Kate Wahlberg était également la correspondante du New York Times.* L'épouse du consul américain s'était d'ailleurs aussitôt précipitée vers elle et l'embrassait. *En plus, elles se connaissaient!* réalisa Hilde saisie d'une panique intérieure. Découvrant dans la seconde suivante comment Léa était entrée, et apercevant le Dr Jurgens à son bras, elle encaissa toute l'étendue de cette trahison... Trop tard! La journaliste sautait d'une voix mondaine sur Herbert :

—... Monsieur Haenkel? Je suis tellement ravie de vous connaître. Je suis Kate Whalberg du *Berliner Zeitung* et correspondante du *New York Times* à Berlin. J'ai découvert récemment votre illustre maison d'édition et je serais folle de joie si vous me parliez un jour de vous, et de votre arrière grand-père qui édita Goethe?

Le sourire accueillant d'Herbert se figea lorsqu'il aperçut derrière l'épaule de Kate, le visage d'une femme qu'il reconnut après quelques secondes d'hésitation.

— Monsieur Haenkel, permettez-moi de vous présenter également mes amis : Madame Léa Palmer et le Dr Éric Jurgens...

Le regard froid d'Éric Jurgens, l'ami de Hans, transperça Herbert. Kate à ses côtés, lui présentait déjà protocolairement sa main gantée.

—... Je... Je suis assez surpris de votre présence? balbutia-t-il devant Éric Jurgens, incapable de cacher son trouble.

Puis se tournant vers Léa, il accepta forcé sa main en claquant des talons à la prussienne - comme autrefois - dans un élan instinctif qu'il regrettait déjà. «Léa l'avait toujours secrètement impressionnée. »

— Madame... Puisque vous m'y contraignez!»souffla-t-il glacial.

Il s'évertua immédiatement à reprendre un ton poli et à dissimuler sa fureur en se tournant vers ses prochains invités.

— À tout à l'heure, lui lança Kate mondaine... Je compte sur vous pour l'interview?

En s'avançant dans le grand salon où trônait un énorme buffet décoré de lys et de gardénias, Léa aperçut Hilde qui se dirigeait vers l'escalier où Stefan et Lizzi descendaient; un couple d'invités l'intercepta.

«Lui, c'est le secrétaire du futur ministre de la Culture, chuchota Kate à Léa. »

— Le secrétaire de Monsieur Joseph Goebbels?

Léa remarquait au même moment la nouvelle photo d'Herbert et Hilde dans un cadre sur le piano; ils souriaient en costumes bavarois, dans les Alpes, aux côtés du magnat de l'automobile américain Henry Ford.

— On dit que Ford finance Hitler depuis le début? Fit Éric Jurgens interceptant le regard stupéfait de Léa. Comment votre fils supporte- t-il tout cela? C'est lamentable...

Tandis que des applaudissements menés par Hilde saluaient la descente de Stefan et Lizzi, ces nouveaux mariés dont beaucoup d'invités présents avaient fêté le mariage, deux barmans — dont Roger — entrèrent pour présenter les coupes de champagne.

La première à apercevoir Léa, dans son élégante robe du soir, fut Lizzi.

— Oh, elle est là... souffla-t-elle, à Stefan.

Avec son élégant chapeau, sa silhouette mince drapée de soie bleue et son regard au charme timide, Léa attirait involontairement le regard au milieu de tous ces gens distingués, mais si ternes. Un journaliste avait déjà écrit : *Il y a dans les actrices, un mystère que d'aucuns attribuent à une fêlure secrète, d'autre au désir désespéré d'être aimé. Mais leur magnétisme reste incompréhensible.*

Stefan balaya du regard l'assistance et s'arrêta sur cette femme qu'il semblait découvrir pour la première fois : «Sa mère. »

Lily lui avait souvent répété qu'elle avait été une grande chanteuse et comédienne, qu'elle fascinait le public par sa voix, sa beauté, son caractère passionné et sa profonde gentillesse.

Ému, Roger dans l'ombre du vestibule intercepta les regards du jeune couple et songea «Dommage que Monsieur Hans ne soit pas là. Léa Palmer ce soir est aussi belle et merveilleuse qu'avant... »

Sur un signe nerveux de Hilde, le quatuor installé en bas de l'escalier se mit à jouer, et Herbert gravissant quelques marches, rejoignit sa femme devant Lizzi et Stefan, invitant l'assistance à l'écouter :

— Mes chers amis... Mes chers amis... Je vous en prie!

Il transpirait, tirant sur son noeud papillon comme si quelque chose l'étouffait :

— Très chers amis, vous qui avez la bonté de venir ce soir fêter l'anniversaire d'un... vieillard...

Kate toucha du coude Léa, elle remarquait combien Herbert évitait à tout prix leurs regards.

Herbert continua en remerciant sa chère épouse, puis son petit-fils Stefan, sa jeune et jolie femme Lizzi, tous réunis autour de «son grand âge » et celui de la vénérable Maison d'édition Haenkel...

Puis il déplia un feuillet - à la surprise de beaucoup - et commença à évoquer l'œuvre de son arrière-grand-père, l'héritage culturel de l'Allemagne, ses valeurs éternelles: «... La terre, le sang, l'ordre, la pureté de la langue, la fidélité et l'obéissance à la nation : Tout ce qui fait la supériorité de l'intelligence de nos écrivains allemands, de nos peintres, de nos musiciens. De notre esprit germanique... »

L'arrivée d'Emmy S, précédée de murmures l'interrompit. Apparemment c'était une surprise pour Lizzi et Stefan qui interrogèrent durement Hilde du regard. *Ainsi, elle et Herbert faisaient fi de l'altercation orageuse de la veille et avaient le culot d'inviter en leur présence cette actrice dont le tout Berlin nazi évoquait le flirt affiché.*

Roger qui observait Stefan à la dérobée lut la contrariété qui s'affichait sur son jeune visage tandis qu'il attirait Lizzi contre lui d'un geste protecteur.

Comme il fêtait aussi les cent ans de sa maison d'édition, Herbert poursuivit son discours et prit la peine d'en retracer la politique, sans doute par peur des pressions sur la culture qui lui semblaient inévitables, mais aussi pensa Kate, pour rester dans la cour des grands... C'était une véritable déclaration d'intention à ses futurs protecteurs :

— Monsieur le Ministre, Mesdames, Messieurs... Aucune sphère de l'existence publique ne doit échapper à la domination des idées, tous les moyens esthétiques doivent être mis à contribution pour les imposer à l'ensemble du corps social : de la photographie au concert, de la sculpture au film, du théâtre de masse au livre...

Léa ne quittait plus son fils des yeux. Elle y lisait avec bonheur, sous l'apparente politesse, une réprobation profonde aux propos d'Herbert, un agacement visible. *«Enfin! pensa-t-elle au plus profond de son cœur, son fils avait échappé au pire. Il resterait comme elle et Hans, un rebelle. »*

Hilde scrutait aussi Léa, enragée de s'être laissée piégée par cette sale journaliste dont elle ne manquerait pas de demander la tête à Leni. Elle la ferait mettre sur la liste noire dès le lendemain.

Lizzi, en écoutant les propos sibyllins d'Herbert repensait à cet auteur français, Romain Rolland, qui avait écrit : *«Toutes les fois que je vais en Allemagne, j'ai l'admiration et un peu d'effroi de cette magnifique machine que semble la nation allemande. Tout cela est capable de manger, de penser, de vouloir et d'agir comme un seul homme. Je me demande comment des individualités peuvent subsister dans ce formidable État. Ces hommes peuvent, à date convenue d'avance, à heure fixe, s'enthousiasmer d'un bout à l'autre de l'Allemagne, pour quelque objet que ce soit que l'État ait décidé. »*

Le discours d'Herbert s'étirait. Herbert termina par une citation de son idole, Guillaume II, en 1901: *«...Le théâtre doit élever l'âme et la vertu. L'Art doit contribuer à influencer l'éducation du peuple, il doit donner la possibilité aux basses classes elles aussi, de se hausser après leur dur labeur, vers les nobles idéaux... »*

Des applaudissements enthousiastes éclatèrent, laissant consternés cependant quelques invités. Surtout des auteurs. Hilde scrutait évidemment le visage radieux du secrétaire du Ministre de la Culture. Plusieurs se regardèrent discrètement, d'un air entendu. Le bonheur exubérant de Mademoiselle S embrassant Hilde, indiqua de quel côté pencheraient désormais — certes avec élégance – les vénérables Éditions Haenkel...

Le Dr Jurgens n'en revenait tout bonnement pas! Le père de Hans basculait vers cette bande de voyous arrivée au pouvoir depuis dix jours seulement, «*Certainement par intérêt, sans doute aussi parce que libéré des pressions humanistes qui volaient en éclats un peu plus chaque jour à Berlin, et dans tout le pays depuis des mois.* »

L'arrivée du gâteau d'anniversaire sur un chariot doré, au son de l'hymne prussien, rappela à Léa les grands dîners où Hans lançait à Herbert la célèbre phrase de Nietzche ironisant sur les capacités musicales des Allemands :... *Dressés à militariser le son de leurs voix, ils finiront par écrire et par penser militairement!*

Léa en profita pour s'avancer vers l'escalier, inquiète d'apercevoir déjà Stefan entraîner Lizzi vers le haut.

— Oh, mon Dieu, il faut que je lui parle! souffla-t-elle à Kate. Ils s'en vont! Dr Jurgens, vite! Voulez-vous venir avec moi?

Emmy S s'était retournée, délaissant Hilde qui lui désignait Léa avec mépris. Emmy s'élança avec un rire faussement chaleureux : «... Oh, mais je rêve! N'est-ce pas notre grande Léa Palmer? Ma chérie! Il y a si longtemps que tu avais disparu! Que deviens-tu depuis ce célèbre trottoir du Romanisches Café où l'on t'applaudissait l'autre jour dans la neige? Avec tous tes charmants amis... »

Emmy la dévisageait – la dépeçait du regard! - de la tête aux pieds, évaluant chaque détail, perçant d'instinct tous les stratagèmes qui avaient fait de Léa ce soir-là, une femme presque convenable.

— Ne me dis pas que tu reviens sur scène, chérie? C'est plutôt un mauvais moment pour toi! ... Difficile pour vous, les juifs maintenant?

Kate avait aussitôt bondi auprès d'elles : «Ça m'intéresse! plaisanta-t-elle en se présentant «Kate Wahlberg, correspondante du *New York Times*...

L'expression d'Emmy se figea, comme si son arrivisme avait été frappé par la foudre. Mais instantanément, la crainte fit place au charme le plus gracieux :

— Oh! Enchantée miaula-t-elle. Savez-vous que Léa et moi sommes de vieilles copines?

Nous avons fait tellement d'auditions ensemble, quand nous débutions... Léa chérie, te souviens-tu des premiers studios de Weibensee? s'exclama-t-elle avec un rire si théâtral que beaucoup d'invités se retournèrent... On se maquillait dans les toilettes, c'étaient vraiment les débuts héroïques du cinéma muet!

Léa, qui observait encore l'escalier constata soudain que Stefan avait disparu tandis qu'un sourire perfide aux lèvres, Emmy enchaînait : «Je dois avant tout te féliciter :... Ton fils est magnifique! Et quel beau mariage. Tu dois savoir qu'on parle de lui dans tout Berlin? Le brillant successeur de Hans... Alors, attention? »

Elle avait terminé sa phrase avec un affreux petit clin d'œil sous-entendu qui signifiait bien des choses. D'un nouveau rire éclatant, Emmy était repartie vers un petit groupe qui l'accueillit très enthousiaste, autour d'Herbert et Hilde, pendant que Kate et Éric Jurgens assistaient impuissants au découragement de Léa devant l'escalier vide :

— Léa, il faut vite parler à Herbert Haenkel, décida le Dr Jurgens.

Kate acquiesçait à l'idée. Éric Jurgens était d'autant plus déterminé par ce qu'il venait d'entendre; il venait enfin de reconnaître le critique littéraire du *Der Angriff*, l'hebdomadaire de Joseph Goebbels, en grande conversation avec Herbert.

— Haenkel ne perd pas son temps! souffla- t-il, jugeant qu'avec de «tels amis », la réouverture du procès de Léa serait des plus compromises dans le climat actuel.

Léa, s'était élancée vers le petit groupe autour d'Herbert. Dans un élan irréfléchi, soudain prise de panique, elle vit Hilde pâlir à son approche :

— Herbert, Hilde, je dois vous parler.
Elle était déterminée. Sentait-elle qu'il

s'agissait de sa dernière opportunité?

Certains des invités autour d'Herbert se turent, ils l'avaient reconnue. Une amie de Hilde qui venait régulièrement à la Villa Sturm prit un air outré : «Comment pouvait-elle revenir parader ici au milieu d'une fête aussi charmante? »

— Léa Palmer! tonna Herbert hors de lui en lui barrant le chemin, je ne saurais parler à la meurtrière de mon fils dans ma propre demeure! Sortez immédiatement!

Devant ce ton odieux, Éric Jurgens d'une voix calme s'insurgea :

—... Monsieur Haenkel, je suis le Dr Éric Jurgens. Je tiens à témoigner à la réouverture du procès de Madame Palmer. Cette fois, je serais à la barre...

Les deux hommes s'évaluèrent, Herbert était livide. Hilde aurait abattu Léa d'un coup de fusil de chasse à l'instant même, si elle en avait eu le pur loisir.

— Monsieur Haenkel... Comment avez-vous pu mentir ainsi et profiter de la guerre pour éviter mon témoignage? Aller ainsi à l'encontre du dernier désir de votre fils Hans, à l'agonie? Mon meilleur ami?

— Karl! Karl! Dolfie! hurla Hilde. Appelez la police! Sortez Monsieur... Vous n'êtes pas notre invité!

Elle semblait hystérique et ne se contrôlait plus; sans le geste prompt d'Herbert qui l'intercepta brutalement, elle aurait giflé Éric Jurgens.

Impassible, le médecin continua :

—... Et comment avez-vous pu faire condamner celle que votre fils Hans a aimée plus que tout, et qui a fait le sacrifice suprême de lui obéir malgré la loi? Malgré toutes les menaces qui allaient s'abattre sur elle et que vous n'avez pas manqué d'encourager insidieusement?

Léa souffla faiblement :

—... Herbert, je vous propose seulement mon silence, contre le droit de voir Stefan et de lui révéler devant le Dr Jurgens, toute la vérité. C'est l'ultime faveur que je demande... Ensuite, je partirai et il n'y aura pas de nouveau procès.

— Quelle vérité? Quelle vérité? Hurla Herbert. Le jugement à été clair! Vous ne reviendrez jamais ici, vous, vos manigances et toutes vos sales idées!

Léa impressionnée par la haine débordante qu'Herbert ne parvenait même plus à dominer, paniqua de nouveau. Elle avait toujours eu peur des colères d'Herbert. Pour celle qui avait été élevée sans père, il restait à jamais la figure d'autorité qu'elle ne saurait apprivoiser et qui la terrorisait.

— Musique! Ordonna Hilde vers le quatuor. Voyons amusez-vous, ceci n'est qu'une petite diversion odieuse!

Sous les ricanements convenus de quelques convives, d'autres, maintenant troublés, se souvenaient de Léa Palmer et semblaient plutôt gênés. Mais la plupart dissimulaient soigneusement leur mépris par des rires et des plaisanteries assez grossières.

Herbert évalua le danger plus vite que Hilde et tenta rapidement de saisir le bras de Léa dans un élan rageur pour l'empêcher de monter l'escalier. Il essayait de l'entraîner de force vers le vestibule : «Venez... Voyons, nous allons parler! »

— Non, fit-elle en se dégageant, je ne bougerai pas d'ici tant que je n'aurai pas parlé à mon fils! Et si vous me l'interdisez, je rouvrirai mon procès avec l'aide du Dr Jurgens.

— Prenez-en note définitivement, fit le médecin d'un geste déterminé qui ôta fermement le bras d'Herbert sur celui de Léa, brisant son emprise.

Herbert avait le visage convulsé de rage. Il hocha alors la tête plusieurs fois feignant un calme ironique, puis murmura d'une voix blanche : *«Bien sûr... C'est évident... Dans le contexte actuel, vous me faites très peur Léa Palmer. Et depuis quand les clochardes indésirables à Berlin ont-elles des avocats pour s'attaquer aux Haenkel? »*

—... Depuis qu'une correspondante du *New York Times* fait un reportage sur Madame Léa Palmer, Monsieur Haenkel... et que quelques millions de lecteurs vont découvrir l'enfer dans lequel vous l'avez condamnée à vivre, pardon *à survivre*, fit Kate dressée devant lui.

— Vous, je vous ferais virer dès demain matin, Madame Walhberg. Sachez-le, je connais intimement le directeur du *Berliner*.

Il avait élevé la voix et saisi de nouveau le bras de Léa, essayant de l'entraîner de force vers la porte : «Sortez! Sortez-les! Karl?

Karl avait bondi et bouscula brutalement le Dr Jurgens qui s'interposait.

— Foutez dehors cette racaille, s'exclama Emmy. Pour qui se prennent-ils encore? Ne savent-ils pas que pour eux, la fête est finie?!

Une porte avait claqué en haut de l'escalier et une voix résonna :

— Laissez-les!

Stefan suivi de Lizzi, descendait en courant. Il avait encore sa chemise ouverte et ôté son noeud papillon. "Qu'est-ce qui se passe? Êtes- vous devenu fou?»

— Ne t'en mêle pas! tonna Herbert, je réglerai seul ce problème!

Hilde poussait nerveusement Karl devant elle, enragée qu'il n'agisse pas :

— Stefan, ne laisse pas cette détestable menteuse gâcher la plus belle soirée de ton grand-père. Lui qui a toujours tout fait pour te protéger de cette folle?

Sans écouter sa grand-mère, Stefan déterminé écartait doucement Herbert :

— Laissez cette femme tranquille... Laissez-nous. Madame, veuillez partir... Peut-être vous a-t-on fait du tort ici, mais il est trop tard pour tout changer. Je suis aujourd'hui un adulte, je me suis construit ainsi... J'ai été heureux

cependant, de vous connaître enfin. Mais partez.
»

Devant le regard désemparé de Léa, Stefan fit encore un pas pour s'approcher d'elle, la dévisagea, puis se retourna vers son grand- père tandis que des ricanements polis s'amplifiaient autour d'eux. Léa ne pouvait plus détacher ses yeux du regard froid et inflexible, de son fils. Stefan lui avait tourné le dos et sa voix était demeurée horriblement calme, incroyablement maîtrisée... Roger s'était donc trompé.

— Monsieur Stefan Haenkel, fit soudain le Dr Jurgens d'une voix forte, je souhaite vous parler en privé, ici même, tout de suite.

— Qui êtes-vous? fit Stefan méfiant, en se retournant vers le médecin avec une curiosité distante :

— C'est un menteur! glapit Hilde. Voyons cessons cette ridicule comédie! Vous n'êtes pas invité, Monsieur! Sortez-les!

Déterminé, Éric Jurgens insista, imperturbable : «J'étais le meilleur ami de votre père, Monsieur. Nous avons fait nos universités ensemble et nous avons aussi ouvert un hôpital au front pendant la guerre. Lorsqu'il a été blessé, j'ai poursuivi seul et... »

Il ne put terminer sa phrase devant l'épouvantable fracas qui éclatait dans le hall : les policiers entraient par la grande porte, guidés par Dolfie qui pointait du doigt Léa, Kate et le Dr Jurgens. La musique s'arrêta net. Les gendarmes bousculèrent les invités affolés. Lizzi alertée par le tumulte, descendait l'escalier, sans comprendre.

— Ne touchez pas cette femme!... Ni à Monsieur! hurla soudain Stefan, désignant le Dr Jurgens.

«Stefan, tu m'indisposes! éructa Herbert d'une voix blanche tandis que l'officier de police interrogeait alternativement Stefan et son grand-père sans comprendre qui était le véritable maître de cette maison.

— Stefan...

Léa s'avançait, sa voix tremblait. Son émotion était telle qu'à chaque seconde de ce moment qu'elle avait tant désiré depuis quinze ans et pour lequel elle s'était battue, elle ne savait plus si elle aurait la force de terminer tout ce qu'elle avait encore à dire à son fils.

— Stefan... Je ne suis pas ici pour me disculper. Je voulais simplement réparer ton enfance perdue, te révéler ce qui s'est passé entre moi et ton père, pourquoi je n'ai pas été présente à tes côtés pendant toutes ces années. Je n'ai pas tué ton père. J'ai exaucé son vœu ultime... seulement par amour pour lui. Il désirait ne plus souffrir. On t'a trompé, on a volé mon amour pour toi...

Devant elle, les yeux bleus de son fils, les mêmes que ceux de Hans, la fixaient, avec ce doute et cette crainte introduits depuis tant d'années dans son esprit. Stefan, pour la première fois de sa vie, par-delà le visage suppliant de cette femme, ressentait sans doute quelque chose d'inconnu, d'incompréhensible, de profondément troublant, d'inexplicable. Des images enfuies depuis trop longtemps, les sons, un parfum, des couleurs qui n'arrivaient plus à remonter de sa mémoire bouleversée. Mais des images lointaines qu'il semblait pourtant parfaitement reconnaître : *Une silhouette claire dans le jardin l'été, un sourire penché au-dessus de lui, une voix et une douceur qui l'enveloppaient quand il avait peur.* Pourrait-il jamais, à force d'effort, remonter et traverser ces barrières du temps? Cela allait pourtant devenir son métier, cette curieuse archéologie de la mémoire et des souvenirs qui plonge à la recherche des vérités passées, pour délivrer un présent erratique.

Dans le brouhaha général, Léa s'était retournée vers Herbert et Hilde. Elle comprenait maintenant pourquoi elle avait tant voulu vivre cet instant. Elle se demanda si Hans ne l'avait pas même guidée jusqu'ici, devant eux :

—... Hans me disait combien il a souffert de votre froideur, bien qu'il vous aima. «Ce n'est pas leur faute répétait-il, et il me citait la phrase de ce docteur viennois qu'il avait lue un jour avant de me connaître : *"Nous sommes tous des coupables, issus de coupables.»*

Léa était de nouveau face à Stefan ému :

— Est-ce un hasard Stefan, si tu suis aujourd'hui le chemin que ton père a passionnément initié? Lui qui aurait tellement souhaité pratiquer la psychanalyse après la Guerre, s'il avait vécu?

De toute évidence, Stefan ne pouvait plus imaginer que cette femme – sa mère - mentait. Mais il ne s'était pas rapproché. Il ne s'était pas jeté dans ses bras comme elle l'avait souvent rêvé pendant des centaines de nuits d'insomnie. Elle ne pouvait pas sentir son cœur battre contre elle, comme lorsqu'il était tout petit. C'était maintenant un homme devant elle, presque un inconnu, et cependant elle lisait dans son regard la même lumière, le même désir d'être écouté, consolé, aimé qu'autrefois. Le même désir éperdu de grandir. Il aurait certainement voulu poser des questions, mais quinze années d'absence en avaient fait des étrangers. Tous deux avaient perdu ce lien secret qui unit les êtres à jamais. Pourtant, dans leurs yeux, Lizzi capta ce soir- là, *cette étincelle fugace, au-delà d'eux-mêmes, qui cherchait désespérément l'autre.* »

«Plus tard, un jour, ailleurs qu'en ce terrible moment, ils se retrouveraient peut- être » espéra-t-elle.

Et devant tous ces gens venus faire la fête, devant ce couple Haenkel diaboliquement enragé, humilié et arcbouté dans la vengeance, ils étaient là, mère et fils, prisonniers, impuissants à briser ce piège que leur destin les obligeait à vivre.

D'un signe nerveux, Stefan demanda aux invités de s'éloigner et indiqua à sa mère et au Dr Jurgens de le suivre vers le vestibule. Comme Kate Whalberg les accompagnait, il lui demanda «qui êtes-vous. »

Sous l'œil menaçant de Hilde qui avait repris son air altier devant les policiers, lissant d'un doigt agacé son chignon pour leur expliquer par peur du scandale qu'il ne s'agissait que d'un malentendu, Lizzi avait suivi Stefan...

Les invités s'étaient réfugiés près du buffet pour déguster le gâteau, coupe de champagne à la main. Tous discutaient à demi-mot de l'esclandre. Le consul américain épiait Herbert confus. Ce dernier s'excusa aussitôt platement, transpirant devant le critique du *Der Angriff* intrigué qui demandait si *«Léa Palmer était réellement sa belle-fille?... Si elle était juive comme Emmy S venait de le lui apprendre... et si elle était la véritable mère de Stefan?»*

Stefan leur indiquait la petite porte du vestibule : «Passez par là, vous ne serez pas inquiété...» tandis que Lizzi secouait la tête étonnée :

— Pourquoi montres-tu le chemin à ta mère qui a habité cette maison pendant vingt ans?

Confus de son geste, Stefan en réalisait l'absurdité. Léa avait souri et il ne put que faire de même :

— Revoyons-nous un jour? murmura-t-il d'une voix volontairement neutre en plongeant son regard dans celui de sa mère.

— Ne tardons pas trop alors, plaisanta-t- elle émue de le voir enfin troublé.

Quand il ouvrit le verrou qu'avait fait posé Hilde pour obliger Roger à refermer l'issue qui menait aux garages, Léa sursauta : *Lizzi pressait discrètement sa main dans la sienne et lui chuchota «... Tenez bon, je suis certaine qu'il comprendra. »*

Derrière la porte, Karl attendait avec deux hommes en chemises brunes, barrant la sortie. Stefan lui ordonna fermement de partir. Hésitant un instant, Karl s'exécuta, l'air mauvais, puis les laissa passer.

— Karl, je vous tiens responsable de leur sécurité, fit Stefan d'une voix autoritaire. Comprenez-vous bien ce que cela signifie?

— Oui Monsieur.

61

«Alors? » firent Nini et Magda impatientes, sur le trottoir.

— Il sait!

Léa n'ajouta plus rien, perdue dans ses pensées. Devinait-elle quel orage elle avait déchaîné là-bas, à la villa Sturm?

Hilde était en furie, agitée comme jamais, accusant Léa «de détruire, toujours détruire! Mon fils, et maintenant notre petit-fils! Notre vieillesse, ta carrière Herbert! Mais où s'arrêtera cette petite peste? »

Herbert qui avait tenté d'apaiser les esprits demeurait immobile, les bras derrière le dos, silencieux, face à la cheminée. Il fixait les braises. Il savait que ce qui venait de se passer tant aux yeux de leurs amis, mais surtout devant Emmy et le critique du *Der Angriff* certainement promu à un puissant avenir dans les prochaines semaines. Plus encore, et sans vouloir en parler à Hilde, il craignait pour l'avenir immédiat de Stefan. Le monde avait jusqu'à ce soir oublié que Hans avait épousé une juive et il venait de saisir dans les yeux de ce critique tout ce que cela signifiait. Il connaissait parfaitement le milieu de ces gens qui venaient de prendre le pouvoir et savait à quelle bande d'arrivistes forcenés, vulgaires, cupides et cyniques il aurait à faire. Et même s'il avait ardemment souhaité leur arrivée pour sauver l'Allemagne des rouges et des intellectuels juifs qui prenaient trop de place, il se demandait maintenant si l'honnête droite monarchique dont il soutenait les idées, pourrait un jour se débarrasser d'eux comme prévu, dans les mois à venir, après qu'ils aient remis un peu d'ordre moral et économique dans le pays...

Ce dont il était cependant certain, c'est qu'il devrait impérativement composer avec eux s'il voulait sauver ses Éditions et sa fortune. Car le programme de Goebels était clair. Herbert avait lu et relu ses articles la veille encore: L'art ne devait être qu'une ruse pour faire passer plus facilement l'éducation et l'édification idéologique. Et depuis une dizaine d'années, tout était bon pour encourager au nom des valeurs morales *l'esprit de sacrifice, le sens de* l'honneur, l'héroïsme, la camaraderie, l'exaltation de la violence, l'extermination des faibles, la nécessité d'apprendre à tuer ceux qui portaient en eux les germes de la décadence culturelle.

Herbert savait bien en son for intérieur que le nazisme était l'union du romantisme des poètes avec le réalisme brutal des militaires, cette fusion fatale du pratique, du réalisme, de l'organisation, avec les forces magiques et primitives. Cela avait d'ailleurs été la veille, le thème de son dîner avec Ernst Jünger dont il ne publierait peut-être pas — par prudence — le prochain roman...

— Et cette petite sotte de Lizzi qui s'en mêle? Glapissait encore Hilde, toujours enragée derrière lui. Mon Dieu, ce monde mérite de s'écrouler! Même *le Philharmonique de Berlin* est en faillite!

Le lendemain au petit déjeuner, Hilde descendit avec une forte migraine, déclarant à Dolfie sur un air souffrant qu'elle n'avait pas fermé l'œil de la nuit. Herbert plongé dans ses journaux épiait Stefan en tournant mécaniquement les pages. Lorsque Lizzi apparut, le regard complice de Dolfie à Hilde en disait long.

— Nous allons quitter Berlin, fit Stefan résolu.

Un lourd silence tomba sur le grand salon. Hilde fusilla Lizzi du regard : «C'était elle qui le poussait encore à cette folie.» Puis elle chercha dans les yeux d'Herbert la bénédiction de son horrible pensée. La veille avant de s'endormir, elle l'avait prévenu : «Lizzi est passée dans le camp de Léa! Et elle monte la tête à Stefan avec son petit esprit provincial étriqué, si typique d'Heidelberg. Et leurs maudites idées égalitaires.

Herbert, les lèvres minces crispées, ne décolérait pas, se sentait abominablement trahi.

— Devons-nous comprendre Stefan, qu'il s'agit d'une sentence à notre égard?

À leur stupéfaction, Hilde éclata en sanglots silencieux, d'autant plus poignants qu'ils paraissaient sincères. Fallait-il le comprendre comme un aveu de défaite amère?

—... C'est une condamnation de tout ce que nous avons fait pour toi? ... nous qui t'avons tant aimé, fit Herbert la voix nouée.

Hilde s'était brusquement levée et courut en pleurant vers l'étage :

— Je t'ai élevé comme j'avais élevé ton père, fidèle à son esprit, et avec encore plus d'amour. Mais sans doute, n'ai-je pas su te le faire comprendre?

Lizzi ne savait plus s'il s'agissait encore d'une de ses habituelles manipulations ou d'une vraie douleur. Hilde était-elle inconsciente à ce point de ses actes ou se dédoublait-elle aussi facilement? Lizzi avança sa main sur la table pour presser celle de Stefan qui avait terriblement pâli devant la fuite de sa grand-mère.

«Ainsi, réussissaient-ils encore à le culpabiliser », songea Lizzi exaspérée.

Pour Herbert, les dés étaient jetés. Bien qu'il se sentît profondément coupable de tout ce gâchis qu'il attribuait pourtant à la volonté de Dieu, il savait qu'il n'y avait plus rien à faire. Au moins dans sa vie et dans son métier, avait- il toujours jugé clairement les rapports des forces en présence. Cette fois, la malheureuse rencontre de Lizzi et de Léa avait fait basculer le destin. Personne n'y pouvait rien, pas même Léna qui savait pourtant si bien s'y prendre. Peut-être même avaient-ils fait une erreur en chassant Léa, peut-être même n'avait-elle pas été si coupable... Mais Hilde n'avait jamais accepté que quelqu'un d'autre contrôlât son fils et fût plus aimé qu'elle. Elle l'avait tellement persuadé à l'époque du mal que Léa leur faisait! Maintenant, il avait tant à faire dans les prochains mois pour faire survivre ses éditions, parvenir à courtiser le nouveau pouvoir et vaincre ses concurrents qui s'étaient ralliés plus vite que lui au nouveau pouvoir.

— Nous n'avons donc plus rien à nous dire? Déclara Herbert ému en se levant, ignorant volontairement Lizzi. Sauf que ta carrière ici Stefan, est sérieusement compromise... tout cela, grâce à ta mère.

Dolfie méprisante s'en était déjà retourné avec la table roulante, emportant le petit déjeuner, comme si le jeune couple n'existait plus dans la maison. Comme s'ils n'habitaient plus la Villa Sturm.

Lizzi jugea que c'était un comble. Hilde et Herbert y régnaient alors qu'elle appartenait de droit à Stefan... Mais qu'importe, elle s'en moquait bien! Elle était maintenant certaine qu'elle et Stefan avaient enfin pris la bonne décision. «Leur bébé naîtrait à Heidelberg, loin de la pourriture de Berlin. »

Bien sûr elle était encore la seule à le savoir et son léger sourire troubla Stefan.

Demeurés seuls, il la prit tendrement dans ses bras, longuement, amoureusement, comme s'il la remerciait.

Dans le petit boudoir du haut, Hilde infatigable téléphonait à sa cousine : «Leni, je sais que tu es très occupée, mais il faut absolument que tu nous aides? J'ai quelque chose de grave à te demander. Je sais que tu es maintenant fort bien placée. Il paraît que tu **l'as** rencontré?... C'est de l'avenir de notre famille qu'il s'agit... »

62

Le lendemain, février tirait à sa fin et le soleil réchauffait davantage les après-midi. La neige avait fondu prématurément, l'herbe verdissait par endroits. Certains vieux Berlinois prédisaient que le printemps viendrait tôt cette année. Les nuits étaient moins froides et les matins moins pénibles au repaire. Léa en s'éveillant sentit de nouveau ses jambes. Par contre, il y avait beaucoup plus de descentes de police et l'une d'elles avec ses chiens, était arrivée à une cinquantaine de mètres à peine du pont. Par bonheur cette nuit-là, le vent soufflait la fumée du tas d'ordures et égara le flair des chiens.

Dans les pérégrinations quotidiennes de «la tribu », la vie était devenue chaque jour plus dangereuse. Le café de Nini avait été fermé pour proxénétisme et outrage à la pudeur, comme beaucoup d'autres lieux louches à Berlin. La police et les S.A. arrêtaient maintenant tout le monde dans les rues, avec l'aide de l'armée. Ils traquaient nuit et jour les sans-abri, les immigrants, les homosexuels, les tziganes et les voleurs.

Depuis le début du mois, avec l'arrivée du nouveau chancelier, Grete marchait fièrement avec son petit drapeau à croix gammée planté sur la poussette. Elle avait d'abord été matraquée par les communistes puis à peine rétablie, par les S.A, à qui elle avait réchappé par miracle, avec un bras tuméfié. «Mais elle était certaine qu'Adolph Hitler ignorait ces pratiques. »

Comme beaucoup de Berlinois, elle affirmait qu'on pouvait enfin vivre sans fermer ses portes à clef, qu'on circulait maintenant en sécurité, qu'il n'y avait plus de parasites ni de crimes comme avant.

— Évidemment, l'armée dort dans les rues, les chemises brunes sont promues au rang de libérateurs et contrôlent la police! protestait Max.

Plusieurs de ses anciens camarades avaient disparu.

— Les investissements reprennent, plaisantait Hector, les camps de travail s'agrandissent en banlieue!

Ces derniers jours, Grete avait totalement disparu. La tribu changea donc de journal pour envelopper ses épluchures. Un soir, Rudi en pleine lecture annonça gravement la nouvelle. Les industriels venaient de rallier les nazis : Les Röchling, les Siemens, les Westruck, les Stinnes, les Zangen, et les Krupp.

Hector d'un geste démissionnaire avait abattu sa canne dans la boue. Pour lui, c'en était bien fini.

Nini plongée dans les photos du *Die Berliner Zeitung*, à la rubrique cinéma, alerta Léa : «Emmy S préparait un film pour la UFA : «*Guillaume Tell.* »

Léa depuis la veille, ne vivait plus sur terre. Chaque seconde, son esprit revivait ces instants, à la fois pleins d'espoir, puis décevants :

«Pourquoi Stefan n'avait-il pas voulu entendre le Dr Jurgens? Était-ce par peur de la vérité? Ou simplement parce qu'il refusait l'affrontement brutal avec Herbert et Hilde? Certes, il ne pouvait certainement pas, en quelques semaines reconnaître qu'ils étaient des monstres. Qu'ils n'avaient pas été les généreux grands-parents sacrifiant tout pour lui. Qu'ils avaient lâchement profité des circonstances pour éliminer celle qui aurait pu disposer d'une partie de leur fortune.

Kate en enquêtant avait découvert qu'à la mort de Hans, la situation financière d'Herbert était désastreuse et qu'il n'avait survécu à la crise de 29 que grâce à l'argent de leur fils et de Léa. Au milieu de toutes ces réflexions douloureuses et confuses, Léa commençait à comprendre qu'elle obligeait Stefan à renier quinze années de sa vie. En avait-elle vraiment le droit? Elle qui souhaitait avant tout son bonheur?

Plus rien alors n'était clair dans sa tête. Elle affrontait l'une de ces terribles crises ou après tant d'efforts, on se demande «Pourquoi? Pourquoi?»

Elle craignait que le reportage de Kate Wahlberg nuise à l'avenir de Stefan comme le craignait Hector.

Que ferait alors son fils?

Le jour suivant, confuse, elle s'était assise sur son banc de longues heures, comme au premier soir de son arrivée à Berlin, contemplant la majestueuse architecture de *Sturm und Drang*. En fait, elle attendait un signe. Repartir en Afrique? Avec quel argent? La tête vide, elle observait le va-et-vient du laitier, les apparitions de Dolfie accueillant les livreurs, la sortie de la Daimler conduite par Karl qui emmenait Herbert au bureau, celle de Lizzi dans son petit coupé sport.

L'absence de Roger demeurait inquiétante.

Ce fut Magda qui vint la retrouver.

— Kate vient de m'appeler ce matin. Le reportage sera publié demain; elle est folle de joie, car elle pensait que son rédacteur en chef le censurerait, vu les récents événements. Les Américains sont paraît-il, très pro-Hitler.

— Mon Dieu, soupira Léa, j'espère qu'elle ne parle pas trop de moi?

63

Le lendemain matin, toute la tribu s'était rendue en délégation au coin de la Vostrasse, pour accueillir l'arrivée du journal. Aux alentours de *l'Hôtel Adlon*, ce kiosque était l'un des seuls à Berlin - avait précisé Kate - à recevoir régulièrement le *New York Times*. À cause des ambassades environnantes.

Quand ils arrivèrent au coin de la WilhemStrasse, des passants indignés entouraient déjà le kiosque, d'autres souriaient devant la vitrine brisée pendant la nuit. Le vieux marchand de journaux balayait rapidement les débris et les morceaux calcinés de son étal, devant l'étoile juive peinte en rouge sur sa porte. Lorsqu'il aperçut le panache emplumé de Nini, il leva aussitôt les yeux, plutôt inquiet. Léa tendit immédiatement le prix du journal. Les grands titres de la veille jonchaient encore le sol : «*Nomination de Monsieur Joseph Goebels, Ministre de la propagande et de la Culture* ».

À peine s'était-elle retournée qu'une voix l'avait interpellée: «Mais je vous connais? »

Appuyé sur son balai, le vieux marchand toisait Léa en montrant du doigt la pile du *New York Times*. Pressée par la tribu autour d'elle, elle ouvrit le journal :

«Une clocharde célèbre à Berlin, les coulisses infernales de la crise allemande. »

Le titre s'étalait sur toute la troisième page, avec en photo Léa au repaire, accolée à celle de son rôle célèbre de *Pandora*; et puis d'autres clichés émouvants de Nini, Hector... et Grete! Ceux aussi de Dora, confiés précieusement à Kate par Max. Dora à une fête du syndicat souriait, ses longs cheveux blonds tombant sur sa robe à fleurs. Dora et sa courte existence de nettoyeuse de machine textile: levée à quatre heures du matin, dans le tram de banlieue à cinq heures, au travail dès six heures, de retour chaque soir à la nuit pour la cuisine, la lessive, le raccommodage, monter le charbon...

— Princesse, tu as ta revanche enfin! s'exclama Nini, sans apercevoir l'expression soudain tourmentée du vieux marchand.

Dans le camion qui arrivait, de jeunes soldats en uniforme chantaient, tous drapeaux au vent. Comme l'avait promis la veille à la radio le nouveau chancelier Adolf Hitler, l'Allemagne allait se remilitariser.

La tribu courut donc se réfugier un peu plus loin dans l'entrée d'une ruelle, car leur troupe hétéroclite attirait trop l'attention. Hector s'empressa de leur faire la lecture, surtout pour Nini et Zach qui ne comprenaient pas l'anglais. L'article de Kate était une plongée réaliste dans leur terrible quotidien : *Le froid, la faim, la peur, l'humiliation, le désespoir, la haine des Berlinois pour cette vermine qu'il fallait nettoyer! Venait ensuite l'histoire de Léa, ses photos d'avant-guerre, celles du succès, la Villa Sturm, Hans, la guerre, le témoignage du Dr Jurgens, le saccage du Théâtre dans le parc, la déchéance dans les ordures, la dynastie Haenkel... L'anniversaire*

*d'Herbert avec le merveilleux sourire glamour
d'Emmy S.*

Rudi se trouva encore beau, Nini remarqua qu'il
manquait encore quelques plumes à sa capeline,
Max que c'était un article bourgeois qui parlait
trop peu de l'exploitation du prolétariat. Zach
était soulagé de ne pas se voir, Hector regrettait
qu'on n'eût pas retenu sa thèse sur l'arrivée du
nazisme... qui prenait ses racines dans les
guerres napoléoniennes, avec la haine des
Français, des juifs, des Slaves, le culte du corps,
de la force virile, le bannissement des langues
étrangères, l'idéal grec d'une race pure et
vigoureuse...

Léa était effrayée. «Qu'en dirait Stefan? Lizzi?
Cela pouvait leur nuire.» Elle était cependant
heureuse que Kate citât le Dr Jurgens qui
témoignerait prochainement si la justice le
désirait afin de rétablir la vérité aux yeux de
tous leurs amis, ceux de Léa et de Hans, de ce
Berlin qui l'avait si cruellement rejeté avec son
conformisme et sa morale hypocrite... Il lui

faudrait au plus vite remercier Kate, et Margot Döblin, Magda, et Hermann... et Roger.

— Je vous remercie tous du fond du cœur, soupira-t-elle les larmes aux yeux, devant la tribu alignée autour d'elle. Vous m'avez accueillie si généreusement, et grâce à vous j'ai tellement appris!

Elle s'approcha de Max qui s'était retourné pour cacher sa douleur ravivée par la photo de Dora. Léa le prit dans ses bras, il pleurait.

— Dora aurait été si heureuse pour nous tous! fit-il, elle t'aimait tant Léa.

64

Ils remontèrent vers le parc en passant par les ruelles et les petites rues afin d'éviter les quartiers chics et la police. Hector avait décidé de ne plus regarder en l'air, tant le nombre de petits drapeaux à croix gammée semblaient éclore aux fenêtres comme des crocus au printemps. Avec le petit pécule que Kate lui avait donné pour subsister quelques jours, Léa souhaita offrir «un grand banquet» à la tribu, pour la remercier. Elle avait décidé - quoi qu'il arrivât! - de leur faire découvrir le thé dansant du *Wintergarten*. Ils étaient donc tous repassés chez Magda pour se laver et quand ils arrivèrent vers cinq heures devant l'entrée chic de l'établissement, le portier à l'œil d'aigle eut un mouvement de recul. Qui étaient ces loqueteux qui osaient se présenter ainsi?

— Bonjour mon cher, lança Rudi sur un ton de seigneur, nous sommes si heureux de vous revoir!

— Pourquoi? Ai-je été en prison avec vous? Fit le portier désagréable.

— Vous ne vous souvenez pas? ...«*BeauRudi* » qu'elles m'appelaient toutes... insista Rudi fringuant.

— Je vois qu'il y a longtemps que vous n'êtes pas revenu, la maison a supprimé les «danseurs. »

Il claqua dans ses doigts et ordonna aux grooms qu'on leur interdise l'entrée. Kate arrivait. Elle portait un ravissant smoking de soie blanche et comprenant immédiatement le problème qui se posait, tendit aussitôt sa carte de presse d'un geste élégant :

— Je vous présente mes amis, cher Monsieur, voici Madame Léa Palmer... et mes invités.

Surpris, le portier dirigea son regard suspicieux vers Léa que lui désignait Kate, fronça les sourcils, cherchant confusément à se souvenir d'un visage connu. Puis devant l'expression si déterminée de la journaliste, pensa qu'il valait peut-être mieux éviter un scandale.

— Êtes-vous réellement du *New York Times*?

—... Et du *Berliner Zeitung*, jeune homme. Attention, les emplois de portier seront rares prochainement. Je vous conseille donc de ne pas vous tromper?

L'homme hésita, puis dans le doute, accepta de les laisser entrer, s'attardant sur les chaussures éculées d'Hector, l'étrange chapeau clac bosselé de Rudi, la canadienne volée de Max. Mais la suspicion fut à son comble, lorsqu'il vit passer une touffe de vieilles plumes rafraîchies à la vapeur (de la cafetière!) s'agitant sur une large capeline au-dessus d'une Nini plutôt coquine :

— Belle journée jeune homme, je me sens vraiment printanière!

Magda, en retard, avait promis de venir après la fermeture, sans doute accompagnée d'Hermann si ce dernier s'avérait capable de les rejoindre, malgré ses côtes cassées qui le faisaient toujours horriblement souffrir.

Évidemment, personne ne voulut rien confier au vestiaire, *«par peur de se faire voler.* »

Devant eux, la salle grandiose s'allongeait sur une centaine de mètres et trois étages de haut. Une cinquantaine de lustres de cristal surplombaient les rangées de tables nappées de blanc, toutes alignées autour de l'immense scène.

Ils n'en croyaient pas leurs yeux, sauf Rudi qui en entrant, désigna immédiatement du doigt sa table habituelle, là où il avait l'habitude de «travailler », jadis.

Léa respira le parfum d'autrefois : le bois ciré, les cuivres astiqués, les velours de scène et l'odeur de milliers d'ampoules électriques surchauffées. C'était cela aussi le *Wintergarten,* avec son grand orchestre, son ballet de serveurs, le brouhaha des centaines de clients dînant avant le lever du rideau. Max était révolté d'un tel luxe. Sur les tables roulantes poussées par les Maîtres d'Hôtel en livrées, défilaient des centaines de Strudels aux pommes, de Génoises fourrées, de beignets, de Bavarois à la crème fouettée, de Käsekuchen et des tartes au fromage blanc, Schwarzwälder, Forêts noires, montagnes de biscuits, et beignets au sucre...

Nini prédisait «qu'ils allaient tous mourir là », tant leurs corps avaient oublié depuis des années la façon de digérer tout cela!

— Que notre Kate soit bénie! fit Hector en arrêtant discrètement avec sa canne la roue d'un chariot. Pour moi se sera un thé léger, deux cafés doubles et... un chocolat double, mousseux, avec de la crème double, beaucoup de crème s'il vous plaît! À côté, dans un grand pot. Double!

— Mais... N'êtes-vous pas Léa Palmer? La Léa Palmer qui a chanté ici avant-guerre? Lança le serveur qui la dévisageait fébrilement.

— En effet, admit Léa timidement... Mais c'était une autre femme.

— Regardez jeune homme, s'exclama fièrement Nini en sortant de sa poitrine l'article plié du *New York Times*, elle est là, avec nous! Devant vous! C'est elle! C'est nous!

«La Palmer, du procès Haenkel? » lança l'autre Maître d'Hôtel qui passait, bloqué par le chariot des limonades.

L'orchestre entamait l'ouverture et leur table se remplissait d'assiettes chargées de gâteaux, de crème, et d'une multitude de petits biscuits dans des soucoupes d'argent. Zach et Max, qui n'avaient rien mangé depuis trois jours admirèrent Léa et Nini, petit doigt en l'air au-dessus de leur tasse de thé : «Elles avaient gardé la classe! Les habitudes de *la Haute* ». Kate les observait, simplement heureuse de les voir revivre.

Un long roulement de batterie suivie d'un solo de saxophone jazzy, salua l'ouverture du rideau, tandis que les milliers de petites ampoules électriques des lustres s'éteignirent doucement au-dessus d'eux, plongeant l'immense salle dans la pénombre.

— Madame? Madame Palmer? ... quelqu'un vous cherche.

Avant que le Maître d'Hôtel ait terminé sa phrase, Léa avait senti cette sorte d'éruption volcanique — indéfinissable avec les mots — qui vous submerge avant tout grand événement.

Entre les centaines de tables alignées, une silhouette s'avançait et elle reconnut d'abord le visage de Roger, puis celui de Magda qui se faufilait derrière lui. Comme les girls entraient en scène en une ligne parfaite d'une quarantaine de paires de jambes gainées de soie noire, les projecteurs braqués sur les danseuses obligèrent Léa à cligner des yeux dans l'obscurité soudain plus dense autour d'elle. Elle hésita quelques secondes à reconnaître l'homme derrière Roger et Magda...

Elle s'était levée, insensible aux chuchotements de protestations des tables alentour et attendit, là, sans bouger, paralysée de bonheur :

—... Stefan? murmura-t-elle.

Stefan s'était jeté dans ses bras et elle sentit enfin battre son coeur, celui de son fils. Celui qu'elle espérait depuis tant d'années.

Elle voyait tout près, ses yeux bleus la fixer, la dévisager avidement comme il le faisait quand il était petit et qu'il revenait en courant de peur de l'avoir perdue.

Roger et Magda les firent s'asseoir, *surtout pour calmer les plaintes des spectateurs alentour* dont ils masquaient la scène et qui protestaient.

— Madame Palmer?

Avant qu'elle n'ait pu reconnaître l'autre voix derrière elle, une main inconnue s'était posée amicalement sur son épaule. «Toi ici! Je n'y croyais pas! Où étais-tu donc pendant toutes ces années? Je viens seulement de lire le *New York Times* et... »

Jacques Leibovitch, le producteur français des films Gaumont, un vieil ami de toujours était là lui aussi, stupéfait.

— Jacques! Toi ici? s'écria Léa, provoquant encore des chuchotis mécontents autour d'eux.

Regarde! C'est le plus beau jour de ma vie, je viens de retrouver mon fils!

Jacques Leibovitch s'était accroupi près d'elle pour ne pas gêner les autres tables et murmura excité «*Je produis une partie de cette troupe, nous tournons depuis dix jours à Babelberg pour la UFA et Éric Plommer. Viens, viens, fais-moi ce plaisir?* »

Il avait pris sa main et la tirait malgré elle de son fauteuil, l'entraînant dans l'obscurité derrière lui à travers la salle.

— Je vous la ramène dans quelques instants, souffla-t-il à Stefan et à toute la tablée interloquée. Je vous le promets! Ne dis rien, c'est un trop beau jour! Fais-moi juste confiance! insista-t-il. Comme d'habitude.

— Mais où va-t'-on? Tu es fou!

Ils avaient atteint une petite porte sur le côté de la fosse d'orchestre et lorsqu'il l'ouvrit, Léa s'arrêta complètement paniquée : «Il n'en est pas question! Jamais! Je ne pensais pas que tu... »

Le petit escalier des coulisses plongé dans la lumière rouge, s'allongeait juste devant eux.

—... Allons, fais-moi ce plaisir, souviens-toi de ta promesse? S'il n'y avait pas eu cette foutue guerre. Le film était prêt, c'était du muet, mais aujourd'hui, tu peux me la faire, «cette fameuse chanson? »

Il la regardait avec son éternel sourire charmeur, serra son poignet impérieusement et devant sa résistance affolée insista : «Pour moi et pour Hans, juste pour tous ceux qui t'attendaient ici et... tous ceux qui t'ont salement lâchée il y a quinze ans. Montre-leur que tu es encore vivante? Fais-le pour moi? »

Jacques avait toujours été ainsi, joyeux, déterminé, joueur... et totalement fou.

Elle voulut desserrer son étreinte, mais il la tenait si fort qu'elle ne put que monter les marches derrière lui, et lorsqu'il la lâcha enfin pour parler au régisseur, elle tremblait de tout son corps : «Non, ce n'était pas possible, elle ne pouvait faire cela! Surtout devant Stefan... Il y avait quinze ans qu'elle n'avait pas chanté avec un orchestre? »

Devant le miroir de l'entrée des coulisses, elle aperçut effrayée sa silhouette flétrie, sa robe bleue trop grande pour sa maigreur, trop longue pour l'époque, son chapeau enfoncé sur son visage terrorisé.

Mais les girls rentraient précipitamment, l'orchestre jouait déjà l'intro sur les ordres de ce fou de Jacques qui aurait pu déplacer des montagnes. Il la poussa devant le rideau sombre qui tout à coup, trop tôt, s'ouvrit devant elle... avec ses centaines de respirations invisibles. Le faisceau du projecteur suiveur tomba du plafond et l'aveugla. Un instant chancelante, elle ne vit plus rien puis instinctivement, elle marcha comme une automate dans le halo de couleur bleue, sur la musique. *«Comme autrefois, comme son corps savait le faire.»* Il lui sembla qu'à la troisième mesure aucun son ne sortirait de sa gorge. Mais la magie était là, l'intro achevée dans le silence pesant, une note avait jailli contre son gré, d'abord faiblement, puis une autre. Les paroles s'alignaient dans sa tête, elle sentait derrière elle naître les violons, puis le soupir du saxo qui l'enveloppa et l'emporta dans son souffle puissant.

L'orchestre jouait maintenant, le bois de la scène tremblait sous ses pieds, sa voix montait pour eux, pour eux tous, dans le noir. Elle chantait *«Dancing in Berlin»* et le public vibrait, comme jadis. Elle le sentait tout près d'elle, là devant. Encore tremblante elle fit un pas pour s'en approcher davantage, deviner leurs regards fixés sur elle dans l'obscurité magique de la salle. Et puis le rythme l'entraîna encore, elle longea le proscenium d'où elle pouvait apercevoir maintenant leurs visages, ces visages des premiers rangs qui lui souriaient, conquis... reconquis. Elle dansait, retrouvait ses pas, cette complicité avec l'orchestre comme avec un corps amoureux que l'on caresse et qui vous surprend jusqu'à l'extase.

Un tonnerre d'applaudissements monta du sol, du noir, des centaines de voix s'élevèrent vers elle derrière le rideau qui se refermait, pénétrant tout son corps de bonheur, dans un tremblement extrême.

—... C'était l'air préféré de tes parents, murmura Roger à l'oreille de Stefan, celui que votre père aimait tant. Et votre mère, sans jamais savoir où il l'attendait dans la salle, chaque soir, se tournait d'instinct vers lui, dans l'obscurité totale.

—... Tu vois, j'avais raison, je le savais! s'exclama Jacques. Tu es toujours la même!

Tout à l'heure quand je t'ai revue, je ne savais même pas pourquoi je te proposais cela. Mais c'était plus fort que moi. Et te rappelles-tu?

Leurs deux voix s'unirent soudain comme autrefois pour reprendre ensemble le refrain tout bas :

«... *Berlin, danser à Berlin, à l'Adlon jusqu'au matin.*

Ne dis pas au revoir,
la guerre n'est qu'un rêve. Adieu, Adieu Berlin. »

— Il faut croire aux signes et à la volonté de l'invisible! » disait ma mère, Zocha.

Ils éclatèrent de rire tandis que tout le monde la félicitait dans les coulisses et qu'un numéro de danse acrobatique entrait sur scène.

— Bravo Madame Palmer, content de vous revoir ici!

— Oh Jacques je n'aurai jamais cru revivre un tel moment! Je te le dois!

La prochaine attraction les bouscula, un éléphant et son cornac s'avançaient...

— Tout recommence Léa, fais-toi de nouveau confiance, mais au nom du ciel écoute-moi, ne reste pas ici... Tu vois, dans la salle il y en a qui n'ont pas applaudi...

— Oh, vraiment fit Léa, attristée. J'ai vieilli, je le savais...

— Non, non, pas à cause de ton talent! Il y a juste des sympathisants du nouvel ordre qui va envahir ce pays et...

Elle chercha pourquoi le visage si enthousiaste de Jacques se fermait soudainement, gêné.

—... Ne me dis pas que c'est pour ça...?
Elle avait soufflé le mot «juif » sans y croire, comme on dit «Nous voilà en hiver. »

Il avait haussé les épaules avec cet air désabusé qui le rendait si drôle dans le milieu cynique du spectacle. Il acquiesça d'une voix douce : «Hélas, oui... Érich Pommer vient de me confier qu'il doit aussi quitter Berlin. »

— Érich?

Léa avait pâli : elle connaissait Érich depuis 1907. Il était entré comme vendeur à la filiale berlinoise de la Gaumont et elle l'avait retrouvé ensuite au front, puis avait appris sa blessure 1917. Il était l'un des seuls à venir témoigner à son procès, arborant fièrement sa Croix de fer de IIème classe. Léa avait ensuite suivi son ascension par les rares journaux qui parvenaient à Dar es Salam. Son entrée à la UFA lors de sa fusion avec la Decla, ses premières productions : *Metropolis* en 27, *L'Ange bleu* en 1930.

Lorsqu'elle redescendit étourdie le petit escalier de fer et ouvrit la porte des coulisses qui donnait sur la salle, Stefan et la tribu les attendaient. Jacques lui avait conseillé de partir et promis dès son retour de la présenter à Paris au jeune compositeur Kurt Weill qui venait également d'émigrer : *«Là-bas, tu verras, tu pourrais peut être redémarrer ta carrière?* »

Stefan passa doucement son bras autour des épaules de sa mère et, encore intimidé, l'embrassa doucement sur la joue : «Bravo, je te découvre! Je ne sais que te dire... »

— Chut! Oublions tout. C'est inutile, le passé.

— Rentrons, ajouta-t-il, je vais te présenter Lizzi, elle a été ta première et fidèle admiratrice... et une alliée entêtée!

— Oh? Elle a l'air si formidable!
À la sortie, Léa demanda à Stefan si le Dr

Jurgens avait pu lui téléphoner?

— Non... Pas encore. Mais Lizzi a reçu un bref appel, aussitôt coupé ce matin. Bizarrement.

Roger ouvrit respectueusement la porte de la voiture malgré leurs protestations amusées. «Voyons Roger, c'était bon pour mon grand- père et ma grand-mère? Plaisanta Stefan. Plus maintenant!

— Je ne le ferai certainement plus pour eux, confia-t-il calmement.

Léa en l'entendant, songea de nouveau à l'avertissement de Jacques, du nouveau danger qu'elle représentait pour son fils. Elle eut soudain peur, car Jacques avait toujours eu du flair, lui qui avait annoncé la guerre de 14 comme une future apocalypse, pendant que Français et Allemands s'en allaient gaiement au charnier en chantant. Dix millions de morts plus tard — et la boucherie des tranchées — lui avaient hélas donné raison.

— Es-tu certain Stefan de vouloir me ramener à la maison?

Stefan surpris par la question avait souri. Il avait si hâte de lui parler, de tout savoir sur ces quinze années perdues d'Afrique, de ses souffrances, de son père aussi, de ses derniers instants, de la véritable histoire d'amour que ses parents avaient vécu dans le Berlin d'avant-guerre.

En revenant, pénétrant dans la cour, ils croisèrent la Daimler de Hilde et d'Herbert qui partaient pour une soirée. Karl conduisait et leur jeta au passage un mauvais regard.

«Désormais, ils étaient ennemis. »

— Karl est dangereux, murmura Léa. Roger, je vous en prie, soyez sur vos gardes.

66

Pendant de longues heures, Stefan, Lizzi et Léa restèrent éveillés au petit salon, discutant de tout, de tant de choses qui s'étaient passées de part et d'autre, de tous ces instants volés: Hans, L'Afrique, la guerre, Heidelberg, *la Lulu* de Wedekind, leurs amis Dada et surréalistes, le procès, l'attitude récente d'Herbert et Hilde, otages inconscients de cette terrible éducation prussienne qui donnait tellement raison à Hector : *«Oui, à travers cette débauche de mythes et d'images d'opéras, il y avait toujours la Race, le Sang, le Sol, la supériorité de l'homme Allemand.* »

Lizzi qui avait étudié avec Martin Heidegger citait Adrien de Meeüs: *«...Chaque Allemand a par-dessus tout, la crainte irrésistible de l'anarchie. C'est pour lui une véritable hallucination, un cauchemar...* »

Et puis, vers dix heures du soir, après le délicieux dîner qu'ils s'étaient préparé sans

Dolfie, la conversation devînt plus douce et se termina autour du piano. Lizzi jouait admirablement, non pas en pure technicienne, mais avec une touchante sensibilité. Elle vivait sa musique. Stefan était heureux de voir qu'il y avait déjà entre eux trois une alchimie subtile, pourtant si improbable avant leur rencontre.

Léa écoutait passionnément son fils parler de médecine, puis de psychanalyse. Stefan évoquait Sigmund Freud qu'elle connaissait peu, bien qu'il ait tant influencé autrefois ses amis peintres surréalistes, et Hans. Ce médecin semblait pour la première fois dans l'histoire de l'humanité avoir brisé le mythe de l'homme divin : Stefan insistait avec une fébrilité lumineuse : *Avant lui l'homme était le fils de Dieu, aujourd'hui il n'était plus que celui de son père et de sa mère, de son époque, de son milieu. C'était l'une des plus grandes révolutions humaines, abolissant dix mille ans de pensée religieuse.*

— Cela me plaît tellement! s'exclama Léa enthousiaste! Enfin, nous ne sommes plus ces vieux enfants terrestres irresponsables!

Ils riaient aussi beaucoup et firent à peine attention à Hilde et Herbert lorsqu'ils rentrèrent de leur souper vers minuit, sans passer par le salon.

Mais leur présence dans la maison brisa la légèreté joyeuse de la soirée. La réalité était là, revenue pour leur rappeler leur sinistre quotidien.

D'une façon presque enfantine, Lizzi avait soudain pris Stefan par le cou tendrement et avait aussi saisi la main de Léa, comme pour un jeu :

— Stefan le sait déjà, mais je dois vous le dire Léa...

Elle éclata de rire. «... Devinez, vous allez être grand-mère. Mais cette fois, il faudra rester pour veiller sur l'enfant? Promettez-le- moi? »

Ils n'en revenaient pas! Stefan et Léa étaient à la fois heureux et terrorisés. Le temps immobile pendant des années s'affolait soudain, bousculait en quelques heures leurs existences presque éteintes.

La villa Sturm frémissait de nouveau.

Quelques heures auparavant, Lizzi avait affronté pour la première fois Dolfie, exigeant qu'elle préparât la plus belle chambre d'ami donnant sur le parc pour Léa. Comme Dolfie tentait encore de se dérober, argumentant qu'elle devait prévenir d'abord Hilde, Lizzi excédée lui avait brutalement demandé de sortir et d'appeler une agence de femmes de chambre : «Je souhaite engager au plus vite quelqu'un qui saura faire autre chose que de l'inertie perverse. »

— Vous pouvez disposer Dolfie, avait-elle ajouté sur un ton qui l'avait elle-même étonné. Pour Heidelberg, je souhaite une gouvernante avec des qualités d'intelligence et de cœur.

Dolfie était restée muette, puis réalisant toute la gravité des bouleversements - et des menaces - s'en était allée courir prévenir Hilde comme d'habitude.

Avant de se coucher, Léa souhaita encore flâner dans le bureau de Stefan. Découvrir son univers. C'était autrefois celui de Hans, là où elle le retrouvait tard le soir, après le théâtre et l'hôpital. Peu de choses avaient changé dans l'ameublement, sauf un divan neuf. Les tableaux de Grosz, des dessins de confrères, le manifeste Dada, des photos de l'hôpital au front avec Éric Jurgens dont les habiles ciseaux de Hilde l'avaient expulsée, tout était presque resté intact. En s'approchant du bureau où s'entassaient les cours de Stefan, elle ne put s'empêcher d'effleurer le cadre d'argent où jadis Hans avait mis sa photo. Maintenant c'était celle de Lizzi. Au mur, Stefan bébé dans les bras de Hans était toujours là, sauf que Hilde l'avait aussi artistiquement découpée, ôtant la moitié de Léa...

Stefan avait souri devant la moue amusée de sa mère qu'il comprenait maintenant.

Avant de sortir, elle contempla encore la petite pièce tranquille, vit que son album de photos était là, et songea qu'il l'avait longuement feuilleté. Appuyé dans l'embrasure de la porte, Stefan semblait moins intimidé. Il semblait même fier d'elle, avec tout ce qu'il venait d'apprendre. L'assurance revenait, éclairait son visage.

— Tu venais souvent jouer ici quand tu étais petit, et nous avions bien du mal à t'empêcher d'emporter les livres de papa... Tu nous affirmais avec le plus grand sérieux qu'ils t'appartenaient tous!

— C'est enfin vrai, plaisanta-t-il.

La chambre d'ami donnait sur le parc, et Léa ne put s'empêcher de pousser quelques instants le rideau pour contempler l'autre côté de l'Avenue. Le réverbère sous la fenêtre s'était éteint et elle ne put distinguer son banc, derrière les lourdes grilles et les buissons.

«Ils s'endorment là-bas, au repaire, dans le froid, songea-t-elle, imaginant la tribu.

Elle constatait amèrement, même après ces épreuves, combien elle était toujours égoïste et s'en voulut terriblement de ne pas avoir changé davantage.

— Cher Hans, l'être humain dans le bonheur oublie si vite ses frères... se murmura- t-elle. Je m'engage à t'appeler plus souvent pour m'en souvenir.

67

Au petit-déjeuner, la villa fut définitivement coupée en deux. Dolfie monta servir Hilde et Herbert, dans le boudoir de "Madame. »

Lizzi, Stefan et Léa descendirent à l'office. À leur vue, Karl sortit aussitôt, sans un mot. Roger s'avoua soulagé de son départ. La bonne humeur envahit donc la cuisine et tous se mirent à préparer le petit-déjeuner. Léa retrouva même "ses vieilles casseroles d'autrefois! »Lorsque le téléphone sonna, et que Lizzi tendit le combiné à Léa, la voix de Lily fut une bouffée de bonheur supplémentaire. Elle appelait de la gare, prévenant qu'elle arrivait à Berlin dans deux petites heures. Tout était prévu depuis la veille, Lizzi l'avait engagée pour retourner avec eux à Heidelberg, Roger viendrait la chercher tout à l'heure. Elle était folle de joie de retrouver sa chère Madame, comme avant!

Léa pensa «*rien hélas, ne serait jamais plus comme avant.* »

Les prémisses de déménagement rapportées par Dolfie avaient fait exploser de rage Hilde et, pour la première fois depuis la mort de Hans, elle s'était écroulée en sanglots dans les bras d'Herbert. Puis honteuse de ce moment de faiblesse, elle s'était déchaînée de nouveau contre Léa, *"cette femme odieuse qui avait saccagé leur maison et leur vie!"* Mais elle était avant tout furieuse que Stefan ait refusé toute explication après cette funeste soirée.

Elle avait ruminé toute la nuit combien l'effet du départ de Stefan et de Lizzi sur leur cercle d'amis et de relations à Berlin serait désastreux. Aurait-elle dû congédier Roger beaucoup plus tôt? Écouter davantage cette sotte de Dolfie et payer Karl pour chasser définitivement Léa? Par tous les moyens et sans de stupides états d'âme? ... Décidément, sa mansuétude chrétienne leur coûtait cher! Elle allait perdre son petit-fils. Et il y avait de plus cet ignoble reportage concocté par cette sale journaliste américaine qui allait ruiner les atouts que la publication de l'insipide roman de Joseph Goebbels, ce qui aurait pu enfin rapporter à Herbert...»

Vers neuf heures, elle aperçut par la fenêtre du boudoir la voiture de Stefan, conduite par Roger, qui sortait du garage : Léa était à l'avant, à côté de lui!

— Quel toupet! souffla-t-elle outrée. D'ici qu'ils nous chassent d'ici!

Le téléphone sonna sur le petit guéridon, c'était encore l'une de ses amies qui appelait «choquée » par l'article du *New York Times*.

—... Au moins, cette petite Kate n'en fera pas un second! répondit Hilde. Grâce à Emmy, Herbert a contacté le Directeur du *Berliner* aux premières heures de l'aube. Cette garce sera virée avant midi...

Léa était heureuse d'accompagner Roger pour accueillir Lily à la gare. Lizzi toujours attentionnée, leur avait prévu un arrêt dans sa boutique préférée sur Leipzigerstrasse. Pendant que Roger l'attendrait, «Léa était sommée » d'acheter quelques robes, un manteau, des chapeaux et des chaussures à la mode, vues dans *Die Elegante Welt*.

— Cette année déclara Lizzi, les robes tombent en plis souples, soie artificielle et poitrine plate! La Berlinoise imite Garbo.

Quand elle ressortit avec ses paquets, Roger reconnut dans le rétroviseur une femme rajeunie à la démarche plus assurée, redevenue élégante : La Léa Palmer d'autrefois, au visage charmant sous son chapeau cloche en taffetas rouge. Et même si les années, la faim et la misère avaient considérablement altéré sa beauté, son sourire retrouvé et son magnétisme pétillaient à nouveau.. Cette vision lui arracha un «Oh! vous êtes superbe Madame Palmer!»

— Merci Roger, mais vous n'êtes plus à mon service, protesta-t-elle. Vous êtes maintenant un ami et vous ne devez me dire que la vérité.

Elle ne plaisantait pas, inquiète, elle attendit sa franche réponse.

—... Vous êtes magnifique, murmura-t-il, comme s'il avait voulu que ces mots ne soient entendus que par eux.

Léa déconcertée se figea, ses paquets à la main. Elle lisait dans ses yeux quelque chose qui l'effraya.

— Oh, excusez-moi, lança-t-il en sautant soudain de la voiture pour saisir les paquets, j'oubliais vous aider.

Quelque chose avait changé entre eux, elle devait s'en convaincre. Mais le souhaitait-elle vraiment?

Elle n'osa lui demander de s'asseoir à l'arrière comme elle le désirait soudain, pour se protéger, s'isoler, ne plus penser. Revenir comme avant. *Mais ne venait-elle pas de lui déclarer qu'il était un ami?* Alors, elle devait faire face.

Avait-il aussi senti son trouble?

Il y avait un trafic épouvantable et tout le long d'Unter Den Linden, ils restèrent silencieux. L'immense façade de l'Hôtel Adlon chassa de ses pensées tout ce qui lui arrivait. Léa songea seulement qu'il lui faudrait rappeler Jacques Leibovitch en revenant de la gare. Elle avait réfléchi toute la nuit à sa proposition et se sentait complètement désarmée : «Pouvait- elle annoncer son départ à Stefan et Lizzi, maintenant qu'ils l'avaient si tendrement accueillie, et qu'elle avait déchaîné tant de bouleversements dans leur existence? »

— Roger...

— Oui Madame?

— Oh, je vous en prie, je suis Léa, Léa votre amie, souffla-t-elle en riant.

— D'accord... j'essaierai.
— Roger, pensez-vous que je puisse repartir un jour? »

Elle observait son profil, scruta sa réaction qui s'attardait. Il esquissa un brusque mouvement de tête vers elle sans pouvoir dissimuler son désappointement. Les plis de sa bouche s'affaissèrent : «Ce serait terrible pour votre fils... et pour Lizzi. Pour nous tous aussi. »

Il avait prononcé ces mots d'une voix blanche.

— Comprenez-moi, Roger... Ici ma carrière est finie, et tout ce que je vois m'effraie. Jacques me propose d'aller à Paris, il souhaite me présenter à Kurt Weill. Peut-être est-ce une dernière chance?

Roger ne répondit plus pendant de longues minutes, tout à sa conduite au milieu des tramways, des camions et des automobiles klaxonnant de tous côtés. Puis, profitant d'un arrêt de la circulation, il se tourna vers elle. Pour la première fois depuis longtemps, une expression d'immense tristesse, presque d'accablement avait envahi son visage. La visière de sa casquette soulignait son regard bleu sombre et la légère cicatrice qu'il gardait de sa bagarre avec Karl. Il ne bougea pas, la fixant sans ciller, intensément, presque accusateur :

«Je savais que vous alliez m'annoncer votre départ. »

Léa tripota nerveusement ses gants, sans plus savoir que répondre. Il avait raison. Repartir c'était le trahir, et tous ceux et celles qui lui avaient fait confiance, ceux qui l'avaient aidé, pris des risques aussi... et ceux qui l'aimaient. Car le plus épouvantable, c'est qu'elle réalisait tout à coup qu'il lui avait fallu toutes ces épreuves pour comprendre ce qui se passait vraiment autour d'elle. Et qu'elle avait longtemps ignoré. Ou bien, qu'elle n'avait jamais souhaité voir... La misère, les autres, l'arrivisme impitoyable de Hilde et d'Herbert, la détresse qui s'abattrait sur son enfant abandonné, les sentiments secrets de Roger... Les siens aussi sans doute, naissant depuis quelque temps. Hans était bien mort, mais pire ici, à Berlin, mort aussi dans son cœur, offrant désormais une place vide. Cela, elle ne l'avait jamais imaginé, même pendant ces quinze années d'Afrique où elle avait projeté chaque instant du passé, du futur, de son retour. Et elle était là aujourd'hui, perdue, aux côtés d'un homme presque inconnu qu'elle découvrait trop tard, tous deux coincés sur l'Alexanderplazt, conscients qu'ils étaient incapables de faire ni l'un ni l'autre, le premier geste...

—... Je vous remercie Roger pour votre aide... et je...

Elle hésita, elle aurait voulu finir sa phrase et chercha ses mots, des mots exacts, avant qu'il n'effleure maladroitement sa main, pour la serrer dans la sienne, tendrement.

Lui non plus ne pouvait parler.

—...Je... Je vais réfléchir, souffla-t-elle. Tout va tellement si vite depuis quelques jours.

Elle retira sa main sans qu'il essaie de l'en empêcher puis, surpris par les klaxons assourdissants derrière eux, il reprit le volant à contrecœur et redémarra.

Le plus insensé, c'est qu'elle avait lu dans ses yeux. Un sentiment qu'elle avait complètement oublié et qui l'étreignit à cet instant, si fort qu'elle eut du mal à respirer. Terrorisée, elle se sentit évidemment amoureuse.

— Je vais repartir pour Paris.

— Vous êtes effectivement en danger ici. La situation s'aggrave de jour en jour... Mais Stefan? Lizzi?

— Et vous Roger.

Il haussa les épaules, et répondit par un sourire désabusé : «Que puis-je faire d'autre? »

Cherchant encore à saisir ce qu'elle pensait de lui, il la regarda plusieurs fois discrètement avant d'arriver à la gare.

Léa réfléchissait déjà comme autrefois, vite, efficacement, confiante en son destin, comme si elle ne s'était jamais trompée: «Paris, Jacques, Kurt Weill, New-York... attendre Stefan et Lizzi si cela s'aggravait ici. Roger? Elle aurait sûrement besoin de lui si elle recommençait sa carrière...Enfin, c'était sûrement un prétexte pour le rejoindre, elle le savait bien. Elle se connaissait maintenant. Oui, ce ne pouvait être autrement. »

— Je vais téléphoner à Paris. Ne dites rien encore aux enfants, Stefan est trop confiant, c'est de son âge...et c'est son pays. Mais il peut être inquiété, je suis sa mère et... j'arriverai à le convaincre.

Roger acquiesça. Il y avait longtemps qu'il pensait au problème et était aussi pessimiste quant à ceux qui avaient pris le pouvoir. Chaque soir, il écoutait la radio et décodait leurs véritables pensées à travers leurs mots clinquants et leur rêve de fumée.

— Voilà la gare, dit-il.

Léa discerna la façade, stupéfaite. Elle considéra les longs drapeaux à croix gammées qui flottaient mollement au vent et ne put retenir sa pensée :

«J'aurai besoin de vous à Paris... Tout peut recommencer là-bas? »

68

Sur le quai, elle serra longtemps Lily contre son cœur. Elles pleurèrent ensemble et rirent aussi de leurs retrouvailles mouillées! Se savaient-elles si proches pendant toutes ces années d'avant-guerre, coincées par l'étiquette prussienne que Hilde imposait à la Villa Sturm et qui les avait obligées à tant de distance stupide?

— On dirait deux sœurs, plaisanta Roger, heureuses de les voir à nouveau réunies.

Lily devant la maigreur de Léa s'alarma : «Je vais vous faire de bons petits plats, comme autrefois! Vous allez voir, dans un mois, vous remettrez vos belles robes de scènes! Strudel- pommes-et-amandes tous les soirs! »

— Avec beaucoup de crème fouettée. Je me sens déjà prête! fit Léa affamée.

Lily fut heureuse de retrouver «son petit Stefan. » Et Madame Lizzi aussi! Elle l'avait aimée dès qu'elle l'avait vue. Elle était si charmante, si drôle, mais surtout avec cette qualité merveilleuse et si rare : elle était juste. »

Lily se faisait également une joie de préparer la chambre de Léa, bien que secrètement, elle tremblât, songeant au déchirement qui menaçait maintenant cette chère maison. Elle connaissait Hilde mieux que personne et savait combien elle pouvait devenir dangereuse, non par méchanceté pure comme on pouvait le penser, mais par *cette crainte maladive et germanique d'échouer.* Perfectionniste, elle restait obsédée par la réussite, résultat d'une éducation sévère où ni son père ni sa mère ne lui parlaient plus pendant de longs mois, lorsqu'elle avait failli. Et puis Lily craignait plus que tout la lâcheté d'Herbert qui se réfugiait dans son silence, invitant subtilement sa femme à parler avant lui... «Avait-il même été secrètement amoureux de Léa lorsqu'elle avait connu Hans?» Lily l'avait toujours pensé secrètement, ce qui à son avis, avait suscité la haine inconsciente de Hilde.

Herbert restait un être secret, faible et souterrain.

Mais aujourd'hui la plus grande terreur de Lily était de croiser Dolfie dans les escaliers où à l'office. La maison coupée en deux devenait un détestable champ de bataille sans paroles, où tout restait menaçant. Roger avait même aperçu la veille, Karl dans une brasserie arborant publiquement la tenue des S.A.

Tout s'emballait.

Lily avait hâte de partir pour Heidelberg bien qu'elle ne connut point cette ville et s'inquiéta de l'avenir de Léa :

— Mais que ferez-vous là-bas Madame? Il n'y a ni studio, ni théâtre important?

Léa avait souri, éludant la réponse. Elle ne savait pas encore s'il fallait les avertir où partir discrètement. Stefan aussi lui avait demandé plusieurs fois en rentrant de la gare comment elle comptait poursuivre sa carrière à Berlin. Devant son ton évasif, il l'avait suppliée de ne plus les quitter, elle le lui avait juré. «Pourquoi? Parce qu'elle savait déjà par instinct, comme elle l'avait toujours su toute sa vie, que l'avenir n'était plus ici. Que la peur inexplicable qui lui tordait le ventre depuis des semaines était un signe qu'elle devait écouter. Il y a chez les immigrants un sixième sens qui ne meurt jamais. Même si Zocha ne lui était plus apparu! Quelque chose de confus, mais d'impératif l'invitait à repartir, pour sauver un jour son fils, Lizzi et certainement... ses futurs petits-enfants. Elle n'aurait pu expliquer clairement ce qu'elle ressentait, mais lorsqu'elle captait la respiration de Berlin, l'angoisse l'envahissait, telle une haleine fétide et menaçante. Non pas tant à cause des horribles faits divers chaque jour dans les journaux, ni des exactions quotidiennes dans les rues, mais par une peur profondément inexplicable.

Les temps avaient bien changé; il lui semblait que peu de gens s'en apercevaient ici ou s'en cachait comme elle. La crise économique, l'agent rare, le chômage, et la violence des mots n'étaient qu'un prélude masquant un malaise plus profond. Elle se souvenait aussi de ses propres luttes pour l'émancipation des femmes, lorsqu'elle protestait contre *le Manifeste de Marinetti*, père du Futurisme des années 10: «*Nous voulons démolir les musées, les bibliothèques, combattre le moralisme, le féminisme... Nous voulons glorifier la guerre, seule hygiène du monde.*» ... Et même s'il s'agissait d'une provocation pour faire réagir les bourgeois, Léa y avait déjà perçu l'amorce d'une peste invisible qui attaquait la femme nouvelle, trahissant l'angoisse des hommes allemands perdant le pouvoir...

Le malaise était là aujourd'hui, dans les rues, sur les visages, dans la couleur des affiches, partout. Comme jadis, dans ces étranges ciels d'été, avant Sarajevo...

Elle avait bien essayé d'en convaincre Stefan : «Il était le fils d'une juive.» Mais berlinois jusqu'au bout des ongles, il avait plaisanté en citant tous les grands noms qui contribuaient maintenant à la prospérité de l'Allemagne. Albert Einstein et Freud venaient même d'intervenir publiquement pour le droit à l'avortement! Et même s'il minimisait les tracasseries hypocrites du monde universitaire, il n'était pas prêt d'imaginer ce qu'elle avait déjà vécu avec Hans, à la Grande Guerre : cette porte ouverte à tous les débordements humains, à toutes les bassesses, quand les balises de la morale sont emportées dans la tempête...

Stefan l'avait embrassée sur la joue, elle avait retrouvé le bonheur de serrer son enfant dans ses bras, elle s'était mise à pleurer. Ils partiraient l'année prochaine pour Heidelberg, seulement quand il aurait terminé ses diplômes.

Lizzi était entrée dans le bureau, attendrie par la réunion de ces deux êtres trop longtemps séparés.

La maison était vide, il était tard. Tout le monde était couché, du moins elle l'espérait. «Surtout ne rencontrer ni Herbert, ni Hilde, ni Dolfie! » Elle savait qu'il s'agissait de sa dernière nuit. Elle souhaitait tout revoir, tout emporter dans sa mémoire, certaine de ne jamais plus revenir. Elle s'acharna discrètement à ouvrir la petite porte pour monter au grenier, évita les craquements des vieilles marches de bois, ouvrit les armoires, caressa ses deux dernières robes de scène soigneusement cachées par Lily. Dans l'après-midi, elles les avaient ressorties et elles avaient longuement évoqué devant Lizzi excitée, toutes les pièces, les spectacles dont ces tissus s'étaient imprégnés. Le monde du music-hall, du théâtre, du cinéma muet d'avant-guerre. Et puis il y avait ses disques, les vieux rouleaux de cire, sa voix dont elle riait, et qui lui paraissait si lointaine, presque étrangère.

Lily lui avait dit de ne pas faire de bruit si elle montait ce soir-là, seule... Elle savait qu'elle y reviendrait solitaire. Car Léa avait toujours préféré dissimuler ici sa tristesse, son désespoir, surtout dans les moments les plus terribles.

Lily se souvenait des longues heures ou Léa pleurait en silence, au début de son mariage, quand Hilde l'humiliait *pour la dresser au grand monde.*

Il fallait donc abandonner là tous ces souvenirs, ces objets qui la reliaient à un univers disparu, à Hans, au succès, à Berlin. Avant le geste courageux qui l'avait détruite et qu'elle n'avait jamais regretté.

Il lui fallait vivre maintenant, juste sauver son fils. Elle se demandait pourquoi elle répétait sans cesse cette phrase idiote dans sa tête, jusqu'à l'obsession, en redescendant le grand escalier vers le salon.

Comme tout était éteint et qu'une seule veilleuse éclairait l'enfilade du rez-de-chaussée, la clarté de la lune pénétrait les grandes fenêtres. Cette image lui sembla inséparable des Noëls d'antan où ils allaient avec Hans cacher les cadeaux au pied du grand sapin lorsque Stefan était endormi.

— Lizzi est enceinte, murmura-t-elle joyeuse, Hans nous allons avoir un petit... Tu vas être grand-père et moi grand-mère?

Léa resta quelques instants encore immobile devant la grande pièce tranquille à tout admirer. Elle imaginait son futur petit-fils ou sa petite-fille, dévalant l'escalier à Noël, criant de joie devant les paquets enrubannés. Où les soirs de Hanoukka, allumant les bougies de la Menorah et rapportant de la cuisine les délicieux beignets fourrés de marmelade, ceux que Stefan aimait tant enfant... «Comme Hans aurait aimé tout cela! »

Puis elle s'approcha encore d'une fenêtre et resta à contempler la nuit au-dehors, la grille du parc de l'autre côté de l'avenue. «Ainsi, elle était revenue, elle avait franchi l'avenue. Elle avait gagné! Quatre mois déjà, songea-t-elle tout à coup, fière d'y être parvenue.

Lorsqu'elle était toute petite, Zocha lui disait qu'elle réussirait tout ce qu'elle entreprendrait, même l'impossible, parce qu'elle n'était qu'une maudite sale gosse entêtée!

"Oui, je l'étais. Heureusement! »

Quand elle remonta dans sa chambre, elle poussa machinalement le rideau de la fenêtre qui donnait sur la cime des arbres. Tout un monde par-delà l'avenue en face se débattait encore dans sa tête : Les bruissements joyeux des enfants, les balançoires l'été sous les arbres, les ombrelles des nurses, le kiosque à musique d'où parvenaient des airs légers ; Offenbach, Strauss, Mozart. Leurs promenades en amoureux avec Hans.

Le passé. Son passé. ... Berlin.

Demain matin, elle ferait ses adieux à la tribu, chargerait Lily de les nourrir jusqu'à ce qu'elle soit capable de leur envoyer un peu d'argent, puis partirait pour Paris.

Paris, une ville où elle n'avait jamais été et qui l'effrayait déjà.

69

Réveillée en sursaut par la lumière des réverbères qui éclairaient toujours sa chambre, Léa se demanda pourquoi elle n'avait pas refermé les rideaux. Comme elle ne devait avoir dormi que deux heures, elle comprit à la lueur qui embrasait le ciel rougeoyant que ce ne pouvait être qu'un incendie. À l'instant où elle se leva, cherchant à discerner ce qui brûlait aussi loin, le téléphone sonna à l'étage au- dessus. Elle attendit prudemment qu'Herbert ou Hilde décroche, sachant que la ligne des domestiques à l'office était bloquée la nuit sur leurs ordres. Comme la sonnerie continuait, elle sortit dans le corridor et décrocha. La voix d'Herbert mal réveillé, grommela en même temps qu'un interlocuteur s'écriait «Monsieur Haenkel, Monsieur... C'est terrible, le Reichstag est en flammes... » Elle n'osa raccrocher, entendit Herbert parler des communistes puis la voix inconnue parler d'arrestations.»

Pourtant ce quelle venait d'entendre lui paraissait «étrangement» normal. *Le Parlement brûlait! Elle n'en était pas étonnée.* Toute sa vie, elle avait su ce qui allait lui arriver et c'est pour cela qu'elle avait souvent eu le courage d'accomplir ce que d'autres auraient pu juger impossible. Longtemps, et depuis qu'elle était toute petite, elle s'était interrogée sur ce curieux sentiment de prescience et bien que totalement rationnelle, elle avait du s'avouer ce curieux don en elle. *Pourquoi? Elle ne le savait pas...*

Elle revint s'asseoir au bord du lit, constata que sa respiration était haletante. «Stefan, Lizzi, Lily, la tribu... Partir, Paris.» Tout se bousculait dans son esprit. Une seule pensée plus forte que les autres s'imposait, inexplicable, absurde en cet instant : «Fuir, pour les accueillir tous, un jour...» C'était ridicule, mais elle ne pouvait se raisonner. Cette stupide idée fixe tournait sans cesse dans sa tête. Il lui semblait même que cela faisait plusieurs jours qu'elle l'obsédait. Elle se releva pour aller vers l'armoire où Lily avait rangé ses nouvelles robes, prit son manteau, ses chaussures et un sac. Elle s'habilla rapidement, ouvrit doucement la porte et descendit l'escalier pieds nus, sans allumer la lumière. Elle serra dans sa poche les quelques billets qu'elle avait dû accepter de Stefan et Lizzi, pour être certaine de pouvoir téléphoner à Hermann et Magda depuis la gare. Elle voulait absolument les remercier. Après, il lui resterait juste de quoi acheter son billet. Dans son sac, elle vérifia qu'il y avait toujours quelques tickets de tramway pour rejoindre la gare. Elle aurait tant souhaité embrasser Nini, serrer le vieux Hector contre elle, et Max, et Zach qu'elle savait ne plus jamais revoir...

Les larmes lui vinrent aux yeux.

«Et Roger? comment prendrait-il son départ?...» Elle lui écrirait. Car elle sentait au plus profond d'elle-même, quelle le retrouverait bientôt.

En fait, elle s'aperçut qu'elle l'espérait vraiment.

La petite porte du vestibule s'ouvrit difficilement, puis elle gagna le jardin par l'arrière sans que

Karl soit alerté. Elle savait qu'il dormait à l'office et Lily l'avait prévenue : «Il buvait beaucoup chaque soir. »

Se doutait-elle, comme elle l'apprendra quelques mois plus tard, que Roger également réveillé cette nuit-là par Herbert - avec ordre de préparer la voiture dès l'aube pour rejoindre le Parlement - l'avait aperçue se faufiler à travers le jardin?

L'air était glacé en cette fin de février et elle n'osa même pas traverser l'avenue pour contempler une dernière fois «son banc », de l'autre côté des grilles du Parc. Les réverbères étaient éteints et seules les lumières de la ville se reflétaient dans le ciel rouge de l'incendie, embrasant la nuit. Plusieurs chiens aboyèrent sur son passage et elle pressa le pas; elle s'aperçut étonnée qu'elle courait presque. Elle se sentait en bien meilleure forme. Depuis deux jours, elle avait mangé à sa faim!

Et plus elle s'éloignait du quartier des villas, plus elle entendait les cloches et les sirènes de police se rapprocher, partout dans Berlin. Elle arriva enfin à une station de tramway et attendit l'aube, frileusement emmitouflée dans le confortable manteau offert par Stefan et Lizzi.

«Mon dieu, comme ils sont adorables tous les deux! Et comme ils s'étaient magnifiquement trouvés! Ils s'aimaient!» Cela la réconforta, car elle savait à quel point un couple amoureux traverse mieux les épreuves de la vie. À cet instant, elle se refusa de penser à leurs réactions. *«C'était inutile de s'écrouler avant de passer le pont, lui répétait Zocha. Attends d'arriver à la rivière?»*

Où était d'ailleurs Zocha? Voyait-elle ce qui se passait?

— ... Maman, tu m'as drôlement laissé tomber, murmura-t-elle sur un léger ton de reproche.

En arrivant à Paris, elle téléphonerait immédiatement à Jacques. Ils étaient assez amis pour qu'il l'accueille quelque temps chez lui. Il lui avait si souvent proposé de venir faire du cinéma en France avant la guerre.

De là-bas, elle leur téléphonerait...

70

Son tramway s'arrêta inopinément sur la Postdamerplazt. Des policiers et des soldats fouillaient les voitures une par une. Elle retint sa respiration quand ils montèrent à l'avant. «Qu'allait-elle faire? Appeler Stefan si elle était arrêtée? Lui causer encore des troubles? Il en avait déjà bien assez à la Faculté; Lizzi en aparté avait discrètement fait allusion aux nouvelles tracasseries dont il faisait l'objet depuis la parution du *New York Times*...»

Au même moment, un passager communiste juste devant elle fut violemment tiré de son siège, pris à partie et traîné sur le sol. Le pauvre homme tentait de s'accrocher et hurlait sous les coups. Léa indignée s'était levée pour protester et tenta de mobiliser d'autres passagers. Quelques-uns se levèrent comme elle, mais certains s'était mis à rire et encouragèrent au contraire les S.A.

Alors que le plus menaçant d'entre eux s'avançait vers Léa, un gendarme fit signe au wattman de repartir pour débloquer la circulation sur la ligne.

— Je te retrouverai! hurla le S.A. Je le jure!

Elle tremblait des pieds à la tête, ses genoux ne la soutenaient plus, elle n'avait jamais vécu une telle terreur. À travers la vitre, elle vit encore la petite troupe s'acharner sur l'homme à terre baignant dans son sang, jusqu'à ce que sa tête éclata sous leurs coups et leurs bottes. Un éclair traversa malgré elle son esprit: *«Voilà, c'était cela sa raison de fuir. Et il fallait pousser Stefan et Lizzi à partir aussi... »*

Puis bouleversée, elle vit défiler les rues, les façades, les magasins ornés d'innombrables drapeaux rouges et noirs, lugubres, flotter sur beaucoup d'immeubles.

—... C'est terrible, lui souffla la dame à côté d'elle qui n'avait pas bougé pendant toute l'arrestation.

À la descente devant la gare, le kiosque à journaux était noir de monde, tapissé des gros titres sur l'incendie. Léa encore frissonnante s'arrêta quelques instants au milieu des clients empressés qui s'arrachaient les exemplaires: «*quatre mille communistes allemands avaient été arrêtés, dont le président du parti Ernst* Thälmann, ainsi que plusieurs dirigeants socialistes et intellectuels de gauche.

Egon Erwin Kisch, le journaliste vedette, venait d'être lui aussi arrêté...

Elle resta abasourdie. "Non, c'était impossible! Quelle folie s'emparait de cette ville? Le Berlin des arts, des lettres, de la musique? Tous ces gens devenus fous étaient si drôles, si créatifs, avec leur humour légendaire et provocateur! C'était tout à coup comme si le monde basculait, oubliait, s'affolait... »

Elle scruta nerveusement le tableau des départs et se dirigea vers le guichet pour acheter son billet. Les images de l'homme du tram n'arrêtaient pas de l'obséder; elle repensa aux paroles d'Hector sur la vulgarité bestiale et la sauvagerie des S.A : *"... C'est comme arracher des ailes aux papillons.* »

Son train partait dans une heure. Des soldats, des policiers, des camions entiers de S.A. arrivaient de partout. Il lui restait à rapidement téléphoner à Magda, à Hermann pour les remercier de tout ce qu'ils avaient fait pour elle, à leur expliquer aussi son départ. Et Stefan? Lizzi?... Son cœur battait rien que de penser à cette cruelle épreuve. Aurait-elle cet ultime courage? Et pourtant, il le fallait. Elle devait les convaincre de la rejoindre.

Des jeunes filles et de jeunes garçons passèrent en riant et chantant. Ils s'accompagnaient à la guitare. C'étaient les *"oiseaux migrateurs* ». Autrefois, elle et Hans avaient pensé inscrire Stefan plus tard à ce mouvement, lorsqu'il serait plus grand. Un mouvement de jeunesse qui souhaitait libérer les jeunes de l'école et des adultes. *Berlin était alors tellement en avance sur son temps.*

Devant la cabine téléphonique, elle attendit immobile. Plusieurs fois, les larmes aux yeux, elle hésita, s'approcha, entra, saisissant le combiné, puis renonçant. Avait-elle raison? Tout cela n'était-il après tout qu'un feu de paille? Seulement l'explosion d'une petite minorité d'enragés? Et si tout se calmait subitement... L'Allemagne malgré la crise restait encore le pays le plus moderne du monde? On lui enviait ses scientifiques, ses philosophes, sa démocratie, son industrie, ses syndicats, son cinéma, ses musiciens...

Le haut-parleur grésilla pour annoncer que le train pour Paris entrait en gare. Léa ne savait plus que faire, elle tremblait, doutant, éperdue de confusion. Tout ce dont elle était certaine c'est que Stefan avait déjà beaucoup trop souffert par sa faute. Elle n'était qu'un poids du passé pour l'avenir de ce jeune couple. Sa poitrine se serra, elle quittait tant de choses. Et puis Hans lui manquait : "Lui au moins aurait su ce qu'il fallait leur dire... »

Elle s'avança vers le quai au milieu de la foule, se retourna machinalement : les cris, les rires, les chants, un déferlement de joie et de fureur envahissaient la gare. Derrière elle, partout, des jeunes gens couraient, déferlaient, hurlant joyeux des slogans de victoire, brandissant des drapeaux : "le Parlement avait été incendié par les assassins de Moscou, ils seraient exterminés! » Léa atterrée discernait des hommes, des femmes, des jeunes, des vieux, des handicapés de la dernière guerre. Des aveugles guidés par des enfants.

— Adieu, Berlin... murmura-t-elle en tendant soudain son billet au contrôleur qui l'aidait galamment à monter dans le wagon.

Le compartiment était vide et elle s'approcha à regret de la vitre, évitant de voir cette nuée en délire.

"Oh, non. Non, c'était impossible? »

Elle ne vit tout à coup que des plumes qui s'agitaient. Son cœur s'arrêta : Une capeline emplumée apparut sautant devant elle sur le quai, toute la tribu était là :... Nini, Hector, Max, Zach, Rudi, accompagné par Roger et Lily.

Stupéfaite elle baissa la vitre et n'eut pas le temps de réfléchir. Elle sentit une main sur son épaule et quand elle se retourna, elle vit Stefan devant elle, avec Lizzi :

— Maman! Pourquoi? Pourquoi? hurla-t-il furieux, en la serrant dans ses bras.

Ce jour-là, quelques minutes avant que le train ne l'emmène, elle lui avait fait jurer de la rejoindre dès qu'elle serait à Paris.

Stefan et Lizzi désemparés le lui avaient promis en pleurant.

C'était le plus beau jour de son existence, même s'ils ne comprenaient pas encore.

... elle le savait, elle était enfin certaine d'avoir raison. D'avoir pris la bonne décision.

71

Épilogue

Music Box Theater,
Broadway, soir du 3 avril 1950

Léa éteignit sa cigarette à regret devant le geste désapprobateur du pompier de service. Il lui fit tout de même un clin d'œil complice, conscient qu'elle allait entrer en scène pour annoncer la triste nouvelle.

Dans l'ombre des coulisses, à côté du machiniste qui allait ouvrir le rideau, Kate qui l'avait interviewée l'après-midi dans la salle de montage, lui montra ses doigts croisés pour conjurer le sort. En observant Léa, magnifique dans son costume de scène malgré ses soixante-dix ans, Kate songeait qu'elles étaient loin les images vacillantes de ce premier bout d'essai maladroit du début du siècle, où une jeune petite berlinoise timide tentait d'entrer dans ce monde de lumière.

Tellement de choses s'étaient passées!

Léa se concentra comme à son habitude, respira trois fois en fermant les yeux pendant que l'orchestre attaquait les premières notes de l'ouverture. Ce soir n'était pas comme les autres soirs. Ces cent cinquante-trois autres soirs, depuis qu'elle jouait ici dans ce théâtre cette merveilleuse comédie musicale. Elle sentit sa gorge s'assécher, son ventre devenir plus dur, puis elle pensa qu'elle pourrait à peine parler, tant l'émotion l'étreignait.

Comme toujours...

Dans la pénombre qui s'installait, elle prit sa place habituelle sur ses marques au sol, chercha à percevoir à travers les premières notes des violons la respiration de la salle. Ce millier de respirations impatientes qui attendent que le rideau s'ouvre. Cette rumeur invisible, avide de célébrer la cérémonie sacrée du spectacle.

— Comment aviez-vous connu Monsieur Kurt Weill?

Ces mots retentissaient encore en elle, toutes ces questions sur sa vie qu'elle avait dû livrer toute la fin d'après-midi aux actualités de Fox News. Tant d'émotions lui étaient revenues: L'Afrique, Berlin, Paris...son arrivée ici en Amérique. Que dirait-elle dans quelques secondes sur scène? Évoquerait-elle sa première rencontre avec Kurt, dans ce petit bar de la rue des Archives à Paris où il ne lui avait parlé admiratif que de son interprétation dans *Pandora*? Où elle l'avait écouté comme on écoute la voix de Dieu?

Le régisseur lui fit signe et elle sentit l'air tiède de la salle envahir peu à peu la scène tandis que le rideau s'ouvrait doucement sur l'obscurité profonde. Le chef d'orchestre dans la fosse arrêta brutalement l'intro. Aveuglée par le projecteur de poursuite, seule dans le faisceau cru de lumière blanche, elle entendit monter une ovation, un tonnerre d'applaudissements. Elle resta figée, les larmes aux yeux, sous les acclamations debout qui allaient à la mémoire de Kurt Weill.

Pendant de longs instants, elle reçut ce qui lui était dû, lui, l'un des plus grands compositeurs allemands. À cette Allemagne aussi d'alors, féconde, provocante, humaniste, philosophe et talentueuse, devenue subitement barbare en seulement quelques huit petites années... Un hommage de Broadway à son œuvre si multiple. *"L'Opéra de quat'sous, Mahagonny, Lady in the dark, Love life*, et cette comédie musicale qu'elle et ses camarades jouaient depuis six mois déjà : *Lost in the stars...* »

Une fois de plus Léa sentit que sa vie s'arrêtait, que le destin l'invitait vers d'autres dérives.

—... Je... Je dédie la représentation de ce soir à sa mémoire... Et comme il le souhaitait, je reprendrais ici les paroles qu'il aimait entendre sur l'une de ses plus belles mélodies, l'un des airs qu'il composa il y a seulement quelques mois pour cette comédie musicale qui évoque les conflits raciaux en Afrique du Sud.

Léa ajouta d'une voix blanche :

—... et qu'il désire comme épitaphe sur sa tombe :

"This is the life of men on earth: Out of darkness we come at birth Into a lamplit room, and then — Go forward into dark again."

Elle avait fait signe courageusement au chef d'orchestre et le rideau s'était refermé. Elle avait eu juste le temps de distinguer leurs visages au premier rang avant qu'il ne s'ouvre de nouveau et qu'elle n'attaqua son rôle, au milieu des autres chanteurs anéantis de tristesse et d'émotion.

Ce soir-là, elle chanta souvent les larmes aux yeux, repensant à tout ce qui s'était passé dans sa vie... À Hans, à la tribu décimée par les nazis, à Hermann et Magda disparus, à ce drôle de petit film 16 mm couleur insouciant que Hilde avait finalement tourné sur Berlin en 1938 et que Kate lui avait montré l'après-midi même : des images rayonnantes, époustouflantes d'avant-guerre, une ville pathétiquement joyeuse, avec une population insouciante, rêveuse et triomphante, tous drapeaux nazis flottant gaiement au vent, avant le désastre...

De cet air magique aussi qu'elles avaient écouté ensemble et qui lui rappelait son plus grand amour :

"... Ne dis pas au revoir, la guerre n'est qu'un rêve, Adieu Berlin. Adieu Berlin."

Et puis, pendant tout le reste de la représentation, elle ne tenta jamais de regarder les premiers rangs dans l'ombre. Là où ils étaient :

... Stefan, Lizzi, leur fille Lily qui allait bientôt avoir dix-sept ans et qui souhaitait être comédienne — comme sa grand-mère Léa!

Et Roger, toujours aussi attentif. Toujours aussi amoureux.

Remerciements :

Nanette Schmauss, pour son inspiration du Parc

Marian Zloteck, pour ses précieuses confidences sur Berlin.

Y. Klein, pour nos passionnantes conversations sur l'Allemagne prussienne et l'assimilation juive avant la Première Guerre mondiale.

Le Goethe Institut de Montréal
Le Film Museum de Berlin

Bibliographie :
Joseph Roth, **À Berlin**, Éditions du Rocher

Michaël Stürmer, **Les allemands, la traversée du siècle.**

Éditions Calmann Lévy

Missie Wassitchikoff, **Journal d'une jeune fille à Berlin**, Éditions Belfond

Dieter E. Zimmer, **Nabokov's Berlin**, Éditions Nicolai

Mark R. Mc Gee, **Berlin**, Éditions Nicolai

610

Mireille Nathanson **Berceuses Yiddish, images d'enfance et miroir d'une culture perdue**.

Lionel Richard, **Le nazisme et la culture**. Éditions Complexe

Jean Giraudoux, **Rues et visages de Berlin**, Éditions de la Roseraie, 1930

Berlin 1919-1933, Éditions autrement – Série mémoires

Éditions Edipade.com

www.edipade.com

www.ingramcontent.com/pod-product-compliance
Lightning Source LLC
Chambersburg PA
CBHW071328020726
47502CB00001B/5